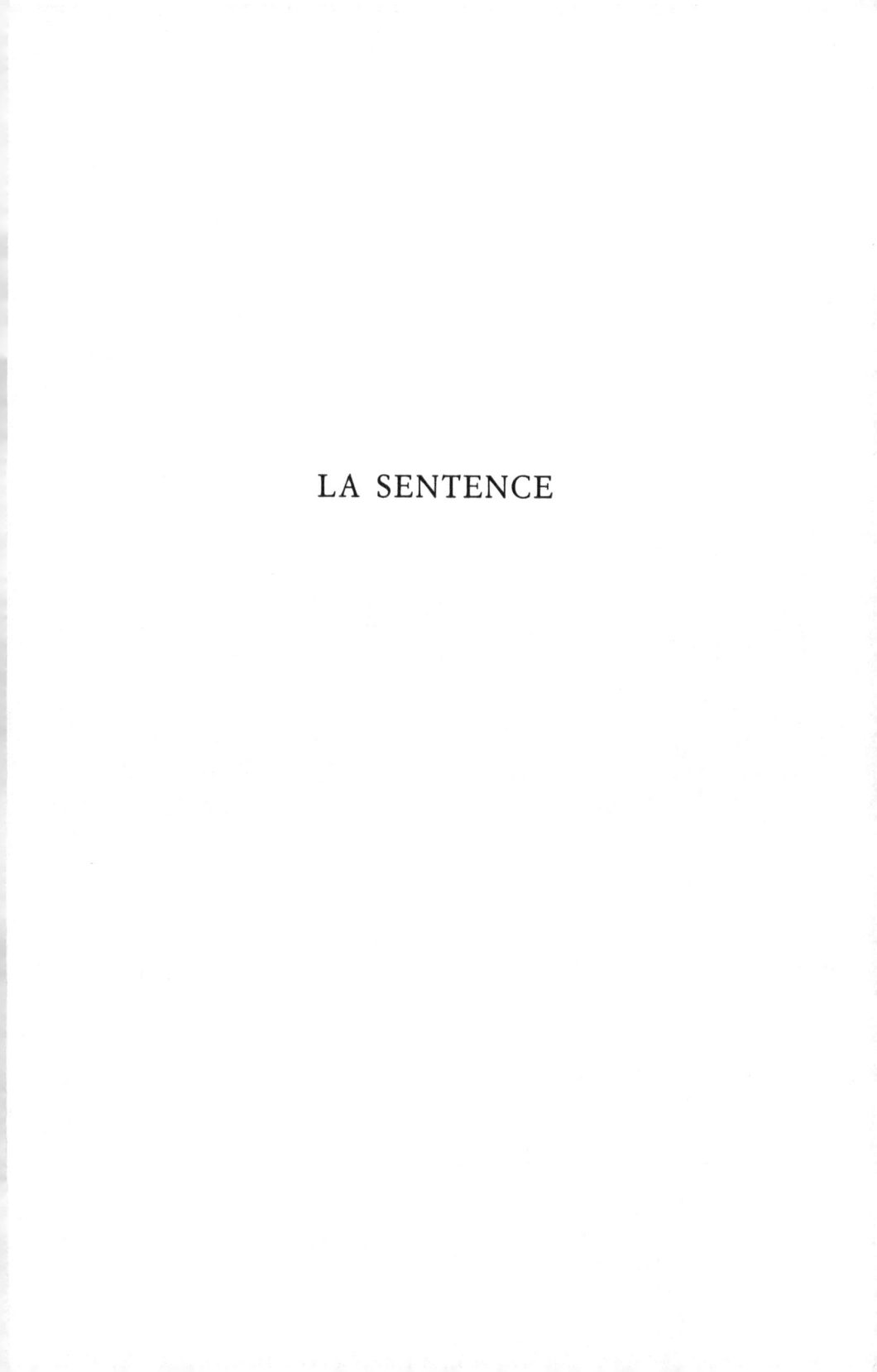

LA SENTENCE

LOUISE ERDRICH

LA SENTENCE

roman

*Traduit de l'américain
par Sarah Gurcel*

TERRES D'AMÉRIQUE
ALBIN MICHEL

« Terres d'Amérique »

Collection dirigée par Francis Geffard

Retrouvez toute l'actualité de Terres d'Amérique et de ses auteurs sur Facebook (Terres.Amerique) et Instagram (terres_amerique).

© Éditions Albin Michel, 2023
pour la traduction française

Édition originale américaine parue sous le titre :
THE SENTENCE
© Louise Erdrich, 2021
Publiée par HarperCollins, New York, États-Unis.
Tous droits réservés.

*À toutes celles et tous ceux
qui ont travaillé à Birchbark Books*[1],
à nos clients, à nos fantômes.

---

1. Librairie de Louise Erdrich à Minneapolis. (*Toutes les notes sont de la traductrice.*)

« Du moment où l'on naît à celui où l'on meurt, chaque mot que l'on prononce prolonge une même phrase. »

Sun Yung Shin, *Unbearable Splendor*

DEDANS DEHORS

De la Terre à la Terre

Quand j'étais en prison, j'ai reçu un dictionnaire. Accompagné d'un petit mot : *Voici le livre que j'emporterais sur une île déserte.* Des livres, mon ancienne professeure m'en ferait parvenir d'autres, mais elle savait que celui-là s'avérerait d'un recours inépuisable. C'est le terme « sentence » que j'y ai cherché en premier. J'avais reçu la mienne, une impossible condamnation à soixante ans d'emprisonnement, de la bouche d'un juge qui croyait en l'au-delà. Alors ce mot, avec son « c » en forme de bâillement, ses petits « e » hostiles, ses sifflantes insupportables et son doublon de « n », ce mot minable et monotone fait de lettres sournoisement assassines autour d'un « t » humain bien solitaire, ce mot occupait mes pensées chaque instant de chaque jour. Il est évident que, sans l'arrivée du dictionnaire, ce mot léger dont le poids m'écrasait aurait eu raison de moi, ou de ce qu'il en restait après l'étrangeté de ce que j'avais fait.

J'étais à un âge périlleux quand j'ai commis mon crime. J'avais beau avoir atteint la trentaine, mes occupations et mes raisonnements restaient ceux d'une adolescente. On était en 2005 mais je me défonçais façon 1999, buvant et me droguant comme si j'avais dix-sept ans, malgré les tentatives scandalisées de mon foie de me signaler qu'il avait une bonne décennie de plus. Pour tout un tas de raisons, je ne savais pas encore qui j'étais. Maintenant que c'est plus clair, je peux vous dire ceci : je suis moche. Pas comme ces héroïnes de films ou de romans écrits par des hommes, dont la beauté se révèle soudain, aussi éblouissante qu'édifiante. Je n'ai rien de pédagogique. Et pas non plus de beauté intérieure. J'aime bien mentir, par exemple, et je suis très forte pour vendre des trucs qui ne servent à rien à des gens qui n'en ont pas les moyens. Maintenant que je suis réinsérée, je ne vends bien sûr plus que des mots. Des assortiments de mots entre deux couvertures cartonnées.

On trouve dans les livres tout ce qu'il faut savoir, sauf l'essentiel.

Le jour où j'ai commis mon crime, j'étais couchée aux pieds pâles et menus de mon crush, Danae, et je bataillais avec une cohorte de fourmis intérieures quand le téléphone a sonné. Danae a décroché tant bien que mal. Écouté. Sursauté. Crié. Agrippé le combiné des deux mains. Contracté son visage. Puis ouvert des yeux de punaise d'eau.

Il est mort dans les bras de Mara. Mon Dieu, oh mon Dieu. Elle ne sait pas quoi faire du corps !

Le téléphone a volé et Danae s'est jetée sur le canapé qu'elle venait de quitter, hurlant et secouant ses membres maigres. Je me suis réfugiée sous la table basse.

« Tookie ! Tookie ! Où es-tu ? »

Me hissant jusqu'aux coussins rustiques à motifs d'élan, j'ai tenté d'apaiser ma chère chavirée en la berçant et en pressant contre mon épaule sa blondeur négligée. Bien que plus âgée que moi, Danae restait fluette comme une poussine prépubère. Elle s'est lovée contre moi et j'ai senti mon cœur enfler. Je suis devenue son bouclier contre le monde. Quoique bunker serait peut-être une description plus exacte.

« Tout va bien, tu ne crains rien », ai-je dit d'une voix aussi rauque que possible. Plus elle pleurait, plus je jubilais, ravie de son besoin chouinant d'affection.

« Et n'oublie pas, ai-je repris, tu as gagné le pactole ! »

Deux jours plus tôt, elle avait raflé au casino le genre de somme qu'on ne gagne qu'une fois dans une vie. Mais il était trop tôt pour évoquer l'avenir radieux. Les doigts serrés autour de sa propre gorge, elle tentait de s'arracher la trachée tout en se cognant la tête contre la table basse ; puis, animée d'une force surnaturelle, elle a fracassé une lampe et essayé de s'éventrer avec un éclat de plastique. Elle avait pourtant toutes les raisons de vivre.

« J'en ai rien à foutre, de ce fric. C'est Budgie que je veux ! Budgie ! Oh, Budgie, mon âme ! »

Elle m'a virée du canapé.

« C'est avec moi qu'il devrait être, pas avec elle. Moi, pas elle. »

J'entendais ce délire depuis un mois. Danae et Budgie avaient prévu de s'enfuir ensemble. Un revirement radical du réel, soi-disant qu'ils avaient l'un comme l'autre accédé à une autre dimension du désir. Sauf qu'ils s'étaient pris le vieux monde dans les dents. Budgie avait fini par retrouver ses esprits et retourner dans les bras de Mara, qui n'était pas si mauvaise que ça. Pour preuve, elle s'était sevrée et n'avait pas replongé. Du moins, c'est ce que je croyais. Pour l'heure, la tentative de retour à la normalité de Budgie avait visiblement échoué. Encore qu'il soit normal de mourir.

Danae poussait des hurlements.

« Elle ne sait pas quoi faire du corps ! Mais quoi ? Quoi ? Ça veut dire quoi ?

– Tu es folle furieuse de chagrin », ai-je répondu.

Je lui ai donné un torchon pour essuyer ses larmes, celui-là même avec lequel j'avais tenté de tuer les fourmis tout en sachant que j'hallucinais. Elle a enfoui son visage dedans et s'est balancée d'avant en arrière. Je m'efforçais de ne pas regarder entre ses mains le filet de fourmis écrasées dont les pattes minuscules et les antennes fragiles remuaient encore. Puis voilà qu'une idée l'a piquée. Elle a frémi et s'est figée avant de se tordre le cou pour me fixer de ses grands yeux roses et m'adresser ces mots glaçants :

« Budgie et moi ne faisons qu'un. Un seul corps. C'est moi qui devrais avoir son corps, Tookie. Je veux Budgie, mon âme ! »

Je me suis glissée jusqu'au réfrigérateur. J'y ai dégoté une bière que je lui ai apportée, mais elle l'a violemment repoussée.

« C'est le moment de garder les idées claires ! »

J'ai sifflé la canette en disant que c'était plutôt le moment de se défoncer la gueule.

« On est déjà défoncées ! Ce qui est dingue, c'est que ce soit elle, elle qui s'est refusée à lui pendant un an, qui détienne le corps qu'il a reçu de Dieu.

– Son corps était normal, Danae. Pas divin. »

Elle n'était pas en état de capter, et les fourmis se révélaient piqueuses ; je me grattais les bras jusqu'au sang.

« On y va, a dit Danae, les yeux maintenant rouge vif. On y va, comme des Marines, putain. On va ramener Budgie chez lui.

– Il *est* chez lui. »

Elle s'est martelé la poitrine : « C'est moi, moi, moi, chez lui.

– Bon ben je te laisse. »

J'ai rampé vers la porte cassée. Et c'est là qu'elle a sorti son atout.

« Attends, Tookie. Si tu m'aides à récupérer Budgie... à le ramener ici... je te file ce que j'ai gagné au casino. L'équivalent d'un an de salaire pour... un prof, disons, ma biche. Peut-être même un directeur d'établissement. Vingt-six mille dollars. »

Je me suis figée sur le paillasson poisseux, délibérant à quatre pattes.

Danae sentait ma stupéfaction. J'ai fait marche arrière, puis j'ai roulé sur le dos et levé les yeux vers ses traits en guimauve qui se présentaient à l'envers.

« Je te les donne de bon cœur. Mais aide-moi, Tookie. »

J'avais vu tant de choses sur son visage. J'avais vu la lueur de l'étincelle, le vertige de la grande roue et plus encore. J'avais vu les quatre vents traverser le vert du vaste monde. J'avais vu les feuilles se serrer en un semblant de toile, obstruant ma vision. Mais jamais je n'avais vu Danae me proposer de l'argent. Quel que soit le montant. Or ce montant-là pouvait tout changer pour moi. C'était perturbant, et touchant. C'était la chose la plus significative à s'être jamais passée entre nous.

« Oh, ma puce. » Je l'ai prise dans mes bras et elle s'est mise à haleter comme un chiot affectueux. Puis elle a ouvert la bouche, cette bouche humide qui faisait toujours la moue.

« Tu es ma meilleure amie. Tu peux faire ça pour moi, tu peux récupérer Budgie. Elle ne te connaît pas. Mara ne t'a jamais vue. Et puis tu as la camionnette frigorifique.

– Je ne l'ai plus. Je me suis fait virer de chez North Shore Food.

– Oh non ! a-t-elle crié. Pourquoi ?

– Il m'arrivait de porter des fruits. Sur moi. »

Quand je livrais, je mettais des melons dans mon soutien-gorge par exemple. Ou des concombres dans mon pantalon. Bon, c'était si grave que ça ? La pelote de mes pensées s'est dévidée. Comme à chaque job, j'avais fait faire un double des clés. Quand, inévitablement, je me faisais virer, je rendais le trousseau d'origine et je rangeais le double, soigneusement étiqueté, dans une boîte à cigares. En souvenir de mon parcours professionnel. Simple habitude. Sans penser à mal.

« Tu sais, Danae, je crois qu'il faut une ambulance ou un corbillard, un truc dans le genre. »

Elle me caressait le bras en allers-retours suppliants.

« Mais Tookie ! Écoute. Évidemment. Écoute ! Évidemment ! »

Je me suis concentrée sur autre chose. C'était trop agréable. À force de caresses, elle a fini par obtenir que je la regarde, puis elle m'a parlé comme si c'était moi qui faisais un caprice.

« Bon, Tookie, ma biche... Mara et Budgie ont replongé ensemble et il est mort. Tu n'as qu'à mettre une jolie robe, hein ? Elle te laissera le fourrer à l'arrière de la camionnette.

– Danae, les véhicules de North Shore sont décorés de prunes et de bacon, ou bien de steaks et de laitues.

– Arrange-toi pour qu'elle ne le voie pas ! Tu n'auras qu'à prendre le corps et le charger. Il sera... »

L'espace d'un instant, elle a dû s'interrompre, s'étranglant comme un bébé.

« ... en sûreté dans un environnement réfrigéré. Et alors l'argent...

– Oui. »

Mon cerveau s'est emballé sous l'effet de l'adrénaline pécuniaire ; les pensées affluaient à toute blinde, mes neurones en effervescence. La voix de Danae s'est faite douce et enjôleuse.

« Tu es costaude. Tu peux le porter. Budgie n'est pas un gros gabarit. »

C'était un avorton, j'ai dit. Mais elle se fichait bien de ce que je disais. Vu le grand sourire qu'elle affichait à travers ses larmes, elle savait que j'étais prête à faire ce qu'elle voulait. C'est là que mon job du moment a pris le dessus. Lectrice de contrats, c'est ce que je faisais à l'époque. J'étais assistante juridique à temps partiel, chargée de relire les contrats et de définir les modalités. J'ai dit à Danae que je voulais le deal par écrit. Et qu'on signerait toutes les deux.

Elle a foncé jusqu'au bureau et gribouillé quelque chose. Et puis elle a fait mieux. Elle a rempli le chèque, zéro après zéro, avant de me l'agiter sous le nez.

« Mets une robe, arrange-toi, va chercher Budgie, et le chèque est à toi. »

Elle m'a déposée devant North Shore et j'ai fini à pied jusqu'à l'entrepôt. Quinze minutes plus tard, j'en ressortais au volant d'une camionnette de livraison. Talons, robe de soirée noire et moulante à faire mal, blazer vert, cheveux laqués et plaqués en arrière, maquillage express par Danae. Des années que je n'avais pas aussi bien présenté. J'étais équipée d'un carnet et de documents piqués dans les affaires scolaires de sa fille, et d'un stylo glissé dans mon sac à main.

Qu'est-ce que Danae allait faire de Budgie une fois qu'elle l'aurait récupéré ? Je me posais la question tout en roulant bon train. Qu'est-ce qu'elle allait bien pouvoir en faire ? De réponse, point. J'ai senti les fourmis revenir sous ma peau.

Budgie et Mara habitaient un petit pavillon gris à la sortie ouest de Shageg, la ville-casino de l'autre côté de la frontière entre le Minnesota et le Wisconsin. Je me suis garée dans la rue plutôt que dans l'allée, pour ne pas attirer l'attention. Tout près de la maison, affalé dans un enclos grillagé, un bâtard croisé pitbull a levé la tête à mon passage, sans aboyer : ça m'a glacé le sang. J'avais déjà eu maille à partir avec des taiseux qui cachaient leur jeu, mais celui-là, par chance, s'est raplati. Il m'a jeté un regard délavé quand j'ai pressé la sonnette, relique vraisemblable d'une époque plus faste. De l'intérieur m'est parvenue une petite mélodie raffinée. Mara a bataillé avec le verrou, puis ouvert grand la porte.

J'ai plongé mon regard dans ses yeux rouges et gonflés avec une empathie siphonnante.

« Je vous présente toutes mes condoléances. »

Nous nous sommes agrippé les mains dans un geste typiquement féminin, nous transmettant nos émotions via nos ongles abîmés. Pour quelqu'un qui ne savait pas quoi faire du corps, Mara ne manquait pas d'expertise. Elle a secoué son dégradé à la Joan Jett. Il se trouve qu'elle avait ses raisons :

« Bien sûr, j'ai pensé à appeler les pompiers, mais je ne voulais pas de sirène ! Il avait l'air si paisible, si serein. Et je n'aime pas les pompes funèbres – mon beau-père était croque-mort –, je ne veux pas qu'on bourre Budgie de conservateurs et qu'il finisse par ressembler à une statue de cire. Alors je me suis dit que j'allais juste faire un vœu... demander à l'univers... passer quelques coups de fil...

– Vous saviez que l'univers répondrait. Il est naturel de rendre à la nature. »

Elle s'est effacée pour me laisser entrer, puis elle m'a regardée en clignant des yeux, d'innocentes noisettes vertes. J'ai hoché la tête avec une empathie pleine de sagesse et je suis passée en mode vente : tout ce qui sort de ma bouche est alors dicté par l'intuition de ce que veut vraiment l'acheteur. Il y a que mon visage cabossé inspire confiance, et aussi que ce visage m'incite à me rendre agréable. Mais il y a surtout que taper dans le mille des besoins les plus profonds de mes interlocuteurs est mon point fort. Je rebondissais sur les questions de Mara :

« Qu'est-ce que vous entendez exactement par "rendre à la nature" ?

– Nous n'utilisons aucun produit chimique. Tout est biodégradable.

– Et après ?

– Un retour à la terre, comme le veut notre psycho-spiritualité. D'où notre nom : De la Terre à la Terre. Et puis il y a les arbres. Nous en entourons l'être cher, de sorte que pousse un petit bois. Notre devise : "Du tombeau au rameau". On peut aller y méditer.
– Où est-ce ?
– Le moment venu, je vous y emmènerai. Pour l'heure, je dois aider Budgie à se mettre en route. Pourriez-vous me montrer où il repose ? »
J'ai grimacé intérieurement au mot « reposer » – trop obséquieux ? Mais Mara me montrait déjà le chemin.

La chambre du fond était encombrée d'articles encore emballés – un problème que j'étais toute disposée à résoudre, ce que j'ai toutefois gardé pour plus tard. Couché sur des coussins souillés, la mâchoire ouverte et les yeux plissés, Budgie fixait d'un œil perplexe les caisses en plastique empilées dans un coin. On l'aurait dit vaguement mort d'étonnement. J'ai tendu à Mara un formulaire – une autorisation de sortie de classe ramassée au passage dans les affaires de la fille de Danae. Elle s'est plongée dedans et j'ai fait de mon mieux pour masquer ma panique. Il est rare que quiconque lise les documents officiels ; j'ai même parfois l'impression d'être la seule à le faire – déformation professionnelle, bien sûr. Cela dit, il arrive que les gens fassent seulement mine de lire, mobilisant leurs yeux mais pas leur cerveau. C'était le cas de Mara. Elle a grimacé au moment de renseigner le nom de Budgie dans le premier espace vide. Après quoi elle a signé au bas de la page avec un air d'irrévocabilité funeste, en appuyant fort sur les barres du M.

Le sérieux de ce geste m'a touchée – je ne suis pas sans cœur. Je suis allée farfouiller dans la camionnette, derrière les glacières à produits laitiers, où j'étais sûre de trouver une bâche. J'ai déployé celle-ci à côté du corps, lequel était encore à peu près malléable dans son tee-shirt à manches longues sous une chemise déchirée, faussement vintage, à l'effigie du groupe Whitesnake. J'ai roulé Budgie dans la bâche, parvenant à lui tendre les jambes et à lui replier les bras sur le torse dans un style évocateur d'un disciple d'Horus. J'ai fermé ses yeux interrogateurs ; ils ne se sont pas rouverts. Tout du long, je me répétais : *Tiens-t'en aux actes. Garde les émotions pour plus tard*, mais passer les doigts sur les paupières de Budgie m'a cueillie – aveugle à jamais à la réponse. Il me fallait de quoi lui maintenir le menton en place. Tout ce que j'avais dans la camionnette, c'était de la corde élastique.

« Mara, ai-je dit. Préférez-vous que j'aille chercher une attache professionnelle dans mon véhicule, ou auriez-vous un foulard que vous pourriez donner à Budgie en gage de votre amour dans l'au-delà ? Idéalement, évitez les motifs floraux. »

Elle m'a donné un grand carré de soie bleu couvert d'étoiles.

« Budgie me l'a offert pour notre anniversaire de mariage », a-t-elle murmuré.

Ça m'a étonnée, car j'avais de lui l'image d'un pingre. La tentative d'apaisement, *hum hum*, du mari coupable qui rentre au foyer ? J'ai enroulé le foulard autour de sa tête pour lui fermer la mâchoire et pris du recul. À se demander si je n'avais pas une vocation. Budgie avait maintenant l'air surnaturel. Comme si, de son vivant, il s'était fait passer pour un connard alors qu'il était en réalité un prêtre chamanique.

« On dirait qu'il est… omniscient », a dit Mara, impressionnée.

Nous avons entrelacé nos doigts une nouvelle fois. Tout ça prenait un tour bouleversant. J'ai failli craquer et laisser Budgie où il était. Aujourd'hui, bien sûr, je regrette de ne pas l'avoir fait. Mais l'indécrottable commerciale en moi a pris le dessus et accéléré le mouvement.

LA SENTENCE

« Bien. Mara, je vais faire passer Budgie à l'étape suivante de son voyage. C'est en général plus simple si le proche en deuil se fait une tasse de thé et médite un moment. Il ne faudrait pas que vous le reteniez. »

Mara s'est penchée pour déposer un baiser sur le front de son mari, puis elle s'est redressée, elle a pris une grande inspiration et s'est dirigée vers la cuisine. Quand j'ai entendu de l'eau couler, vraisemblablement dans une bouilloire, j'ai positionné Budgie pour pouvoir le porter selon la méthode des pompiers. Tandis que Mara se préparait un thé, j'ai franchi le seuil, longé la cage du pitbull déprimé et posé le corps à l'arrière de la camionnette. Il a fallu que j'enlève mes chaussures à talons et que je monte avec lui pour le tirer. Merci l'adrénaline et tant pis pour la robe déchirée. Puis j'ai pris le volant, direction Danae.

Elle m'attendait sur le pas de la porte. Quand je suis descendue de la camionnette, elle a couru vers moi. Mais, avant de lui donner Budgie, j'ai fait signe que je voulais l'argent. Elle a sorti le chèque de la poche arrière de son jean et l'a déplié en précisant qu'elle devait d'abord voir le corps. Puis, souriante, elle a passé sa langue sur ses lèvres charnues. Ça m'a fait l'effet d'une pierre qu'on retourne.

Mon amour pour elle s'est détaché de moi comme une vieille peau. Il arrive qu'une personne vous laisse entrevoir quelque chose, et alors vous voyez tout. Là où Budgie avait gagné une forme de dignité pensive, Danae manifestait tant d'empressement que c'en était flippant. Je n'arrivais pas à réconcilier les deux. On a fait le tour de la camionnette et j'ai tiré sur la bâche pour découvrir le corps, en évitant de regarder la vivante et le mort. Avant de monter près de lui, elle m'a tendu le chèque. J'ai vérifié qu'il était bien signé et je me suis éloignée, soulagée. Ce que j'ai fait alors vous montrera que je ne suis pas la professionnelle du trafic de cadavres qu'on a décrite plus tard. Je suis partie. J'ai jeté les clés de la camionnette sur le siège conducteur, je suis montée dans ma vieille Mazda, et j'ai taillé la route en moins de deux. J'aurais dû aider Danae à porter Budgie dans la maison, hein. J'aurais dû restituer la camionnette. D'accord, j'aurais dû ne pas prendre Budgie du tout. Mais au final, c'est d'avoir laissé son corps dans la fourgonnette réfrigérée qui m'a causé le plus de tort.

Ça, et ne pas avoir regardé sous ses aisselles. Mais bon.

On n'était qu'en milieu d'après-midi, j'ai donc foncé à la banque déposer le chèque et, en attendant qu'il soit crédité sur mon compte, j'ai retiré en liquide tout ce que je pouvais. Soixante dollars. Les billets de vingt en poche, j'ai roulé pour mettre du champ entre cette histoire et moi. Respire, je me disais, ne te retourne pas. Je suis allée au Lucky Dog, le grill & bar que je m'offrais quand j'avais les moyens, à quelques kilomètres d'autoroute au milieu des bois. Là, je me suis payé un bourbon et un somptueux faux-filet. Servi avec salade et pomme de terre farcie. Un régal. Mes sens se sont ouverts. Le repas et l'argent m'ont guérie ; l'alcool a tué les fourmis. J'étais une personne neuve. Quelqu'un dont le destin ne serait pas de finir sa vie terrestre les yeux rivés à un tas de caisses en plastique. Quelqu'un à la destinée forgée dans des circonstances originales. J'ai réfléchi à mon élan créatif. L'affaire que j'avais inventée à la volée, De la Terre à la Terre, pouvait marcher. Les gens étaient avides d'alternatives. Et puis la mort ne connaissait pas la crise et pouvait difficilement se délocaliser à l'étranger. Je savais que je devrais me coltiner des lois, des obstacles et des réglementations, mais avec la mise de départ de Danae, j'aurais de quoi faire ma vie.

Tandis que je me planifiais un avenir prometteur, voilà qu'il s'est glissé face à moi dans le box. Mon pire ennemi. Mon autre crush.

« Pollux, ai-je dit. Ma conscience potawatomie. Où est passé ton seyant uniforme de policier tribal ? »

Ancien boxeur au regard perçant, Pollux avait le nez épaté, le sourcil gauche entaillé, une fausse dent et des jointures de doigts toutes bosselées.

« Je ne suis pas de service, a-t-il répondu. Mais pas non plus là par hasard. »

Mon cœur s'est emballé. J'ai craint une mission spéciale.

« Tookie, a-t-il repris. Tu connais la chanson.
— Faut qu'on arrête de se fréquenter ?
— J'ai su que c'était toi dès que j'ai vu la camionnette. Ingénieux.
— Cérébrale, je le suis.
— Ce n'est pas pour rien que la tribu t'a envoyée à l'université.
— C'est vrai.
— Tu sais quoi ? Je vais te payer un autre verre avant qu'on se tape tout le tralala.
— J'étais sur le point de lancer un super business, Pollux.
— Rien ne t'en empêche. Dans vingt ans, max. Tu t'es bien démerdée, vraiment. Toute l'attention était sur tes copines. Dommage qu'elles soient devenues hystériques et qu'elles t'aient balancée. »

(Danae, Danae ! L'autre pièce du puzzle de mon cœur.)

« Tu te fous de moi, avec tes vingt ans. Houlala, j'ai peur. Tu as parlé à Mara ?
— Elle a loué ta prestation, ta compassion, oui, même quand on lui a dit que Danae était à la manœuvre.
— Ah bon, vraiment ? » Ça m'a fait plaisir, malgré le contexte. Mais il n'avait pas reconnu que sa menace était une feinte.

« Pollux, fais des vacances à ta vieille pote Tookie, tu veux. Vingt ans, sérieusement ?

– Il y a des bruits qui courent. Tu pourrais bien... je veux dire, avec les casseroles que tu te traînes. On ne sait jamais. Ça pourrait être le double. »

Voilà que j'essayais de ne pas hyperventiler. Sauf qu'il manquait quelque chose. Un crime.

Pollux m'a jeté un regard noir – noir et triste sous son sourcil fendu. Il scrutait les remous troubles de mon cœur. Mais je voyais à présent que ça lui était pénible. J'ai demandé :

« Qu'est-ce qui se passe ? Pourquoi vingt ans, bordel ?

– Ce n'est pas à moi d'établir si tu savais ou pas de quoi Budgie était porteur.

– Porteur ? D'une connerie tragique, comme d'habitude. Tu n'as pas répondu à ma question.

– Tu connais la musique. Mais ça aiderait que tu n'encaisses pas le chèque.

– Je ne suis pas conne. Évidemment que je l'ai encaissé. »

Il n'a rien dit, et on est restés comme ça un moment. Puis il a baissé son front abîmé et siroté son bourbon en me regardant tristement dans les yeux. Si, sous certains éclairages, je peux être canon dans le genre destroy, Pollux, lui, est irrémédiablement laid quelle que soit la lumière. Mais chez un homme, un boxeur en particulier, ça n'est pas franchement un handicap. Buriné, on dit. Il a détourné les yeux. C'était trop bien, qu'il me regarde ; ça ne pouvait pas durer.

« Allez, vas-y, crache le morceau, j'ai repris. Vingt ans ?

– Tu as fini par passer la vitesse supérieure, Tookie.

– C'était une grosse somme. J'ai pensé bienfaisance, tu sais ? Une fois mes charges réglées...

– Je ne te parle pas du chèque, même si ça va jouer. Tookie... Voler un cadavre ? Et ce qu'il avait sur lui ? C'est pire que du vol aggravé. Sans parler de la camionnette... »

Je me suis presque étouffée. En fait je me *suis* étouffée. J'en ai même eu les larmes aux yeux. Je n'avais pas du tout envisagé ce que je faisais comme un crime. Vol aggravé, ça ne manque pas de classe, jusqu'à ce qu'on pense aux peines encourues.

« Pollux, je n'ai rien volé ! J'ai déplacé un corps. Rendu service à une amie. Alors, oui, d'accord, pour ça j'ai emprunté une camionnette. Mais j'étais censée faire quoi quand elle hurlait : *Budgie, mon âme* ?

– Ouais. Sauf que tu as encaissé le chèque, Tookie. Et que la camionnette était réfrigérée. Pratique pour un trafic d'organes, qui sait. »

J'étais sans voix.

Pollux m'a payé le verre qu'il m'avait promis.

« T'es pas croyable, ai-je fini par dire. En plus d'être un Indien Potawatomi. Un frère tribal.

– Et un ami. C'est sûr que ça fait une paie qu'on se connaît. On vient du même monde. Oh Tookie, toi qui depuis toujours...

– Moi qui depuis toujours quoi ? »

Il n'a pas répondu. J'ai reposé la question. « On obtiendra une réduction de peine, a-t-il dit. J'interviendrai en ta faveur. On arrivera peut-être à un arrangement. Voler un cadavre, ça ne devrait pas être un crime si grave que ça. Et puis tu ne savais pas...

– Exactement. Pourquoi un crime tout court ? Ce n'est que Budgie.

– Je sais. Et puis cette histoire de trafic d'organes...

– Ridicule. Il avait passé la date de péremption. »

Pollux m'a jeté un regard sévère et conseillé de ne pas dire ça au tribunal.

« Qui ne sera pas tribal, a-t-il poursuivi. Ça relève du système fédéral. Et là, personne ne sera sensible à ton sens de l'humour. Ni à ton charme. À leurs yeux, tu ne seras qu'une grosse brute indienne, comme moi. »

Il s'apprêtait à rectifier. « Encore que... » Mais je l'ai coupé. « Sauf que toi tu es policier. Finement joué.

– Tu pourrais être ce que tu veux, a dit Pollux. Tu me fais bouillir le cerveau. Et mon cœur... » Il s'est effleuré la poitrine. « Tu le retournes. Tu le noues. Comme si tu ne savais pas que ce sont nos choix qui nous mènent là où nous sommes. »

Rien n'était plus vrai, mais je ne pouvais pas répondre. Mes pensées ruaient dans mon crâne.

On s'est regardés dans les yeux. J'ai remonté les manches de mon blazer vert et tendu les bras par-dessus la table. C'est alors qu'il m'a passé les menottes et m'a arrêtée. Là, comme ça.

※

Comme je ne suis pas très portée sur la télé, j'ai profité du coup de fil auquel j'avais droit en prison, avant mon procès, pour demander à Danae de me déposer des livres. Mais sa ligne était coupée. J'ai essayé Mara : pareil. À ma grande surprise, c'est ma prof de cinquième, au collège de la réserve, qui est venue à mon secours. J'avais toujours attribué la gentillesse de Jackie Kettle au fait que c'était sa première année d'enseignement et qu'elle était très jeune. Mais il s'est avéré qu'elle ne perdait pas de vue ses élèves. Quand elle a appris mon incarcération, elle est allée acheter une caisse de livres à un dollar dans une braderie. Il s'agissait surtout de bouquins de développement personnel – des livres comiques, donc. Mais il y avait visiblement un ou deux rescapés d'un corpus de première année de fac. Une bibliographie à l'ancienne. On m'a autorisé un vieil exemplaire de l'*Anthologie de littérature anglaise* publiée chez Norton. Ça m'a permis de tenir. Je n'ai pas eu beaucoup de visites. Pollux est venu une fois, mais je crois bien qu'il s'est mis à pleurer alors on s'est arrêtés là. Quant à Danae, qui m'avait mêlée à son histoire, transformant mes actes en dinguerie absolue, elle n'avait pas réfléchi. Je lui avais pardonné, mais je n'avais pas non plus envie de la voir. Enfin bon, l'anthologie a flouté le temps, et le moment est bientôt venu pour moi de retrouver L. Ron Hubbard. Oui, l'avocat de la tribu était scientologue. Voilà ce que deviennent les gardiens de la terre. Il ne s'appelait pas vraiment L. Ron Hubbard, c'est nous qui l'appelions comme ça. Son vrai nom, c'était Ted Johnson. Notre entretien a eu lieu dans la même petite pièce glauque que d'habitude. Ted Johnson était quelconquissime, un pauvre type en costume bon marché informe et cravate molle des années quatre-vingt. Son crâne chauve surplombait un jaillissement de cheveux au niveau des oreilles, des touffes bouclées qu'il passait son temps à ramener vers l'arrière. Il avait un visage rond et inexpressif, et des yeux verts parfaitement opaques aux pupilles minuscules, froides comme des mèches de perceuse. Tout ça ne cachait hélas pas une exceptionnelle finesse d'esprit.

« Tookie, je suis surpris.

– Tu es surpris, Ted ? C'est moi qui suis surprise. Depuis quand c'est un crime ?

– C'est du vol de cadavre !

– Ce n'était pas du vol. Je n'ai pas gardé le corps.

– Bien. J'en ferai mon miel. Tu as néanmoins accepté un paiement de plus de vingt-cinq mille dollars, ce qui, selon la législation en rigueur et patati et patata.

– Tu veux dire en vigueur, non ?

– Tu m'as bien entendu. » Il n'a pas bronché. J'étais dans la merde.

« Le corps humain en soi vaut quatre-vingt-dix-sept *cents*, ai-je repris. Réduit aux minéraux qui le composent, tout ça.

– Bien. J'en ferai mon miel. »

Il a marqué un temps.

« Comment tu sais ça ?
— Grâce à mon prof de chimie au lycée », ai-je répondu. Et puis j'ai repensé à la bille qu'était Mr Hrunkl, et aussi au fait que, sur certains marchés noirs, Budgie aurait sans doute valu beaucoup plus. J'ai eu froid, soudain.

« Écoute, Ted, ai-je poursuivi. L'argent de Danae, c'était une coïncidence. Je l'ai pris par précaution. J'avais peur que le chagrin lui fasse faire des conneries, or je suis sa meilleure amie. Je gardais cet argent pour elle. Dès que tu me sortiras d'ici, la somme regagnera son compte et elle gaspillera tout, tu verras.

— Bien sûr. J'en ferai mon miel.
— Alors, c'est quoi, notre stratégie ? »
Ted a parcouru ses notes. « Tu n'as pas gardé le corps, qui, si on le fait réduire, revient à quatre-vingt-dix-sept *cents*.

— Évite peut-être "faire réduire". Et ça vaut sans doute plus, aujourd'hui. L'inflation.

— D'accord. L'argent de Danae, c'était pour la protéger et éviter qu'elle dépense tout, conne de chagrin qu'elle était.

— Folle de chagrin. Et je suis sa meilleure amie. Note ça.
— Oui. On va s'en sortir ! Je vais te tirer de là ! »
On aurait dit qu'il avait besoin d'une sieste. Mais, avant de s'assoupir, il a murmuré un drôle de truc :

« Tu sais ce qui était attaché au corps, hein ?
— Une étiquette, j'imagine. Pour l'identifier.
— Non, sous la chemise.
— Sa chemise Whitesnake. Collector. Des vieilles cassettes du groupe ? »

Son visage s'est plissé en un effort pour déchiffrer mes paroles. Il a regardé à droite et à gauche d'un air paranoïaque, puis secoué la tête. « C'est trop risqué, je ne peux pas te le dire. Tu vas avoir la visite de la DEA, l'agence fédérale des stups, ou d'un truc dans le genre. Ce sera peut-être juste la brigade locale, hein. Tu ne sais pas tout. Ou peut-être que si. Ça ne me regarde pas.

— Qu'est-ce qui ne te regarde pas ? »

Il s'est levé en fourrant précipitamment ses papiers dans sa mallette en plastique.

« Qu'est-ce qui ne te regarde pas ? »

Je me suis levée aussi et j'ai crié après lui : « Reviens, Ted ! De quoi tu parles ? »

※

Il est revenu quelques jours plus tard, l'air encore plus somnolent. Il n'arrêtait pas de se frotter les yeux, de me bâiller au visage.

« Bon, a-t-il dit. Danae et Mara ont fini par craquer.

— Elles étaient dévastées de chagrin, chacune à leur façon.

— Pas craquer dans ce sens-là. Elles ont parlé, je veux dire.

— C'est bien ! Il faut parler, quand on est en deuil. Heureusement, elles vont pouvoir s'appuyer l'une sur l'autre, maintenant.

— Je commence à croire que tu n'étais vraiment pas au courant.

— De quoi ? Qu'il a fait une overdose ? Oui, j'étais au courant.

— Y a pas que ça. On t'a interrogée.

— Ouais, mais je n'ai pas collaboré.

— Tookie, a-t-il dit trop gentiment, tu as transporté du Wisconsin au Minnesota un corps humain dont les aisselles étaient bourrées de cocaïne. Tu as passé la frontière entre deux États avec de la drogue.

— Oui, bon, les peuples autochtones ne reconnaissent pas ces frontières, tu sais. Et pourquoi est-ce que j'aurais été regarder sous ses aisselles ?

– Danae et Mara ont déjà avoué et négocié un accord. Le truc, c'est qu'elles jurent que le transport de la drogue sous les aisselles, c'était ton idée, et que l'argent que tu as accepté représentait une avance sur les gains à venir. Je suis navré, Tookie.

– Comme si j'allais encaisser un chèque représentant une avance sur du trafic de drogue ! Non mais franchement, j'ai l'air si conne que ça ? »

Ça m'a déstabilisée que Ted ne réponde pas.

« Putain, Ted, personne ne m'écoute ! Je ne savais pas !

– Tout le monde t'écoute. Seulement, tu dis ce que tout le monde dit. "Je ne savais pas", c'est un peu éculé, comme défense. »

❦

Il y a eu une période semblable aux pages blanches d'un journal intime. Je ne peux pas dire ce qui s'est passé. Et puis on m'a tirée de ma cellule pour un autre interrogatoire. Duquel ont émergé les preuves qui m'ont condamnée. C'est le chatterton qui m'a perdue. Cette fois, j'avais affaire à un homme au regard d'acier et au teint rehaussé de poudre bronzante, accompagné d'une femme à la musculature saillante et au sourire sans lèvres.

« Vos amies disent que c'est vous qui avez eu l'idée.

– Quelle idée ?

– Transporter du crack scotché à un cadavre. Déshonorer ce pauvre bougre. Le plan, c'était que vous le déposiez chez la petite blonde, qu'elle vous paye la livraison – vous toucheriez votre part du gâteau plus tard –, et qu'elle récupère la drogue avant d'appeler les pompes funèbres pour qu'ils viennent le chercher.

– Du crack ? Y avait pas de crack. J'ai transporté le corps

de Budgie pour Danae. Elle était amoureuse de lui. Leur amour était béni, consacré par les dieux, vous voyez, et elle voulait l'avoir près d'elle. Pourquoi, j'en sais foutrement rien.
— Il y avait de la cocaïne sous forme de crack. Et du chatterton. »

Du chatterton. Maligne comme je suis, j'ai demandé s'il était gris. Mes interrogateurs ont exhibé ce cynisme confit d'arrogance qui est typique des entraîneurs de football au lycée. Ils se sont regardés, impassibles, et puis l'un a adressé à l'autre un tressaillement de sourcils lourd de sens.

« Quoi ? ai-je demandé.
— Vous avez posé une question relative au chatterton. »

Je leur ai répondu que, ne sachant pas comment réagir à l'information qu'ils venaient de me communiquer, j'avais posé une question non pertinente.

À quoi ils ont répondu que ma question n'était pas impertinente.

« J'ai dit *non pertinente*.
— Comme vous voudrez. Vous devinez pourquoi ?
— Peut-être que le chatterton n'était pas gris ?
— De quelle couleur était-il ?
— J'en sais rien.
— Vous êtes sûre ?
— Pourquoi est-ce que je demanderais, sinon ?
— C'est une question très étrange.
— Je ne crois pas. Je crois que c'est normal de se poser la question. De nos jours, on trouve du chatterton de toutes les couleurs. »

Nouveau tressaillement de sourcils lourd de sens. « De toutes les couleurs », a répété un des interrogateurs. Et c'est là qu'est venue la question assassine.

« Si vous deviez choisir, de quelle couleur serait ce chatterton ?

– Je ne sais pas. J'ai la bouche très sèche, tout à coup. Vous croyez que je pourrais avoir un verre d'eau ?
– Bien sûr, bien sûr. Dès que vous aurez répondu. »
Je suis restée très longtemps dans cette pièce. Sans rien à boire. Le temps qu'ils reviennent, j'avais des hallucinations, ma langue avait tellement enflé que je ne pouvais plus fermer la bouche, et mes lèvres s'étaient couvertes d'une croûte brune fétide. La femme tenait un gobelet en carton : quand elle y a enfin versé de l'eau, je me suis ruée dessus.
« Vous souvenez-vous de quelle couleur était le chatterton ? »
J'avais eu le temps de réfléchir. Imaginons que je choisisse une couleur et que ça se trouve être la bonne ? Il fallait les choisir toutes. Voilà. Comme ça je me tromperais forcément.
« Il était de toutes les couleurs. »
Après m'avoir adressé un hochement de tête et un vif regard d'approbation, de concert ils ont dit : *Bingo*.
Comment aurais-je pu savoir qu'il existait du chatterton arc-en-ciel ? Et quelle mouche avait piqué Mara d'utiliser ça pour coincer la dame blanche sous les bras de Budgie ?

Le jour où le juge Ragnik m'a collé soixante ans, une certaine consternation a saisi la salle d'audience. De mon côté, impossible de chasser l'étonnement de mon visage – j'avais la même expression que Budgie. Mais beaucoup n'ont pas été surpris : le circuit fédéral est connu pour la sévérité de ses peines. Et puis le crack a mis le feu aux poudres. Au final, le juge avait toute latitude. Le vol du corps était une circonstance aggravante et ce juge-là était puissamment horrifié par ce que j'avais fait. Il a évoqué le caractère sacré des morts, leur vulnérabilité face aux vivants, et aussi sa crainte que cette affaire ne crée un précédent. Le contrat ridicule signé avec Mara avait émergé – bien fait pour ma gueule, à me croire si maligne. Et puis, parlons des statistiques. Celles-ci n'étaient pas en ma faveur. En prison, à l'heure actuelle, ce sont les Indiens qui purgent les peines les plus lourdes. J'adore les statistiques parce qu'elles placent ce qui arrive à une rognure d'humanité comme moi sur une échelle planétaire. À lui seul, par exemple, le Minnesota emprisonne trois fois plus de femmes que le Canada tout entier, sans parler de l'Europe. Il y a d'autres chiffres, mais ce serait trop long. Depuis des années maintenant, je me demande pourquoi nous sommes au plus bas niveau – ou au plus haut du pire – de tout ce qui est mesurable. Car je sais que notre peuple a sa grandeur. Mais peut-être que cette grandeur repose sur ce qui ne se mesure pas. Peut-être que nous avons été colonisés, mais pas suffisamment. Mettez de côté les casinos ou mon propre comportement : la plupart d'entre nous ne sont pas obsédés par l'argent. Pas assez pour effacer l'amour des ancêtres. Nous ne sommes toujours pas assez colonisés pour adopter la mentalité de la langue dominante. Même si la plupart d'entre nous ne parlent pas leur langue maternelle, beaucoup obéissent à une logique héritée de ces mêmes langues. De cette générosité. En anishinaabemowin, la langue de ma tribu, cela inclut des formes complexes de rapports humains et d'infinies façons de plaisanter. Alors nous sommes peut-être simplement du mauvais côté de l'anglais. C'est possible, je crois.

N'empêche que l'histoire d'un mot anglais a allégé mon désespoir. Dans la prison où j'ai d'abord été détenue, ils ont passé mon dictionnaire aux rayons X, enlevé la couverture, palpé la reliure, feuilleté les pages. Il a fallu que je le gagne pour bonne conduite, dont acte. Ma mauvaise conduite s'était envolée au moment où la sentence était tombée. Du moins quand j'arrivais à la brider, ce qui n'était pas toujours le cas. J'étais Tookie, toujours trop Tookie. Pour le meilleur et pour le pire, c'est comme ça.

LA SENTENCE

J'avais pour dictionnaire l'édition 1969 de l'*American Heritage Dictionary of the English Language*. Jackie Kettle me l'avait fait parvenir avec une lettre qui racontait qu'elle avait reçu cet ouvrage de la Ligue nationale de football américain, en récompense pour une rédaction sur ce qui la motivait à faire des études supérieures. Le dictionnaire lui avait été d'une grande utilité à l'université et maintenant elle me le confiait.

> **sentence**[1], subst. 1. Unité grammaticale comprenant un mot ou un groupe de mots séparé de toute autre construction grammaticale ; est généralement composée d'au moins un sujet et de son prédicat, et comporte un verbe ou une locution verbale. Ex 1 : *La porte est ouverte.* Ex 2 : *Fonce !*

Quand j'ai lu cette définition pour la première fois, les exemples en italique m'ont émerveillée. Ce n'étaient pas de simples phrases, me suis-je dit. *La porte est ouverte. Fonce !* C'étaient les plus belles phrases jamais écrites.

※

J'ai passé huit mois dans une prison délabrée, faute de place ailleurs. Dans le Minnesota, trop de femmes faisaient de mauvais choix, comme aimaient à le répéter mes conseillers pénitentiaires d'insertion et de probation. Avec cette hausse des incarcérations féminines, il n'y avait notamment pas de place dans la prison pour femmes de Shakopee, laquelle, à l'époque, n'était même pas entourée d'une vraie clôture. C'est là que je voulais aller. Mais bon, j'étais une prisonnière

---

1. Le mot anglais *sentence* peut signifier « condamnation » ou « phrase », au sens purement grammatical du terme. C'est ce dernier sens qui figure en premier dans le dictionnaire.

fédérale. Or la prison fédérale de Waseca, dans le sud du Minnesota, n'était pas encore un centre de détention pour femmes ; on m'a donc transférée de Thief River Falls à un endroit situé dans un autre État que j'appellerai Rockville.

C'est ce transfert qui a aggravé ma situation. Les transferts ont lieu de nuit. J'allais découvrir que chaque fois qu'on me réveillerait à titre personnel en cellule, ça tomberait au milieu d'un de mes rares rêves agréables. Cette nuit-là, j'étais sur le point de mordre dans un gigantesque gâteau au chocolat quand on m'a arrachée au sommeil. On m'a dit d'enfiler un pantalon en papier et une chemise en papier, et c'est dans des chaussons en papier que j'ai traîné des pieds jusqu'à une fourgonnette. Chaque prisonnière était attachée dans un box. Quand j'ai vu la cage minuscule dans laquelle j'étais censée entrer, je me suis effondrée. À l'époque, j'étais claustrophobe à mort. Comme j'avais entendu parler de sainte Lucie, que Dieu avait rendue si lourde qu'on ne pouvait pas la soulever, j'ai tenté de faire pareil. J'ai aussi tenté d'expliquer aux crétins chargés du transport que j'étais claustrophobe. J'ai supplié comme une folle, ils m'ont donc traitée comme une folle. Deux hommes ont sué, bataillé, cogné, poussé et tiré pour me faire entrer dans la cage. Et puis Budgie est entré avec moi, la porte s'est fermée et je me suis mise à hurler.

Quand ils ont parlé de m'injecter des sédatifs, j'ai supplié : oui oui oui. Mais il n'y avait pas d'infirmière pour me piquer au milieu de la nuit. On a démarré, moi hurlant et Budgie gloussant, la mâchoire toujours retenue par le foulard aux étoiles qui formait un grand nœud souple au-dessus de sa tête. Les autres femmes m'injuriaient ; les gardiens nous criaient dessus. En route, les choses ont empiré. Quand l'adrénaline d'une crise d'angoisse pénètre votre système, impossible de l'arrêter. L'intensité de ces crises est censée les limiter dans le temps, mais je vous assure qu'elles peuvent quand même durer des heures, comme ce fut le cas quand Budgie s'est mis à siffler entre ses dents pourries. Je n'ai aucun souvenir des heures en question, mais, apparemment, j'ai voulu en finir : j'ai déchiré et froissé ce que je pouvais de mes vêtements en papier et je me suis fourré le tout dans la bouche et le nez. Il paraît que quand je me suis tue, tout le monde a été tellement soulagé que personne ne voulait venir voir ce qui se passait. Sans un flic avec un reste de conscience, j'aurais pu mourir étouffée, asphyxiée par cette boule de papier blanc. S'il y avait eu des mots sur ce papier, ma mort aurait-elle été un poème ? J'allais avoir tout le temps de réfléchir à cette question.

À l'arrivée, j'ai été placée à l'isolement, au trou, pour un an. Du fait de ma tentative de suicide par papier, je n'avais droit à aucun livre, mais j'ai découvert que j'avais, sans le savoir, une bibliothèque dans la tête. Elle contenait tous les bouquins que j'avais lus de l'école primaire à l'université, plus tous ceux qui m'avaient obsédée par la suite. Les replis de mon cerveau contenaient de longues scènes, des passages entiers de textes allant de la série de fantasy pour enfants *Rougemuraille* aux trois tomes de *Xenogenesis* d'Octavia E. Butler en passant par *Huckleberry Finn*. C'est comme ça que j'ai traversé cette année-là sans devenir folle. Deux autres se sont écoulées avant que je sois transférée à Waseca. Cette fois-ci, on m'a attachée, mais pas enfermée. De toute façon mon long séjour au trou m'avait guérie de ma claustrophobie. J'ai tiré sept ans à Waseca et puis, un jour, j'ai été convoquée dans le bureau du directeur. À ce stade, j'avais radicalement changé d'attitude. Je faisais profil bas, je suivais un cursus universitaire, je jouais le jeu. Alors c'était quoi le problème, putain ? Je suis entrée dans le bureau en m'attendant au pire, mais mon cœur s'est arrêté de battre en entendant les

phrases : *Votre incarcération ici est terminée. Votre peine a été commuée.*
 Silence d'entre deux coups de tonnerre. Commuée... en peine purgée. J'ai dû m'asseoir par terre. Je sortirais dès les formalités administratives accomplies. Je n'ai pas posé de question, au cas où il y ait eu erreur sur la personne. J'ai appris plus tard que j'avais totalement sous-estimé Ted Johnson. Il n'avait pas renoncé. Il m'obligeait à rédiger une demande de grâce chaque année, certes – ça, je le savais, mais je ne pensais pas que ça donnerait quoi que ce soit. Or il avait fait appel après appel. Soumis mon cas à un groupe de l'université du Minnesota. On s'était intéressé à moi à cause de Budgie et de l'extrémisme religieux du juge. Ted avait aussi obtenu des aveux de Danae et Mara, qui, maintenant qu'elles avaient purgé leur courte peine – à peine le temps de dire *Salopes !*, mettons –, ne voyaient plus l'intérêt de m'accuser et reconnaissaient m'avoir piégée. Ted avait diffusé mon histoire partout où il avait pu.
 Je lui ai écrit pour le remercier de m'avoir rendue à la possibilité d'une vie libre, mais ma lettre ne lui est jamais parvenue. Son monde n'avait pas d'adresse. Il avait succombé à une crise cardiaque foudroyante.
 La nuit qui a suivi l'annonce de ma libération, impossible de dormir. J'avais beau avoir rêvé de ce moment, la réalité m'emplissait d'un mélange de terreur et d'euphorie. J'ai remercié mon dieu minuscule.
 Une fois, pendant que j'étais à l'isolement, assise sur mon lit dans un état d'absence, un tout petit esprit m'avait rendu visite – en ojibwé, « insecte » se dit *manidoons,* petit esprit. Une mouche irisée s'était posée sur mon poignet. Je n'avais pas bougé, me contentant de la regarder caresser son bijou de carapace avec des pattes qui auraient pu être des cils. Plus tard, j'ai fait mes recherches. Ce n'était qu'une mouche

verte, *Lucilia sericata*, mais, à l'époque, elle représentait tout ce je pensais ne plus jamais connaître : l'extraordinaire beauté ordinaire, l'extase, la surprise. Le lendemain, elle avait disparu. Je me suis dit qu'elle était retournée aux poubelles et aux carcasses. Mais non. Elle était écrasée sur la paume de ma main. Je l'avais tuée dans mon sommeil. J'étais foutue. Le cliché cruel dans lequel je vivais m'avait ôté le sens de l'ironie, mais tout ce qui vient perturber le désespoir de la routine est comme un signe radieux. Ce petit esprit avait été le présage qu'un jour je serais libre – j'en resterais convaincue des semaines durant. Et je l'avais tué.

Néanmoins, les dieux ont eu pitié de moi.

À ma sortie, je portais une salopette à motifs de tournesols, un tee-shirt blanc et des bottes de travail pour homme. J'avais toujours le dictionnaire. J'ai obtenu une place en foyer jusqu'à ce que je trouve un endroit où vivre à l'ombre d'une bretelle d'autoroute.

Entre 2005 et 2015, les téléphones avaient évolué. Le premier truc que j'ai remarqué, c'est que tout le monde fixait un rectangle lumineux. Moi aussi j'en voulais un. Pour ça, il me fallait un boulot. Je savais désormais opérer une machine à coudre industrielle et une presse à imprimer, mais la principale compétence que j'avais acquise en prison, c'était la capacité de lire avec une concentration assassine. Les bibliothèques carcérales abondaient en précis de travaux manuels et j'avais tout dévoré, même les manuels de tricot. Je tombais parfois sur l'aubaine de tel ou tel ouvrage offert à l'institution. J'avais lu tous les « Grands Livres du Monde », tous les Philippa Gregory, tous les Louis L'Amour. Jackie Kettle, fidèle, m'envoyait un livre par mois, mais je rêvais de pouvoir choisir un bouquin dans une bibliothèque ou une librairie. À ma sortie, j'ai déposé mon pseudo-CV, bourré de mensonges, dans toutes les librairies de Minneapolis. Une seule a répondu, parce que Jackie y travaillait à présent comme acheteuse et gérante.

C'était un magasin modeste en face d'une école en brique dans un quartier agréable. La porte bleue protégée par un store ouvrait sur un parfum de *sweet grass*, l'avoine odorante qui sert d'encens pendant les cérémonies, et soixante-quinze mètres carrés remplis de livres, lesquels étaient répartis dans des rayons étiquetés « romans autochtones », « histoire autochtone », « poésie autochtone », « langues autochtones », « témoignages autochtones », etc. J'ai réalisé que nous, Indiens d'Amérique, sommes plus brillants que je ne le pensais. La propriétaire se trouvait dans l'arrière-boutique, un bureau exigu dont les hautes fenêtres laissaient passer de douces étoles de lumière. Les cheveux retenus par une barrette ornée de perles, Louise portait des lunettes vintage de forme ovale. Je ne la connaissais qu'à travers les photos de ses jeunes années d'écrivaine. Avec l'âge, son visage et son nez s'étaient élargis, ses joues remplies, ses cheveux teintés de gris ; elle en était venue à dégager une impression générale d'indulgence. La librairie perdait de l'argent, c'est ce qu'elle m'a dit.

« Je peux peut-être vous aider, ai-je répondu.
– Comment ?
– En vendant des livres. »

J'étais alors à mon plus intimidant, et je m'exprimais avec ma vieille assurance de commerciale. Débarrassée de la salopette aux tournesols, je cultivais un look magnifiquement brutal : gros trait d'eyeliner noir, rouge à lèvres sanglant, bras musclés par les poids, cuisses épaisses. Ma tenue de base se composait d'un jean noir, de grosses bottes montantes et d'un tee-shirt de football américain de la même couleur, de piercings au nez et au sourcil, et d'un bandana noir noué serré autour de mes cheveux. Qui oserait ne pas m'acheter un livre ? Louise en a pris acte d'un hochement de tête. Elle

tenait mon CV mais ne m'a pas posé la moindre question sur mon parcours.
« Qu'est-ce que vous lisez en ce moment ?
– *Almanac of the Dead*, de Leslie Marmon Silko. Un chef-d'œuvre.
– C'est vrai. Quoi d'autre ?
– Des BD. Des romans graphiques. Heu, Proust ? »
Elle a opiné d'un air sceptique et m'a balayée du regard.
« C'est une période sombre pour les librairies indépendantes, nous ne survivrons sans doute pas, a-t-elle lâché. Ça vous dit de travailler ici ? »

J'ai commencé par des horaires décalés et des heures supplémentaires. J'ai retrouvé Jackie Kettle, qui avait lu tous les livres jamais écrits et m'a appris à tenir la boutique. L'ancienne Tookie avait des idées très personnelles sur les opportunités qu'offre le petit commerce, mais j'ai résisté à la tentation de me servir dans la caisse. J'ai résisté à la tentation de recopier les numéros des cartes de crédit. J'ai résisté à la tentation de voler ce qu'on vendait en plus des livres, même les plus beaux bijoux. Parfois j'étais obligée de me mordre les doigts. Au fil du temps, résister est devenu une habitude et la pulsion s'est effacée. J'ai travaillé afin d'obtenir une augmentation, puis une autre – sans compter qu'il y avait aussi les petits avantages du métier, notamment une remise sur les livres et les services de presse. Je vivais chichement. Je regardais les vitrines des magasins sans rien acheter. J'errais. Après le boulot, je sillonnais Minneapolis et Saint Paul : je prenais le bus dans telle ou telle direction, descendais, remontais. Les choses avaient changé depuis mon enfance. C'était excitant d'être emportée, sans vraiment savoir où j'allais, dans des quartiers peuplés de gens étonnants. Des femmes en tuniques fuchsia ondoyantes, la tête ceinte de foulards mauves, arpentaient les trottoirs.

LA SENTENCE

Il y avait des Hmongs et des Érythréens. Des Mexicains. Des Vietnamiens. Des Équatoriens. Des Somaliens. Des Laotiens. Ainsi qu'un grand nombre de Noirs et d'Indiens, comme moi, ce qui faisait plaisir à voir. Des enseignes dans des langues à la graphie fluide, et puis des successions de grandes maisons – retapées, décaties, protégées par le dais flottant des arbres. Des zones à l'abandon, aussi – voies de triage, hectares de champs bétonnés, centres commerciaux dystopiques. Parfois, quand une gargote me faisait de l'œil, je descendais à l'arrêt suivant. J'entrais et commandais une soupe. J'ai ainsi fait un tour du monde des soupes. Avgolemono. Sambhar. Menudo. Soupe d'égousi avec du foufou. Ajiaco. Bortsch. Leberknödelsuppe. Gaspacho. Tom yam. Solianka. Näselsoppa. Gombo. Gamjaguk. Miso. Pho ga. Samgyetang. J'en tenais la liste dans mon journal, notant le prix à côté de chaque nom. Toutes étaient profondément satisfaisantes : pas chères et très nourrissantes. Un jour, j'ai entendu des types à la table d'à côté commander une soupe au pénis de taureau. Quand j'ai voulu faire pareil, le serveur a pris l'air navré pour m'expliquer qu'ils ne recevaient qu'un pénis par semaine et que la soupe partait vite.

« Ils en ont eu, eux, ai-je protesté en désignant mes voisins, des maigrichons à gros ventre.

– Ils en ont besoin, a répondu le serveur à voix basse. C'est bon pour la gueule de bois et vous savez quoi. » Il a levé l'avant-bras à partir du coude.

« Ah, ça.

– C'est leurs femmes qui les envoient. »

Il m'a fait un clin d'œil. Au lieu de le lui retourner, j'ai dégainé mon regard qui tue. Je voulais qu'il flanche. Il n'a pas flanché, mais la soupe gratuite était délicieuse.

Un jour, je suis descendue du bus près du Hard Times Café pour revenir sur mes pas jusqu'au Midwest Mountaineering, un magasin d'équipement pour les activités de plein air, à l'angle de Cedar Avenue et de Riverside. Dans la cour, il y avait un enclos grillagé rempli de canoés et de kayaks aux couleurs vives – un bleu si bleu qu'il brillait, un rouge heureux, un jaune d'étiquette promotionnelle. Tandis que je pénétrais dans le magasin en quête d'une parka soldée – on était en août –, j'ai senti qu'on me regardait et je me suis retournée.

Ces larges épaules. Cette tête carrée. Il se détachait sur le fond des bateaux alignés comme des crayons de couleur. Ses jambes étaient plus maigres qu'avant et il portait des baskets d'un blanc éclatant. Je ne voyais qu'une silhouette noire à contre-jour. Son ombre était douloureuse et tordue, ce qui remontait à loin, avant même la boxe et la police tribale. Il s'est avancé dans une flaque de soleil et s'est éclairé. Des fesses plates, un sourire benêt, un physique ingrat. Pollux m'a serrée dans ses bras comme un enfant géant, puis s'est reculé. Les yeux plissés, il me fixait avec une drôle d'intensité.

« Tu es libre ?
– Disons que je suis dehors.
– En cavale ?
– Non.
– Alors dis-le.
– Que je dise quoi ? Comment va ma conscience potawatomie ?
– Non, pas ça.
– Quoi, alors ?
– Dis que tu veux m'épouser.
– Tu veux m'épouser ?
– Oui. »

La porte est ouverte. Fonce !

Je vis désormais comme quelqu'un d'ordinaire. Ordinaires, mes horaires de travail et le mari que je retrouve ensuite.

Ordinaire aussi ma petite maison, mais son grand jardin mal entretenu, lui, est extraordinaire et magnifique. Je vis comme quelqu'un qui ne craint plus sa dose journalière de temps. Je vis ce qu'on ne saurait appeler une vie normale que lorsqu'on s'est toujours attendu à ce genre d'existence. Pour ça, il faut estimer y avoir droit. Travail. Amour. Ventre plein. Une chambre à l'abri d'un grand pin. Du sexe et du vin. Sachant ce que je sais de l'histoire de ma tribu, et me rappelant ce qu'il est supportable de me rappeler de ma propre histoire, je ne peux que qualifier ma vie actuelle de paradisiaque.

Depuis que j'ai compris que cette vie allait être la mienne, je n'ai souhaité qu'une chose, qu'elle se poursuive dans sa précieuse routine. Et ainsi en a-t-il été. Sauf que. L'ordre tend au désordre. Le chaos traque nos fragiles efforts. Il ne faut pas baisser la garde.

J'ai travaillé dur, tenu les chiens, étouffé mon fracas intérieur. Et, malgré ça, les ennuis ont retrouvé ma trace et me sont tombés dessus. En novembre 2019, la mort a emporté l'une de mes clientes les plus agaçantes. Sans qu'elle disparaisse pour autant.

L'HISTOIRE D'UNE FEMME

Novembre 2019

Cinq jours après sa mort, Flora venait encore à la librairie. Je ne suis toujours pas totalement rationnelle – normal : je vends des livres. N'empêche. J'ai eu du mal à l'accepter. Elle débarquait systématiquement quand la boutique était vide et que c'était moi qui tenais la caisse. Elle connaissait nos heures creuses. Je venais d'apprendre la triste nouvelle quand c'est arrivé la première fois, et il n'a pas fallu grand-chose pour me secouer. Je l'ai entendue murmurer, puis remuer de l'autre côté des hautes étagères du rayon Littérature, son préféré. En quête d'un peu de bon sens, j'ai saisi mon téléphone dans l'idée d'envoyer un texto à Pollux, mais pour dire quoi ? J'ai reposé l'appareil, pris une grande inspiration et interrogé le magasin vide. Flora ? J'ai entendu le froufrou d'un mouvement. Son petit pas vif et léger. Elle portait toujours des tenues aux textiles vaguement bruissants – des vestes en soie ou en nylon, dans leur version matelassée à cette période de l'année. Et puis il y avait l'infime tintement des boucles d'oreilles dans ses lobes doublement percés, et le cliquetis étouffé de son fascinant fatras de bracelets. Curieusement, la familiarité de ces sons m'a suffisamment calmée pour que je tienne bon. Je n'ai pas paniqué. Après tout, la mort de Flora n'était pas ma faute, elle n'avait aucune raison de m'en vouloir. Je n'ai cependant pas réitéré ma tentative de lui parler. J'ai vaqué sans joie à mes occupations derrière la caisse tandis que son esprit se promenait dans le magasin.

Flora est décédée le 2 novembre, le jour de la fête des Morts, quand l'étoffe qui sépare les mondes est fine comme du papier de soie et se déchire facilement. Depuis, elle vient tous les matins. La mort d'une fidèle cliente est perturbante en soi, mais l'obstination avec laquelle Flora refusait de disparaître a commencé à m'agacer. Ça n'y changeait rien. Elle était décidée à hanter le magasin. L'ardente lectrice qu'elle avait été collectionnait les livres avec passion. Nous sommes spécialisés dans les ouvrages autochtones, bien sûr, son principal centre d'intérêt. Mais voilà ce qui m'exaspérait : Flora était une sangsue – de toutes choses amérindiennes. Sangsue est peut-être un mot trop dur. Disons plutôt que c'était une indécrottable *wannabe*.
Bien qu'anglais, ce mot ne figure pas dans mon vieux dictionnaire. À l'époque, c'était de l'argot, et il semblerait que sa forme nominale soit apparue au milieu des années soixante-dix. *Wannabe* vient de *want to be*, « vouloir être », comme dans la phrase suivante, que j'ai si souvent entendue au cours de ma vie : *Quand j'étais petit, je voulais être un Indien.* Cette phrase est généralement prononcée par quelqu'un qui tient à ce que vous sachiez qu'enfant il dormait dans un tipi en couvertures, se battait contre les cow-boys et ligotait sa sœur à un arbre. Le locuteur est fier de s'être identifié à un peuple opprimé et cherche l'approbation d'une authentique Indienne. De nos jours, je me contente d'écouter en hochant la tête et j'essaie de vendre un livre, même si les gens qui vous racontent cette histoire en achètent rarement. Je leur mets quand même entre les mains *Everything You Know About*

LA SENTENCE

Indians Is Wrong[1], de Paul Chaat Smith. *Wannabe.* Dans sa version la plus exaltée, cette pulsion exaspérante – *quand j'étais petit, je voulais être un Indien* – peut virer au trouble de la personnalité. Ça devient un nom descriptif quand la fascination persiste à l'âge adulte. Au fil du temps, Flora s'est dissoute dans cette conviction catégorique, inexplicable, inébranlable et auto-oblitérante.

Elle racontait qu'elle avait été indienne dans une vie antérieure. C'est du moins le discours qu'elle tenait au début, mordicus, sans qu'aucune objection ne fasse mouche. Quand elle a enfin compris qu'« indienne dans une vie antérieure » relevait d'un cliché grotesque, elle a changé de disque. Elle s'est soudain découvert une obscure arrière-grand-mère et m'a montré la photo d'une femme austère enveloppée dans un châle.

La femme de la photo dégageait une certaine indianité. À moins qu'elle n'ait juste été de mauvaise humeur.

« Mon arrière-grand-mère avait honte d'être indienne. Elle n'en parlait presque pas », disait Flora.

Le coup de l'aïeule honteuse était un autre cliché. Quand j'ai demandé à quelle tribu elle appartenait, Flora est restée vague. Les Ojibwés ou les Dakotas ou les Ho-Chunks – elle n'avait pas fini ses recherches. J'étais à peu près sûre qu'elle avait trouvé la photo dans la poubelle d'une brocante, même si elle prétendait avec insistance qu'on la lui avait donnée, puis qu'elle en avait « hérité ». J'ai été tentée d'objecter, mais Flora faisait depuis longtemps le travail des anges : elle hébergeait des adolescentes indiennes en rupture avec leur famille, récoltait des fonds pour un foyer de femmes indiennes, s'impliquait dans la communauté. Alors qu'est-ce que ça pouvait bien faire qu'elle ait besoin de ce lien, même factice ? Elle était

---

1. « Tout ce que vous savez à propos des Indiens est faux. »

de tous les pow-wows, de toutes les manifestations, de tous les rassemblements. Elle frappait même à l'improviste chez ses Indiens préférés, et jamais les mains vides, c'est vrai – elle apportait des livres, bien sûr, ou un sachet de viennoiseries, une cafetière dénichée dans un vide-grenier, des rubans, du tissu. Et puis elle était gentille, affable – pas seulement amicale, mais serviable au possible. Sérieusement : elle allait jusqu'à faire votre lessive. Alors pourquoi sa gentillesse me tapait-elle sur les nerfs ? Elle offrait à manger, prêtait de l'argent, cousait des quilts pour les cérémonies. Elle avait toujours des places pour des avant-premières de cinéma ou de théâtre et des rencontres avec des artistes, des événements le plus souvent en lien avec la culture amérindienne, auxquels elle assistait systématiquement jusqu'à la fin. Elle avait toujours été comme ça, disait-on. La dernière à partir.

Dans la mort, comme dans la vie. Incapable de sentir quand il fallait y aller.

Un matin, à la librairie, j'ai perdu patience et je lui ai dit ce qu'elle n'avait visiblement jamais entendu de toute son existence : qu'elle n'était plus la bienvenue. Je me suis adressée à l'air ambiant. Il faut partir, maintenant ! Plus un bruit. Puis le glissement furtif de ses pas a repris. Une image de son obscur ressentiment s'est formée dans ma tête. J'avais le souffle court et un peu peur, comme si Flora risquait de se matérialiser devant moi. Elle avait été très belle, à soixante et quelques années, à l'aise dans son corps. Un visage expressif aux traits affirmés – un nez osseux, des pommettes saillantes, des lèvres roses et rebondies. Elle portait ses cheveux blonds blanchissants en chignon flou. C'était une jolie femme, jadis habituée à faire tourner les têtes, ce à quoi elle avait du mal à renoncer. Elle avait eu des prétendants indigènes, mais, allez savoir pourquoi, n'en avait épousé aucun. Elle aimait les pow-wows et s'était confectionné une tenue de danse traditionnelle en daim brodé de perles. Des tas de gens croyaient à son histoire de grand-mère sur la photo, ou bien faisaient semblant d'y croire, parce qu'elle rendait service. Elle souriait, ravie, dans le cercle sautillant des danseuses.

Elle avait une fille adoptive, dont elle s'était d'abord occupée en tant que famille d'accueil avant de l'adopter de façon informelle à l'adolescence : Kateri, en hommage à Kateri Tekakwitha, aussi appelée *Lily of the Mohawks*, le « Lys des Iroquois » – seule sainte autochtone de l'Église catholique, canonisée en 2012. La Kateri d'aujourd'hui était arrivée à Minneapolis en jeune fugueuse ; il lui restait de la famille à Grand Portage. Elle était devenue le centre de la vie de Flora une dizaine d'années plus tôt et préparait aujourd'hui un diplôme d'enseignante à l'université du Minnesota. Quand elle avait appelé pour nous annoncer la mort de sa mère, je n'avais guère posé de questions, sinon sur les obsèques. Elle m'avait répondu qu'il y aurait une autopsie, pas d'obsèques. Elle me tiendrait au courant pour la cérémonie en sa mémoire. Je commençais à me demander quand celle-ci aurait lieu. J'espérais en effet que, mené comme il se doit, le rituel apaiserait mon fantôme et réglerait le problème.

Environ une semaine après son appel, Kateri s'est présentée au magasin. J'ai pensé qu'elle venait nous inviter à la cérémonie en question, qui se tiendrait certainement au Centre amérindien. (Si elle avait pu, je sais que Flora aurait apporté un ragoût de l'autre monde.) Kateri est une jeune femme impressionnante. Athlétique, un peu farouche. Elle avait coupé très court ses longs cheveux – une marque de deuil dans notre culture. Vêtue sans apprêt d'un jean et d'un mince anorak noir, elle ne portait aucun maquillage, pas même une trace de rouge à lèvres. Elle avait les yeux cernés, fatigués. Son visage respirait le calme. Un calme qu'elle cultivait peut-être pour son futur métier – prof dans le secondaire, c'est-à-dire quelqu'un à qui on ne la fait pas. Les gens doivent souvent la trouver froide, mais sa placidité me rassure. C'est une jeune femme résolument professionnelle, qui se tient droite et ne manque pas de présence. Si elle avait été gardienne de prison, je n'aurais pas moufté. Je me suis demandé quel genre de livre j'allais bien pouvoir lui vendre en de telles circonstances, mais elle en avait déjà un à la main.

« J'ai pensé qu'il fallait que je vous donne ça. »

Elle m'a tendu l'ouvrage. La bibliothèque très fournie de Flora comptait des éditions rares et anciennes, des manuscrits, des documents sur l'histoire de la région. Elle aimait conserver les services de presse de ses romans préférés et on en cherchait parfois pour elle sur Internet, à titre gracieux. Comme pour tous les volumes de sa collection, Flora avait utilisé son propre papier – crème, d'excellente qualité – pour couvrir le livre et protéger la couverture originale. On y voyait l'empreinte en relief de son tampon sec. Elle n'avait jamais aimé le plastique transparent. J'avais souvent vu les rayonnages de sa bibliothèque ; les étagères blanc cassé de sa maison blanc navajo remplies de livres blanc colombe marqués de son sceau presque invisible me rendaient dingue.

Kateri s'est expliquée :

« Ma mère est morte vers cinq heures du matin, dans son lit, ce livre ouvert à côté d'elle, face contre les couvertures.

– Quoi ? »

Elle est morte sur le coup, a précisé Kateri, sous-entendant que Flora n'avait pas eu le temps d'utiliser un marque-page. Puis elle a ajouté qu'un de nos signets bleus avait toutefois été retrouvé dans les draps et qu'elle l'avait soigneusement inséré à l'endroit du texte où sa mère avait posé les yeux pour la dernière fois.

J'ai trouvé ce réflexe morbide. Mais si quelqu'un était morbide, c'était plutôt moi, qui recevais ces visites perturbantes de l'autre monde. M'apercevant que je fixais trop intensément la jeune femme, j'ai détourné les yeux. Kateri ne s'est pas attardée. On disait qu'elle allait emménager dans le pavillon en pierre taillée de sa mère, dans le sud de Minneapolis, et elle avait sans doute beaucoup à faire.

Une fois seule avec le livre à la couverture craquelée mais par ailleurs impeccable, j'ai senti avec force la présence de sa propriétaire. Souvent, de son vivant, je me penchais vers Flora par-dessus la caisse ; sa voix était lourde d'espoirs déçus : malgré toute sa générosité, les gens la rendaient rarement heureuse – contrairement aux livres. Et j'étais précisément en train de me pencher inconsciemment quand j'ai entendu, j'en suis certaine, la voix de Flora. Les mots étaient inintelligibles, mais c'était bien elle. J'ai poussé un cri de surprise. Heureusement qu'il n'y avait pas de client dans le magasin. Je me suis redressée, le livre toujours en main. C'était un grand format, un objet chaleureux, de qualité, au poids agréable. Il dégageait le parfum sec et subtil du vieux papier dont on a pris soin. Je ne l'ai pas ouvert. J'étais perturbée par la joie soudaine que m'avait procurée la voix de Flora alors que, de son vivant, sa présence m'avait tant horripilée. Quand elle ne s'abîmait pas dans les coutumes indiennes, Flora se consacrait à la littérature avec un genre de mysticisme. Omnivore et fidèle, elle suivait les séries littéraires de bout en bout, achetait des exemplaires en grand format des œuvres de ses auteurs fétiches et choisissait soigneusement ses livres de poche. Nous partagions nos coups de cœur et nous en débattions. Ça, ça me manquait. Me manquait aussi l'attention qu'elle portait aux parutions à venir. Ses pré-commandes indiquaient qu'il fallait augmenter les nôtres. Il était arrivé deux ou trois fois qu'elle nous demande de la livrer, quand elle était malade ou du moins souffrante. C'était toujours moi qui m'en chargeais et, quand elle était elle-même et non plongée dans quelque obsession indienne, je restais boire une tasse de thé ou un verre de vin. On avait parlé, elle et moi. Ça oui, on avait parlé livres !

Tu n'es pas obligée de partir, ai-je murmuré avant d'ajouter, avec une flamme soudaine : *Le Olga Tokarczuk, tu en as pensé quoi ?*

J'ai rangé son livre en hauteur, sur l'étagère des paniers ojibwés, et décidé de l'emporter chez moi ce soir-là. Comme elle venait toujours quand c'était moi qui tenais la caisse, je me suis dit que je pouvais bien le garder. Et puis elle m'avait parlé. À moi seule, apparemment. Je sais d'expérience l'angoisse que provoquent les hallucinations auditives. Et je découvrais que cette saison où tout s'amenuise rend aussi plus sensible. Les arbres sont nus. Les esprits s'agitent dans les branches dépouillées. Il paraît qu'en novembre le voile se fait très fin.

Une idylle de librairie chiffonnée

Une heure environ après le départ de Kateri, l'une de nos jeunes libraires est arrivée, tout de noir vêtue, dans un pantalon palazzo chiffonné et un hoodie du magasin, capuche rejetée en arrière. Presque tous les gens qui travaillent ici ont une autre vie à côté : Penstemon Brown est écrivaine et artiste. Des traces de doigt maculaient le verre bleuté de ses lunettes sans monture, et ses cheveux étaient noués en un somptueux chignon. Elle portait comme toujours des bottes parfaitement désirables : hautes, noires, lacées, ornées d'un insigne métallique Red Wing. Le plus souvent, elle ne remarque rien. De temps en temps, elle remarque tout. Ce jour-là, elle s'est mise à examiner d'un œil critique la table à l'entrée. Pen fait partie de la foule de jeunes autochtones qui ont des crushs pour des livres et une riche vie livresque – une authentique intellotochtone. Elle fait du prosélytisme littéraire, met en valeur nos coups de cœur, reçoit les livraisons avec une méticulosité sans faille, et veille à ce que nos vitrines et notre table d'accueil donnent envie de parcourir les ouvrages. C'est un ami du magasin qui a construit la table en question avec les restes poétiques d'une épave de bateau ; Pen n'y dispose pas n'importe quoi.

« Pourquoi est-ce qu'il n'y a pas le Clarice Lispector ?

– Tu es tombée amoureuse de ses yeux, tu te rappelles ? C'est toi qui l'as pris.

– Il y avait un autre exemplaire. On l'a vendu ? Mais tu as raison, je crois que le mien est dans mon sac à dos. »

C'est son obsession pour les écrivaines, vivantes et mortes, qui a poussé Pen à travailler ici pendant son idylle, malgré leur différence d'âge, avec les histoires de Karen Blixen. Peu après son arrivée, elle m'avait expliqué qu'elle comptait se faire tatouer sur la poitrine les visages de ses autrices préférées, dans l'esprit des gigantesques sculptures du mont Rushmore. Clarice, Octavia, Joy. Pour la quatrième, elle hésitait encore entre Karen Blixen, Zitala-Sa et Susan Sontag. Comme je trouvais l'idée grotesque, je l'avais embrouillée en vantant les mérites de Marguerite Duras. Est-ce qu'elle choisirait le visage encore jeune de l'époque de *L'Amant* ou celui, sexy et ravagé, de la maturité ? J'avais fini par dire que ça serait gênant au lit : qui aime voir quatre paires d'yeux braqués sur ses ébats ?

« Tu ne baiseras plus du tout avec ces mamies qui regardent par-dessus ton *dodooshag*, avait lancé Jackie depuis l'arrière-boutique.

– Qu'est-ce qui te fait croire que je baise sur le dos ? avait répliqué Pen.

– Et pense aux ravages du temps sur le décolleté, avais-je suggéré d'une voix de douairière. Quand tu auras soixante ans, elles ressembleront toutes au *Cri* de Munch.
– Oh, les taties, s'était écriée Pen, vous allez me laisser tranquille, oui ? » Mais elle aussi riait.
En réalité, Penstemon est désespérément romantique et profondément respectueuse de ses traditions ; je m'inquiète pour son cœur de papier. Il y a peu, elle s'est embarquée dans une de ses mystérieuses quêtes spirituelles. À moins qu'elle ne soit encore tombée amoureuse sans qu'on en sache rien. Chaque fois, la chute est brutale. Ce jour-là, l'état de ses vêtements suggérait qu'elle avait atterri dans une poubelle. Il y avait des traces crayeuses sur son sweat-shirt et un ruban de ketchup écarlate sur son revers de pantalon. Le manque de sommeil lui avait creusé les yeux.
« Tu as dormi chez toi, hier ? Ou est-ce que c'est ton nouveau style de libraire ? ai-je demandé.
– Un style chiffonné. » Elle a plié la jambe et considéré les revers de son pantalon flottant. « J'ai rencontré un mec.
– Ici ? » ai-je demandé.
Elle a hoché la tête et regardé alentour, comme pour s'assurer qu'on était seules.
« Il est blanc, a-t-elle murmuré.
– Et il y a autre chose qui cloche chez lui ? » C'était de l'humour, mais Pen m'a prise au sérieux. Elle a un faible pour le genre christique aux yeux de biche.
« Il n'aime pas le piment, a-t-elle répondu tout en continuant à travailler d'un air solennel, préoccupé. Mais il a une barbe et de longs cheveux.
– Et voilà... »
Les librairies indépendantes ont le charme romantique de ces petits lieux condamnés par un capitalisme débridé. Beaucoup de gens y tombent amoureux. Nous avons même

eu quelques demandes en mariage. Penstemon s'est dirigée à pas lourds vers l'arrière-boutique pour ranger des exemplaires dédicacés et préparer le réassort des rayons. Une cliente est entrée à ce moment-là, se précipitant avec appétit vers la table-bateau. Après avoir un peu erré dans le magasin, elle est venue à la caisse me demander si j'étais Louise. Je ne ressemble pas du tout à Louise, qui est bien plus vieille que moi. Mais toutes les femmes qui travaillent ici, et aussi quelques hommes, ont droit à la question. J'ai donné ma réponse habituelle, laquelle est généralement vraie.

« Vous l'avez manquée de peu.
– Tant pis. Je viens pour le Clarice Lispector. J'aurais pu le commander sur Amazon, mais je me suis dit – alors que j'habite à des kilomètres, de l'autre côté de Saint Paul –, je me suis dit qu'il fallait soutenir les petites librairies indépendantes. Alors j'ai fait toute la route jusqu'ici, et ça m'a pris une heure parce que je ne sais pas si vous savez mais ils ont encore réduit à une voie la circulation sur l'Interstate 94...
– Un instant, je vous prie, ai-je dit à la cliente contente d'elle (ce qui n'ôtait rien à ma reconnaissance). Le livre est sans doute dans la réserve. »

Je suis allée dans l'arrière-boutique et Pen a sursauté, prise en faute : elle était en train de lire le Lispector.

« Tu as cassé la tranche du livre ?
– Bien sûr que non. Non, non. Je l'ai à peine ouvert. »

Elle l'a examiné. « Il est impeccable. Écoute ça : *D'une vie entière, mon Dieu, on ne sauve parfois que la faute, et je sais que nous ne serons pas sauvés tant que notre faute ne nous sera pas précieuse.* »

Ma faute. Ma faute précieuse. Je réfléchirais à cette citation plus tard.

« C'est dans sa nouvelle "Mineirinho". Un débat intérieur sur la justice. Excellent !

– J'ai une cliente qui est venue de Saint Paul pour ce livre.
– On n'a qu'à lui faire une remise, vu que je l'ai ouvert et tout. Je peux lui apporter ? »

Rien ne fait plus plaisir à Penstemon que tendre un livre qu'elle aime à quelqu'un qui veut le lire. Je suis pareille. On pourrait dire que ça nous ravit, même si « ravir » est un mot que j'emploie peu. Le ravissement manque de consistance ; le bonheur a plus d'assise ; l'extase est ce que je vise ; la satisfaction, ce qu'il y a de plus dur à atteindre.

Clients & clientes

J'étais dure, quand j'ai commencé à vendre des livres. J'en voulais à quiconque entrait dans la boutique et perturbait ma communion avec les œuvres sur les étagères. Mais les gens qui aiment les livres m'ont adoucie. On dit « clients », je suppose, sauf que pour moi ça va bien au-delà. Quand vous recommandez un livre à quelqu'un et que cette personne l'achète, elle prend un risque, elle vous fait confiance. Qu'on me fasse confiance me rend nerveuse. Je peux me mettre à rire trop fort ou bien me cogner contre la table-bateau. J'ai du mal à me maîtriser parce qu'en dedans je me dis : *Si tu me connaissais, tu prendrais tes jambes à ton cou.* Mais personne ne s'enfuit. Le mieux, c'est quand un client revient et dit du bien du livre qu'on lui a recommandé. Je ne m'en lasse pas.

Un jeune garçon : *J'ai économisé ce que je gagne en tondant la pelouse pour m'acheter ce livre.*
Moi : *Je ne pensais pas que les gamins faisaient encore ça.*
Le garçon : *Et on soulève encore aussi les coussins du canapé. Pour trouver de la monnaie. Regardez.*

LA SENTENCE

Et lui de brandir un sac plastique plein de pièces et de petites coupures.
Moi : *Je vais me faire pigeonner.*

Une adolescente : *Vous êtes encore ouverts ? Houlala, merci. J'ai couru. Je me l'étais promis.*
Moi : *Promis quoi ?*
L'adolescente : *Ce livre. C'est mon anniversaire. Le livre, c'est mon cadeau à moi-même.*
Elle me montre la biographie de Joan Didion.
J'ai savouré ce moment toute la semaine.

Une femme en jogging : *J'ai un fils adolescent qui voudrait savoir comment être féministe. Vous avez quelque chose à me recommander ?*
Je lui tends *Nous sommes tous des féministes* de Chimamanda Ngozi Adichie. J'aimerais bien savoir s'il a aimé, mais la femme n'est jamais revenue.

Une autre femme : *J'ai mis des années, mais j'ai lu tout Proust. Je cherche quelque chose de compliqué.*
Moi : *Vous avez lu les Russes ?*
La femme : *Mon Dieu, on en est là ?*

Une jeune femme : *Vous conseilleriez quoi à quelqu'un qui doit se retrousser les manches ? Métaphoriquement, hein.*
Moi : *C'est pour une occasion particulière ?*
La jeune femme : *Oui. Une réunion de famille. J'ai presque tout le monde à dos.*
Moi : *Je ne veux pas être indiscrète, mais...*
La jeune femme : *Ils veulent que je quitte mon fiancé. Que j'épouse quelqu'un qui ne soit pas... C'est une question raciale. Ils ne le disent pas, mais c'est ça.*

Moi : *Je conseillerais* Un océan de pavot *d'Amitav Ghosh. Il y a une scène d'amour géniale où les amants à qui on a interdit de se voir privent un bûcher funéraire de sa veuve et fuient sur l'eau...*

Les serviettes en papier

J'ai emporté chez moi le livre que j'avais reçu de Kateri, et notre esprit en résidence a maintenu sa routine. Mais quelque temps plus tard, j'en suis venue à soupçonner que ses visites étaient aussi nocturnes. Quand j'arrivais à la boutique le matin, je trouvais des piles de livres et de papiers toutes de traviole, comme si on les avait fouillées. M'est alors venue une drôle de pensée : c'était peut-être son livre, celui que m'avait remis sa fille, que Flora cherchait. J'ai chassé l'idée, mais le vandalisme bénin s'est poursuivi et j'ai pris l'habitude de commencer la matinée par une remise en ordre. Ce jour-là, Asema Larson était censée faire l'ouverture.

Asema a vingt-deux ans, elle étudie l'histoire et la langue ojibwée à l'université du Minnesota. Principalement ojibwée, avec un grand-père en partie sioux dakota, elle a aussi des origines norvégiennes et irlandaises – elle avait détaillé tout ça un jour où c'est moi qu'on détaillait.

La veille, elle avait appelé pour dire qu'elle était malade.

« Mes sangs se font encore la guerre, avait-elle expliqué.

– Qu'est-ce que tu racontes ?

– Déterminisme historique, dans sa manifestation physique. J'ai des crampes menstruelles terribles. Je suis navrée, tu peux me remplacer ? »

J'avais accepté. Aujourd'hui, elle était de retour.

« Comment va ton déterminisme historique ?

– Un peu mieux. J'ai bu de la tisane de framboisier toute la journée.
– Tant mieux, tu m'as manqué.
– Rhôôô. Quel cœur d'artichaut.
– Merci. C'est surtout que j'ai été débordée, on a eu beaucoup de monde. Vous ne connaissez donc pas l'existence du Midol, vous, les jeunes ?
– Hé, si j'étais vraiment traditionnelle, je serais peut-être enfermée dans une *moon lodge* à me gratter le dos avec une baguette pour ne pas me souiller.
– Ne me lance pas là-dessus.
– Ha ha, a dit Asema. Tu sais ce que j'en pense.
– Comment s'est passé ton truc linguistique avec l'ancien ?
– Trop bien. Hank et moi, on a fait une distribution alimentaire en voiturette de golf : boulettes à roulettes. »

Mon regard s'est posé sur l'encre de son poignet. « Alors comment dit-on "tatouage" en ojibwé ? »

L'affolement s'est peint sur son visage. « J'en sais rien ! » Après avoir marmonné des traductions possibles, elle a envoyé un texto à Hank, puis elle est restée là, à fixer son téléphone.

« *Mazinizhaga'ebii'igan*, a-t-elle finalement dit.
– C'est beaucoup plus long.
– Tout est beaucoup plus long en ojibwé. »

Elle m'a lancé un regard lourd de sens, que j'ai ignoré. Côté tatouages, Asema est très en avance sur Penstemon. Sur son épaule gauche, un aigle en piqué chasse des hirondelles bleues vers son poignet. Elle économise pour que les hirondelles remontent le long de son bras droit nourrir leur nichée sur l'épaule du même côté. Comme ça, lorsqu'elle joindra les doigts, elle portera l'histoire d'une échappée. Ses longs cheveux bruns sont noués en deux couettes enfantines au-dessus des oreilles. Elle critique sans pitié. Tout. Pas seulement les livres, mais aussi l'histoire, la grandiloquence politique, les figures locales, la musique, les Blancs, les autres Indiens et aussi ce qui se passe au magasin. J'espérais un peu qu'elle mentionnerait le bazar matinal quotidien, puisqu'elle avait fait l'ouverture quelques jours plus tôt, mais j'ai attendu en vain. Quand je lui ai demandé si la boutique était en ordre à son arrivée, elle m'a répondu que, comme d'habitude, j'avais tout laissé nickel la veille au soir.

L'esprit avait donc le pouvoir de lire le planning et, pour une raison ou pour une autre, j'étais là encore tout l'objet de son attention.

« En revanche, c'est le bazar dans nos affichettes d'étagères, a dit Asema en rangeant les livres qu'on venait de recevoir.

– Pen est sur le coup.

– Je vais finir à sa place. »

Pen a beau être notre collègue la plus méticuleuse, Asema est toujours irritée par la façon dont, un jour sur deux, tout semble partir à vau-l'eau.

« Et puis on a besoin d'un aspirateur plus efficace, a-t-elle ajouté. Je déteste quand les mouches estivales meurent et que leurs œufs éclosent en hiver et meurent aussi et que tout ça s'accumule.

– L'accumulation des mouches mortes. Je comprends.

– Il nous faut un petit aspirateur à main. Il y a un problème de poussière dans ce magasin.

– J'adore quand quelqu'un d'aussi jeune que toi parle d'un problème de poussière !

– Ça va, Maman Ourse.

– Ne m'appelle pas comme ça !

– Et puis les vitres. C'est dégueulasse. »

Elle a vaporisé de l'eau vinaigrée sur les fenêtres et les a astiquées jusqu'à ce qu'elles soient propres avant de s'attaquer aux toilettes.

« Merde ! l'ai-je entendue dire.

« – Littéralement ?
– Non, c'est encore les serviettes en papier. Y a quelqu'un qui en tire systématiquement trop à la fois, du coup elles tombent partout.
– Attends. »
Je l'ai rejointe aux toilettes pour l'aider. Les serviettes en papier brun bon marché étaient éparpillées par terre, comme ça avait toujours été le cas après les passages précipités de Flora.

Les truites à chair rose

En plus de Flora, nous avions perdu la lumière. Avec le passage à l'heure d'hiver, nos horaires avaient reculé, ce qui me perturbait toujours. Les matins étaient de nouveau plus lumineux, mais la nuit tombait si tôt que c'en était déprimant. Il faisait noir quand je fermais la librairie à dix-huit heures pour rentrer chez moi à pied, l'appétit aiguisé par le fumet de soupe au pistou qui, depuis un moment déjà, filtrait du restaurant voisin. Les fenêtres des maisons que je longeais ressemblaient à des décors de théâtre miniatures pris dans une douce lumière dorée. Ces fenêtres éclairées nous avaient d'abord été insupportables, à Pollux et moi. Dans cette ville, enfants, nous avions eu faim. Mais maintenant que nous vivions dans la proche périphérie, nous nous étions habitués à voir ces micro-drames et scènes de confort. Une femme faisant signe à un enfant penché sur la rampe d'un escalier. Un homme fixant son écran d'ordinateur. Un garçon se tournant d'un côté et de l'autre pour admirer son nouveau pantalon. Des têtes dépassant d'un canapé face à des images mouvantes et lumineuses. Il n'y a guère qu'à cette heure qu'on peut voir ces petits tableaux vivants – avant que les gens ne se claquemurent pour la nuit. La neige n'était pas encore tombée, il faisait chaud pour la saison. Et voilà qu'en parcourant ces rues paisibles, j'ai été prise d'une nostalgie pour le présent – d'abord une vague perturbation, puis un franc désespoir devant la facilité avec laquelle le changement climatique altère notre monde, abolissant ce qui nous est précieux, normal. Marcher dehors en pull léger par un beau soir de novembre était un plaisir empoisonné.

Pollux et moi habitons l'un des derniers pavillons que compte encore notre rue. Quelques ormes abîmés procurent un reste d'ombre au trottoir, et on a un jardin – à l'ancienne, en broussaille. Il y a une salle de bain à l'étage et une autre attenante à une toute petite pièce qui fait office de bureau et de chambre d'amis, derrière la cuisine. On a ajouté des toilettes minuscules sous l'escalier – il faut se baisser et rester plié en deux pour les utiliser. Pollux est trop costaud, il ne peut pas. C'est son oncle entrepreneur qui a acheté la maison quand le marché était encore bas, à la fin des années quatre-vingt-dix, parce qu'il voulait vivre près d'un lac. La porte d'entrée s'ouvre sur une grande pièce à vivre, séparée de la cuisine par une vieille et lourde table en acajou dégotée à une vente aux enchères – il y en a tout le temps près de chez nous. On a même la maquette artisanale d'une demeure du quartier, ennoblie par une façade de colonnes qui montent jusqu'au toit. Notre maison est pleine du contenu des maisons voisines, qui se vident en permanence à mesure que les gens se délestent, déménagent ou décèdent. La ronde des chaises et le manège des vitrines, cadres de lit sculptés, canapés et bureaux largement amortis n'en finissent pas de tourner : ces meubles passent de vie en vie, ne conservant le souvenir de leurs précédents propriétaires qu'au hasard d'un autocollant d'orque, d'un pied de table mordillé par le chien ou, comme pour mon propre bureau, d'une carte postale de Bouddha et d'une fiche mémo de réanimation cardio-respiratoire scotchées dans un tiroir.

Pollux et moi faisions tous deux semblant d'avoir eu une dure journée, ostensiblement affalés chacun à son bout du canapé. Comme j'avais dû affronter une présence surnaturelle sans rien dire tout en m'occupant de la mise en rayon, de la vérification de l'inventaire et des appels des clients, je savais que ma journée à moi avait effectivement été passablement difficile. Mais j'étais à peu près certaine que ce n'était pas le cas de Pollux, qui était allé à la pêche. Après le décès de sa mère, mon Potawatomi au catogan argenté et à l'air somnolent avait été élevé par sa rebelle chérie de Nookomis, sa grand-mère. Noko. Parce que son père l'avait laissé seul dans leur appartement une semaine. Laissé dans les bois. Laissé dans un centre commercial. Laissé chez un ami qui avait fait un infarctus et qui était mort pendant que Pollux lui tenait les pieds. Noko avait récupéré la garde de l'enfant et tous deux avaient déménagé dans le nord du Minnesota. Elle avait épousé un Ojibwé, après quoi les choses s'étaient améliorées. Pollux avait fréquenté un lycée normal, puis débuté sa carrière de boxeur. Quand il avait raccroché les gants, il s'était mis à travailler pour la police tribale. Juste après mon arrestation, il avait démissionné et il était retourné vivre à Minneapolis. Son oncle l'avait embauché dans son entreprise de bâtiment avant de la lui léguer, ainsi que la maison. Début 2008, Pollux avait vendu la société et deux maisons neuves. Avec les bénéfices, il avait acheté des actions au moment où les cours s'effondraient. Quel genre d'Indien boursicote ? Le jour où je lui ai posé la question, il s'est contenté de répondre : « Homme blanc fou. Moi profiter. » Les actions avaient retrouvé leur valeur et même plus. Aujourd'hui, ça nous fait un petit revenu.

Pollux fabrique du mobilier design dans la partie atelier du garage et, avec l'argent que ça lui rapporte, il achète des fournitures pour ses hochets cérémoniels et ses éventails en plumes d'aigle. Il attend d'ailleurs depuis près d'un an un aigle dont il a fait la demande auprès de l'US Fish and Wildlife Service, chargé de la gestion et la préservation de la faune. Pollux participe à de nombreuses cérémonies ojibwées en tant qu'*oshkaabewis*, c'est-à-dire assistant. Nous avons ainsi – presque – les moyens de cette vie où lui batifole avec son tambour et où je travaille dans une librairie.

Nous n'avons pas d'enfant mais, du frère de Pollux, nous avons hérité d'une nièce. La tradition veut que les enfants de deux frères ou de deux sœurs soient particulièrement proches de leur oncle ou de leur tante. Pollux parle d'elle comme de sa fille et elle l'appelle papa.

« J'ai eu des nouvelles de Hetta », a-t-il dit.

Mon cœur s'est emballé. Moi aussi je me suis attachée à elle et je la considère comme notre fille, même si elle ne m'aime pas. Il a vu mon regard.

« Pas de panique, tout va bien. Elle n'a pas accepté le rôle.
– Ah, tant mieux, ça m'avait vraiment l'air louche. »

Depuis qu'elle a abandonné ses études à l'Institute of American Indian Arts, Hetta travaille comme serveuse à Santa Fe. On lui demande souvent de participer à des tournages de films ou de vidéos, surtout au moment d'Indian Market, quand la ville grouille d'artistes et de collectionneurs. J'ai peur pour elle, parce qu'elle est terriblement intense, têtue et capable d'à peu près tout. C'est une amie d'Asema.

« Je ne crois pas que c'était un film porno, ni de près ni de loin. De toute façon, elle a dit non ! Ne t'inquiète pas. Si elle avait accepté le rôle, je serais allé la chercher et je l'aurais ramenée ici de force. »

Ça fait presque huit mois que Hetta ne m'adresse plus la parole, mais elle parle encore à Pollux, c'est déjà ça.
« Je sais bien. Je suis une très mauvaise mère.
– Arrête ça tout de suite, a-t-il dit en agitant l'index dans ma direction. Aujourd'hui, j'ai attrapé six truites. »
L'automne avait été si chaud que certaines rivières étaient encore praticables. Pollux pêchait avec un ami, à environ une heure de chez nous, dans le Wisconsin, et rapportait la plupart du temps des truites de près de trente centimètres, déjà vidées, dans des sacs congélation – des prises tellement parfaites que je l'avais soupçonné de fréquenter un de ces étangs à touristes qu'on bourre de poissons, mais il m'avait juré que non. Il m'a demandé comment ça s'était passé à la librairie. Je lui ai parlé des femmes à cardigans et cheveux courts d'un club de lecture : elles avaient acheté *Léopard noir, Loup rouge*, de Marlon James, et semblaient décidées à baigner dans son halo de narration fiévreuse. Elles se lisaient des passages avec une excitation contenue.
« D'autres nouvelles de Hetta ?
– Non. »
Je savais que ça ne pouvait pas être vrai. N'empêche, je me suis laissée aller dans le canapé et j'ai fermé les yeux. Le deal, c'est que Pollux cuisine la viande et moi le poisson. Pour les soupes, on alterne nos spécialités respectives. J'ai vidé ma tête de tout ce qui ne touchait pas à la façon dont j'allais préparer les truites. J'irais dans le jardin cueillir une énorme quantité de persil, d'origan, d'estragon et de romarin – des herbes qui auraient déjà dû geler mais qui prospéraient sous une fine couche d'aiguilles de pin. Je hacherais tout ça menu et j'en farcirais les poissons. Je les ferais ensuite revenir avec de l'ail dans du beurre. Une pincée de sel de mer. Un verre de vin. Elles seraient délicieuses, ces truites dont la chair rose luirait encore comme la rivière.

Et c'est précisément ainsi que tout s'est déroulé.

Après le dîner, on est sortis se balader. Le faisceau tranchant de ma lampe frontale fendait le gris brumeux de l'obscurité de la ville. Une obscurité atténuée par la présence humaine, pas comme celle du Nord qui vous lacère le cœur. Derrière notre chambre, on a suivi la pente du jardin où se dressait un grand pin blanc jusqu'à l'allée en cul-de-sac qui n'est guère plus qu'un chemin de terre. Au bout de ce chemin, de l'autre côté d'un parking, une forêt étonnamment mystérieuse de frênes, d'ormes de Sibérie, d'érables, d'érables négondo, de micocouliers, de nerpruns et de bardanes descend vers un endroit à la beauté cachée. Une piste cyclable et un sentier piéton passent sous une voûte ondoyante de bouleaux et de peupliers faux-trembles, avant d'obliquer vers une zone de prairie restaurée dont il émane la luminosité caractéristique des étendues herbeuses et, tout l'été, un bourdonnement d'insectes. On a entendu un train de marchandises vrombir au loin dans la nuit. Pour gagner les bois, nous avons traversé un chantier. La ville avait décidé d'éclairer la piste cyclable au milieu des feuilles. Un jour viendrait sans doute où nos maisons, pour beaucoup d'anciennes pensions de famille, laisseraient place à de grands immeubles et où le fouillis de la forêt serait dompté et paysagé.

À moins qu'avec le temps tout cela ne cède encore à l'abandon.

Ici, nous sommes en terre dakota, sur le territoire du peuple de Cloud Man, dont le village se trouvait près du Bde Maka Ska, le lac de la Terre blanche. À l'époque, du riz sauvage poussait dans cette zone alors marécageuse. Les champs de maïs y dessinaient des formes nettes. Des élans pataugeaient dans les marais. Il est possible que des loups aient creusé leur tanière dans ce qui est aujourd'hui notre jardin. Des ours traînaient leurs grosses pattes entre les chênes et se gavaient de glands. Ce soir-là, nous marchions sans bruit, à l'affût du cri des chouettes.

Dans les chuchotis de la nuit, j'ai pensé au peuple d'Asema, aux Dakotas du côté de son père. Ils avaient fui la région en 1862 : l'État du Minnesota proposait une prime de vingt-cinq dollars pour chaque scalp indien. Peut-être qu'avant la révolte des Dakotas, les ancêtres de la jeune femme avaient été liés à ce bout de terre, ou au sol sur lequel s'élevait la librairie. Mon regard a plongé entre les arbres : dans le vent léger, on aurait dit qu'ils croisaient le fer du bout effilé de leurs branches. Autour de nous, les fourrés bruissaient de grattements furtifs. Mon expérience avec Flora trouvait écho dans l'intrigue de nombreux livres et films. Les endroits hantés par des Indiens tourmentés ne manquaient pas. Il y avait par exemple les hôtels que perturbaient ceux dont les ossements reposaient en dessous – une plongée psychique en bonne et due forme dans le malaise américain et son histoire brutale. Ce qui m'arrivait à moi arrivait souvent dans la fiction. Des Indiens tourmentés, oui, mais quid des colons tourmentés ? Des *wannabe* tourmentés ? D'après Penstemon, le magnétisme de la terre commande bien des actions dans un monde qu'on ne voit pas. Peut-être la librairie se trouvait-elle sur une zone traversée par des lignes mystiques. Ces runes secrètes s'étaient rencontrées pendant un… un glissement, peut-être cosmique… un orage solaire – quelque chose qui avait bousculé la réalité. Peut-être les parents de Cloud Man m'en voulaient-ils de coucher avec un Potawatomi.

J'ai serré fort la main de mon mari et je lui ai demandé s'il savait qui étaient les ennemis traditionnels de son peuple.

« On était des faiseurs de feu, a-t-il répondu, alors les gens nous aimaient bien. »

Boodawe, qui est peut-être à l'origine du mot potawatomi,

signifie « allumer un feu » en langue ojibwée. C'est pourquoi certains anciens parlent d'eux comme du peuple faiseur de feu.

« Peut-être que tes ancêtres étaient des pyromanes, ai-je suggéré. Sinon pourquoi est-ce que vous auriez été connus pour un truc que tout le monde savait faire ?

— Oh, on était à part. On pouvait allumer un feu de nos mains nues. »

Il s'est arrêté pour se frotter vigoureusement les mains, puis il a pris mon visage entre ses paumes chaudes. Nous étions à deux pas du sentier. Il avait le faisceau de ma lampe frontale dans les yeux. Je l'ai éteinte et nous sommes restés là, dans l'obscurité frémissante de la ville. Je me suis laissée aller contre lui. Comme si je coulais en lui. J'ai senti son cœur battre contre ma poitrine et je me suis avancée à tâtons sur ses chemins intérieurs, sans lumière. Si je tombais d'une falaise dans le cœur de Pollux, il me rattraperait. Me rendrait au soleil. J'ai repensé à lui, debout dans les couleurs étincelantes des kayaks du Midwest Mountaineering, le contour de sa silhouette et l'ombre en dedans.

« Tu crois aux fantômes ? ai-je demandé.

— Tu sais bien que non. Du moins, tu sais ce que j'en pense.

— J'espérais que tu changerais d'avis.

— Non.

— D'accord, mais si tu changeais d'avis et que les fantômes existaient, qui hanteraient-ils ? Des gens normaux ? Des gens bien ? Ou des gens comme moi ? »

Pollux a allumé sa frontale, m'a attrapée par les épaules et maintenue en place. J'ai protégé mes yeux.

« Éteins ça, tu veux ?

— Je préfère voir à qui je parle. Ça veut dire quoi, "des gens comme moi" ?

— Des gens qui déshonorent les morts.

— Il était déjà déshonoré.

– Je sais. C'était une fouine. Mais ça ne m'empêche pas de regretter certaines choses. En particulier de n'avoir pas vérifié ce qu'il avait sous les aisselles. »

Pollux m'a pris le bras et on est rentrés en silence. Je savais qu'à ses yeux, les gens qui voyaient des fantômes n'étaient pas psychiquement étanches et croyaient en toutes sortes d'autres choses qui l'agaçaient. Aux boules de feu démoniaques, par exemple, ou en des êtres qui ne méritaient même pas d'être mentionnés, selon lui. Je ne supportais pas que Pollux puisse penser que j'étais fêlée – en ce sens-là, du moins.

On venait de passer la porte et on était en train d'enlever nos manteaux et nos gants quand il a dit :

« Il faut que tu cesses de raisonner comme ça, Tookie. Tu n'es plus la femme qui a embarqué ce pauvre Budgie. Tu es une intello, une lectrice insatiable qui connaît mille façons de cuisiner le poisson.

– Merci, *ninaabem*, ai-je dit. Mais imaginons. Imaginons qu'un fantôme vienne m'embêter ? »

Pollux m'a jeté le regard exaspéré que je redoutais, avant de se radoucir.

« Bon, imaginons. Ce n'est pas moi qui parle, là, d'accord ? Ma grand-mère te dirait de t'adresser au fantôme, de lui demander d'arrêter. Elle te dirait aussi de mettre de la sauge et du genévrier partout, d'offrir du tabac, de réconforter un peu ce pauvre esprit et de faire la paix.

– Compris. Merci. Je file au lit. »

Il m'a embrassée sur les cheveux et il a refermé la porte de la chambre. Il savait que, de temps en temps, j'avais besoin de me retirer. Je me suis coulée nue dans le très grand lit avec son surmatelas, son couvre-matelas par-dessus, ses coussins soigneusement choisis à la solderie d'oreillers et ses draps et taies d'oreiller blancs bon marché. Bon marché mais très, très blancs. Quand je me glisse dans notre lit, c'est avec la joie et le soulagement de quelqu'un qui pénètre dans une dimension secrète. Ici, je ne vais servir à rien. Le monde peut tourner sans moi. Ici, c'est l'amour qui me tient.

N'empêche, il arrive assez souvent que, malgré ce havre parfait, ma conscience refuse de rendre les armes. Jackie, elle-même insomniaque, m'a dit que c'était pareil pour elle : hyper-éveillée, incapable de se laisser aller. Je restais donc couchée là, à penser à Flora. J'allais mettre de la sauge et du genévrier partout dans la librairie, et noter son itinéraire habituel dans le magasin, car il me semblait bien que c'était toujours le même. Pollux a fini par me rejoindre et s'est aussitôt endormi. Je n'ai pas combattu la somnolence. J'ai écouté la respiration de mon mari jusqu'à ce qu'il sombre dans un sommeil profond et se mette à bourdonner près de moi. J'ai écouté le petit galop du train de marchandises qui traversait le parking et les bois. Le bavardage des chouettes. Un aboiement de renard. Le rire alcoolisé de passants dans la rue. Des sirènes dans le lointain. Le vent s'est brièvement levé dans le pin blanc – le son que je préfère. J'ai senti monter le sentiment de solitude paroxystique qui précède l'abandon, ce frisson d'être-et-ne-pas-être. Je me suis inquiétée de notre situation financière, puis mon cerveau a capitulé.

Miigwechiwigiizhigad
(« Le jour où nous rendons grâce »)

Réunion stratégique annuelle d'avant Thanksgiving et Noël. On a rassemblé toutes les chaises du magasin et on s'est confortablement installés au rayon Jeunes Adultes. Notre acheteur, gourou Web omniscient, référent technologique et grand conciliateur, était sur haut-parleur – Nick travaille à distance.

« Nous y revoilà, a-t-il dit.
— Revoilà l'étoile de l'Est, a enchaîné Louise.
— L'étoile des dollars, a ajouté Asema.
— Du ça passe ou ça casse », a conclu Jackie.
Elle portait des boucles d'oreilles en argent en forme de plumes, comme celles qu'on vend à la boutique, et affichait l'air sérieux et intimidant de la femme-autochtone-d'un-certain-âge-qui-gère. La période des fêtes rapporte toujours de quoi couvrir le plus gros des frais de fonctionnement annuels de la librairie. Ou pas : il y a les années noires.
« Pour le moment on est dans le rouge, a dit Jackie.
— Parce qu'il n'a pas encore neigé, a expliqué Asema. Il n'y a que la neige qui pousse les Minnésotains à sortir leur portefeuille. La première neige déclenche une minipanique.
— Je déteste Noël, ai-je lâché.
— C'est ce qu'on dit tous. Mais les affaires sont les affaires. » Pen a poussé un soupir mélodramatique et désabusé.
Jackie lui a jeté un regard sévère : « Tu as recommencé à regarder *Battlestar Galactica*, avoue. C'est déjà fini, avec ton copain ?
— C'était pas le bon, a répondu Pen.
— Il n'a pas fait long feu.
— Il s'est coupé les cheveux et rasé la barbe.
— Revenons à Noël », a dit Nick. Puis, après un point détaillé et pragmatique sur les sujets essentiels, il a raccroché.
On a tous fixé le téléphone. Pen a fait au revoir de la main.
« Est-ce que tout le monde peut travailler un peu plus ? a demandé Jackie. Gruen ? »
Gruen est un ami d'Asema. Il a été embauché en renfort pour les fêtes l'an dernier, mais ça s'est tellement bien passé que son temps partiel est devenu un quasi-temps plein. Jeune Allemand venu pour une année à l'occasion d'un échange universitaire, il est tombé amoureux des langues autochtones et

se forme désormais pour enseigner l'ojibwé, ce qui provoque chez Asema un mélange de ressentiment et de reconnaissance. On a additionné les heures qu'on pouvait faire, on s'est inquiétés du potentiel manque de place pour recevoir tous nos clients au plus fort de l'action, on s'est aussi inquiétés du potentiel manque de clients, puis on a renoncé à s'inquiéter et on a mangé les cookies apportés par Jackie. Des cookies à l'avoine, aux épices et aux raisins secs. On a bu du cidre chaud, parlé de notre complexe protocole d'envois postaux et même évoqué la possibilité d'une seconde table pour les paquets-cadeaux, malgré le risque de bloquer l'accès aux toilettes. La question de savoir si le coin jeux destiné aux enfants était utilisable comme zone de stockage a été longuement examinée.

J'étais ailleurs. Je n'avais pas suivi le problème des envois postaux, alors que c'était moi qui l'avais soulevé. Une histoire de délai dans les commandes ? J'ai regardé mes amis tour à tour. Ils attendaient, silencieux, que je parle. Les cookies étaient tendres et moelleux. Oh et puis merde, me suis-je dit avant de m'adresser au groupe.

« J'ai besoin d'évoquer Flora. »

Jackie s'est laissée aller contre le dossier de sa chaise. Pen a joint les mains et baissé les yeux, pour prier ou parce qu'elle était affectée. Gruen cherchait à s'assurer qu'il m'avait bien entendue. Asema a lentement ouvert ses grands yeux bruns, puis touché l'épaule de Louise pour attirer son attention.

« Quoi ? a dit cette dernière.

– Flora », ai-je répété.

Gruen était suspendu à mes lèvres. Peu importe ce que j'allais dire, ça l'intéresserait, ce serait une perspective indigène. J'ai rassemblé mon courage pour dire : *Je vous jure qu'elle continue à venir et qu'elle me hante tous les jours...*

« Tu as raison, m'a devancée Louise. On devrait lui rendre

hommage. Écrire un mot à Kateri. Peut-être faire une grosse donation de livres autochtones quelque part en son nom. »

Asema a tendu la main vers le présentoir pour attraper une carte de Carly Bordeau représentant un loup.

« Elle était du clan du Loup ? a demandé Gruen.

– Non, du Raton laveur », a répondu Asema en passant la carte et un stylo à Penstemon. Celle-ci avait déjà sorti son feutre violet et se penchait sur la carte pour écrire un message.

« Le clan du Raton laveur ? Intéressant... » Gruen était tout ouïe, mais Asema n'a pas tenu compte de la question dans sa voix.

« Elle te fait marcher, est intervenue Jackie. Il n'y a pas de clan du Raton laveur.

– Pour autant que tu saches. Je suis sûre qu'il y a quelque part une tribu qui en a un. Un genre de petits escrocs omnivores.

– Flora était omnivore, a enchaîné Asema. Une lectrice omnivore, je veux dire.

– C'était ma cliente préférée la plus agaçante, ai-je déclaré. En fait, elle était si souvent là que je l'entends encore, littéralement *encore*, je l'entends entrer tous les jours à la même heure, en quête d'un livre. »

Mon cœur battait à tout rompre. Je venais de leur dire la vérité. Mais la manière dont je l'avais dite était bien trop plausible. Je n'avais pas utilisé les mots « hanter », « fantôme » ou « esprit ».

« Oh, Tookie ! Mince alors. »

Louise a un fantôme chez elle depuis des années, mais c'est une présence propice. Personne qu'elle ait connu. En fait, comme il se manifeste le plus souvent dans son bureau, au grenier, elle pense qu'il l'aide peut-être à écrire.

Jackie a agité l'assiette de cookies devant moi en disant :

« Allez, prends-en deux. » C'était sa façon de réconforter les autres et, d'habitude, ça marchait.

Asema a sorti la coquille d'ormeau qu'on range sous la caisse et roulé une boulette de sauge blanche. Gruen lui a donné son briquet. La sauge s'est embrasée et mise à fumer. La coquille a circulé et chacun s'est fumigé, puis Asema a fait le tour du magasin en envoyant la fumée jusque dans les coins. J'ai alors décidé de m'adresser au fantôme, comme me l'aurait conseillé la grand-mère de Pollux.

« Flora, il est temps que tu partes », ai-je dit à voix haute.

Mes collègues ont haussé les sourcils, sans avoir l'air plus inquiets que ça. J'ai attendu. Cette fois, pas de réponse de Flora.

« Je ne sais pas ce que tu cherches, mais tu ne le trouveras pas ici, ai-je crié. Tu as entendu, Flora ? Il est temps que tu partes. »

Au moment où Asema quittait le rayon Littérature, un livre est tombé par terre dans un grand claquement. Tout le monde a sursauté avant de se pétrifier, le regard furtif, la bouche ouverte.

« C'est moi qui l'ai fait tomber ! Paniquez pas ! » a dit Asema. Elle a rompu le charme, mais d'une voix stridente. Elle n'était pas du tout près de l'étagère d'où le livre était tombé. Le claquement m'avait semblé empreint de colère. On aurait dit les fois où, au lieu de parler, ma mère balançait quelque chose par terre ou contre le mur. Je suis allée ramasser le livre. C'était un roman de Lily King. *Euphoria*. Je l'ai reposé sur son rayon. Tapoté.

« Pas bien grave ! » ai-je dit d'une voix forte mais étranglée. J'ai voulu rire, mais j'avais le cœur qui tambourinait contre mes côtes. « Il était face vers l'extérieur, prêt à tomber. »

Ce qui n'était pas vrai.

LA SENTENCE

Des livres à la trace

L'attention d'un libraire emboîte souvent le pas des gens qui déambulent dans sa boutique. Au fil de la journée, une cartographie des mouvements de la clientèle se dessine et se dépose dans un coin de sa tête. Quand la journée s'achève et qu'il faut ranger les ouvrages laissés sur les chaises ou le rebord des fenêtres, ou simplement de travers sur l'étagère, je sais toujours d'où vient chaque livre. Je sais quel client a pris quoi. Je sais quel exemplaire a été abandonné par quelle personne, laquelle a pris tel autre volume pour le laisser sur telle chaise ou dans tel rayon.

Comme pour les autres clients, j'étais capable de suivre le fantôme de Flora à la trace. Après s'être agitée dans le confessionnal, elle commençait toujours par son rayon préféré, la Littérature, puis passait aux Documents et Témoignages avant de mener ses recherches discrètes du côté de la Littérature autochtone. Si j'avais le dos tourné, elle examinait la table-bateau avant de parcourir le rayon Poésie et celui dédié aux livres de cuisine, après quoi il y aurait encore de l'agitation dans le confessionnal. Puis le silence. Flora avait été une catholique très dévote ; peut-être le confessionnal, rebaptisé Cabine à pardon, la réconfortait-il.

Un jour, elle a de nouveau jeté par terre le roman de Lily King. Elle l'avait abîmé dans ce qui ressemblait à un accès de rage et j'ai commencé à éprouver un début de pitié. Car à moins que ses yeux ectoplasmiques ne lui permettent de lire les livres sans les retirer des rayons, Flora déambulait dans la librairie sans pouvoir ouvrir le moindre ouvrage ni parcourir la moindre page. Elle arrivait peut-être à disperser des serviettes en papier et à faire tomber des bouquins, mais elle n'avait pas le pouvoir d'en prendre un, de le sentir sous ses doigts et de le soupeser avant d'en tourner la couverture pour avoir accès aux mots qu'il contenait. L'idée de la main de notre revenante traversant les volumes et tentant en vain de saisir une page m'a tellement perturbée que j'ai laissé ouverts des livres assez lourds pour ne pas se refermer. Aucune page n'a tourné. Ce soir-là, j'ai exposé pour elle l'intérieur d'un volume en lestant les pages avec les galets de basalte tout doux qui sont un peu les animaux domestiques du magasin. Le livre en question était un magnifique volume consacré à la flore et à la faune du Minnesota. Je l'avais choisi parce que c'était un grand format, assez souple pour rester ouvert sous le poids des deux pierres. Plus tard, cependant, je me suis dit que c'était peut-être Flora qui l'avait choisi pour moi parce que son nom était dans le titre : *Flora and Fauna of Minnesota*.

La seconde nature de Penstemon Brown

Pen est quelqu'un d'estompé. On dirait qu'au lieu de grandir, elle s'est lentement étirée sous le pinceau d'un artiste. Un artiste de talent qui lui a fait des bras, des jambes, un buste et une nuque parfaitement déliés et proportionnés. Elle a l'air gracieuse, sans l'être particulièrement. Elle se meut avec une détermination enfantine, par saccades, notamment quand elle est excitée. Et, excitée, elle l'était par la perspective de Noël : elle adore tout ce qui touche aux rites, aux anges, aux histoires qu'on fait semblant de croire, aux chocolats et aux cadeaux. Ces jours-ci, elle rayonnait, comme éclairée de l'intérieur par une « bûche de Noël », ces rondins d'arbres fruitiers dont la tradition veut qu'ils brûlent jusqu'à la nuit des Rois.

« Quel sera ton rituel cette année ? lui ai-je demandé.
– Je vais communiquer avec les anges. Les séraphins, en particulier. Et aussi les esprits de la neige. »

Penstemon était à l'écoute d'une ribambelle de créatures surnaturelles, en bonne collectionneuse et exploratrice éclectique du sens des choses – que celles-ci soient ou non en lien avec la culture de sa tribu. Voilà qu'elle me racontait les rituels mis en œuvre à l'occasion de précédentes fêtes spirituelles, et notamment du dernier Halloween. Pour passer inaperçue, elle s'était habillée tout en noir (ce qu'elle faisait d'ailleurs souvent – aujourd'hui, elle portait un tee-shirt noir, une jupe crayon, des bracelets de cheville noirs et des chaussures de marche à grosses semelles). Elle s'était rendue à un endroit spécifique des berges du Mississippi et s'était enfoncée dans le sous-bois. Une fois seule, elle avait creusé le sol avec un déplantoir et enterré les fragments d'un CD, une compilation destinée au petit ami d'avant celui dont elle m'avait glissé quelques mots, surnommé le Râleur. Pen donne toujours des surnoms à ses amoureux. Elle venait de rompre avec le Caloriphobe-catatonique-post-christique. Lors de ce fameux Halloween, elle avait aussi restitué de petits cailloux ramassés tout au long de l'année et les avait recouverts de terre en psalmodiant dans plusieurs langues avant d'ajouter le bonus d'un Notre Père en latin. Ce que représentaient les pierres et pourquoi elle les avait choisies, elle ne me l'a pas précisé, se contentant de dire : « Je me débarrasse de ce qui ne me plaît pas dans ma seconde nature. » Après quoi elle était rentrée chez elle se bourrer de gâteau au chocolat.

L'une des raisons de ma grande affection pour Pen, c'est l'inclusion de gâteau au chocolat dans ses rituels sacrés.

« C'était un Red Velvet maison ?

– Qu'est-ce que tu sous-entends ? » Allez savoir pourquoi, elle avait l'air coupable.

« Comme c'était Halloween, je me demandais juste. »

Elle m'a regardée en hochant la tête.

« Tu es médium ou quoi ? »

On a travaillé en silence un moment, puis des clients ont demandé un paquet-cadeau avec notre cher papier à motif d'écorce de bouleau. Je ne suis pas la reine de l'emballage – peut-être que le ruban adhésif déclenche mon syndrome de stress post-traumatique. Comme ma technique laisse à désirer, je finis toujours par me scotcher un doigt ou me coller les mains. Mais vendre ? Là, oui, je suis toujours dans mon élément. Une cliente est entrée et je me suis précipitée à sa rencontre. Je vis pour la dimension « algorithme humain » du métier, quand je demande à la personne ce qu'elle aime lire et que je sélectionne des titres dans mon réseau d'association d'idées. C'est un art auquel je me suis préparée sans le savoir quand j'étais au trou, en me créant une bibliothèque dans la tête. Comme cette cliente aimait les romans policiers de Louise Penny, je me suis lancée dans une tirade sur Donna Leon. Comme elle aimait aussi l'histoire, je suis passée à Jacqueline Winspear et John Banville. Quelques questions supplémentaires m'ont fait changer de trajectoire. J'ai mobilisé Kate Atkinson et P. D. James, suggérant *Transcription*. Elle a mentionné *Les Fils de l'homme*, qu'elle avait apprécié. J'ai dégainé *La Servante écarlate*, qu'elle avait bien sûr déjà lu. Alors je me suis catapultée chez ma chouchoute absolue, Octavia Butler. Un de mes personnages préférés de tous les temps est l'amère, furieuse et tendre Lilith, qui a une incroyable vie sexuelle au sein d'un ménage à trois incluant un humain et un oloii, extraterrestre du troisième sexe. Par souci de transparence, j'ajouterais que c'est quelque chose dont j'ai personnellement fait l'expérience, lors d'une phase hallucinatoire. J'ai fini par Olga Tokarczuk et *Sur les ossements des morts*, avant d'être prise d'un léger vertige en additionnant le montant des livres empilés sur le comptoir.

« On dirait que tu prends plaisir à dire ce titre, m'a fait remarquer Pen une fois la cliente repartie et la boutique de nouveau à nous.

– Oui, c'est vrai. Le rythme galope. C'est tiré d'un vers de William Blake.

– J'aurais dû le savoir. Ça craint, pour une libraire. »

Désormais silencieuse, elle a sorti son portable, contemplé l'écran en marmonnant quelque chose sur le mariage du ciel et de l'enfer et s'est mise à soupirer. Je sentais son combat intérieur. Une ou deux fois, elle a pris une grande inspiration et m'a semblé sur le point de dire quelque chose, pour finalement s'abstenir.

« Pen, qu'est-ce qu'il y a ? ai-je demandé au bout d'un moment.

– D'accord ! a-t-elle explosé. C'est vrai, j'ai du gâteau Red Velvet. J'en ai apporté pour mon déjeuner. D'accord ! Je vais partager.

– Je ne te demandais pas... Je ne savais pas...

– C'est pas toi, le problème. C'est moi, le gâteau et mes traditions. Ma grand-mère disait toujours que quand on est sioux, on doit donner jusqu'à se saigner. Eh bien...

– Je ne veux pas de ton gâteau de douleur », ai-je dit. Mais elle était déjà dans l'arrière-boutique, d'où elle est revenue avec deux parts somptueuses sur des assiettes en carton.

« Je m'en fous. Tu es obligée d'en manger. J'ai gagné ma bataille intérieure. » Elle m'a tendu une assiette et une fourchette avec un grand sourire. Je les ai prises, pour lui faire plaisir.

« Cent pour cent maison ?

— Mmm », a-t-elle répondu, la bouche pleine, la larme à l'œil.
C'était donc si bon que ça ?
Oui.

Le confessionnal

C'est d'une ancienne recyclerie de pièces architecturales au bord du Mississippi que provient le confessionnal. Il recèle des détails touchants, comme le petit ventilateur électrique installé dans l'habitacle du prêtre, un homme à qui il arrivait visiblement d'être sujet à la surchauffe. Il y a aussi un boîtier de la marque The Confessionaire et ses fragiles écouteurs en aluminium destinés à amplifier le murmure des péchés jusqu'aux lointaines oreilles du confesseur. La cabine sacrée est ornementée et pas trop abîmée. Après son installation dans la librairie, il semble que Louise l'ait considérée comme la base d'un projet artistique un peu flou, chargeant Penstemon d'y réaliser un collage. De temps à autre, cette dernière apposait donc des morceaux de papier sur les parois intérieures – souvent lorsqu'elle avait terminé un tableau et cherchait l'inspiration du suivant. Parfois aussi quand elle avait pris l'avion : traverser à toute vitesse la stratosphère lui faisait soi-disant perdre des cellules cérébrales – des fragments de son esprit s'étaient éparpillés dans le ciel, elle n'en démordait pas – et, à son retour sur Terre, elle éprouvait la nécessité de coller des choses ensemble.

Le lendemain de l'épisode du gâteau, elle était en congé, mais elle est arrivée au magasin peu après l'ouverture : elle a traîné un seau plein de matériel artistique dans le confessionnal et s'y est installée.

« Qu'est-ce qui se passe ? Comment se fait-il que tu ne sois pas en train de choper un nouveau mec ?
— C'est déjà fait.
— Évidemment. »
Sur quoi je suis allée servir une cliente. Pen a passé toute la matinée dans l'habitacle du prêtre, sous une ampoule faiblarde, à découper avec une paire de ciseaux minuscule des formes et des silhouettes dans son stock de bouts de papier. Le son de ses découpages et de ses marmonnements intermittents a fini par m'agacer. Je me suis approchée pour regarder son travail et j'ai été assaillie par une épouvantable odeur de colle.
« Houlala ! Ça va ?
— Il y a quelqu'un ici avec moi », a-t-elle murmuré.
Elle s'est mise à rire. Silencieusement. J'étais horrifiée. J'ai hurlé à Asema d'ouvrir la porte d'entrée de la librairie, ce qui a provoqué une grande bouffée d'air, puis j'ai violemment tiré le battant du confessionnal. Pen en est sortie en titubant et s'est étalée de tout son long devant le rayon Nature en agitant les bras.
« Qui était avec toi ? ai-je demandé tout bas.
— Personne. Quelqu'un. Je me sens vraiment bien là-dedans. »
Asema l'a relevée tant bien que mal.
« Tu ne peux pas continuer comme ça. Rebouche la colle. Il faut trouver une solution pour évacuer les vapeurs.
— Non, elles m'aident », a répondu Pen.
Je l'ai traînée dehors, et elle s'est affalée sur les marches, dans l'air frais. Tandis qu'Asema se débarrassait de la colle, j'ai enveloppé les épaules de Penstemon de son manteau, une doudoune noire XXL doublée de brocart chinois d'un rouge flamboyant. Elle portait aussi des Moon Boots ridicules dégotées dans une friperie.
« Qu'est-ce que tu entendais par "personne, quelqu'un" ?

– Il y avait une voix, a répondu Penstemon. Le ton était plein de reproche, mais les mots étaient inintelligibles. Une pénitence du prêtre restée en suspens, peut-être. Plus probablement une personne à la cave, dont la voix filtrait du plancher. Je me sens bizarre.
– Tu veux que j'appelle quelqu'un ? Pollux pourrait te raccompagner chez toi.
– Ça va. Il le sait sûrement.
– Quoi ?
– Que les collages sont dangereux.
– Quand on sniffe la colle, c'est sûr.
– Je ne parle pas de ça. Trop d'images. Trop de papier.
– Et des voix.
– Les voix, ça va. C'est le papier. Il vient en partie des rues de Berlin, tu le crois, ça ? Comme je voulais des détritus étrangers, Gruen m'a rapporté d'Allemagne des tickets de métro et des papiers de bonbons. Je lui avais demandé de ramasser des trucs dans le caniveau, mais apparemment il n'y avait presque jamais rien. Il a dû faire les poubelles, ça l'a mortifié. Je viens juste de coller ses trouvailles dans le confessionnal. »

Elle m'a prise par l'épaule. Je lui ai tapoté le genou.

« Des tickets de loto italiens, m'a-t-elle dit sur le ton de la confidence, comme si elle me révélait l'existence d'un grand trésor. Des copies de belles gravures de fossiles. Des boîtes d'allumettes provenant d'obscurs pubs irlandais où Asema a fini par terre lorsqu'elle est allée visiter la terre de ses ancêtres. Et d'autres de bars du sud de la ville, aujourd'hui disparus, où j'ai quand même réussi à ramper jusqu'au trottoir.

– Pen ! Tu as vraiment picolé à ce point ?
– Très occasionnellement. Et toi ?
– Tu sais que j'ai eu une phase. Mais tout va bien maintenant.

– Oui, on va bien, hein ? »
Et voilà que, d'un coup, on se serrait réciproquement les genoux. Son regard plongé dans le mien, elle m'a demandé d'une voix rauque :
« Comment Flora est-elle morte ? Qu'est-ce qui s'est passé ? Attends. Je ne veux pas savoir. Ne me dis pas. »
Elle s'est penchée, la tête dans les mains.
« La colle m'a shootée. Je suis sensible aux substances. Pardon de te remuer.
– Écoute-moi ! » J'étais effectivement secouée. « Tu as entendu une voix. C'était peut-être Flora. On a toutes notre histoire avec elle. S'il te plaît. J'ai besoin de savoir à quoi ressemblait votre amitié.
– Notre amitié ? C'était plutôt une "irritié".
– C'est déjà une relation.
– Fondée sur l'irritation, oui. Mais perturbante.
– Tu sais que je peux encaisser. Pen ! J'étais sérieuse, à la réunion. S'il te plaît, crois-moi : elle me rend vraiment visite tous les jours. J'entends le frou-frou de ses vêtements, j'ai même entendu sa voix, une fois. Toi aussi, tu l'as entendue, dans le confessionnal. Elle hante la librairie. »
Elle la hante, ai-je répété, gravement, pour m'assurer d'être comprise.
Pen m'a jeté un regard furibond avant de replonger sa tête dans ses mains. Elle a poussé un petit cri.
« Pourquoi elle ne peut pas nous laisser tranquilles ? »
À ces mots, par lesquels la jeune femme reconnaissait que tout ça était vrai, j'ai éprouvé un immense soulagement.
« Elle nous rendait folles, a-t-elle repris. Et donc ça ne m'étonnerait pas qu'elle refuse de nous lâcher aujourd'hui. Typique de celle qui croit que tout lui est dû. Les autochtones sont généralement polis et patients. Elle en a profité. Elle nous a pompé une énergie précieuse pour nourrir son âme parasite. »

J'ai parlé lentement, avec hésitation. « Tu sais, Penstemon, c'est dur. Mais merci. La plupart des gens ne me croiraient jamais.
— Ils ne croiraient pas qu'elle est là ? Peut-être autour de nous à cet instant précis ? Moi, je te crois. Et j'espère bien qu'elle m'a entendue.
— Elle est morte à présent.
— Oui, et elle l'a emporté avec elle.
— Emporté quoi ?
— Laisse tomber. Demande à Asema. En tout cas je me sens mieux, Tookie. Les feuilles ont arrêté de tourbillonner dans le ciel. »

C'était une journée sans vent et les branches nues étaient parfaitement immobiles.

« Bien. » Je lui ai tapoté la main. « C'est moi qui vais te raccompagner chez toi. »

La Sentence

Deux jours plus tard, le soir, j'ai enfin ouvert le livre de Flora. L'ouvrage lui-même contrastait avec sa calme couverture blanche. Il s'agissait d'un très vieux journal intime aux pages de garde marbrées imprimées à la main, avec des volutes rouge sombre, indigo et dorées. J'ai délicatement extrait le livre des rabats de protection avant de le retourner. La couverture d'origine était éraflée et usée, mais le doux cuir ambré restait en bon état, compte tenu du fait qu'il datait de plus d'un siècle. Les folios étaient cousus à la reliure et non collés, et le papier avait vieilli avec élégance grâce à la forte dose de pâte de chiffon qu'il contenait. Les phrases manuscrites en pattes de mouche alambiquées ne s'étaient pas décolorées, mais il était très difficile d'en déchiffrer l'écriture nerveuse et précipitée. L'auteur ou l'autrice ne mettait pas de point sur ses « i », ni de barre à ses « t » – peut-être le texte avait-il été écrit dans l'urgence ou en secret. J'ai regardé plus attentivement. Malgré l'encre bleu-gris, le cahier était ancien, c'était certain. J'avais rencontré ce type de fascicule lors de mes recherches à l'université. Et de mon bref séjour à la Société d'histoire du Minnesota, abrégé, à ma grande honte, par la formule chimique $C_{20}H_{25}N_3O$. Un genre de page de titre disait :

La Sentence

Une captivité indienne
1862-1883

Le reste était difficile à comprendre : des noms flous, des dates qui n'étaient plus que des taches claires. J'ai approché le livre de mon visage. Pollux s'est détourné du mince faisceau de ma lampe frontale avec un marmonnement ; je lui ai tapoté le dos. J'ai examiné l'écriture dense et abondante, déchiffré quelques mots supplémentaires. La narration, qui s'insérait apparemment au milieu d'une tout autre histoire, était déroutante. L'âge du papier confirmait que le journal avait sans doute bien été écrit à la fin du XIXe siècle. Le titre m'intéressait car il semblait aller à l'opposé de la plupart des récits de captivité en Nouvelle-Angleterre, qui racontaient de façon populaire, choquante et pieuse l'expérience de femmes blanches capturées par des Indiens. Ici, c'était visiblement l'inverse : le témoignage d'une captive autochtone. Cette nouveauté piquait ma curiosité. Et puis j'étais frappée par le titre. *La Sentence.* C'était peut-être une histoire de pensionnat, ou bien le récit de l'incarcération d'une femme après la révolte des Dakotas, même si j'avais remarqué le mot « Pembina », une ville au bord de la Red River. À cette époque, Pembina était peuplée d'Ojibwés et de Métis[1], mes ancêtres. Un passage m'a sauté aux yeux : *la sentence, être blanche*.

Vu la date, il était probable que l'autrice ait été dakota. Après la révolte de 1862, plus de mille six cents Dakotas, pour l'essentiel des femmes et des enfants, furent parqués dans des conditions épouvantables à Fort Snelling, à quelques mètres seulement de là où leur monde avait commencé, Bdote. Les Minnésotains font aujourd'hui des balades et du ski de randonnée nordique là où tant de gens succombèrent au choléra. Connaissant l'intérêt macabre que les Blancs portaient aux cadavres indiens, de nombreuses familles enterrèrent leurs défunts sous leurs tipis, dormant sur les tombes pour les protéger. Par la suite, des pères, des frères et d'autres proches de ces femmes et de ces enfants dakotas enfermés dans le camp furent jugés sur la foi de simples rumeurs, sans qu'ils aient droit à la moindre défense. Trois cent trois furent désignés coupables. Le président Lincoln réduisit leur nombre à trente-huit, lesquels furent pendus le lendemain du jour de Noël 1862. Les survivants, y compris des chrétiens convertis, des femmes et des enfants, furent emprisonnés ou exilés à Crow Cree, où la sécheresse faisait rage.

Comme tous les États de notre pays, le Minnesota a vu le jour dans le sang, par la dépossession et l'asservissement. Les officiers de l'armée des États-Unis ont acheté et vendu des personnes réduites en esclavage, y compris un couple marié, Harriet Robinson et Dred Scott. Nous sommes marqués par

---

1. Les Métis sont un peuple d'ascendances autochtone et européenne (principalement francophone), né dans l'ouest du Canada au XIXe siècle. Nombre d'entre eux sont venus s'installer dans le Dakota du Nord et le Montana après la guerre de la Red River.

notre histoire. Parfois, il me semble que les premières années du Minnesota hantent tout, que ce soient les tentatives de Minneapolis pour greffer des idées progressistes sur ses origines racistes ou le fait que, ne pouvant défaire l'histoire, nous sommes condamnés à l'affronter ou à la répéter. Mais les clients de la librairie m'ont donné foi en l'idée qu'on pouvait s'en sortir.

J'ai refermé le livre. Aussi doucement que possible. Le fait est que j'avais cessé de lire depuis un moment.

À côté de mon lit, j'ai toujours deux piles : la « paresseuse » et la « laborieuse ». J'ai posé le livre de Flora sur la laborieuse, qui comprenait *Nous sommes tous mortels*, d'Atul Gawande, deux volumes de Svetlana Alexievitch, et des ouvrages sur la disparition des espèces, les virus, la résistance aux antibiotiques et comment préparer des aliments séchés. C'était la pile des livres que j'évitais jusqu'à ce que surgisse un nouveau geyser d'énergie mentale. Bon, je finissais généralement par en venir à bout. Au sommet de la paresseuse, il y avait *Rebecca* de Daphné du Maurier, que je relisais parce que je préférais Rebecca – la méchante Rebecca – à l'évanescente et gentillette narratrice. Mais malgré les somptueuses descriptions de Manderley, sinistre maison de mes rêves pendant ma détention, je l'ai vite reposé. Je n'avais plus besoin de Manderley. J'avais Minneapolis. Je me suis reproché ma lâcheté et j'ai rassemblé mon courage pour pousser un peu plus loin ma lecture de *La Sentence*. J'ai même tendu la main vers le livre. Sans aller toutefois au bout de mon geste. Sans doute avais-je peur de la souffrance qu'il contenait. À la simple idée de l'incarcération de sa narratrice, mon pouls s'emballait. Alors je l'ai laissé sur la pile laborieuse. Mais j'étais bien naïve de croire que je pourrais l'éviter. Le livre avait une volonté propre et me forcerait à l'affronter, tout comme l'histoire.

LA SENTENCE

Tellement reconnaissants !

Il faisait encore doux à l'approche de Thanksgiving, ou plutôt Thanks*taking*[1]. La veille du jour en question, j'étais devant la librairie, en pleine discussion avec Asema, quand nous avons été abordées par une femme à chapeau et manteau mous, du même bleu que ses grands yeux scrutateurs et sans cils.

« Il faut que je vous raconte une histoire, a-t-elle dit.

– Un instant. Je suis en train de parler avec Tookie, ici présente, a répondu Asema d'un ton courtois.

– Écoutez », a repris l'autre. Elle s'est glissée entre nous en me poussant d'un coup d'épaule. Il fut un temps où je l'aurais remise à sa place, mais nous étions sur mon lieu de travail.

J'ai donc accompagné mon « Oh, mais je vous en prie ! » d'un grand geste poli dont l'ironie a totalement échappé à sa destinataire, laquelle avait la cinquantaine et venait d'émerger d'une élégante voiture de sport bleue.

« C'est au sujet de mon arrière-arrière-grand-père, a-t-elle lancé à Asema. L'histoire est authentique, transmise de génération en génération !

– Ah, vraiment. » Asema m'a jeté un regard.

« Bien, donc, imaginez-le qui arrive dans sa maison au bord du lac Calhoun, d'accord ?

---

1. La fête de Thanksgiving, célébrée le quatrième jeudi de novembre, est une journée d'« action de grâce » qui fait écho aux « fêtes des moissons » en Europe. Mais le jeu de mots de l'autrice sur les verbes donner/*giving* et recevoir/*taking* renvoie au fait que les premiers colons, débarqués en 1620 du *Mayflower*, périrent en nombre du scorbut et que les survivants ne durent leur salut qu'à l'aide des Wampanoags, qui leur donnèrent à manger et leur apprirent à cultiver le maïs.

– Pas d'accord. Aujourd'hui on dit Bde Maka Ska, a corrigé Asema.
– Hein ? Je vous parle de l'époque où le coin était plein de résidences secondaires. Le voilà donc qui pousse la porte, et là, dans son salon, qu'est-ce qu'il trouve ? Des Indiens ! Devant la cheminée ! Pépères, chez lui ! »

Asema regardait à présent la femme d'un air qui m'a fait reculer. Il nous arrive fréquemment d'être abordées par des gens possédant un chalet en bord de lac dans le Minnesota. Ce chalet, outre la ville la plus proche, est souvent le seul contact entre les Minnésotains blancs et les autochtones. Pourquoi ? Parce que les propriétés donnant sur les lacs sont les terres les plus précieuses des réserves, et ce sont toujours des terres volées, d'une manière ou d'une autre. Ce qui explique qu'Asema, dont la famille vient du Leech Lake mais ne possède aucun terrain sur les berges, déteste entendre ces propriétaires de chalet qui viennent lui raconter leurs histoires indiennes.

« Quoi qu'il en soit, a poursuivi la femme, fascinée par son propre récit, il s'est avéré que les Indiens étaient affamés. Ils mouraient de faim, littéralement. Alors mon arrière...

– Laissez-moi deviner, l'a interrompue Asema avec un sourire totalement factice. Il leur a rendu leurs terres !

– Oh non, a répondu l'autre en riant. Mais écoutez ça. Il a envoyé son chauffeur chercher des provisions en ville... et il a tout donné aux Indiens !

– Son quoi ? Son *chauffeur* ? » J'étais indignée.

Tout sourire, la femme attendait la réaction d'Asema. Laquelle fulminait.

« Et *là*, il leur a rendu leurs terres, hein ?

– Nan, a répondu la femme. Mais un an plus tard, ces mêmes Indiens sont revenus lui donner un authentique canoé en écorce de bouleau. Pour le remercier de la nourriture qui leur avait permis de survivre à l'hiver. Ils lui étaient tellement reconnaissants ! »

Elle était aux anges. *Tellement reconnaissants !*

Asema a secoué les mains et tenté de se détourner, mais l'autre a haussé la voix. « Écoutez ! Ce n'est pas fini ! Il faut aussi que je vous parle de ma grand-tante. Derrière chez elle, sur le lac Minnetonka, il y avait des collines truffées d'objets anciens. Il suffisait de creuser pour en trouver. »

J'ai bien cru qu'Asema allait s'étrangler. Ou que l'historienne en elle allait étrangler son interlocutrice. Je lui ai posé la main sur le bras, de peur qu'elle lui saute au cou. Si incroyable que cela paraisse, la femme parlait toujours.

« Mais ma grand-tante, hein, eh bien quand elle a trouvé deux squelettes dans une petite butte derrière chez elle, elle a relié les os avec du fil de fer, elle les a exhibés à la foire du Minnesota, dans la section scientifique, et elle a gagné le ruban bleu d'un prix d'excellence ! »

J'en suis restée bouche bée.

Asema et moi étions toutes deux paralysées. Une sensation de glissement. Comme quand vous voyez la voiture devant vous déraper et se déporter latéralement. Les autochtones éprouvent souvent ça quand ils écoutent des non-Indiens s'extasier sur l'intense expérience qu'ils ont eue avec des Indiens.

La femme a poursuivi : « Après le ruban bleu, ma grand-tante ne savait pas quoi faire des os ! C'est vrai, qu'est-ce qu'on peut faire de ça ? Alors elle les a rangés sous son lit.

– Quoi ?! a coassé Asema en s'approchant bien trop près de son interlocutrice. Elle n'a pas rendu les os ? Et la terre ? »

Comprenant soudain que la jeune femme n'était pas sous son charme, l'autre a déchanté et perdu sa suffisance. « Faut pas rêver. »

Asema a souri poliment. « C'est le genre de truc qu'on me raconte tout le temps. Mais si ça ne finit pas par la restitution de ce qui nous appartient, alors je suis obligée de vous dire d'aller vous faire foutre, vous et votre histoire. »

En panique, la femme a papilloté des yeux dans ma direction, mais je souriais. Il paraît que mon sourire met parfois mal à l'aise. La dame au chapeau bleu a détalé, et on l'a regardée partir dans sa voiture assortie.

« Quel gâchis de bleu, ai-je dit.
– J'ai eu peur que tu te jettes sur elle.
– Moi ? Et toi, alors ?
– Oh, je ne ferais jamais ça. On a l'habitude. J'ai l'habitude. On a un rôle à tenir. Je suppose que, d'une certaine façon, écouter ce genre de choses, aussi choquantes soient-elles, fait partie de notre mission. D'ailleurs, je suis vraiment navrée de m'être m'énervée. Elle était sans doute pleine de bonnes intentions, tu sais... »

Sa voix a faibli. Le regret qui suit la colère, j'ai ça en commun avec Asema.

« Je parie qu'elle rabâche son histoire depuis des années. Il était temps que quelqu'un la rembarre.
– Les gens ont besoin d'un endroit où apporter leurs histoires et leurs questions sur les Indiens, a dit Asema. Mais sa façon de te dégager...
– Ouais. Je crois bien que moi aussi, je suis un de ces endroits. »

J'ai repensé à toutes les questions qu'on m'avait posées au magasin.

QUESTIONS À TOOKIE :
Est-ce que vous pourriez m'indiquer l'endroit le plus proche où trouver une cérémonie à base d'ayahuasca ?
Vous vendez du vin des morts ?

Comment est-ce que je peux me faire inscrire en tant qu'Indien ?
Vous êtes indienne à combien de pour cent ?
Est-ce que vous pourriez évaluer mon collier de turquoise ?
Et le vendre pour moi ?
Vous auriez une idée de nom indien sympa pour mon cheval/chien/hamster ?
Comment puis-je faire pour avoir un nom indien ?
Vous avez un proverbe indien sur la mort ?
Je cherche une référence culturelle indienne qu'on pourrait intégrer à notre cérémoniel funéraire : qu'est-ce que vous suggérez ?
Comment savoir si je suis indien ?
Est-ce qu'il reste encore d'authentiques Indiens ?

Authentique

Je réponds toujours : « Moi. Vous ne trouverez pas plus authentique. »

Même si parfois je doute de l'authenticité de mon existence. Je tombe rarement malade – j'ai peut-être une immunité hors du commun, en tant que descendante d'un indigène sur dix à avoir survécu à toutes les maladies du Vieux Monde qui nous sont tombées dessus. Je dois peut-être ma résilience à l'héritage génétique de cet ancêtre chanceux. En même temps, il y a une forme d'effacement à perdre tous ceux qu'on aime. Il paraît qu'un traumatisme change l'ADN de la personne qui le vit. Je ne sais pas, mais si c'est vrai, alors en plus d'une santé de fer j'ai hérité d'un sentiment d'oblitération.

De temps en temps, j'en fais l'expérience sous la forme d'un moi qui n'existe pas vraiment, un moi inauthentique paralysé par une pensée vertigineuse : je n'ai pas choisi ce format. Je n'ai pas choisi de composer une Tookie. Qui est derrière tout ça ? Ou quoi ? Et pourquoi ? Qu'est-ce qui va se passer si je n'accepte pas cet état scandaleux ? Ce n'est pas facile de maintenir cette forme-ci. Je sais intuitivement ce qu'il adviendrait si je cessais de faire cet effort : sans un travail continu, le format appelé *moi* se décomposerait. Je ferme les yeux, « mes » yeux, et croise le regard étonné de Budgie. Son visage ne témoignait d'aucune épreuve. Seulement d'un questionnement. *Qu'est-ce qui se passe ? Qu'est-ce qui s'est passé ?* Je pose ces mêmes questions aux voilages de la fenêtre.

Le musée du Service de santé de l'armée

Ma tentative de remiser le récit de captivité n'a pas marché. À mon grand agacement, j'ai développé une forme de conscience effervescente. Je percevais le bruissement des pensées me filant par la tête pour retourner au livre que je craignais de lire. La nécessité de cette lecture, si douloureuse qu'elle puisse être, s'imposait dès que je baissais la garde. Je n'avais aucune envie de plonger dans l'histoire. Par paresse, certes, mais aussi par peur. Et puis j'ai repensé à l'épisode de la femme au chalet du bord de lac, l'épisode des « tellement reconnaissants ! », et je me suis dit que, malgré la présence à l'époque de Ho-Chunks et d'Ojibwés dans la région, les Indiens « reconnaissants » et les ossements indiens dont cette femme parlait étaient probablement dakotas. En refusant d'affronter ce qui s'était passé ici, je n'étais guère différente de sa grand-tante. Une esquiveuse. Tout ça était lié à Flora. Si je voulais me débarrasser de mon fantôme, il allait falloir que je comprenne ce qui la maintenait de ce côté-ci du voile. Il allait falloir que j'ouvre le livre qui l'avait tuée et que je le lise.

Je l'ai ouvert le soir même. Et je jure que j'avais l'intention de le lire. Mais des ossements, là encore, m'en ont détournée.

Le nom d'Asema est apparu sur mon téléphone. Je suis tombée des nues. Vraiment, elle m'appelait, moi ? Il arrive que Pollux reçoive un coup de fil de Hetta, mais personne de moins de trente ans n'a jamais cherché à me joindre. J'ai vu des scènes défiler dans ma tête : enlèvement, panne sèche sur une route isolée... J'ai aussitôt décroché.

« Ça va ? Qu'est-ce qui se passe ?

— Faut que je te lise un truc de mon projet de recherche. Je travaille sur la question des restes humains dans le Minnesota. J'ai bien sûr commencé par le docteur Mayo. Tu as deux minutes ? »

J'étais énervée, comme si je m'étais fait avoir.

« Non, j'essaie de lire *Rebecca*.

— Ça parle aussi d'os, en fin de compte.

— Les os d'une femme assassinée pour avoir été forte et sexuellement active.

— Si tu veux. Bon. J'ai trouvé une coupure de journal de 1987, avant la loi fédérale sur la protection et le rapatriement des tombes autochtones, donc. Ça parle du musée des Services de santé de l'armée de la Smithsonian Institution entre les années 1860 et 1890. L'administrateur de la santé publique et le personnel du musée menaient une étude raciale sur les Indiens — hommes, femmes, enfants. Laisse-moi te lire quelques passages.

— Tu es vraiment obligée ? »

Elle m'a ignorée. « En 1868, B. E. Fryer, médecin militaire à Fort Harker, Kansas, attend trois semaines la mort d'un Indien Kaw blessé dans les combats qui constitue selon lui un excellent spécimen. Il guette donc, tel un vampire. La famille, au courant, cache la tombe. Fryer mène des fouilles et finit par exhumer le corps, mais se plaint que le cadavre aurait été plus utile encore frais... »

Éloignant le téléphone de mon oreille, j'ai balayé la chambre d'un regard éperdu.

« Et puis il y a le docteur Hackenberg, qui porte bien son nom[1]. Il exerce autour de Fort Randall, dans ce qui est aujourd'hui l'Iowa. En 1867, il exulte de s'être montré plus malin qu'une famille lakota. Il écrit : "Convaincu qu'ils ne croiraient jamais que j'allais voler sa tête avant qu'il n'ait refroidi dans sa tombe, j'ai, tôt dans la soirée, récupéré ce spécimen avec l'aide de deux de mes assistants hospitaliers." Plus tard, Hackenberg rend un crâne de femme qu'il avait gardé "pour ses dents magnifiques". Je le cite : "Ça avait été une sacrée aventure, ce qui explique peut-être en partie pourquoi je l'ai conservé si longtemps, en guise de trophée."

– Arrête, je fais une crise d'angoisse.

– Désolée. Mais quand cette femme est venue nous raconter son histoire, l'histoire du squelette d'un de nos cousins qui lui a valu le premier prix à la foire du Minnesota, peut-être que ça n'était pas fortuit. Ça m'a vraiment foutu les boules, tu sais. Elle trouvait ça normal. Ça ne lui a même pas traversé l'esprit qu'on pourrait le prendre personnellement.

– Et où veux-tu en venir ?

– Hé, détends-toi.

– Écoute, Asema. Je ne vaux peut-être pas mieux que Hackenberg. J'ai volé le cadavre d'un homme blanc.

– Je sais. Voici où je voulais en venir.

– Message reçu. Bonne nuit.

– Attends. Je ne t'ai pas encore dit où je voulais en venir.

---

1. De l'anglais *to hack*, « couper » ou « charcuter ».

Et si tu souffrais d'un syndrome de stress post-traumatique ? Déclenché par la mort de Flora ?

— Non ! Flora est bien réelle. Enfin, son fantôme est bien réel. Mais peut-être que Budgie l'a effectivement envoyée me hanter. Il était du genre revanchard.

— Toi au moins, tu ne l'as pas relégué dans une vitrine ou un tiroir de musée.

— Non, mais il n'a pas reçu tous les égards. Je lui ai noué un foulard autour de la tête et je l'ai chargé au milieu de cageots de tomates. Il y avait aussi du céleri.

— Ah, quand même... Je ne connaissais pas les détails. » Asema a marqué un temps. « Il aimait le céleri ?

— Qui aime le céleri, voyons ?

— D'accord, mais bon. Pense à tous ces Blancs convaincus que leur maison, leur jardin ou leur belle vue sont hantés par des Indiens, alors qu'en fait c'est le contraire. Nous sommes hantés par les colons et leurs descendants. Nous sommes hantés par le musée des Services de santé de l'armée ainsi que par d'innombrables musées d'histoire naturelle et petits musées municipaux qui ont encore des ossements non réclamés dans leurs collections. Nous sommes hantés par...

— Asema. Tu oublies. Un peuple qui se voit avant tout en victime est fichu. Et nous ne sommes pas fichus, si ?

— Certainement pas, putain.

— Alors ressaisis-toi. Il faut que je te laisse, maintenant. Un camion poubelle est tombé du ciel dans mon jardin.

— Très drôle. Attends... »

Le Dimanche à dormir

La dernière semaine de novembre, on enchaîne Thanks-*taking* le jeudi, Black Friday le vendredi, l'opération « Samedi je soutiens mes commerces de proximité », puis vient enfin le Dimanche à dormir. Ce jour-là, je fais la grasse matinée, histoire de me remettre d'une grosse journée d'action conviviale et de deux grosses journées d'actions commerciales. Pour lesquelles je rends grâce : depuis deux ans, nos ventes augmentent doucement mais sûrement. Asema pense que tous les Kindle sont cassés. C'est aussi ce qu'affirme Pallas, la fille de Louise, mais elle évoque par ailleurs le grand dé-Kindlement, qui a débuté quand les gens ont compris que leurs liseuses recueillaient des données sur leurs habitudes de lecture, comme la page où ils s'étaient arrêtés. Ils ont plutôt la nostalgie de tourner de vraies pages, estime Jackie. Pour Gruen, c'est le fait de les annoter et de les corner qui manque aux lecteurs. Penstemon est quant à elle convaincue qu'ils regrettent l'odeur du papier, si propre, si sèche, si plaisante. Elle a justement une eau de toilette qui s'appelle Paperback – « Édition de poche ». De mon côté, je ne porte pas de parfum, mais j'en vaporise parfois un peu dans ma chambre à l'occasion de mes grasses matinées du dimanche.

Je n'ai plus que deux Dimanches à dormir ce mois-ci avant l'arrivée de notre fille. Hetta est attendue le 19 décembre. Elle passera Noël avec nous et rentrera à Santa Fe pour le réveillon du Nouvel An, parce que la vieille Plaza est géniale ce soir-là, chauffée par les feux de pins à pignons, pleine de coins douillets où boire du chocolat chaud et du rhum au beurre et où manger des *biscochitos*. Elle compte s'y installer définitivement, du moins jusqu'à ce qu'il n'y ait plus d'eau – alors elle déménagera sur les rives du lac Supérieur.

« Tu n'auras pas les moyens de vivre là-bas, comme tu n'as déjà pas les moyens de vivre à Santa Fe », ai-je décrété quand elle nous en a parlé.

J'ai dit ça parce qu'apparemment je suis une salope de première catégorie. Je n'en veux pas à Hetta de sa réaction à mon commentaire. Je ne lui en veux pas, parce que je ne me reconnais pas quand elle est là. Je ne sais pas comment elle se débrouille pour m'exaspérer et me hérisser à ce point. Certes, elle met de la laitue dans mon ragoût de chevreuil, gaspille mon produit vaisselle, fend mes cuillères en bois, fait des gruaux dans ma sauce à la viande et tache mes draps – pas de sang menstruel, ce qui serait compréhensible, mais de moutarde jaune : un soir de défonce, elle en a vidé un tube entier pour dessiner des motifs qu'elle estimait chargés de sens.

Elle me ressemble tellement.

Ce qui explique, selon Pollux, que je sois comme je suis quand elle est là.

Mais revenons-en au Dimanche à dormir.

Pollux était parti en goguette apprendre un nouveau chant. Un chant apparemment destiné à aider le monde à tourner. Et tant mieux. Parce que le monde semblait justement s'être arrêté. Le ciel était du même gris que l'écorce froide des arbres. Une brume vaporeuse s'élevait du lac. Le soleil aussi était gris, comme mon sang, si du moins il m'en restait dans le corps. Il me semblait plutôt qu'une substance gélatineuse s'y était substituée, réfractaire à tout sauf aux cellules grises. Je ne sentais même pas mon cœur battre. Un fantôme. Je m'étais réveillée fantôme. C'était le Dimanche à dormir : personne, humain ou non-humain, ne m'attendait nulle part, dans tout l'univers. Une journée sans la moindre obligation. J'étais libre de me désintégrer.

LA SENTENCE

Ou de lire.

J'ai choisi la pile laborieuse. Pourquoi ce choix-là alors que je ne comptais même pas garder forme humaine, je ne sais pas. J'avais peut-être oublié. Ce qui, d'ordinaire, est bon signe. Parfois j'arrive à m'oublier et je gagne mon combat contre l'oblitération. Quoi qu'il en soit, j'ai laissé faire ma main. Elle a cherché le livre le plus laborieux de la pile. *La Sentence*. Cette fois, parce que le gris colonisait mon cœur gélatineux et parce que j'éprouvais – chose étonnante et rassurante – une légère panique quant à ma propre survie ; j'ai commencé à lire, ligne après ligne, et donc commencé à me représenter la personne qui se confiait à la personne qui écrivait. À ma grande surprise, elle ressemblait beaucoup à la photo de la grand-mère fictive de Flora. C'était une jeune femme au regard empreint d'une tristesse pudique. Accablée. Habitée. Par quoi exactement, je ne le savais pas encore. Son expression était celle d'une femme condamnée à une longue peine. L'expression qui avait été la mienne.

Je me suis tout de même attelée à déchiffrer le livre, élucidant plusieurs phrases :

Une fois passer les portes, j'ai résolu qu'ils pouraient bien tout fair pour me changer, ils n'y ariveraient pas. Je ne m'habi tuerai pas, ce serait une « condannation à perpétuité » d'être une famme blanche, de vivre dans la mauvaise peau. Mon destin, ma sentence, être blanche. Mais la suite a montrer que ce n'était pas la pire et preuve

Là, j'ai commis une erreur. J'ai avancé jusqu'à la page marquée par Kateri, la dernière sur laquelle Flora avait posé les yeux avant de mourir. Je m'y sentais comme poussée, j'ai tourné les pages avec précipitation. L'écriture était encore plus illisible. J'ai tenté de la décrypter, lettre par lettre. Quand j'arrivais au bout d'un mot, je le prononçais tout haut. J'essayais de le comprendre. J'articulais silencieusement les lettres suivantes, puis je tentais de les relier. Je gardais brièvement la mémoire des mots au fil de mon avancée, mais aujourd'hui je ne m'en souviens plus. J'ai bientôt été tellement absorbée par ma tâche que mon cœur s'est mis à tambouriner. J'ai entendu un sifflement dehors, mais ce n'était pas le train. C'était un son bas et intime, tout près de la fenêtre. J'avais déjà entendu un sifflement similaire. Ce qui avait suivi n'était pas bon. J'ai sursauté – et c'est là que c'est arrivé. J'ai senti mon corps se désintégrer en une cascade de cellules, mes pensées se dissoudre dans le gris de l'oubli. J'ai vu mes atomes tourbillonner comme une neige noire dans l'air de ma chambre. Je me suis observée sur le lit et me suis aperçue que j'avais plusieurs perspectives – je regardais en même temps les murs et la fenêtre. J'étais devenue kaléidoscopique. Multivoyante et omnisciente. Mes cellules se dispersaient de plus en plus vite jusqu'à ce que, *pfff*, je ne sois plus. Pendant longtemps il ne s'est rien passé d'autre.

Lentement, bien plus tard, j'ai réintégré mon lit.

Dès que j'ai pu bouger les doigts, j'ai refermé le livre.

NEIGE NOIRE

Jamais

J'étais en train d'essayer de brûler un livre. Moi qui suis libraire – ce qui représente une identité, un mode de vie. Brûler volontairement un livre, et un livre unique avec ça, un écrit original, voilà quelque chose que je n'aurais pu envisager que dans des circonstances désespérées. Mais j'avais été amenée à croire que ce livre contenait une phrase qui variait selon la capacité de la lectrice à la déchiffrer et qui, allez savoir comment, avait la capacité de tuer. Je ne voulais pas vérifier la validité de cette hypothèse terrifiante. Je voulais juste détruire le livre. Après mon expérience de mort imminente, j'étais apparemment tombée dans un profond sommeil qui avait duré toute la nuit. Pendant que je dormais, Pollux était rentré et s'était glissé contre moi. J'ai d'ordinaire un sommeil léger, mais je n'ai pas bronché. Cette nuit-là, une tempête s'est levée. Elle a abattu l'orme du jardin, un arbre de cent deux ans, qui n'est passé qu'à quelques dizaines de centimètres de la maison. Le lendemain matin, la fenêtre donnait sur un monde sens dessus dessous et encombré de branches. Si j'avais lu la phrase en entier, l'arbre serait-il tombé sur nous, perçant le toit de ses longues ramures, me tuant, embrochant Pollux, nous perforant tous les deux, peut-être, des hampes de ses bras ? La phrase était-elle la suite d'un récit que j'avais heureusement raté ? Je n'allais pas chercher à le savoir. Il n'y avait pas d'enquête à mener, pas d'autre question à poser. Ce livre avait condamné à mort ma cliente la plus agaçante de fidélité. Il avait aussi essayé de me tuer. Dans la cour derrière la maison se trouvait notre petit barbecue, et dans ma main, un bidon d'allume-feu.

C'est affreux de ne pas pouvoir brûler quelque chose d'aussi clairement combustible. Il est bien connu que les livres s'enflamment à quatre cent cinquante et un degrés Fahrenheit. J'ai allumé le charbon et tenté de passer l'ouvrage au gril. J'ai essayé de lui faire prendre feu directement, mais la couverture crème et l'excellent papier sont demeurés intacts. J'étais presque trop exaspérée pour avoir peur. Au final, j'ai déclaré forfait et je me suis assise sur les marches, les yeux rivés au volume à peine roussi. Peut-être qu'à ce stade je serais allée demander l'aide de Pollux, mais, tôt ce matin-là, il était parti au lac Nokomis, à cause de sa grand-mère : c'est là qu'il allait se promener pour penser à elle. Je fixais le livre, encore et encore.

La hache ?

Ou plutôt la hachette. On en avait une petite pour le camping. J'ai poussé le livre pour le faire tomber du gril et, une fois la lame aiguisée, je me suis mise à l'ouvrage. Il a résisté. Pas la moindre entaille, souillure, salissure ou brûlure. Jamais, de toute ma vie, je n'avais été confrontée à un objet contraire aux lois de la nature. Je me suis mise à jurer, en long en large et en travers. Tous les gros mots que je connaissais ou pouvais inventer y sont passés. Puis j'ai pris une pelle et j'ai creusé un trou au-delà du grand arbre tombé. J'ai creusé toute la matinée, aussi loin que possible. Après quoi j'ai mis le livre au fond et j'ai rebouché le trou. Bien sûr, il reste toujours un peu de terre quand on creuse un trou, parce qu'elle se délite. J'ai réparti le reliquat dans le jardin aussi proprement que possible avant de m'effondrer sur le canapé avec des bouquins de Mark Danielewski. Leur lecture relevant d'une forme d'athlétisme, je me suis dit que ça me changerait les idées. J'ai allumé ma lampe de lecture, appelé Jackie pour une question de planning, et projeté de décongeler de la soupe de queue de bœuf. J'ai alterné des levées de jambes et des abdos entre deux passages inversés de Danielewski lus de travers, en avant, en arrière, tout en faisant de l'exercice. On ne voit pourtant pas vraiment que je suis musclée. Peu importe la quantité d'abdos, j'ai toujours la taille épaisse et molle des femmes d'âge mûr. Ça me rend folle. C'est peut-être la bière.

Cent deux ans

Après plus d'un siècle de croissance, voilà que mon arbre préféré était à terre, à deux doigts de la maison, comme s'il nous avait volontairement épargnés. L'entremêlement des branches nues de sa vaste couronne emplissait les fenêtres. J'ai caressé le tronc ridé et moucheté de lichen. Qu'il ait pu tomber sans être entraîné par le poids des feuilles, le sol étant par ailleurs sinon gelé, du moins plus ferme que lors des grosses averses estivales, constituait une anomalie. Pour moi, la faute en incombait décidément au livre. La base de l'arbre, exposée sur le trottoir, était à la fois fascinante et terrible. Comme les racines avaient cédé et rompu sous la terre, on aurait dit que l'arbre n'en avait presque pas. À son retour, Pollux m'a toutefois assuré que l'orme en avait développé un réseau aussi fourni que sa couronne. Elles couraient sous la chaussée, sous le gazon, dans mon jardin, peut-être tout autour de ma maison.

« Il en va du dessous comme du dessus », ai-je murmuré. Nous nous sommes regardés.

« Le monde du dessous nourrit celui du dessus. C'est aussi simple que ça », a dit Pollux.

Il a parlé des briques de la maison plus bas dans la rue et des piliers d'un portique en pierre, puis évoqué les réservoirs des voitures, les racines, les aquifères cachés et les métaux avant de conclure :

« Tout ça vient de la terre, hein ? Nous vivons aux dépens du dessous depuis trop longtemps.

– Je sens que tu vas te mettre à parler d'énergies fossiles.

– On pompe du pétrole, on extrait des minerais.

– Et voilà.

– Les choses iront mieux quand on commencera à vivre à la surface du globe, de vent et de lumière.

– Tu as fini ? » Plutôt que de me prendre la tête avec mon mari, j'ai préféré prendre la tangente dans l'arbre. Pollux avait préparé deux mugs de café ; on a escaladé les branches pour s'y installer. La lumière était limpide, l'air aqueux et tiède. Le gel matinal avait fondu dans l'herbe au vert détonnant. On s'est enfoncés dans la couronne de l'orme, si gracieux et puissant, si engageant, même couché sur le flanc. Et malgré mon chagrin pour lui, je me suis soudain sentie folle de joie d'être là, assise dans un arbre vieux de cent deux ans. En train de boire non pas un simple café, mais un café éthiopien que Penstemon m'avait offert en me vantant son arôme de terreau et de fleurs. Elle avait raison. Pollux s'est adossé à une branche, puis il a fermé les yeux.

Asema est arrivée : je l'avais informée par texto de la chute de mon orme et de son âge présumé – c'est une amoureuse des arbres. Elle s'est appuyée contre le tronc.

« Si seulement tu pouvais le laisser là, tel quel. »

J'ai jeté un œil à l'endroit où j'avais enterré le livre et, à mon grand soulagement, on ne voyait pas que le sol avait été remué ; l'emplacement était à peu près indétectable. Je me suis demandé si le livre aurait changé d'aspect, dans l'hypothèse où je le déterrerais. Est-ce que la couverture se serait déformée, la finition désintégrée ? L'humidité aurait-elle collé les pages entre elles, rendant la phrase mortelle impossible à lire ? L'image du volume pâle m'a envahi la tête. Je l'en ai chassée et je me suis appuyée contre une branche avec mon café chaud, les yeux fermés.

« Ton orme est très beau comme ça, tellement amical. On dirait qu'un géant a posé la main par terre pour recueillir une souris. »

L'image du livre est revenue : ses pages se tournaient lentement, comme sous l'effet du vent.

« Peut-être qu'on ne devrait pas s'asseoir là, ai-je dit.

– Mais si, a répondu Pollux. Tu as peur que les voisins nous trouvent bizarres ? T'inquiète. Ils sont déjà au courant. »

Ce n'était pas ça. La façon dont le livre n'arrêtait pas de faire irruption dans mes pensées me mettait mal à l'aise, et la proximité de l'endroit où je l'avais enterré me maintenait sur mes gardes.

« Oh, laisse tomber », ai-je dit.

Je me suis mise à parler de la librairie. Des livres qui se vendaient, de ceux qu'il fallait commander. Asema a grimpé parmi les branches et commencé à toucher les membres craquelés, à ramasser des morceaux d'écorce arrachés, à crapahuter dangereusement sous le fragile équilibre des ramures. Pollux a fermé les yeux pour une petite sieste. Je me suis bientôt aperçue que je parlais toute seule : Asema avait disparu. Je me suis levée d'un bond, inquiète, et je l'ai vue qui fixait l'endroit exact où j'avais enterré le livre. Ça avait pris une seconde. Le temps que je me rapproche, elle avait repoussé la terre du bout de sa chaussure puis l'avait de nouveau tassée.

« Qu'est-ce que tu fais ? ai-je demandé.
– Rien.
– Qu'est-ce qui t'a pris de te planter là, à cet endroit précis, et de racler le sol du pied ? »
Elle a froncé les sourcils de surprise.
« J'étais perdue dans mes pensées, je n'ai pas réfléchi. Pardon d'avoir abîmé ta pelouse.
– Ce n'est pas ça. Je veux savoir pourquoi ici en particulier.
– Quel est le problème ? Il y a quelqu'un d'enterré là-dessous ?
– Oui. Enfin, non. Un chien.
– Le chien de qui ?
– Un chien errant.
– Tu as enterré un chien errant ?
– Il est mort dans le jardin, une nuit.
– Tu ne m'en as jamais parlé.
– Ça ne m'a pas semblé très important. Même si c'était triste.
– Alors pourquoi tu t'inquiètes tant que ça pour sa tombe ? C'est… un chien du genre Cujo ? Ou Simetierre ?
– Un peu. Je n'arrête pas de rêver de lui.
– Pauvre toutou. » Asema partageait à présent mon désarroi.

Au moment où elle partait, Pollux s'est réveillé, et voilà soudain qu'il me serrait dans ses bras et m'entraînait dans la maison sans que je puisse résister. Il m'a fait asseoir, m'intimant de ne pas bouger le temps qu'il me prépare un sandwich à l'œuf et aux piments verts. Comme il comptait utiliser un énorme muffin anglais toasté, j'ai obtempéré. Je ne pouvais pas lui dire que mes pensées oppressantes et mes rêves douteux se focalisaient sur un fantôme, et désormais un livre. Il m'avait connue dans un contexte où ce genre d'idées m'auraient été inspirées par mon addiction à toutes sortes de drogues fascinantes, dont le vin des morts. Ça aurait l'air d'une énorme rechute.

« Tu as perdu ton arbre, a-t-il dit en m'apportant le sandwich sur une assiette en céramique. C'était ton abri, ton ami.

– Oui, voilà. Mon arbre. Ma chère âme. »

Pollux a posé une main sur mon épaule, le temps d'exercer une petite pression compatissante. Une fois que j'ai eu terminé mon sandwich, le souvenir de ce qu'il avait entendu dans son sommeil lui est apparemment revenu :

« Enterré un chien ? C'est quoi, cette histoire ?

– Asema me tapait sur les nerfs. » J'étais repue et rassérénée. « Elle fait de l'excès de zèle. Il n'y a pas de chien.

– Elle était simplement sur notre pseudo-pelouse. Quel mal à ça ? Pourquoi irais-tu inventer un chien ?

– Pour rien ! Vivons dans l'instant !

– Jamais entendu une dinguerie pareille.

– La dinguerie, c'est la succulence de ce sandwich, ai-je dit en contemplant mon assiette vide.

– On s'en partage un autre ?

– J'en serais très honorée. Laisse-moi t'aider en te faisant la causette pendant que tu le prépares. »

Bleu

J'avais beau avoir enterré le livre, Flora n'avait pas cessé ses visites. L'affluence des fêtes commençait à se faire sentir, mais il y avait généralement un creux avant le déjeuner. Elle était toujours ponctuelle. À onze heures pile, j'entendais ses bracelets aller et venir le long de son poignet au rayon Littérature. Elle portait sans doute sa longue doudoune lisse, car j'en reconnaissais ensuite le léger frottement contre la table-bateau. Une vieille couverture mexicaine dont on drapait une chaise du côté des Témoignages finissait souvent par terre – Flora avait toujours dit qu'il fallait retapisser la chaise en question. Ça froufroutait dans les toilettes, où elle parvenait toutefois rarement à déloger les serviettes en papier, puis, comme toujours, elle se glissait dans le confessionnal sans ouvrir le portillon.

À l'occasion de travaux de rénovation, les amis de la librairie avaient mis dans ses murs du tabac sacré, de l'avoine odorante, du genévrier et de la sauge. Ils avaient peint en bleu la porte d'entrée et celle de derrière pour écarter les énergies malfaisantes. Dans le monde entier – des villages grecs aux Touaregs en passant par le Sud-Ouest américain –, le bleu repousse le mal. Prenez par exemple ces bouteilles en verre bleu, sur le rebord des fenêtres, qui bloquent le passage aux démons. D'où le bleu « esprit » de notre porte d'entrée et le bleu vibrant des velums au-dessus des vitrines.
Quel bleu ? Il y en a des milliers.
L'expérience m'avait appris qu'en plus de hordes de lecteurs et de lectrices, la librairie pouvait parfois accueillir des désagréments. Mais rien de franchement mauvais, pour autant que je sache, n'avait jamais franchi la porte bleue. Le fantôme de Flora avait beau être du genre fureteur, irritable et agité, le bleu de la porte aurait dû l'empêcher d'entrer. Peut-être était-il passé entre deux lattes du plancher. Abstraction faite de la seule fois où je lui avais dit de partir et où j'avais senti le mordant de sa rancœur, je n'arrêtais pas de me répéter que ce fantôme était plutôt inoffensif.
Contrairement au livre, bien sûr.
Celui-ci était tapi sous mes pensées, comme un vieux chagrin ou une colère non réglée. Présent en profondeur, comme un traumatisme de l'enfance. Parfois la pensée du livre resurgis-

sait, encore et encore, telle une mélodie agaçante qu'on ne parvient pas à se sortir de la tête. J'attendais désespérément la neige, dans l'espoir que son bouclier froid et blanc m'aiderait. En effet, depuis que je m'étais assise dans l'arbre et que j'avais vu Asema aller droit vers sa tombe, j'avais la pénible impression que le livre n'était pas un objet inanimé. J'avais enterré quelque chose de vivant.

Un matin où l'on n'entendait que le frottement de la jupe de Flora contre le bord de la table-bateau dans la librairie vide, j'ai demandé tout haut si c'était le livre qui l'avait tuée.
« Flora ? »
Je la sentais qui m'écoutait.
« Tu as lu la phrase jusqu'au bout ? C'est ça ce qui s'est passé ? »
J'ai aussitôt senti une grande concentration. J'avais cru entendre sa voix quand l'ouvrage était encore dans la boutique. La possibilité qu'elle parle de nouveau était certes perturbante, mais l'angoisse que m'inspirait le livre était pire encore. J'avais besoin d'une réponse. Et Flora avait besoin de me la donner, je le sentais. Je sentais bien qu'elle essayait en ce moment même – une sensation physique, celle de sa volonté tentant de forcer la mince frontière qui nous séparait. Vivante et morte, qu'est-ce que ça voulait dire ? Elle me semblait si proche. J'avais du mal à respirer. Mon corps projetait vers elle une force secourante. Nous étions prisonnières de notre effort de communiquer, lequel électrisait l'air au-dessus des livres exposés. Des vagues d'énergie enflaient, refluaient et enflaient encore entre nous. C'est alors qu'un client est entré.

Le Mécontentement

Le Mécontentement est un homme noir de plus de soixante-dix ans, voûté, musclé, résolument athlétique. On le voit courir lentement au bord du lac, mais sa tenue de sport est toujours immaculée lorsqu'il entre dans la librairie. Ce jour-là, il arborait son jogging bleu marine à rayures orange sous une parka noire. Des vêtements décontractés, mais bien portés. Comme d'habitude, il affichait un air d'indignation distinguée.

« Quelles nouveautés ? »

Debout dans l'entrée, hostile, il me fusillait du regard. Je l'ai fusillé en retour, furieuse qu'il ait interrompu ma communication avec Flora. *Casse-toi ! Je parle avec une cliente morte !*

Je n'ai pas prononcé ces mots. Et j'ai baissé les armes. Du fait même qu'il est impossible à satisfaire, le Mécontentement fait partie de mes clients préférés. Et puis je ne voulais pas l'entendre me dire encore une fois qu'il n'avait plus qu'une dizaine d'années de lecture devant lui. Systématiquement pressé, il attend de moi que je laisse tout en plan. C'est une victime de la malédiction, un Tantale, perpétuellement tenaillé par une insatiable faim littéraire. Il a tout lu au moins une fois. Lecteur vorace depuis l'âge de six ans, il est aujourd'hui à court de romans. J'adore le défi de lui vendre des livres. Comme d'habitude, j'ai essayé de l'intéresser à l'histoire, à la politique, aux biographies. Je savais qu'il n'accepterait que de la fiction, mais c'était une façon de lui permettre de vider son sac d'angoisse de n'avoir rien à lire. Avec un grognement, il a repoussé d'une tape mes propositions factuelles.

Asema, qui venait d'arriver, a voulu aider.

« D'accord, a-t-elle dit d'un ton ferme. Vous devriez vraiment essayer ça. » Je n'ai pas eu le temps d'intervenir qu'elle lui tendait *La Route étroite vers le nord lointain*, de Richard Flanagan, l'éprouvante histoire de prisonniers de guerre qui meurent d'épuisement en construisant une route dans une jungle infranchissable. Le Mécontentement ne s'est pas contenté de faire signe qu'il n'en voulait pas, il l'a violemment repoussé.

« C'est trop, a-t-il dit.

– Bon, et ça ? » Elle tenait *Seul dans Berlin* de Hans Fallada.

« C'est plutôt un livre d'histoire sur la Seconde Guerre mondiale, a-t-il objecté en écartant brutalement l'ouvrage.

– Oui, a répondu Asema. Mais c'est un sujet auquel tout le monde devrait s'intéresser, non ? »

Après l'avoir dévisagée, il a lâché, d'un ton incrédule et méprisant :

« Vous vous fichez de moi ? J'y étais, ma petite. »

Asema l'a fixé avec une intensité soudaine.

Il a hoché la tête, le regard assassin.

Celui d'Asema ne l'était pas moins.

« Comment ça, vous y étiez ?

– Mon père était GI. Ma mère, allemande. Ils sont tombés amoureux et je suis né. Elle a dû fouiller les ruines de l'après-guerre avec moi sur le dos. Mon père a fini par l'épouser et on est venus ici. Contente ?

– Oui, oui », a répondu Asema en sourdine.

Ce n'est pas qu'il veuille des romans qui finissent bien, non, il déteste les *happy ends*. Il s'est retourné vers moi, congédiant Asema d'un petit mouvement de doigts. Derrière ses lunettes aux verres épais, le Mécontentement a des yeux brun doré, jeunes et lumineux, un long visage anguleux, une mâchoire carrée et de fines lèvres austères. Ses épais cheveux gris sont coupés tout près du crâne. Il a des mains étonnantes, longues et fuselées, au bout de poignets délicats. Quand il feuillette avidement un livre de ses doigts agiles et affamés, il retient son souffle et, arrivé en bas de la première page, il expire comme on explose pour marquer son dégoût, ou bien tourne la page en silence. Quand les premières pages lui plaisent, il lit généralement le livre entier, sans le lâcher, même s'il en vient ensuite à le détester.

Je me tenais à présent près de lui, passant en revue dans ma tête les succès et les échecs des derniers temps. Toni Cade Bambara et Ishiguro, oui, tout Murakami, oui, Philip Roth, James Baldwin et Colson Whitehead (« Non mais sérieusement. Déjà lus cent fois. »). Yaa Gyasi, oui, Rachel Kushner, oui, et W. G. Sebald, mais il ne veut plus de romans policiers parce qu'il se plaint de devenir accro. Un mois plus tôt, je lui avais donné *Des anges*, de Denis Johnson, qu'il avait plutôt bien aimé. Il avait donc aussi essayé *Arbre de fumée*, suite à quoi il avait dézingué Johnson pour son horripilante manie d'exhiber l'étendue de ses recherches, tout en reconnaissant n'être pas aveugle aux qualités du livre. Je lui avais alors mis *Rêves de train* entre les mains. Il était revenu me demander, le regard droit, les mâchoires serrées :

« Vous avez quoi d'autre de ce type ? »

Signe qu'il avait été profondément ému. Ça avait duré une semaine. Maintenant qu'il avait lu tout Johnson, on était dans la merde. Si je lui vendais un livre qu'il n'aimait pas, mon client préféré reparaîtrait, l'air blessé, la voix défaite, trahi.

Que lui donner ?

J'ai sorti des rayons *Début de printemps*, de Penelope Fitzgerald, qu'il a payé en bougonnant. Il est revenu ce même jour juste avant la fermeture. *Début de printemps* n'est pas très long, c'est vrai. Il a violemment attrapé *La Fleur bleue*, le chef-d'œuvre de l'autrice, et l'a emporté.

La méprise

Kateri m'a appelée chez moi un jour alors que j'étais de repos. Nous sommes pourtant sur liste rouge. Sans doute avait-elle trouvé le numéro dans le répertoire téléphonique de sa mère. J'avais déjà eu l'occasion de m'apercevoir qu'elle ne s'embarrassait pas de salamalecs, mais j'ai été surprise de la familiarité pressante de son entrée en matière.
« Y a un problème.
– Vous devez vous tromper de numéro.
– Non, c'est Kateri à l'appareil. Y a un problème.
– Bonjour à vous aussi.
– Bonjour. Y a un problème. »
Je n'ai rien dit.
« C'est maman.
– C'est-à-dire ?
– Je ne sais pas trop. Je vous expliquerai quand vous serez là.
– C'est mon jour de repos et je suis occupée. Ici, chez moi. Ce que vous savez puisque vous avez appelé mon numéro personnel, qui est sur liste rouge. »
Kateri a marqué un temps pour ajuster son tir.
« Écoutez, ai-je repris. Je vais vous aider. Nous autres qui travaillons dans le commerce indépendant, nous ne faisons rien pour personne les jours de repos... sauf si on nous le demande gentiment.
– Ouah. Vous ne pourriez pas être prof dans le secondaire. Je suis navrée d'être abrupte comme ça, a dit Kateri. Ça ne me ressemble pas d'être chamboulée, mais là je suis très chamboulée. Par quelque chose en lien avec maman. Et je sais qu'elle et vous étiez meilleures amies.
– Qu'est-ce que vous entendez par "meilleures amies" ? »

Silence de part et d'autre. Cette allégation m'effrayait, et puis elle était fausse. De mon point de vue, en tout cas. Ma seule connexion avec Flora, c'étaient les livres.

« Elle disait... »

Kateri s'est interrompue. Il y avait du désarroi dans sa voix. Le ver de la culpabilité s'est tortillé en moi. Et si Flora m'avait réellement considérée comme une amie intime ? Et si elle s'efforçait encore, en fantôme maladroit, d'entretenir cette amitié ?

« Écoutez, a repris la jeune femme. Les livres étaient tout pour ma mère. Elle vivait dans ses livres ! Et vous avez la même...

— Pas à ce point, l'ai-je coupée. Mais pas loin. On était plongées dans *Du côté de chez Swann* quand... »

Kateri n'a pas répondu.

« Vous êtes toujours là ? ai-je demandé.

— Ouais. Quand vous parliez, là, on aurait dit ma mère. Elle me manque tellement. S'il vous plaît, est-ce que vous pouvez venir ? »

Je n'avais pas envie, mais je ne pouvais pas refuser, pas quand il était question de livres, pas quand elle demandait comme ça. Il y avait dans sa voix une note suppliante qui ne ressemblait pas à la personne que j'avais rencontrée ni à celle du début de la conversation.

« D'accord, j'arrive. Mais où êtes-vous ?

— Au commissariat du cinquième arrondissement.

— Ah non, pour l'amour de Dieu.

— Il fallait que je parle à la police. Mais là, je suis trop chamboulée pour prendre le volant. Vous me verrez tout de suite en entrant. »

Tandis qu'elle me donnait l'adresse, que je connaissais déjà et où je n'avais pas la moindre envie de me rendre, j'ai regardé par la fenêtre. Couché à terre sur le dos, mon orme mourant tendait vers le ciel ses bras suppliants. La vie ne quitte le bois vert que lentement. J'ai senti l'impuissance, l'incapacité à agir, la frustration de l'arbre. Coupé de ses racines, incapable de goûter à la lumière des étoiles.

Le bâtiment était un banal bloc de brique et de verre, dont l'entrée, semblable à celle d'un centre commercial, était tendue de guirlandes lumineuses blanches compatibles avec toutes les religions. Kateri est venue à ma rencontre. Elle ne se rendait visiblement pas compte du malaise que j'éprouvais à me retrouver là. Elle m'a pris le bras, et j'ai remarqué le bureau derrière elle : surface dégagée, décoration réduite à une photo de chien dans un cadre et à un vase transparent au fond glauque, bon marché, qui contenait encore une rose brune desséchée. Je suis superstitieuse, je n'aime pas qu'on garde des fleurs mortes.

« Merci d'être venue me chercher. Sincèrement. J'ai besoin de raconter ça à quelqu'un. Et quand je vous aurai tout dit, vous comprendrez pourquoi je ne pouvais pas le faire au téléphone. »

J'avais le cœur vrillé, les mains moites. Eh bien Tookie, me suis-je dit, au moins tu sais que tu es toujours physiquement allergique aux commissariats.

« J'écoute », ai-je articulé.

Kateri s'est mordu la lèvre. Elle a posé ses deux mains sur son cœur et pris une grande inspiration.

« D'accord. Bon. D'abord il y a eu méprise sur les cendres. Ils m'ont donné la mauvaise urne. »

Vertige.

« Et comme si ça ne suffisait pas, son corps a été identifié hier à la morgue du comté.

— Mais comment...

— Je sais. Ils ont transféré le mauvais corps au crématorium. C'était une sale journée pour la préposée des pompes funèbres. Elle s'est excusée. Parfois, enfin, assez souvent, ils ont des jours comme ça. Elle était allée chercher un cadavre corpulent qui attendait visiblement depuis un moment dans un appartement surchauffé et là, ce qu'on appelle les fluides de décomposition, eh bien ça l'a éclaboussée quand son collègue a lâché les pieds. Beaucoup de corps sont arrivés ce jour-là et les cendres que j'ai récupérées correspondent apparemment à une partie de ce gros monsieur. Il n'y a pas eu d'autopsie. Je suis navrée de vous raconter tout ça. La préposée m'a donné bien trop de détails, comme moi maintenant parce que je suis tellement, tellement... J'ai le cœur en charpie ! »

Kateri a pris sa tête rasée entre ses mains. Comment digérer tout ce qu'elle venait de dire. Et cette dernière phrase. Si bizarrement victorienne. Mais bon, Flora utilisait parfois des formules étranges, archaïques.

« Je reviens tout juste de l'identification du corps. Et je ne vois pas comment dire ça... »

Elle s'est agrippé la tête des deux mains, sans aller au bout de sa phrase.

« Je ne sais pas comment je suis arrivée jusqu'ici, a-t-elle repris. J'ai peur de prendre le volant parce que je tremble. Vous voyez ? Ça commence à m'atteindre. »

Elle a tendu une main. Laquelle était parfaitement stable.

« Enfin bon, a-t-elle dit. C'est sûrement un truc interne. »

L'effort de retenir ce que j'avais moi-même en tête était presque insoutenable. Ma mâchoire en devenait douloureuse.

« Allons-y », ai-je réussi à articuler.

Elle s'est levée et m'a suivie dehors. J'ai déboîté en douceur et gagné la route malgré mon séisme intérieur et le chant suraigu dans mon crâne. À force de respirer lentement, je suis parvenue à me calmer assez pour conduire à peu près prudemment. Concentre-toi sur ta respiration, je n'arrêtais pas de me dire. Ça ne marchait pas. J'ai choisi l'itinéraire le plus long mais le plus facile. Le trajet avait une aura d'irréalité. À la porte du pavillon en pierre de Flora, j'ai dû physiquement m'empêcher de parler en enfonçant mon poing dans ma bouche. De toute évidence, ce n'était pas le moment de raconter à Kateri ce qui se passait avec sa mère, mais ça me rongeait physiquement. Et quand j'ai essayé de bloquer toute pensée s'y rapportant, la pression a empiré. J'allais littéralement devenir folle si je gardais ça pour moi plus longtemps. Kateri a toutefois coupé court à mon dilemme en me posant une question.

Vous avez déjà entendu parler de quelqu'un qui aurait paru plus jeune après sa mort que de son vivant ? Pas seulement la peau plus lisse, hein, mais beaucoup plus jeune ?

Tandis qu'elle me posait cette question étonnante, j'ai remarqué que de courtes rides étaient apparues autour de la bouche de la jeune femme, encadrant ses lèvres comme des parenthèses. Elle est sortie de la voiture. Je l'ai regardée remonter l'allée d'une démarche mal assurée en me mordant le poing jusqu'au sang.

Soupe de maïs grillé

« Qu'est-ce qui s'est passé ? »

Ma main dans la sienne, Pollux a exercé une légère pression sur le pansement. Je ne pouvais décemment pas lui dire que j'étais un chien enragé qui se mordait pour inspirer de la compassion.

« Aïe !
– Oh zut, pardon !
– Je me suis mordue.

– Encore ? Pauvre bichette. »
Portant ma main à ses lèvres, il a embrassé le pansement. Un pansement à l'effigie du *Monde de Nemo* trouvé au fond du tiroir à pharmacie.
« Pauvre petit Nemo », a-t-il dit.
J'ai écrasé Pollux contre moi. Il a compris le message, et à son tour il m'a serrée dans ses bras en me caressant les cheveux.
« Qu'est-ce qui se passe ? »
Je l'ai brièvement mis au courant de l'épineuse découverte de Kateri face au corps de sa mère. Il s'est figé. Puis m'a regardée, les yeux écarquillés. En plus des fantômes, Pollux a une aversion extrême pour tout ce qui touche à la mort. Il a aussi une opinion très arrêtée sur l'au-delà. Sa conviction est que chacun accède au paradis auquel il croit – lui-même s'est construit pour plus tard un monde très élaboré. Moi, non, mais comme je figure dans le sien, je suis couverte ; son assurance en la matière me tranquillise prodigieusement. Il commençait tout juste à encaisser la nouvelle quand Jackie a frappé à la porte.
Je suis allée ouvrir. Je devais avoir l'air contrariée, ou chamboulée.
« C'était bien ce soir ? »
Pollux a crié : « Je fais ta recette de soupe de maïs grillé, tu te souviens ? »
J'ai fait entrer Jackie en lui répétant tout ce que je venais de raconter à Pollux. Droogie, sa pataude de chienne, est entrée derrière elle. Une bonne bête paresseuse et très affectueuse, un croisement de rottweiler, de caniche et de husky.
Jackie portait un gros sac. Un de ses amis avait fini de préparer son riz sauvage, ou *manoomin*, et le sac nous était destiné. Le riz, bien nettoyé, était d'un beau brun-vert. J'y ai plongé ma main saine et cette sensation contre ma peau,

ce parfum rafraîchissant de lac m'ont apaisée. Nous en avons sorti une poignée et admiré la longueur des grains. Par ici, on ne plaisante pas avec le riz sauvage. J'ai vu des visages indiens se durcir à la simple mention de cette céréale brun terne cultivée commercialement qu'est l'insipide riz paddy, qu'elle soit qualifiée à tort de riz sauvage ou servie sous des prétextes fallacieux. Les gens sont capables d'en venir aux mains. Le véritable riz sauvage pousse dans la nature, il est cueilli par les autochtones et il a le goût du lac dont il provient. Ce que nous tenions là en était bel et bien. J'ai fermé le sac, rassérénée. J'ai proposé de payer mais Jackie a répondu que c'était un cadeau, un avantage en nature du job. Lequel en a peu. Une fois, la librairie a acheté un agneau fermier et on a dû se partager les côtelettes et jarrets minuscules ; une autre fois, c'était un bocal de cornichons faits maison. La chienne de Jackie, qui n'aime pas les planchers, adore venir chez nous parce qu'il y a des tapis partout, dès la porte d'entrée ; elle ne risque pas de se trouver prise au piège, cernée par un océan de lattes en bois. Après une entrée joyeuse, donc, elle avait adopté une position assise, mais alerte. Elle nous regardait, suivant des yeux la conversation, intéressée par le ton de nos voix, attendant peut-être que l'un de nous lâche une série de mots familiers. Il faut dire qu'elle a beaucoup de vocabulaire.

Ça fait un an que Pollux perfectionne la soupe que je préfère entre toutes celles qui m'ont sauvée – une soupe de maïs. Il commence par caraméliser les grains fraîchement récoltés, les faisant revenir lentement dans une grande casserole avant d'ajouter les oignons, puis des pommes de terres coupées en petits cubes légèrement dorés dans du beurre pour le côté croustillant. Il ajoute tout ça à un bouillon de poulet aillé avec des lamelles de carottes, des haricots blancs, de l'aneth frais, du persil, un soupçon de poivre de Cayenne et de la crème épaisse. Le fumet qui me chatouillait présentement les narines me rendait folle. N'empêche.

« Il faut que je revienne à Flora », ai-je dit.

Jackie et sa chienne ont penché la tête de côté – même inclinaison, même expression. L'effet était comique, mais je n'ai pas ri.

« Vas-y, a dit Jackie. Il y a quelque temps, quand tu as parlé d'une autopsie, j'ai pensé à un AVC.

– Non, c'était son cœur.

– Elle n'avait pas de cœur.

– Tu es dure, ai-je dit au bout d'un moment.

– Je l'ai suppliée de rendre quelque chose de très important. Quelque chose qui, soit dit en passant, appartenait à Asema. Elle a refusé. »

Ça ne ressemblait pas à Jackie d'en vouloir à une morte.

« Pas d'autopsie, hein », a-t-elle repris en marmonnant. Elle m'a regardée, les sourcils froncés. « Qu'est-ce que tu allais dire sur Flora ? »

J'ai raconté plus en détail comment Kateri avait déjà récupéré les cendres quand le véritable corps de sa mère avait refait surface. Pas les bonnes cendres, donc.

Jackie a hoché la tête. Étonnamment, elle n'a manifesté aucun étonnement, se contentant de croiser les bras et de regarder sa chienne par-dessous ses sourcils. Celle-ci lui a longuement rendu son regard avant de s'allonger, la tête sur ses pattes. Jackie avait l'air tellement fermée que je n'osais pas interrompre ses pensées. Elle a toutefois fini par parler.

« Je me disais bien que c'était trop simple. »

J'étais bouche bée. Vraiment ? *Trop simple* ? Pour moi c'était déjà bien trop compliqué. J'ai senti monter un mal de tête.

« Il y a des gens insaisissables, a poursuivi Jackie. On ne

sait pas comment s'y prendre, après leur décès. Ils ne se comportent pas comme des morts. Ils résistent à la mort. »
J'ai pris une grande inspiration. Il y avait donc une explication ? Mes pensées se sont détendues, s'étirant de soulagement, un soulagement tel que lorsque Jackie s'est remise à parler du riz sauvage et que Pollux a appelé depuis la cuisine, je n'ai pas posé de questions. Je me suis contentée de savourer le sentiment de ne pas être folle.

Après du vin, de la soupe, du pain et de la salade, Jackie a déclaré que la recette au maïs grillé avait atteint la perfection et qu'il fallait qu'elle y aille. Sa petite-fille adolescente avait invité une copine : elles faisaient leurs devoirs, mais, d'après Jackie, elles avaient besoin de sa présence, pénible, certes, mais cocassement rassurante.

« Tiens, tiens. Texto. Elles se font encore des ramens. Il faut que je rentre avant qu'elles brûlent la casserole. » À mon grand dam, elle s'est levée et elle a filé.

Après son départ, il m'a semblé que la seule thérapie possible était d'enfiler mes gants en caoutchouc bleu et de m'attaquer à la vaisselle. J'ai glissé mes mains dans l'eau brûlante et j'ai frotté, utilisant une généreuse quantité de liquide vaisselle à la lavande. Comme c'est à moi de nettoyer quand Pollux cuisine, j'ai décidé de rendre cette tâche plus sensuelle, ce qui peut paraître absurde quand il s'agit de gratter des casseroles. Mais Pollux aime bien m'enlacer lorsque je suis devant l'évier, dans la mousse et la vapeur.

« Hey, *baby*. » Il a respiré mes cheveux. « Tes gants en caoutchouc sont tellement sexy.

– Tu m'intéresses, ai-je dit. Mais pas comme tu crois. »

Je me suis retournée et je l'ai aspergé du bout de mes boudins bleus. « C'est un regard concupiscent que tu me jettes là ?

– C'est ce que tu voudrais ?
– Les livres que je lis sont pleins d'hommes au regard concupiscent. Ils passent leur temps à regarder avec concupiscence. Je me suis toujours demandé à quoi ça ressemblait.
– Enlève tes gants et tu vas voir.
– Je trouve ton regard assez concupiscent comme ça. Arrête.
– Ce n'est qu'une expression, a dit Pollux.
– L'expression de quoi ?
– D'un espoir. Un triste espoir masculin.
– Triste, c'est sûr. Moi, de toute façon, j'ai toujours voulu un homme qui ne laisserait pas son désir se lire sur son visage, mais qui utiliserait plutôt ses mains.
– Comme ça ?
– Plus comme ça.
– Ah. »
Et un peu plus tard : « Tu enlèverais tes gants, dis ? Tu peux enlever tes gants maintenant, s'il te plaît ?
– Tu es sûr ?
– Bon sang ! Attends. D'accord. Garde-les. »
Et plus tard encore :
M'enfoncer dans les oreillers. Réconfortée par Pollux, m'enrouler autour de lui. L'agitation de la journée, l'étrange comportement de Kateri, l'affreuse persistance de Flora, ces questions, le livre, toujours le livre désormais, tout ça tournait dans mes pensées. Alors je l'ai senti : la terre a retenu son souffle, une lente expiration, puis un doux silence tamisé. J'ai éteint ma lampe et mes pensées se sont estompées. Il venait de se mettre à neiger. Pure et fragile, la neige tombait enfin, séparant l'air et la terre, les vivants et les morts, la lectrice et le livre.

FEU DE SOLSTICE

Hetta

Tandis que Pollux allait chercher Hetta à l'aéroport, j'ai préparé vite fait une fournée de cookies. « Vite fait » donne l'impression que je suis une experte, alors qu'en vérité, la seule chose que je ne fais pas en cuisine, c'est la pâtisserie. J'ai consulté l'arrière d'une boîte de flocons d'avoine Quaker Oats, plissé les yeux, froncé les sourcils, tenté d'écraser du beurre froid, renversé les flocons sur mes pieds et mis une double ou peut-être une triple dose de sucre brun dans le saladier. En l'absence de raisins secs, j'ai utilisé des canneberges. Ayant extirpé du congélateur un sac préhistorique de pépites de chocolat blanc, je les ai versées dans le saladier avant de m'apercevoir que certaines restaient en paquets. Je les ai séparées à coups de marteau. Ma foi. J'ai allumé le four et déposé des cuillerées de pâte sur la plaque, pinçant ou tapant les petits tas pour uniformiser les tailles. Une fois le tout glissé dans le four, j'ai attendu, assise sur une chaise. Ce n'est qu'au bout de cinq minutes que j'ai réglé le minuteur. J'avais envie d'un verre de vin, mais je ne voulais pas que Hetta sente mon haleine et me prenne pour une pochetronne. Je suis restée là, les yeux dans le vide, angoissée. Être hantée au magasin et recevoir Hetta à la maison, voilà qui me semblait un très sale coup du sort, une injustice, un genre de blague : j'étais visiblement le jouet du destin, condamnée aux visites indésirables. J'ai appelé Jackie, qui connaissait l'historique de mes rapports avec la jeune femme.

« *Boozhoo*, chère professeure.

– Tiens, tiens. Quand tu m'appelles professeure, c'est que quelque chose ne va pas.

– Tu m'as percée à jour. J'attends Pollux qui est allé chercher Hetta. Elle vient nous voir pour… tu sais… le solstice d'hiver, qu'elle fête à la place de Noël.

– Le solstice, c'est après-demain, le 21, c'est ça ?

– Je viens de préparer une fournée de cookies, vite fait.

– Ils sont en train de cuire ?

– Oui.

– Tu as réglé le minuteur ?

– Bien sûr.

– Épargne-moi les bien sûr. Tu te rappelles la fois où tu as mis le feu à ton four ?

– Oui. Mais maintenant je sais qu'on verse le brandy sur le cake aux fruits *après* l'avoir fait rôtir.

– Après l'avoir fait *cuire*.

– D'accord. Je ne suis pas une grande pâtissière, mais ça, je le sais. Ça n'avait rien à voir avec le minuteur.

– Oublie. En quoi puis-je t'aider ?

– Calme-moi. »

Silence. Elle a fini par dire : « Ta réaction est parfaitement légitime, alors pourquoi veux-tu que je te calme ? Hetta est un monstre. Attends, laisse-moi reformuler ça : il lui arrive de pousser le bouchon un peu trop loin.

– Pousser le bouchon. » J'ai ri. « Des prédictions ?

– Elle ne sera pas là depuis, disons, trois minutes, qu'elle fera un commentaire sarcastique sur tes cookies.

– C'est certain.

– Elle portera quelque chose d'ultra-moulant sous quelque chose de transparent.
– Forcément.
– Elle ne parlera que d'elle et ne te posera pas une seule question sur toi.
– Bien sûr.
– Elle sera gentille avec son père pour obtenir de l'argent.
– Toujours pénible à voir. »
On s'est tues.
« Rions encore, a dit Jackie.
– Il n'y a rien de drôle. C'est insupportable.
– D'accord, soyons philosophes. Tu as Pollux, tu l'aimes, il t'aime. C'est précieux. Hetta est le cheveu dans la soupe. Ou la mouche dans l'huile. Quelle drôle d'expression, soit dit en passant. Une seconde, je vais la chercher dans mon dictionnaire d'argot. »

J'ai entendu Jackie poser le combiné et s'éloigner sur le vieux plancher grinçant. Pour marquer des points dans le système carcéral, j'avais participé à un groupe d'études bibliques et quasiment mémorisé la version du roi Jacques. Je savais donc déjà que l'expression venait de l'Ecclésiaste 10, 1 : « Les mouches mortes infectent l'huile du parfumeur qui diffuse une affreuse puanteur. » Ce qui m'a fait penser à mes cookies. Lesquels étaient cuits et diffusaient une délicieuse senteur. J'ai laissé le téléphone et me suis précipitée pour les sortir du four. Ah ! Oh ! Ouais ! Ils étaient parfaits ! J'ai mis la plaque à refroidir sur un support aéré. Attendez, je vais répéter parce que, ça aussi, ça donne l'impression que je sais pâtisser : *J'ai mis la plaque à refroidir sur un support aéré.* Quand j'ai repris le téléphone, la ligne avait été coupée. Mais la sensation de triomphe perdurait. J'étais peut-être capable de tout. Je me suis prise à rêver : je pourrais me mettre au tricot ou apprendre à jouer de la flûte à bec. Ou bien goûter mes cookies. J'ai cassé un morceau que j'ai laissé refroidir encore un peu avant de le glisser dans ma bouche. Le mal de dents s'est imposé avant le moindre goût. Triple dose de sucre. Merde. J'ai quand même avalé la bouchée parce que j'ai reconnu le bruit de la voiture de Pollux. Comme je voulais avoir l'air accueillante, je me suis précipitée pour ouvrir la porte, et c'est en faisant coucou de la main qu'il m'est venu que j'aurais dû jeter la plaque de cookies à la poubelle. Trop tard.

Pousse-Bouchon était là.

Le père et la fille ont émergé de la voiture. De derrière la vitre côté conducteur, Pollux m'a adressé un drôle de regard, puis un coucou faiblard qui m'a aussitôt plombé le moral. Il y avait visiblement un hic supplémentaire. Sortie par la portière passager, Hetta se penchait à présent sur la banquette arrière. En un clin d'œil, elle s'est retournée et a remonté l'allée, un genre de panier au creux des bras. Je lui ai souhaité la bienvenue et j'ai remarqué le porte-bébé dans lequel elle avait dû faire passer quelque chose en contrebande. Elle a alors tiré sur la couverture qui le masquait, révélant un petit paquet en forme de... Non, c'était *un vrai bébé*. Mon cerveau s'est figé. J'ai voulu hurler, mais le sucre me collait la gorge. Je me suis étouffée, j'ai toussé, les larmes sont montées. Le brillant de mes yeux et les ruisselets qui me coulaient le long des joues quand Hetta s'est tournée vers moi ont pu lui laisser penser que j'étais émue.

« Ouah, Tookie. Moi qui te prenais pour une dure à cuire. Te voilà en guimauve », s'est-elle moquée. Mais c'était une moquerie en demi-ton, tellement bénigne et modérée que je lui ai jeté un regard étonné. Elle avait retiré son gros anneau d'argent dans le nez et ne portait plus qu'une paire de boucles d'oreilles. Un instant plus tard, elle a demandé : « Y a des cookies ? À l'odeur, on dirait que quelqu'un se la joue maternelle. Moi qui suis la seule personne ici à avoir eu un enfant en faisant usage de son propre corps, je dirais... »

Elle est allée en prendre un et a croqué dedans à pleines dents. Puis dans un autre. Son visage s'est illuminé sous l'effet de la surprise.

« ... que tu as réussi ! Ils sont délicieux ! »

Elle a saisi deux autres biscuits, en nous expliquant qu'elle allaitait et qu'elle avait besoin de prendre des forces. Pollux est allé chercher du lait au réfrigérateur. Il faut du lait pour faire du lait, non ? Je sentais ses pensées. Il a rempli un verre et l'a tendu à sa fille. Hetta s'est assise en mâchant toujours et a dévoilé la merveille qu'elle tenait dans ses bras.

J'avais sous les yeux un bébé si petit que c'en était flippant. Je ne me rappelais pas la dernière fois que j'en avais vu un aussi minuscule. Il avait une prodigieuse touffe de cheveux brun sombre. Et des traits affirmés, me suis-je dit, pour un bébé. Mais qu'est-ce que j'y connaissais ? Je le trouvais quand même très chevelu pour un nourrisson. J'ai fait la remarque.

« Oui, c'est vrai », a confirmé Hetta avec adoration. Elle a remmailloté le bébé bien serré et l'a posé sur ses genoux pour l'admirer. « Son père a des cheveux très épais. »

J'ai jeté un coup d'œil à Pollux, qui a tordu la bouche et haussé les sourcils. Sa façon de me dire qu'il n'avait pas la moindre idée de qui était le père, n'ayant pas encore demandé ou obtenu de réponse. En bonne Tookie, j'ai sauté sur l'occasion, avec un commentaire qui devait tenir à la fois de l'investigation et du compliment. J'ai aussi fait preuve d'une hospitalité inhabituelle.

« Ça doit être quelqu'un de vraiment super, ce type aux beaux cheveux. Est-ce qu'il va vous rejoindre ? On a la place. »

Houlala. Hetta me regardait avec une expression inédite. Un regard chaleureux, éclairé d'une lumière qui m'était destinée. Je l'ai dévisagée plus attentivement. C'était peut-être son eyeliner qui avait coulé. Ou la magie du sucre. Comment savoir. La dureté des tatouages géométriques de ses mains s'adoucissait tandis qu'elle caressait le petit paquet et le berçait en le secouant légèrement sur ses genoux. Elle dégageait un mélange d'épuisement et de joie. De mélancolie, aussi. Je n'avais jamais vu ses émotions aussi lisibles, sauf bien sûr quand il s'agissait de rage, de cynisme, de rancœur et tutti quanti. Tout en elle avait changé, même les détails auxquels elle portait d'ordinaire tant d'attention. S'occuper d'un bébé ne lui laissait peut-être plus le temps de se mettre des tas de produits dans les cheveux, car, lâchés, ils tombaient naturellement de côté en une vague glamour, les pointes encore teintées par le henné d'un doux orangé. Le mot qu'elle a alors prononcé m'a causé un choc aussi grand que la découverte du bébé.

« Merci. » Et la phrase suivante m'a totalement scotchée : « Comment vas-tu, Tookie ? Quoi de neuf ? »

Plus tard, Hetta avait eu le temps de dévorer un sandwich toasté à la dinde et un bol de glace au gingembre quand le bébé a commencé à s'agiter. Elle s'est alors dirigée vers sa chambre habituelle, la pièce du fond qui d'ordinaire sert de bureau à Pollux, tandis que je la suivais avec son grand sac en toile. En entrant, elle a soupiré : « Ça fait du bien d'être à la maison. »

J'ai regardé Pollux par-dessus mon épaule et fait mine de me cogner la tête. Est-ce que là encore j'avais bien entendu ? Il a haussé les épaules, méfiant, avant de s'éloigner. Une seconde plus tard, j'ai posé la question par laquelle j'aurais dû commencer :

« Tu l'as sûrement dit à ton père, mais j'étais tellement excitée que j'ai oublié de te demander. Comment s'appelle-t-il ?

– Jarvis. Comme son arrière-grand-père. »

– Une valeur sûre. » C'était un nom très adulte. Difficile à projeter sur un bébé.

Je suis restée dans l'encadrement de la porte, empruntée, hochant la tête et m'efforçant d'avoir l'air aimable. Hetta m'a demandé si je voulais bien prendre son fils le temps qu'elle se prépare pour la nuit. Quand j'ai répondu que je ne savais pas comment tenir un nourrisson, elle a mis mes bras en position et m'a quand même donné le petit avant d'aller dans la salle de bain. Nous plantant là. Jarvis et moi. J'étais nerveuse, intensément nerveuse. J'essayais de contrôler ma respiration saccadée, consciente de m'être voûtée d'une façon totalement artificielle. J'ai entendu couler la douche. Hetta prenait des douches tellement longues qu'elle vidait toujours le ballon d'eau chaude. Sachant que je tenais le bébé pour un bon moment, j'ai fait de mon mieux pour me redresser et m'asseoir.

« Désolée, mon p'tit gars », ai-je murmuré en changeant de position.

Jarvis a ouvert un minuscule œil noir réfractaire. Il m'a fixée avec intensité, sans le moindre sourire, mais sans pleurer non plus. Quelle personnalité posée, ai-je pensé. Il m'étudiait. J'en étais perturbée, mais j'étais aussi intriguée de tenir dans mes bras une intelligence aussi finement ciselée. Peut-être avait-il effectivement l'amère dignité d'un Jarvis. Laissez-moi le dire sans aucune réserve : il était exquis. Il avait... quoi ? Trois semaines ? Il ne s'était pas étoffé. Ses traits semblaient dessinés avec un feutre à pointe micron 003. Il y avait tant de délicatesse dans la courbe précise de sa lèvre supérieure, dans le piqué de ses sourcils ! Je trouvais son bout du nez incroyablement aristocratique et précoce, mais ça n'engageait que moi, vu que c'était le premier bébé que j'avais le privilège d'examiner. Il ne clignait pas des yeux : on aurait dit un chef de gang en prison. Il ne changeait pas d'expression.

L'examen était donc mutuel. Il me fixait d'un regard pénétrant. Il voyait le fond de mon cœur et semblait se ficher de le trouver rongé de lâcheté, d'orgueil, de bêtise et de regrets. Ça ne voulait rien dire pour lui. Il voyait que ce qui m'en restait était bon et aimant. Il me faisait confiance pour ne pas l'effrayer, pour ne pas le lâcher. J'ai cligné des yeux afin de retenir des larmes d'émotion brute. Il s'est alors agité et son visage s'est contracté. Inquiète, j'ai senti mes bras se mettre à bouger par automatisme et j'ai compris que je le berçais : ce n'étaient pas de grands balancements à la Tookie, mais de tout petits mouvements, adaptés à ses besoins. Son visage s'est décrispé et il a fermé les yeux. Voilà qu'il dormait de nouveau en faisant des bruits de chaton. Mon cœur allait-il pouvoir en supporter davantage ? Bien davantage en fait, car la douche de Hetta ne faisait que commencer.

Encore plus tard, au milieu de la nuit pour être exacte, couchée dans mon lit, j'écoutais les cris inconsolables qui montaient du rez-de-chaussée. Hetta m'avait dit que le père de l'enfant était originaire de Minneapolis, ou de sa banlieue, et qu'il était déjà là. Il vivait pour le moment chez ses parents, mais il avait trouvé un appartement pour lequel il avait versé un dépôt de garantie. Ce n'était d'ailleurs pas très loin, dans la partie de la ville rachetée par des sociétés internationales de promotion immobilière. On y construisait d'énormes immeubles de logements très chers, à la location ou en copropriété, et on ne remplaçait pas les arbres détruits. Notre ville était de plus en plus terne, grise, générique, mais je m'y étais quand même attachée, via ses soupes. Je suis loyale. Hetta avait précisé que leur futur appartement, situé dans une résidence qui en comprenait quatre, se trouvait derrière l'un des nouveaux complexes, dans une petite rue près de Hennepin Avenue. Ils n'auraient qu'un seul colocataire, qui

était « OK pour vivre avec un bébé ». Nous rencontrerions bientôt le père de Jarvis, mais il devait d'abord finir son livre. Elle m'avait fait un clin d'œil et avait refusé de dire son nom.
« C'est un écrivain ? »
Elle avait hoché la tête.
« Un écrivain célèbre ?
– Pas encore. Il écrit un roman.
– Avec une histoire ?
– En quelque sorte. » Hetta avait souri au bébé et secoué ses cheveux. « Un jeune homme rencontre une jeune femme avec un piercing en lui tatouant les mains. C'est l'amour fou. Elle tombe enceinte et accouche de l'enfant, ce qu'ils cachent plus ou moins à la famille de la jeune femme jusqu'à ce qu'elle rentre chez elle avec le bébé pour le solstice d'hiver.
– Autofiction ?
– Non. Il déteste ça. C'est dur à décrire, son livre. Je ne crois pas qu'il rentre dans une catégorie. » Elle a agité ses mains ouvragées en faisant résonner son rire caractéristique : un gargouillement de rire, bas et musical, qui détonnait chez la fille hostile et farouche qu'elle avait été, mais convenait très bien à la jeune mère qu'elle était devenue.

21 décembre

Pollux et moi sommes phobiques des fêtes de fin d'année. Si nous tolérons plutôt bien les guirlandes lumineuses et les biscuits décorés de glaçage, nous avons une véritable aversion pour les décorations rouges et vertes et pour les chants de Noël beuglés dans les rues. Car il y a vraiment des gens qui font le tour de notre quartier en chantant : quand on les entend, on éteint tout et on se planque. La seule chose qui ne nous mette pas mal à l'aise, c'est échanger des cadeaux au coin du feu. On est d'accord : les cadeaux, c'est chouette. Et les plats traditionnels, on veut bien aussi. Nous n'avions aucune objection à fêter le solstice tout au long de cette courte journée. Enfin, j'aurais bien aimé, mais quand, comme moi, on travaille dans le commerce indépendant, la saison a ses exigences et il faut suivre le rythme. J'étais épuisée. Ce soir-là, je comptais bien m'affaler dans le canapé et me faire plaindre. Sauf qu'en rentrant chez moi dans la neige craquante, j'ai été submergée de tendresse. Bébé Jarvis était à la maison et je n'avais qu'une hâte, le prendre dans mes bras. Je me demandais quels progrès il aurait faits aujourd'hui, si ses ongles avaient poussé, à quelle distance ses yeux seraient désormais capables de faire le point, s'il voyait maintenant le monde en couleurs, si ses iris avaient subtilement foncé, s'il y aurait le moindre moyen de le faire sourire.

Le petit tout contre elle, Hetta dansait dans le salon sur les vieux 33 tours de Pollux. Des albums de Prince étaient éparpillés autour de la platine et il y en avait un calé à la verticale. Prince dans sa beauté originelle. J'ai posé une main sur mon cœur, comme pour prêter allégeance – peut-être à la maison tout entière. Il régnait une odeur délicieuse. Pollux était en train de faire dorer des morceaux de courge avec des oignons et de l'ail. Peut-être préparait-il un genre de curry. J'ai enlevé mon manteau et je me suis mise à danser en tournant sur moi-même et en donnant des coups de poing dans le vide. Je suis nulle, comme danseuse, peut-être même dangereuse, mais Hetta m'encourageait au lieu de se moquer. J'ai fait la toupie et bondi comme un lapin jusqu'à ce que mon visage s'embrase. Mon cœur battait à tout rompre quand je me suis finalement assise en riant. Hetta a dénoué le porte-bébé et déposé Jarvis dans mes bras.

« Tu peux l'appeler P'tit Bout, a-t-elle dit. C'est le surnom que papa lui a donné. »

Il m'arrive d'être épatée par les talents diplomatiques de Pollux.

Sauf que c'était trop tard, j'avais visiblement intégré le prénom de Jarvis. Le bébé au creux du bras, j'ai posé les pieds sur un tabouret et je me suis abandonnée contre les coussins. Hetta est allée à la cuisine aider, ou du moins encourager, son père. J'ai regardé l'enfant aussi longtemps que possible, puis je me suis calé les bras contre une couverture roulée en boudin et j'ai fermé les yeux. Comment avais-je pu débouler dans une vie aussi fabuleuse ?

Plus tard dans la soirée, nous avons allumé un feu de solstice. À cause de Jarvis, nous l'avons fait à l'intérieur, dans la cheminée, plutôt que dehors comme l'aurait voulu la tradition. Hetta l'a préparé avec de l'écorce de bouleau et du petit bois : rien de ce qui a été au contact d'humains ne peut toucher le feu païen, a-t-elle décrété. Un travail d'experte. Son feu a pris tout de suite et s'est élancé joyeusement. Je lui ai demandé si Pollux lui avait transmis la méthode potawatomie.

« Il m'a appris à faire du feu avec une seule allumette sous une pluie battante, a-t-elle répondu. On était trempés jusqu'à l'os. Mais on avait du feu pour se sécher. »

Le plaisant crépitement des petites branches et des pommes de pin s'est mué en lapements réguliers tandis que les flammes gagnaient les bûches. Quel rituel de solstice observait donc Penstemon ? Je lui ai posé la question par texto. Elle a répondu :

« Normalement je donne dans le sexe interdimensionnel, mais Bougon Premier boude toujours. »

Ça devait être son nouveau petit copain, mais je n'ai pas demandé confirmation.

« J'ai une prémonition, a-t-elle écrit ensuite.
– Chouette. » J'ai quitté la conversation. Je m'en voulais un peu de lui avoir fait signe, car je n'aime pas les prémonitions. Elles ne sont jamais bonnes, hein ?

※

Le froid a fini par arriver et c'était pour de vrai. Peut-être pas les authentiques moins quarante d'antan, mais disons moins vingt, avec la tricherie des températures ressenties. Oui, il faisait froid, y compris dans la maison, mais le froid me booste, j'adore m'emmitoufler. Hetta avait encore quelques jours à passer avec nous. Pollux a timidement suggéré qu'elle pourrait prolonger son séjour.

« Rien ne me ferait plus plaisir, ai-je dit. Hetta devrait rester. »

Il a vainement tenté de cacher que les bras lui en tombaient. Il était bouche bée, littéralement.

« Rien n'est parti en vrille. » J'ai haussé les épaules. « Aucun mot méchant ou insensé n'a été prononcé. »

Non seulement ça, mais Hetta n'avait pas harcelé Pollux pour obtenir de l'argent, ni rien balancé de pire que quelques sarcasmes tièdes. Pour lesquels elle s'était d'ailleurs excusée à un moment. Comment ne pas lui pardonner ? J'espérais toutefois que la maternité ne lui avait pas fait perdre tout son mordant. Heureusement, elle portait des collants rouges, un short de motard noir, un vieux tee-shirt Veruca Salt et une chemise à carreaux en flanelle délavée. Je me réjouissais de l'intensité de son éternel eyeliner noir, du violet audacieux qu'elle mettait souvent sur ses lèvres, et des petites barrettes avec lesquelles elle s'attachait les cheveux pour les boucler et qu'elle laissait parfois trois jours en place. Ses tenues me rassuraient : elles rendaient plus réels ses autres changements. Et, plus que tout, j'étais raide dingue de son fils.

On aurait peut-être pu continuer comme ça si je n'avais pas commencé à m'inquiéter. Or l'inquiétude m'a poussée à interférer. Je me suis mise à penser au père du bébé. Un jour, au petit-déjeuner, alors que tout se passait à merveille, j'ai demandé à Hetta si elle savait quand il viendrait.

« Bientôt, je pense.
– Il t'a donné une date ?
– Non, pas vraiment.
– Alors il se contente de faire l'écrivain ?
– Faut croire.
– Pendant que tu t'occupes à temps plein de son enfant ?
– Qu'est-ce que ça peut te faire, putain ? »

Elle m'a écrasée de son mépris. Après un ricanement empoisonné, elle a posé son toast et s'est détournée, secouant légèrement le petit sur son épaule. Il avait un œil fermé ; de l'autre il m'a jeté un regard perçant tout en rotant distinctement.

« Bravo, mon chéri », a susurré Hetta. Elle s'est levée et, me tournant toujours le dos, elle a emmené Jarvis. Mon cœur s'est serré. Du pied, elle a claqué la porte de sa chambre derrière elle. Et voilà. J'avais tout gâché. En posant une malheureuse question sur le père du bébé. En attirant l'attention de Hetta sur le fait qu'elle consacrait tout son temps à son fils pendant que le père gaspillait le sien quelque part à écrire ce qui était sans doute un roman raté et complaisant.

C'était quoi, mon problème ? Pourquoi cette brusque décharge d'inquiétude ? Et pourquoi me soucier encore que Hetta mange quelque chose ? Pourquoi m'approcher docilement de la porte fermée, le toast sur une assiette, pour frapper d'un petit *toc toc* ridicule et dire d'une voix brisée : *Pardon. Tiens, ton toast* ? Et pourquoi partir sans jeter le toast sur la porte quand, de l'intérieur, Hetta a crié : « Va te faire foutre, vieille truie ! » ?

Pourquoi ? Parce que, sans doute, j'aimais Hetta et que j'étais envoûtée par son enfant. J'aurais donné n'importe quoi pour le tenir dans mes bras. Et voilà que j'avais ruiné mes chances en posant la mauvaise question. Et c'était arrivé parce qu'il était dans ma nature de faire ce qu'il ne fallait pas. J'étais et resterais Tookie, à jamais, amen. Ou du moins encore quelques jours. Jusqu'à la nouvelle année, que je pourrais démarrer en devenant quelqu'un de meilleur. Quelqu'un qui saurait faire preuve de tact et de diplomatie. Débarrassée du fantôme en manque d'attention qui me collait aux basques.

BONNE ANNÉE

Une chaude soirée de janvier

Les Ojibwés de la réserve de Turtle Mountain sont très attachés au Nouvel An. Il y avait maison ouverte chez Louise. Nous contribuerions aux festivités par une soupe aux boulettes de viande – qu'on appelle *bullets* dans notre langue –, accompagnée de petites bouchées de pain frit qu'on appelle des *bangs*. Si la soirée s'avérait douce, on s'installerait dehors autour du feu. Pollux a préparé les *bangs* parce qu'il sait manœuvrer la matière grasse bouillante, alors que je suis experte en matière grasse froide. J'ai mis des chips Old Dutch dans la panière à pique-nique des grandes occasions, une boîte en carton rouge et blanc à double compartiment qui continuait à me donner encore l'impression d'être riche. Hetta ne s'adressait toujours à moi que par monosyllabes, mais comme elle avait fait un gâteau au chocolat avec Penstemon, je m'en fichais. Je me suis bientôt retrouvée assise près du feu avec un bol de *bullets* et un *bang* à tremper dans le bouillon. Derrière nous, la vieille maison de Louise était pleine à craquer. J'allais me resservir quand une amie de la librairie est arrivée avec une mijoteuse pleine d'avgolemono, ma soupe au poulet préférée. J'ai décidé d'engloutir les boulettes et de suivre la mijoteuse. Il y avait aussi du riz sauvage sur le buffet à l'intérieur : en soupe, en plats chauds, en salade – toute une déclinaison de riz sauvages. Asema s'est assise à côté de moi, un généreux assortiment plein son assiette. Elle a pris une bouchée.

« Le riz de la salade vient du nord-ouest de l'État, a-t-elle dit d'un ton critique. De la réserve de Red Lake.

— Il est comment ?

— Il se tient. Mais celui de Fond du Lac a un goût de noisette plus prononcé.

— Je ne suis pas d'accord, a rétorqué Penstemon. C'est celui de la réserve de White Earth qui sent le plus la noisette.

— Je crois bien que j'ai le palais le plus fin de cette assemblée, est intervenu Pollux, dont l'assiette débordait aussi de six genres de riz sauvages différents. J'ai acheté le riz de la soupe à un gars de Sawyer.

— Trop transformé, a asséné Penstemon.

— Il est mou, il se fond dans le bouillon », a ajouté Asema.

Abattu, Pollux s'est mis à manger d'un air maussade. Je n'aimais pas le voir en difficulté. Et puis une dispute autour du riz sauvage peut détruire une amitié ou tuer un mariage si on la laisse s'envenimer. J'étais obligée d'intervenir. Je voulais calmer le jeu, mais le désamorçage n'est pas mon fort.

« Vous, les critiques, vous vous trompez dans les grandes largeurs, ai-je commencé. Moi, je qualifierais la texture de ce riz de soyeuse. Et puis quel genre d'expertes vous êtes, Pensty et toi ? Vous mangez n'importe quoi. Des pâtés impériaux au riz sauvage… à un pow-wow… frits dans de l'huile rance… J'étais là. Y a rien de pire, et pourtant vous vous êtes empiffrées. » Je parlais fort, d'un ton de défi, et c'est ainsi qu'inévitablement j'ai transformé la discussion en dispute.

« C'est triste que tu aies recours à une attaque *ad hominem*, a dit Asema en se levant. Jamais de ma vie je n'ai mangé un pâté impérial au riz sauvage frit dans de l'huile rance.

— Je t'ai vue. »

Pollux m'a poussé légèrement la cheville. Puis il m'a fait le vibrant V de la victoire à l'horizontale qui entre nous signifie : *Tu es trop sexy, sautons-nous dessus.* Je lui ai adressé un grand sourire et me suis épousseté l'épaule. *Tout me glisse dessus comme l'eau sur les plumes d'un canard. Plus tard.*

« Et puis je te signale, Tookie, que je t'ai souvent vue manger les derniers recours : riz sauvage trop cuit, hamburger désagrégé, soupe de poulet en boîte.

– Ah, vraiment ? Et qu'est-ce qu'il y a de mal à ça ?

– Je trouve que c'est manquer de respect au riz, a répondu Asema. Jamais je ne mangerais ça. Encore que, bon... » Elle a marqué un temps pour réfléchir. « ... ça passe si tu prends la crème de céleri. Et puis c'est souvent servi dans les occasions festives. Ce que je désapprouve vraiment, c'est le riz paddy.

– Oh, le riz domestiqué, là, je crois que tout le monde sera d'accord.

– Attendez un peu, a dit Gruen, qui avait rejoint la conversation. Je le trouve très bon, moi, ce riz brun qui s'achète en magasin. Il a un fort goût de noisette. Qu'est-ce que vous lui reprochez ?

– Allez tout le monde, on arrête ! » J'étais inquiète de cette introduction du riz paddy dans les débats. De là, on passerait aux modifications génétiques et au tracé de l'oléoduc Ligne 3 via des terres censément protégées par les traités, l'enfer se déchaînerait et la fête serait finie. Mais je n'avais déjà plus de prise sur la dispute. Jackie s'était jetée dans la mêlée en affirmant que le riz du Wisconsin était de loin le meilleur de tous. Pollux a levé les mains en l'air en disant « Canadien » d'un ton dissuasif. Le tollé s'est emballé, allant de la publicité mensongère au vol du génome du riz sauvage – parfaitement – et à l'énumération détaillée de tout ce qu'on reprochait à ce truc marron produit en Californie qui se faisait outrageusement passer pour du riz sauvage. Gruen n'a été ébranlé par aucun argument et, dans un revirement inattendu, Asema a déclaré que tous les Indiens ne disposaient pas d'un réseau tribal, d'une licence de récolte ou des moyens de se payer de l'authentique riz sauvage. Elle nous a traités d'indigélitistes avant de renverser, sans le faire exprès, l'assiette d'assortiment de riz, à peu près terminée, que tenait Penstemon.

Celle-ci s'est mise à hurler « Venons-en aux poings !

– Avec plaisir, putain ! » a répondu Asema, le regard assassin. Elles se sont fait face. Je serais intervenue pour les séparer si toutes les deux n'avaient pas porté des moufles. Hello Kitty pour Asema, Spiderman pour Pen.

« Miaou, a fait la première.

– Gare à ma toile, a répondu la seconde.

– Hetta est en train de couper le gâteau au chocolat », ai-je annoncé, mettant fin au combat.

Je me suis installée entre Asema et Gruen pour manger ma part. C'était le genre de gâteau sans farine, très dense, que j'adore. Saupoudré de sucre glace, en plus.

« On a une cible facile, a dit Asema en regardant Gruen. On va chauffer Tookie. »

Elle s'est mise à parler des dons qu'elle récoltait pour acheter du tissu. Gruen et elle fabriquaient des banderoles destinées aux manifestations contre les banques qui investissaient dans la Ligne 3 avec des conséquences désastreuses pour les rizières des marais et des lacs.

« Alors on en revient toujours au riz sauvage, ai-je dit en engloutissant mon gâteau pour pouvoir m'échapper.

– Tout projet qui détruit le monde perturbe aussi quelque chose d'intime, de tangible et d'autochtone, a repris Asema. Le riz sauvage n'est pas seulement un emblème culturel ou un aliment savoureux, c'est aussi une façon d'évoquer la survie de l'humanité.

– Je m'écrase si tu la fermes », ai-je dit.
Elle a souri et m'a tendu la main.

Le temps que tout le monde parte, à l'exception des jusqu'au-boutistes, le feu avait produit un luxuriant lit de charbons ardents, et les bûches, sèches et denses, brûlaient d'un éclat régulier, dégageant une chaleur palpable. C'était le moment le plus délicieux de ces longues heures passées dehors autour du feu. Si vous restiez assis près des braises luminescentes qui murmuraient en se fendant, leur chaleur magique vous enveloppait, mais risquait de vous brûler les genoux. Si vous reculiez, vous éprouviez sur le devant du corps une exquise chaleur, mais vous vous geliez le dos et les fesses. Il y avait un remue-ménage permanent de chaises et de bottes. Certains se sont mis à parler des voyages qu'ils avaient faits à la fin de leur adolescence ou tôt dans leur vingtaine, à l'âge où l'on n'a pas conscience de la solidité et de la résistance de son corps.

« Les voyages en autocars Greyhound, a dit Pollux, de retour après avoir raccompagné Hetta et Jarvis à la maison. Épouvantables, souvent, mais aussi intéressants. Une fois, une dame s'est assise à côté de moi : veste et short en jean, bottes sexy, chapeau à large bord entouré d'un voile noir masquant son visage. Comme le paysage devenait ennuyeux, on s'est mis à papoter. Au bout d'un moment, elle m'a avoué être une star de cinéma qui voyageait incognito. J'étais curieux de savoir pourquoi elle n'avait pas pris un jet privé. Elle m'a expliqué que ça faisait partie de ses recherches pour un rôle. Quel rôle ? j'ai demandé. Elle a répondu qu'elle tournait un remake de *Macadam Cowboy*, sauf que ça devait s'appeler *Macadam Cowgirl*. Je lui ai demandé son nom et elle a soulevé son voile. Bon sang, c'était elle.

– Qui ?

– Kim Basinger. Elle était... je ne peux pas vous dire.

– Moi je peux », est intervenue Asema. Elle portait une énorme doudoune qui lui descendait jusqu'aux genoux, un gros bonnet de laine et des mukluks crees. « J'ai regardé ses vieux films. Elle était belle à vous rendre fou. »

Pollux s'est penché vers l'avant : « J'avais du mal à la regarder.

– Comment ça ? ai-je demandé.

– Comme si j'avais le soleil dans les yeux.

– Belle à vous rendre aveugle, alors.

– Peut-être, a dit Pollux. En même temps, je n'aurais pas voulu être à sa place. Elle ne pouvait aller nulle part sans qu'on la dévisage. »

Je sais ce que ça fait. J'ai parfois éprouvé une admiration notable pour la franche audace de ma présentation, même si, quand je le voulais, je savais être invisible.

« Le film ne s'est pas fait, si ? a dit Pen. Je n'en ai jamais entendu parler.

– Les financeurs se sont peut-être retirés, a suggéré Pollux. J'ai longtemps guetté la sortie. J'espérais qu'elle ne jouait pas Ratso.

– Évidemment qu'elle n'allait pas jouer Ratso », a dit Jackie. Enveloppée dans une couverture en laine à carreaux, elle portait un bonnet tricoté à pompon et buvait du cidre chaud. « Kim ne pouvait être que le cow-boy. Le personnage joué par Jon Voight. Chouette histoire, en tout cas. Elle est descendue où ?

– Je suis descendu le premier. Elle traversait le pays de bout en bout. Elle a dû y arriver, j'en aurais sûrement entendu parler si ça s'était mal passé. Mais elle avait quelque chose de *fantasmagorique*. »

Jackie et moi avons échangé un regard. Qu'est-ce que ça

voulait dire ? On a haussé les épaules dans un accord tacite : Pollux avait droit à son fantasme.

« Prendre l'autocar m'a été bien utile pour le sommeil, a dit Louise. Vous savez comme c'est insupportable, comme on se sent mal, après une ou deux nuits à tenter de dormir en position assise ? Des fourmis dans les pieds, hein, et le dos ? Une torture.

– On a mal partout, a ajouté Pollux.

– J'y pense quand je n'arrive pas à trouver le sommeil. Cette envie désespérée de m'étendre dans l'allée centrale. Sans me soucier de son degré de crasse. Rien à faire. Prête à tout pour seulement m'étirer. Je repense à cette exiguïté, cette agonie, et juste après, en général, je m'endors. »

J'étais sur le point de dire, en bonne Tookie que je suis, « Au moins, toi, tu avais un lit à retrouver », quand j'ai réalisé qu'en fait j'avais dormi dans des lits fabuleux au cours de ma vie. J'ai envisagé « Mes lits préférés » comme prochain sujet de conversation, mais je me suis abstenue pour des raisons évidentes. Nous entrions dans cette phase d'effervescence lucide induite par la fatigue, quand l'effet du vin s'est dissipé et qu'on se réveille d'un coup après un assoupissement probable.

« Quelque part, ça démange de faire ce qu'il ne faut pas, a repris Louise, la voix étouffée par le châle tricoté qui lui entourait la tête. Voilà ce que ça peut donner, d'avoir été trop sage, enfant. Je résiste presque toujours, mais je comprends que d'autres n'y parviennent pas. La tentation est très forte.

– Ma tentation est ailleurs, a rebondi Penstemon. Je n'aime pas les hauteurs parce que j'éprouve aussitôt l'envie irrépressible de sauter. » Elle a ajouté en français, d'une voix faussement docte : « L'appel du vide », avant de faire un signe de tête à Asema.

Jackie ne m'avait pas offert un dictionnaire pour rien.

« Il y a un mot anglais pour ta pulsion, Louise. *Cacoëthes*. Le désir irrépressible de faire quelque chose qu'on ne devrait pas. Pas une chose innommable ou horrible, juste un truc dont on sait que ce n'est pas une bonne idée. Du latin *cacoethes*, fâcheuse manie.

– Comme manger du riz paddy, apparemment, a dit Gruen.

– Il doit y avoir une maladie qui correspond à l'autre tourment de Louise, a enchaîné Asema en consultant son téléphone. J'y suis. *Cacoethes scribendi* : impérieux besoin d'écrire. Beaucoup de gens ont ça.

– Pas moi, a répondu Jackie. Au fait, tout le monde, Tookie a raison. La librairie est hantée. L'autre jour, en travaillant, j'ai entendu des grattements. Trop réguliers pour provenir d'un rongeur. Alors je me suis assise dans le confessionnal après la fermeture. Je voulais voir si Flora allait venir. »

Emplie d'une impalpable horreur, j'ai demandé d'une voix basse et rauque :

« Qu'est-ce qui s'est passé ? Elle est venue ?

– Il y avait des bruits à l'extérieur de la cabine, des grattements, de petites cavalcades, sans doute des souris. Et puis j'ai entendu des voix. Mais ça parlait fort, une dispute autour du vin, visiblement. Bien sûr, la cave du restaurant est juste en dessous. Quand les voix se sont tues, un courant d'air froid est arrivé de nulle part et j'ai senti le contact d'une main spectrale...

– Putain, Jackie !

– Pardon. Tu sais que je te crois. »

J'ai cassé quelques brindilles et je les ai balancées dans le feu. Pollux s'est étiré. « Je retourne à la fête », a-t-il dit, même si la fête était finie. Il s'est éloigné. Je savais qu'il allait s'occuper des restes en engloutissant ses plats préférés. Presque tout le monde l'a suivi.

« Il ne supporte pas qu'on parle de fantômes ou d'histoires surnaturelles, hein, a dit Jackie.

— Il a prononcé le mot "fantasmagorique", alors il se méfie de lui-même, ai-je répondu. Il refuse de parler de tout ça, mais il évoque volontiers l'au-delà. Il nous construit une belle vie après la mort pour tous les deux.

— Tu as un bon mari. Comment est-ce qu'il construit ça ?

— En gros, avec des chants traditionnels et des histoires. Il mobilise peut-être aussi des pipes et des plumes d'aigle.

— Un genre de charpentier spirituel. »

J'ai remué les bûches avec un bâton. Quand il prenait feu, je tapotais pour éteindre les étincelles ou je le laissais brûler. Et quand il est devenu trop court, j'en ai pris un autre et j'ai recommencé. Trop éloignée des braises, j'étais gelée jusqu'aux os, le moral de plus en plus bas. Les filles de Jackie étant devenues de gentilles adultes, accomplies et à peu près heureuses, donc je la considérais comme une source de savoir maternel. Je me suis rapprochée du feu, enveloppé les jambes dans une couverture, et préparée à interroger ma professeure.

« D'expérience, dirais-tu que devenir mère peut transformer un monstre en être humain ? »

Jackie a ouvert la bouche. Il en est sorti une syllabe, puis rien. Elle a froncé les sourcils. Et fini par demander :

« J'imagine que tu parles de Hetta ? »

J'ai fait signe que oui. Elle a penché la tête d'un côté et de l'autre.

« Je suppose que ce sont des sentiments inédits pour elle. Et qu'ils peuvent donner l'impression d'un changement en profondeur.

— Elle a commencé par être incroyablement sympa.

— Les nouveau-nés ont un effet puissant sur la personnalité. Mais les jeunes enfants aussi. Et les enfants tout court. Et les préadolescents. Et les adolescents. Une mère change à chaque étape. Certaines de ces étapes mobilisent des compétences dont la mère dispose. D'autres reviennent à se jeter d'une falaise avec une corde attachée à rien.

— Comme d'habitude en tout cas, j'ai merdé. Elle ne me parle plus. Comment me réconcilier avec elle ? »

J'ai décrit notre court échange au sujet du père de Jarvis, la façon dont Hetta m'avait claqué la porte au nez.

Il y a eu un long, long silence. J'ai cru que Jackie ne m'avait pas entendue ou n'avait pas prêté attention à mes paroles.

« Je me suis retrouvée dans cette dimension tellement de fois, a-t-elle fini par dire.

— Quoi, tu parles de réincarnation ou quelque chose comme ça ?

— Non, je parle de ton dilemme. Une dimension instable où, par peur pour l'une de mes filles, ou simplement parce que je m'inquiète, comme toi, je franchis une limite et elle s'énerve.

— Tu veux dire que ce qui s'est passé est normal ?

— Je crois bien. L'inquiétude pousse à empiéter. Ça peut les rendre dingues, même si ensuite, parfois, elles comprennent. »

J'ai été frappée par l'idée que personne, à part Pollux, ne prendrait le risque de susciter ma colère en enfreignant une limite pour me venir en aide. Je l'ai dit à Jackie. Elle m'a répondu qu'elle-même l'avait fait, il y a longtemps, quand elle m'avait envoyé le dictionnaire.

« C'était enfreindre une limite, ça ?

— Tu aurais pu mal le prendre. Comme une injonction à te cultiver ou quelque chose dans le genre. Enfin bon, c'est un truc de prof, et de mère. Et la tienne, de mère ? J'ai surtout eu affaire à tes tantes. Tu ne parles jamais de ta mère. Tu ne parles jamais de ton père.

— Parce qu'il a été totalement absent. Et quand je fréquentais l'école de la tribu, ma mère était à Minneapolis. On faisait

les allers-retours. Elle ne cherchait pas à tout savoir ou tout contrôler. Elle n'était pas très exigeante. Je l'ai rarement vue super en colère, ou méchante.
— Alors quoi ?
— Alors rien. Elle était concentrée sur ses trucs à elle, qui consistaient à se défoncer. Elle m'a traitée en adulte dès que j'ai été capable de ne pas faire à côté des toilettes et de me trouver à manger toute seule. Elle tolérait mes allées et venues parce qu'elle-même n'était qu'à moitié là. C'était toujours quelqu'un d'autre, généralement une tante ou une voisine, qui me donnait des vêtements et m'emmenait à l'école. Tu m'as aidée au bout d'un moment. Mais je vagabondais pas mal.
— Je sais, a dit Jackie.
— J'ignore même comment j'en suis venue à m'appeler Tookie.
— Je ne savais pas que c'était un surnom. C'est quoi, ton vrai nom ? »
J'ai remué un peu, rapproché mes pieds du feu, jeté un regard vers la porte en espérant que Pollux allait sortir et me sauver.
« Je ne m'en souviens pas. Je l'ai peut-être vu deux ou trois fois sur des documents administratifs. Mais, tu sais, je l'ai refoulé. Bizarre, hein ?
— Attends, sous quel nom t'a-t-on inscrite à l'école ? Comment ai-je pu ne rien remarquer ? Je ne vois pas comment tu as pu t'en tirer comme ça.
— Toute ma vie j'ai été scolarisée sous le nom de Tookie. J'ai eu mon permis de conduire en tant que Tookie. Ma carte d'identité tribale dit : Tookie. C'est cette carte que j'ai utilisée pour faire faire mon passeport. Que j'ai eu très jeune parce qu'un prof m'avait décroché une place pour un séjour en France. Mais bien sûr j'étais trop défoncée pour y aller. Ensuite j'ai utilisé mon vieux passeport pour en obtenir un

nouveau, et puis à un moment j'ai mémorisé mon numéro de sécurité sociale. J'avais perdu ma carte de toute façon. Donc, bon, je suis juste Tookie.
— Mais tu as bien un nom de famille. Il doit être sur tes chèques de paie.
— Mon salaire est viré sur mon compte.
— C'est fou que je ne me souvienne pas. Tu veux que je cherche ton vrai nom ?
— Non. »
Jackie me fixait à présent par-dessous son pompon. « Incroyable. Juste Tookie. Et tu ne sais rien de ton véritable nom ?
— Ma mère m'a donné le nom de quelqu'un qui l'avait aidée, ou sauvée, pour être exacte, quand elle était enceinte. C'est ce qu'on m'a dit.
— Et ta mère, elle est toujours vivante ?
— Je ne sais pas si elle a jamais vraiment été vivante. Aujourd'hui en tout cas elle est morte. »

La fin de la conversation m'avait perturbée. Pollux était toujours à l'intérieur, où il écoutait Asema chanter « Blackbird » d'une voix haute et douce. Je suis partie dans le froid obscur, faisant un détour par le lac gelé, presque en somnambule. J'ai repensé à la première partie de la discussion, sur les échecs de la maternité, et ça m'a permis de passer un cap. J'ai compris que je faisais le contraire de ce qu'avait fait ma propre mère : totalement m'ignorer. J'étais intrusive. Hetta détestait ça. Je défiais son autonomie — elle n'avait pas besoin de moi pour savoir qu'elle était dans les faits une mère célibataire. J'insistais et j'interférais. Je faisais la maman. Mais la maman bison — qui cogne son petit de la tête, lui dégage un endroit en le piétinant, le pousse dans la direction où elle estime qu'il sera en sécurité ou qu'il fera son chemin. J'étais maladroite et pénible. Je manquais de finesse. Mais j'avais de l'amour. J'avais toujours eu de l'amour. J'aimais Hetta et son bébé. J'aimais les gens avec qui je travaillais. J'avais été amoureuse, une fois, en prison. Avant ça, j'avais été tellement amoureuse de Danae que j'avais volé pour elle le cadavre de son petit ami. Quant à Pollux, que j'aimais plus que n'importe qui d'autre, j'avais construit une vie pour lui. J'étais là quand il avait besoin de moi et je le laissais partir quand il avait besoin de prendre du champ. Je faisais des efforts pour rendre les choses normales, agréables, légères. Il m'était même arrivé de lui préparer du chocolat chaud. Sans aller jusqu'à y mettre des minichamallows. Je ne le maternais pas. Je franchissais rarement une certaine limite. Et lui de même. Oui, il lui arrivait de me dorloter, et de s'inquiéter, et parfois peut-être d'enrager tellement que ça lui brûlait la langue. Il savait. Il m'avait arrêtée. Il m'avait épousée. Et je savais qu'il savait. Mais jamais il ne prononçait mon véritable nom.

TENDRE SASQUATCH

Les vachers à tête brune

La première neige de l'année avait allégé le fardeau de mes pensées. Elle illuminait l'atmosphère, la nettoyait, l'oxygénait. Je me suis empli les poumons d'euphorie sur tout le trajet jusqu'à la librairie. J'étais joyeuse, malgré la perspective d'une journée d'inventaire. Et puis il y aurait des vachers à tête brune. C'est le nom de passereaux qui pondent dans les nids d'autres espèces et celui que je donne aux livres inattendus qu'à l'occasion de l'inventaire on découvre ici et là. Toute l'année, on s'emploie à remplir la caisse sans remarquer les gens qui glissent dans nos rayons leurs propres ouvrages. Nous ne pouvons malheureusement pas accepter ces livres – des impressions maison, des auto-éditions, parfois même des documents manuscrits – parce que ce sont des cauchemars logistiques qui bloquent notre système. Sans doute m'évoquent-ils aussi ces oiseaux en ce qu'ils prennent une place précieuse sur nos étagères et qu'on les couve gratuitement, mais dans l'esprit de leurs auteurs, ce sont des cadeaux. Or j'aime les cadeaux. Comme l'auto-édition numérique est de plus en plus facile, le nombre de vachers augmente chaque année : ils remplissent maintenant un plein carton. Notre boutique est tellement petite que ça m'épate qu'il y en ait autant. J'ai de la peine pour eux. *Cacoethes scribendi*. Qui ne porte pas un livre en lui ? Ces écrits sont des signes de vie. Le contraire, me suis-je dit, de celui qui était enterré dans mon jardin.

Dans les premiers temps, l'inventaire impliquait apparemment de sortir tous les livres des rayons pour les compter et les enregistrer, puis de tous les remettre en place. Au bout d'une semaine, il y avait des larmes, des démissions, du Xanax et des piles de boîtes à pizza. Le sol était couvert d'un désordre désespérant. Aujourd'hui, grâce au lecteur de code-barres, si pratique, et à nos efforts coordonnés, on vient à bout de l'inventaire en un ou deux jours d'extrême concentration. Cette fois-ci, on avait tout bouclé à dix-neuf heures et je suis rentrée avec le carton des vachers. Il n'était pas lourd, mais je marquais des pauses régulières pour savourer la fin de l'épreuve. Une fois chez moi, je l'ai posé près du canapé et je suis allée me préparer des nachos avant de m'installer pour faire le tri.

Je suis toujours curieuse des personnes qui ont écrit ces livres. Certains récits témoignent de la vie à des époques et des endroits méconnus. Beaucoup parlent de deuil – des deuils brutaux, infinis, abyssaux. D'autres décrivent les manies liées aux plantes d'intérieur – il doit bien en exister sur les gens qui font l'amour en portant des gants en caoutchouc bleu. Il y a des histoires de guérisons miraculeuses auto-induites que l'industrie pharmaceutique cherche à faire taire. Et il semblerait que tout le monde porte en lui un recueil de poèmes. En effet, il y avait là plusieurs volumes avec des fleurs mauves sur des couvertures grise, bleu lavande ou crème. Curieusement, aucune fleur dans les titres. *La Fille ceci* ou *cela* restait populaire. Il y a quelques années, c'était *La Fille/La Femme du bidule-chose* qui avait le vent en poupe. Là, on était visiblement dans une année à Os. *Os-à-os*, *À l'os*, *Fille d'os*, *Le Tango des os*, *L'Ossement d'argent*, *Noir d'os* et *L'Osselet rieur*, que j'ai décidé de lire. Il y avait deux ou trois romans sur des cryptides, dont *Tendre Sasquatch*[1], une histoire d'amour faite de « rencontres brutales » qui finissait, dixit la couverture, « dans l'émerveillement et l'espoir ». Je l'ai mis de côté pour Pollux. Il y avait le récit d'un employé du département des Ressources naturelles du Minnesota, centré sur un hibou du centre des Rapaces de l'université du Minnesota, que j'ai gardé pour moi. Il y avait aussi un livre dans une langue inventée, dont l'écriture ressemblait aux traces de pas des oiseaux sur le sable. Celui-là, je m'en souvenais de l'été précédent.

L'auteur était un jeune homme maigre et nerveux, avec des yeux noirs alertes et une épaisse tignasse couleur de blé brûlé. Il avait déambulé dans la boutique en attendant que partent les autres clients, puis il avait sorti de son sac à dos quelques exemplaires de son livre et proposé de nous les offrir avec le bénéfice de leur vente. C'était très désagréable de devoir refuser. J'avais affaire à une de ces belles âmes qui se promènent en bord de lac avec une barbe de trois jours, des sandales lâches aux pieds et des vêtements de seconde main. Un innocent. Le livre, fabriqué à la main, était cousu avec du tendon. La couverture était d'un rouille intense et le texte, inintelligible. Le jeune homme m'avait expliqué que, depuis l'enfance, il étudiait le vocabulaire et la grammaire d'une langue morte qu'il avait découverte.

« Attendez, l'avais-je interrompu. Vous êtes en train de me dire qu'enfant, vous avez découvert une langue morte ? »

Il avait hoché la tête, projetant sa masse de cheveux vers l'avant.

« Elle était parlée où et quand, cette langue ? »

Après avoir évacué ma question de la main et froncé les sourcils, il avait déclaré que la langue en question avait une orthographe magnifique, mais pas d'articles définis, pas de

---

[1]. Le Sasquatch est l'équivalent américain du Yéti.

présent ni de passé. Les verbes devaient être toussés ou chantés à des hauteurs différentes. Il y avait une grande quantité de substantifs qui changeaient selon que l'objet était visible, partiellement visible ou invisible.

« C'est une langue qui fait réfléchir, avait-il conclu.

– C'est sûr. »

Le contenu était épars, disposé en paragraphes gracieux entourés de larges marges qui mettaient en valeur la texture du papier.

« C'est un beau poème, avais-je remarqué.

– C'est un roman », avait-il timidement rectifié.

Il avait ajouté qu'on pouvait aussi qualifier le livre de chronique familiale et qu'il n'y avait aucune clé à cette langue, ni dictionnaire ni guide. Il estimait toutefois que son travail ne serait pas difficile à déchiffrer s'il venait à être découvert dans quelques milliers d'années.

« Après tout, j'y suis bien arrivé. »

Il m'avait précisé que le texte lui était venu ligne par ligne alors qu'il se reposait dans un hamac. Peut-être l'avais-je d'ailleurs aperçu se balancer dans le verger de pommiers sauvages du parc, lesquels étaient idéalement espacés pour les hamacs ? J'avais été prise d'un spasme d'élan maternel. Pour un peu, j'aurais ramené ce gamin chez moi et j'aurais demandé à Pollux de lui faire à manger. Puis il était parti. Non sans avoir glissé son livre sur un rayon. Et aujourd'hui j'étais plutôt contente de l'avoir. J'ai ouvert le volume et j'étais en train de chercher des motifs récurrents dans ce flot de traces de pattes d'oiseaux quand Pollux est rentré. Il a laissé ses énormes baskets à la porte pour rejoindre ma confortable petite installation et s'est assis près de moi.

« Qu'est-ce que c'est que ça ? C'est bizarre.

– C'est du potawatomi ancien. Tu ne sais pas lire ta langue traditionnelle ?

– Tu causes comme une sale prétentieuse.
– C'est marrant que tu dises ça. En fait ce livre est assez olé olé. Tu savais que *Cinquante nuances de Grey* avait d'abord été écrit en alphabet cunéiforme ? On a retrouvé d'antiques tablettes d'argile.
– Attention, tu le tiens à l'envers. »
Pollux a retourné le livre et me l'a rendu.
« Mon Dieu, je vois maintenant que l'ouvrage retrace l'histoire de la position du missionnaire.
– J'adorerais poursuivre notre badinage, mais j'ai faim.
– Et si tu faisais du pop-corn ? C'était l'inventaire, aujourd'hui. Tu m'apporterais une bière ? »
Il s'est exécuté, déposant bientôt entre nous un énorme saladier de pop-corn. Je lui ai donné *Tendre Sasquatch*. Il a mentionné Sabe, le géant poilu ojibwé. Hetta avait installé son siège enfant dans notre voiture et emmené Jarvis faire un tour en quête de restauration rapide bio. Il faisait doux. Elle avait l'intention de manger dehors, d'harnacher le petit sous son manteau et d'aller à la patinoire avec Asema. Nous étions seuls. Pollux a pianoté sur son ordinateur et exhumé une de ses improbables playlists – en l'espèce, Johnny Cash, A Tribe Called Red, des chants du peyote de l'Église des Premiers Américains, les Cowboy Junkies, Nina Simone, de la musique de chambre et Prince. On a lu un moment en mangeant du pop-corn et en sirotant nos Budweiser bien fraîches. Puis il a posé son livre pour aller chercher une autre bière.
« Un tour de force.
– Ah, ça te plaît ?
– Une Sasquatch femelle emmène dans son antre un freluquet en rupture de ban et lui apprend à satisfaire ses besoins. Bon, en gros, elle l'esclavagise, mais… »
Il a farfouillé dans le frigo et il est revenu avec un bol de carottes naines.

« Mais quoi ?
— Ben, c'est un super livre pour les gens qui aiment les femmes poilues. Il explique que le type doit écarter la fourrure de la Sasquatch pour trouver ses "mamelles". Je n'ai jamais utilisé ce mot pour parler des seins, hein ? »

J'avais renoncé à mon carton de vachers et je lisais un exemplaire endommagé de *Cool for You*, d'Eileen Myles. Le livre était arrivé avec un chapitre chiffonné — peut-être qu'un garçon interné dans une institution semblable à celle du roman avait froissé puis lissé les pages. À la librairie, nous sommes très scrupuleux quant aux livres endommagés ; quand nous en trouvons un, nous le retournons — mais l'éditeur, Soft Skull Press, nous avait envoyé un nouvel exemplaire en nous disant de garder l'ancien. « Ça t'arrivait de manger les rations gouvernementales ? ai-je demandé à Pollux.

— Tu sais bien que oui. Ma grand-mère en avait un plein placard que les gens lui troquaient. Tout le monde voulait le fromage et les pêches.

— Écoute ça. C'est dans *Cool for You*. "Est-ce qu'il y a un livre de recettes pour tout le monde ? Aux États-Unis, à ce propos : tenez, un truc pour tout le monde, un livre, un café, un bol de porridge, pas ce dont vous ou moi ou personne de notre connaissance aurait envie, mais ce qu'on consommerait une fois qu'on assumerait d'en être là, à consommer une chose destinée à n'importe qui. Je ne parle pas de faire les poubelles. Je parle des repas industriels de la cantine de l'école. Ces légumes dont personne ne veut parce qu'on voit bien qu'ils ont été préparés pour n'importe qui. De la nourriture superflue. Dire qu'un jour on finira peut-être par manger ça, le regard égaré, le jour où on aura oublié qui on est."

— Ouah..., a dit Pollux au bout d'un moment. C'est du lourd. "Le jour où on aura oublié qui on est." Attends. Montre voir. »

Il a relu le passage.

J'y étais déjà revenue plusieurs fois, car j'avais connu ça. Au début, je refusais de toucher à la nourriture des établissements pénitentiaires. Et puis, un jour, j'ai mangé ce que je déteste le plus au monde : de la purée de rutabagas. Je ne mourais pourtant pas de faim, mais j'ai mangé quand même. Après ça, j'ai tout avalé. J'ai même bu la lavasse acide servie dans des tasses en polystyrène expansé. Nombreuses étaient les détenues qui avaient de quoi se payer des trucs à la cafétéria. Pas moi. Je sentais bien que le mauvais café et le rutabaga me faisaient le même effet que les rations gouvernementales – seulement, jusqu'à ce que je lise ce paragraphe, je ne savais pas ce que c'était. Tout ça, c'était la nourriture de l'oubli. Et un calme amnésique a bientôt eu raison de moi.

« Le jour où tu as oublié qui tu étais, a dit Pollux.

– J'ai vraiment perdu la boule. Comme tu sais, j'ai d'abord été incarcérée à Thief River Falls. "La Cascade du Voleur". Difficile d'apprécier l'ironie du nom, au début. »

Pollux s'est penché vers moi pour me prendre dans ses bras.

« Ce n'était pas seulement du vol. C'était du vol qualifié avec circonstances aggravantes. » Sa voix était un doux grondement. « Ça force le respect.

– Ce bon vieux Ted. Ça m'a touchée qu'il essaie de faire requalifier ça en infraction de rien du tout. »

Pollux avait l'air sérieux, pensif.

« Tu n'es pas une rien du tout, a-t-il fini par dire. Quoi qu'il en soit, on a sous-estimé Ted.

– C'est le moins qu'on puisse dire. C'était un héros, mais accro aux frites de chez McDo, ce qui l'a sans doute tué. »

Ted essayait toujours de manger ses frites dans les trente secondes qui suivaient leur achat, quand elles étaient à leur meilleur. Après quoi il achetait une nouvelle portion et la dévorait aussitôt. Sa mort continuait à me rendre triste. Une leçon pour les générations futures.

« Par contraste, j'ai du *wabooz*, a dit Pollux, le genre de nourriture qui te dit qui tu es. Traditionnelle.
– Où as-tu trouvé un lapin ? »
Il a porté son index à ses lèvres.
« Tu as mis un piège dans le jardin ?
– Je me suis battu avec une dame sasquatch pour l'avoir.
– Si tu dis mamelles, je dors dans le grenier.
– Ce mot ne m'excite pas. Je vais faire une fricassée, qui est un terme beaucoup plus sexy, mais surtout ne regarde pas. Une salade verte. Des pommes de terre croustillantes comme tu les aimes. Et maintenant, pose ce livre. Lis plutôt quelque chose de léger, hein ? Amuse-toi. Regarde la télé !
– Non merci. Ça t'est déjà arrivé d'oublier qui tu étais ?
– J'ai été perturbé par les œufs en poudre. Mais tu sais, quand elle parle du fait que tout le monde aux États-Unis a un livre de recettes ? J'aime bien l'idée. On mangeait les rations gouvernementales, c'est vrai, mais à notre façon. On s'appropriait cette nourriture. Et on avait de quoi manger, ce qui était l'essentiel. Si on y arrivait – à l'entrepôt, je veux dire –, on avait de quoi manger. Toi aussi, je le sais. Et plus tard, ce n'est pas comme si on avait été en prison, comme toi tu l'as été, chérie. Noko faisait pousser des courges, du maïs, tout ça. On avait un jardin. »
La grand-mère de Pollux était ce que je lui enviais le plus. J'avais des tantes et quelques cousins et cousines. Mais les addictions de ma mère nous avaient coupées des nôtres.
« Ta grand-mère.
– Ma grand-mère. »
Pollux était l'enfant d'un charismatique apôtre de l'American Indian Movement[1] qui avait prêché la cause à sa mère

---

1. Le mouvement pour les droits civiques des Indiens d'Amérique dont l'acronyme, AIM, signifie aussi « objectif », ou « viser ».

quand elle avait seize ans. Celle-ci n'avait pas survécu aux années soixante-dix, et sa grand-mère l'avait élevé à l'ancienne. J'adooooore la viiiieille écoooole, aimait-il à dire. Il étirait les mots comme s'il était dépositaire d'une sagesse particulière, hochant la tête, tout de sérénité et de philosophie.

« On pourra faire ça façon viiiieille écoooole tout à l'heure ? lui ai-je demandé.

– On peut le faire tout de suite, ici même. Garde le manuel ouvert, a-t-il dit en calant le livre illisible contre un coussin.

– Non merci. J'ai vraiment faim. »

Pollux s'est levé en se frottant les mains sur son pantalon.

« J'ai de quoi vous satisfaire, Tendre Sasquatch », a-t-il répliqué en se dirigeant vers la cuisine.

Laurent

Un jour, on a eu droit à la neige sous toutes ses formes. Elle est d'abord tombée lentement et généreusement, avant que le vent se lève et qu'un blizzard à ras du sol oblitère tout. Puis le soleil s'est mis à briller au-dessus, provoquant un étrange et intense réfléchissement. Après quoi le vent s'est calmé, laissant les flocons s'accumuler en grosses masses maladroites sur la moindre surface. Puis ils se sont arrêtés de tomber. Le monde était blanc, profond, rayonnant. Maintenant que la neige scellait la sépulture du livre, je pensais que j'allais enfin pouvoir mettre de l'ordre dans ces événements.

Dans ma tête, j'agençais sur un panneau des coupures de presse, des photos et des ficelles matérialisant les liens, comme dans les séries policières. Je comptais bien réaliser ce panneau pour de bon, mais les choses se sont compliquées à la librairie. Le lendemain, quand je suis arrivée en début d'après-midi pour la relève, j'ai vu l'auteur du livre illisible, le jeune homme au hamac. Il était de retour, en grande conversation avec Asema. Il faut dire qu'elle avait ce jour-là opté pour un sacré look. Coiffée avec des macarons sur la tête façon Princesse Leia, elle portait une robe baby doll en tricot rouge sombre, très courte, des collants indigo, ses mukluks perlées et un pendant d'oreille à grosse turquoise bleu ciel d'un seul côté. Parfait pour son visage rond et symétrique. La tenue d'hiver de l'aspirant écrivain au nez épaté consistait en un chapeau de fourrure hérissée, vaguement russe. Il m'a effleurée un instant de ses yeux noirs, avec cette étrange innocence que j'avais déjà remarquée, comme s'il sortait d'une autre époque. Il ne se souvenait visiblement pas de moi. Son chapeau fauve m'interpellait. De rêveur ordinaire, le jeune homme s'était transformé en animal magnifique, sa queue enroulée sur sa tête. Il portait en outre un pardessus en tweed trop grand pour lui et des bottes de chantier. Ses doigts délicats dépassaient de ses gants de laine noire effilochés. À mon arrivée, Asema et lui se sont tus. Je voyais bien qu'ils espéraient que je passerais devant eux sans m'arrêter pour pouvoir reprendre leur interaction. Tandis que je mettais en rayon les nouveaux arrivages, je n'ai pu m'empêcher d'entendre des bribes de leur conversation. C'est Asema qui parlait :

« Les Blancs ne peuvent pas être décolonisés... Je veux dire, en tant que colonisateurs historiques, vous ne pouvez pas vous approprier ça aussi ! Quand même !

– Alors comme ça tu t'arrêtes à la couleur de peau ? Je suis un Métis. Ou un Français. Et aussi un Irlandais. On a tous été colonisés par les Britanniques.

– Tu parles gaélique ? Ce bouquin, c'est du cree phoné-

tique ? Du métchif[1] ? Celui que tu m'as donné, avec les formes géométriques super intenses ? » Asema a marqué un temps, posant brutalement un livre. « Tu viens vraiment d'Irlande ou tu as reçu une éducation de Métis ? Est-ce que tu as été élevé en immersion dans une de tes cultures présumées ?
– Définis "immersion".
– Tu sais, quand tu es plongé dedans tout le temps. Depuis le début. Tes parents viennent d'Irlande ?
– Mes arrière-grands-parents. Il y a eu une famine. Tu en as entendu parler ?
– Oui. Peut-être. Mais je ne crois pas que tu puisses te dire autochtone si tu n'as pas personnellement souffert de la colonisation.
– Je te rappelle que je suis un Métis.
– Tu n'as pas l'air trop sûr. »
Chapeau-de-fourrure a haussé les épaules. « Et toi, tu parles dakota ou ojibwé ?
– Pas couramment, mais oui.
– Et ton nom ?
– J'en ai trois, un dakota, un ojibwé et un anglais.
– L'anglais, c'est lequel ?
– Asema, évidemment. »
Je lui ai jeté un regard, car c'était faux. Asema signifie « tabac sacré » en ojibwé. Elle était en plein interrogatoire, prête à asséner une nouvelle question, quand il a essayé de retourner la situation.

« Et toi ? Tu as grandi sur la réserve ? Tu as été élevée dans tes deux cultures ? En immersion, comme tu dis ?

---

1. Le métchif est la langue du peuple métis. Elle est apparue au XIXe siècle, incorporant des éléments issus de deux langues : le français et le cree.

– Oui, j'y ai grandi. Il y a des tas de cultures dans ma famille, alors ferme-la. »

Pendant un moment ils ont fait mine de s'occuper chacun de leur côté, marmonnant des commentaires sur les livres qu'ils ouvraient puis refermaient, jusqu'à ce qu'elle finisse par lui demander son nom.

« Ma mère m'a appelé Laurent. Mon père aurait voulu me donner le nom de son propre père.

– À savoir ?

– Jarvis. »

J'ai émergé de la section Jeunesse pour regarder plus attentivement le type qui venait de mentionner mon idole miniature.

Jarvis ?

« C'est pas mal, Laurent, je trouve », a dit Asema en haussant les épaules avec désinvolture, mais en lui jetant aussi un regard en coin.

Ils ont poursuivi leurs déambulations respectives dans le magasin jusqu'à convenir, quoique de façon indécelable, de se revoir. Alors il est parti. J'ai travaillé un moment en silence à côté d'Asema, les yeux rivés à l'ordinateur pour répondre aux commandes en ligne entre deux clients. Jackie a traversé le magasin à grands pas avant de disparaître.

« Tu en penses quoi ? a fini par dire Asema.

– De ?

– Laurent.

– Pas grand-chose. Il se trouve que j'ai un de ses livres.

– J'avais espéré qu'il serait en gaélique ou en transcription phonétique d'une langue autochtone, mais non. C'est dans un langage soi-disant plus ancien que le gaélique.

– Il m'a dit que c'était un roman. Il t'a raconté l'histoire ?

– Apparemment, ça parle d'un garçon attiré par une fille qui bosse dans une librairie, mais trop timide pour l'aborder. Quand enfin il lui parle, il s'avère qu'il lui plaît aussi. »

Mon cœur s'est emballé. J'ai regardé Asema avec dureté, en proie à une fureur instantanée.
« Tu parles d'une accroche.
– Il me plaisait bien avant ça.
– Il te plaît toujours. » Au ton sur lequel je venais de parler, Asema a reculé et ajusté un de ses macarons.
« Et alors ? »

J'étais dans tous mes états. Ce garçon aux airs de renard était le père anonyme du bébé de Hetta, j'en étais persuadée. Le mystérieux garçon au hamac. J'avais été charmée par son innocence, que je soupçonnais à présent d'être factice. Quand il regardait Asema, il avait dans le regard une avidité, un genre de... J'ai essayé d'expliquer ça à Pollux, plus tard... non seulement il avait mentionné le nom du petit, Jarvis, mais il avait aussi concocté un synopsis sur mesure pour draguer Asema, comme celui qu'il avait servi à Hetta. Voilà que tout chez lui me perturbait, même son chapeau de fourrure.

Pollux est passé me prendre après mes heures supplémentaires à préparer les commandes en ligne. On a laissé la voiture à la boutique et on est partis se promener dans les rues enneigées. Des halos d'air glacial entouraient les lampadaires.

« En plus de ces coïncidences, qui, disons-le, ne peuvent vraiment pas être des coïncidences, j'ai peur qu'il soit dangereux. Il attendait qu'Asema ait fini le travail. Il attendait dehors. Et quand ils étaient tous les deux dans la librairie, il la suivait d'une drôle de façon. Un peu comme un rôdeur. Mais peut-être que je surinterprète.

– Oh, comme un rôdeur. C'est parfaitement normal, a dit Pollux d'un air faussement inquiet. Mais je suis navré que tu aies dû assister à ça.

– Non mais vraiment, on aurait dit un renard. Pas du

genre "curieux petit animal mignon", hein, pas ce que toi tu considères comme normal. Plus genre *animal*.

– Je ne sais pas comment le prendre. Tu te la joues maternante, là. Suspicieuse à outrance. »

Levant son sourcil abîmé, Pollux est allé jusqu'à secouer la tête.

« Garde ta condescendance pour toi, monsieur mon mari. »

Il s'est arrêté. « Tu as certainement les meilleures intentions du monde. » J'ai opiné du chef. « Elles causent parfois les pires torts. » J'ai tout de suite pensé à Flora.

« D'accord, je vais essayer de me retenir. »

※

Pollux et moi avions prévu de faire un tour chez Lyle, un des derniers petits bars-restaurants de quartier authentiques de Hennepin Avenue, coincé entre des boutiques d'artisanat et des restaurants chics toujours plus nombreux. Regagner la voiture à pied nous permettrait de dissiper les effets du verre du samedi soir – si toutefois nous buvions un verre en ce samedi soir. Il faisait moins dix, ce qui est plutôt doux pour Minneapolis. Malgré nos parkas, bonnets en polaire, gants rembourrés et bottes fourrées, le froid nous a suffisamment saisis pour que nous soyons contents d'arriver chez Lyle. Nous nous sommes installés dans notre box rouge préféré, contre le mur, d'où l'on pouvait voir l'animation du bar. Pollux a commandé du fromage en grains et un petit-déjeuner complet, et moi, du fromage grillé avec bacon et piment jalapeño. Il a aussi demandé un rhum-Coca.

« Beurk », ai-je dit avant de commander un thé. Le serveur m'a gratifiée d'un *bien sûr* plein de sollicitude.

« Ici, quand tu ne commandes pas d'alcool, ça veut dire que tu es alcoolique », a expliqué Pollux.

Il y avait là pas mal de jeunes qui habitaient les immeubles en brique des années quarante situés derrière le restaurant. Tenues rétro intéressantes, tatouages ou écarteurs d'oreilles, cheveux bleu pastel ou violets, bracelets brésiliens et piercings. Laurent est entré, avec son chapeau en fourrure. Il s'est dirigé vers un groupe de femmes près des jeux d'arcade.

« Regarde. » J'ai donné un petit coup à Pollux. « C'est l'homme-renard. »

Livre à la main, le jeune auteur a tenté de parler à une fille qui arborait une coupe mulet écarlate et des lèvres noires luisantes. Elle l'a repoussé du coude et il a failli lâcher son livre, ce qui ne l'a pas empêché de retenter sa chance. Cette fois-ci elle l'a repoussé assez fort pour lui faire perdre l'équilibre. Il a titubé vers l'arrière, se raccrochant à une chaise sur laquelle il s'est assis. Au sol, le livre tournait sur lui-même. Chapeau toujours en place, le garçon ne semblait pas ivre. Il ne s'est pas énervé, mais n'a pas laissé la jeune femme tranquille pour autant. Il s'est levé, il a récupéré son bouquin, et il est retourné lui parler. Il lui montrait le livre en tournant les pages, la tête penchée d'un côté et de l'autre. J'ai aperçu le titre. *Sur les terres du loup* de Cherie Dimaline.

« On devrait peut-être l'embaucher », ai-je dit.

J'aimais sa fougue de vendeur. Et ses excellents goûts littéraires. Mais il restait suspect.

Nos plats sont arrivés. Masquant la scène, le serveur a disposé sur la table nos assiettes de fromage frit, les œufs, les saucisses et une bouteille de ketchup. Quand il est parti, tout le groupe avait disparu.

« Tu crois que je devrais parler de l'homme-renard ? À Hetta, je veux dire ? Ou peut-être à Asema ? »

Pollux m'a lancé un regard critique. « Tu n'étais pas sur le point de l'embaucher ? Et puis tu as promis de lui lâcher les baskets, à ce type.

– J'ai juste dit que je serais tolérante. Et si tout le monde à la librairie vendait des livres comme ça, on aurait déjà mis la clé sous la porte. »

Pollux a haussé les épaules et secoué la tête en regardant son fromage en grains.

« Huile rance.

– C'est l'homme-renard qui est rance.

– Sarcasme de mauvaise perdante, a dit Pollux. Ne te mêle pas de ça. Ce n'est pas comme s'il était fiancé à Asema, si ? Et s'il était le père de Jarvis, il habiterait chez nous.

– Comment peux-tu croire ça ? De toute évidence, il fuit ses responsabilités. Il furète. »

De fait, sa manière de se mouvoir évoquait un prédateur prêt à bondir.

« Il furète en promouvant la littérature, a corrigé Pollux, ponctuant son commentaire d'un drôle de son.

– C'était un grognement de mépris ?

– Non. Un ronchonnement d'exaspération. »

J'ai ri. « Tu es un ronchon, c'est vrai.

– Et fier de l'être. »

J'ai pris un morceau de fromage frit. Puis je l'ai reposé.

« Ça va, Tookie ? »

J'ai mangé pour esquiver la question. L'huile ne m'a pas semblé rance. *Ne te mêle pas de ça.* Pollux avait raison. J'ai repensé à mes échecs avec notre fille. Comment pouvais-je m'imaginer que, d'un coup, j'allais devenir quelqu'un à qui des jeunes de vingt ans et des poussières feraient confiance, quelqu'un qui pourrait leur être utile ? Sauf qu'il y avait bien une jeune femme qui m'avait demandé de l'aide. Mes pensées ont changé de cours. Kateri avait essayé de me joindre juste après Noël et j'avais laissé sonner. Je savais qu'il fallait que je lui parle. Que je lui parle de la persistance de sa mère. Mais notre dernière conversation m'avait mise dans un tel état que j'en redoutais une nouvelle. J'avais donc procrastiné, évité. Une fois Pollux absorbé par son repas, j'ai jeté un coup d'œil discret à la transcription du message vocal qu'elle m'avait laissé. Pas de nouvelle d'une cérémonie commémorative, juste *Ici Kateri, rappelez-moi*. Je n'avais pas rappelé, je n'avais pas non plus répondu à l'unique texto qui avait suivi – *Appelez-moi* –, soi-disant parce que j'étais débordée par l'inventaire. Mais, l'inventaire terminé, je n'avais pas répondu non plus. Je n'avais aucune excuse. Une jeune femme en deuil avait demandé mon aide et je l'avais ignorée.

Après le repas, nous avons savouré un moment la joyeuse ambiance, interlope et bruyante, avant de rentrer. Le froid était plus dense, la nuit plus noire. L'air fleurait bon le Minnesota. C'était rassurant. Nous nous tenions la main même si aucune chaleur ne passait entre nos épais gants de ski. En marchant, j'ai résolu d'appeler Kateri le lendemain.

Il m'a toutefois fallu la matinée entière pour ravaler mon angoisse. On a eu du monde à la librairie après le brunch dominical du restaurant d'à côté, suivi de l'inévitable creux de l'après-midi. Je n'ai pas réussi à composer le numéro avant la fin de la journée.

Elle a décroché.

« C'est vous.

– Je suis désolée...

– Pas de quoi. Je suis contente de ne pas avoir à vous relancer. Ce sera mardi.

– Quoi ?

– À votre avis. Ils vont procéder à la crémation et j'ai dit que je tenais à y assister. Histoire d'être sûre.

– Non !

– Vous serez là.

– Je...

– Vous serez là.

– Je vais m'évanouir. Ce genre de chose, je ne peux pas.
– Pas de pot. J'ai besoin de vous. »
Je n'étais pas la mère de Kateri, ni la meilleure amie de la mère de Kateri. Quant à Flora, je n'étais pas certaine que la crémation change quoi que ce soit. Elle était venue au magasin le matin même froufrouter au rayon Poésie. Il fallait vraiment que je le dise à sa fille.
« Écoutez. On pourrait se parler ?
– C'est ce qu'on est en train de faire.
– Se parler *de visu*. Peut-être avant la… avant mardi.
– Pourquoi ?
– Bon sang que vous m'agacez ! D'accord, vous l'aurez voulu. Voilà ce que j'ai à vous dire. Le fantôme de votre mère hante la librairie, elle vient tous les matins, elle se balade dans le magasin, exactement comme de son vivant. »
Kateri était de toute évidence sans voix. J'ai donc poursuivi :
« Non, je ne suis pas folle, et ça ne me fiche même plus les jetons. Elle vient tous les jours. Je ne la vois pas, mais je l'entends. Je reconnais précisément les bruits qu'elle fait. Elle était là ce matin, torpillant mes espoirs qu'elle aurait eu la décence d'arrêter maintenant que…
– Elle m'a parlé de vos blagues idiotes, m'a interrompue Kateri. Ce n'est pas drôle. Arrêtez vos mensonges. Arrêtez vos conneries. »
J'ai pris sur moi pour ne pas lui raccrocher au nez, ni m'excuser non plus. C'était vrai. J'avais pour habitude de taquiner Flora en lui donnant des missions impossibles. Une fois, elle avait nettoyé tout mon garage en quête d'un parchemin sacré disparu. Un parchemin en écorce de bouleau imaginaire. Pour ça, j'irais sans doute en enfer ojibwé. J'ai fini par dire d'un ton conciliant que je n'avais pas voulu lui parler de la présence spectrale de sa mère au téléphone, que

je craignais que ça la remue trop et je lui ai demandé ce que je pouvais faire pour elle.

« Vous pouvez assister à la crémation avec moi. » Elle avait parlé d'une voix lente et triste. Impossible de refuser.

Purgatoire ?

Pollux était parti à une cérémonie avec sa pipe, son tambour, ses plumes d'aigle, son sac-médecine et deux grandes casseroles de riz sauvage. Il m'en avait laissé dans un récipient couvert de papier aluminium. Je l'ai mangé debout devant l'évier. Goût de noisette *et* texture soyeuse, me suis-je dit. C'était démoralisant de manger comme ça. J'avais vu ma mère le faire ; pour moi, c'était signe de désolation. Je me sentais minable et perdue, au sens du *jour où je m'étais perdue*. Au moins Hetta ne me voyait-elle pas. Épuisée, elle enchaînait les siestes avec Jarvis et quittait peu sa chambre. Peut-être tout simplement m'évitait-elle.

Nos entretiens annuels à la librairie, toujours très détendus, sont surtout l'occasion de prendre des nouvelles. Louise m'avait invitée chez elle une semaine plus tôt, j'y suis donc allée. D'autant que je n'avais pas envie de rester seule avec la perspective de la crémation le lendemain. Je lui ai envoyé un texto pour lui dire que j'étais en route, mais je n'ai pas eu de réponse. Je m'attendais à la voir sortir de son mystérieux bureau-terrier avec l'air tendu de Celle-qu'on-dérange-alors-qu'elle-écrit, mais quand j'ai toqué à la porte de la cuisine, j'ai entendu un *biindigen !* étouffé et je suis entrée. Je ne voyais d'elle que la partie de son corps qui n'était pas plongée dans le placard sous l'évier en train de dire « merde merde merde de merde ». J'ai attendu. Elle a fini par émerger, une vieille chaussette à la main. Elle a jeté la chaussette, levé le poing et crié : « Dieu m'est témoin, je ne cacherai plus jamais les sucreries de Halloween sous l'évier ! » Son poing est retombé et elle m'a regardée, encore habitée par Scarlett O'Hara. Puis elle est revenue à elle en riant. « Pardon, c'était une quantité épique de crottes de souris. Qu'est-ce qui me vaut le plaisir de ta visite, Tookie ?

– C'est toi qui m'as invitée.

– Ah oui. Bien sûr. Entre, entre. »

J'ai enlevé mes bottes. Je portais de grosses chaussettes parce que malgré les tapis partout, chez Louise, le sol est toujours froid.

« Comment ça se passe, le boulot ? a-t-elle attaqué d'emblée.

– Gardons ça pour plus tard.

– Je vais faire du feu. »

Il y avait un assortiment de bougies votives dans sa cheminée. Une fois qu'elles étaient allumées, leur lueur dansait sur les carreaux. Ce n'était pas un vrai feu, mais je voulais m'épargner une longue explication sur le pourquoi du comment elle ne faisait pas de vrai feu dans sa cheminée en état de marche. Je n'ai donc rien dit. Les bougies étaient jolies et donnaient une illusion de chaleur.

« Je devrais installer une de ces boîtes en fer avec une fente pour les pièces, a-t-elle dit d'un ton pensif. Comme dans les vieilles églises où tu paies ton cierge. Pour sortir quelqu'un du purgatoire.

– Flora, peut-être, ai-je suggéré.

– Tu crois qu'elle est au purgatoire ?

– C'est possible, si par purgatoire tu entends la table de la librairie pour les paquets-cadeaux. J'ai souvent l'impression d'y être bloquée. Mais non. Elle est au crématorium, où j'irai demain avec Kateri m'assurer que tout se passe bien.

– C'est gentil de ta part. Je vais nous préparer du thé. »

Elle est allée faire bouillir de l'eau, puis on s'est installées dans son salon plein de courants d'air pour boire notre infusion citron-gingembre tandis que la lumière bleuissait. Mon moral sombrait doucement depuis que j'avais mentionné Flora. J'ai essayé de prendre mon courage à deux mains ; c'était le moment de tout dire à Louise. Tout. Le livre, la phrase assassine, la présence persistante de notre ancienne cliente. Nous étions raisonnables, seules, sans crise majeure à résoudre. Munies de tisanes apaisantes. Sauf que je n'osais pas attaquer une telle conversation. J'ai fini par décider que je n'avais pas le choix.

« Bon... Je ne t'ai jamais raconté mon passé. Mais je crois que Flora me hante à cause de lui. J'ai fait de la prison pour avoir volé le cadavre d'un type. Un certain Budgie. J'ai pris soixante ans, au départ. Et s'il te plaît, ne me dis pas que c'est raide. »

Elle avait ouvert la bouche, mais semblait gênée. Elle s'est contentée de dire : « C'est beaucoup, pour un vol de cadavre.

– Il y avait d'autres facteurs. Je lui ai fait passer la frontière entre deux États. Et le vrai hic, c'est qu'il avait de la drogue sur lui. » Je me suis aussitôt mise à déblatérer. « Mais bon, les peines des autres détenues m'ont donné la mesure de leur arbitraire. Certaines femmes avaient tué un bébé et n'avaient pris que sept ans, quand d'autres avaient tué leur mari violent, dans des contextes où c'était elle ou lui, et avaient pris perpète. Je me souviens d'une nana qui avait acheté un flingue avec lequel un type avait ensuite commis un meurtre : eh bien, elle avait pris plus cher que le mec qui avait pressé la détente. »

J'ai marqué un temps parce que quelque chose s'était allumé chez Louise. Elle m'écoutait. Pas d'une façon normale, mais avec l'efficacité détachée d'un putain d'enregistreur humain. Allez savoir pourquoi, chaque fois qu'elle faisait ça, je ne pouvais plus m'arrêter de parler. Ça m'a demandé un gros effort de me retenir et de me rappeler que j'avais quelque chose à lui demander.

« Bon, Louise. Je voudrais savoir pourquoi certaines personnes posent problème une fois mortes, pourquoi elles ne veulent pas partir. Jackie a évoqué des gens qui refusent la mort.

— C'est le cas d'à peu près tout le monde.

— Ça va plus loin. Flora ne veut pas rester morte. Je t'en prie, dis-moi pourquoi.

— Ah, mais *ça*... Bon, bon. D'accord. Tu as entendu parler du rougarou.

— Non.

— Je ne dis pas que c'est ça, mais ça y ressemble. Ce sont des Métis qui m'ont familiarisée avec cette histoire. On m'a expliqué que le rougarou, du français "loup-garou", est une personne-loup qui revient à la vie dans certains endroits. Je ne sais pas lesquels exactement. Sans doute là où ses dossiers sont restés en suspens. »

Une personne-loup, ça m'évoquait surtout le mec de Hetta et son chapeau de fourrure. Mais je reconnaissais bien mon fantôme dans le retour aux endroits familiers.

« Flora a des dossiers en suspens à la librairie, c'est certain, ai-je dit. Il y a ce livre, qu'elle... »

Louise s'est frappé le front.

« Elle veut le livre qu'elle avait commandé ! Oh, Tookie ! Elle attendait *In Mad Love and War*. Et quand l'exemplaire est enfin arrivé... je me suis jetée dessus.

— Tu crois qu'elle est revenue de l'au-delà... pour un bouquin ?

— Pas n'importe lequel.

— Attends. Sérieusement ? »

Dans la lumière tremblotante des bougies à demi effondrées, Louise était pensive.

« Ça me perturbe de penser que Flora aurait pu mourir en lisant de la poésie, et moi, égoïste que je suis, j'ai pris ce livre au moment même où elle en avait le plus besoin.

– Laisse tomber.

– Je me suis comportée comme une sagouine avec elle. Et pas seulement pour cette affaire de lecture. Mais elle a trahi l'histoire...

– Arrête, Louise ! Flora est morte en lisant un certain livre. Morte d'avoir lu ce livre. Ce livre l'a tuée.

– On meurt de lire certains livres, bien sûr !

– Ce que j'essaie de dire...

– Les livres ne sont pas censés être bénins. C'est triste, ou héroïque, suivant le point de vue, mais oui, les livres tuent.

– Là où les livres sont interdits, évidemment, mais pas ici. Pas encore. Je touche du bois. Ce que j'essaie de te dire, c'est qu'une certaine phrase de ce livre – une phrase écrite, une phrase puissante – a tué Flora. »

Louise est demeurée silencieuse un long moment. Puis elle a dit :

« J'aimerais pouvoir écrire une telle phrase. »

1 700 degrés Fahrenheit

Flora avait parcimonieusement économisé pour être incinérée au crématorium du cimetière de Lakewood. Ne le sachant pas, Kateri avait choisi le premier crématorium, celui qui s'était trompé de cendres, via une publicité en ligne.

« Merci Yelp, a-t-elle dit d'un ton abattu. Et maintenant, c'est comme si maman le savait et refusait d'y aller. »

LA SENTENCE

J'ai gardé ma réaction pour moi. Apparemment, Flora adorait se promener dans le cimetière de Lakewood, ce que j'ignorais totalement. C'est un complexe à but non lucratif, mais y être enterré coûte un bras, m'a appris Kateri. Les revenus générés par les crémations payent l'entretien des hectares d'arbres tranquilles et de routes recueillies qui courent sur les douces collines enneigées, entre les monuments grandiloquents du siècle dernier. Flora aimait sans doute les énormes stèles en granit et les statues de pierre, dont le calme et la mélancolie ressortaient ce jour-là sur fond de neige et d'arbres saupoudrés de blanc. L'endroit est typique du vieux Minneapolis bourgeois, celui des magnats céréaliers. Pour Flora, se faire incinérer là relevait peut-être d'une forme de promotion sociale. À moins que le vieux Minneapolis bourgeois n'ait été sa véritable hérédité. Bien entendu, elle savait peut-être aussi que le chef dakota connu sous le nom de Cloud Man était censé être enterré dans les parages.

Nous sommes entrées dans une chapelle en pierre rose d'une beauté excentrique : haut plafond, lustres, colonnes coniques. Tout n'était qu'angles droits et couleurs soignées. Pas réconfortant, mais pas épouvantable non plus. Nous nous sommes assises sur un canapé en attendant le corps.

« Elle sera dans un cercueil en bois tout simple. C'est ce qu'elle voulait. Une fois, elle a demandé que ses cendres soient dispersées dans le lac, sans préciser lequel. Une autre fois, elle a dit qu'elle voulait être enterrée entre les racines d'un arbre.

– Du tombeau au rameau, ai-je marmonné en me remémorant mon improvisation commerciale. J'ai la tête qui tourne.

– Moi aussi. Cet endroit est pourtant tout ce qu'il y a de normal, hein ?

– Pour un crématorium.

– Mais on a la tête qui tourne. »

Le préposé est entré dans la salle d'exposition en poussant la table roulante où reposait le corps de Flora – c'était peut-être inhabituel, mais Kateri avait besoin d'être certaine, je pouvais comprendre. Nous l'avons suivi. Il a retiré le couvercle du cercueil et l'a déposé sur une autre table, avant de reculer jusqu'au mur, les mains dans le dos. Nous nous sommes approchées. Kateri a baissé les yeux vers le visage de sa mère.

« Ce n'est pas si terrible, a-t-elle dit. Vous pouvez regarder. »

J'ai jeté un œil en floutant ma vision, si bien que Flora n'était qu'une tache indistincte et inoffensive. Présentement, je n'avais pas besoin de clarté.

« Est-ce que je suis folle, a demandé Kateri d'une voix sourde, ou est-ce qu'elle paraît plus jeune ? »

Là, j'ai bien été obligée de m'y coller.

Le grand visage de Flora, toujours joli et doux, avait perdu son air empressé. Évidemment – elle pouvait difficilement avoir hâte de ce qui allait suivre. Sans arborer la sévérité éthérée d'un Budgie, elle donnait toutefois l'impression de s'être recueillie, préparée à ce qui venait. Incinérée, pulvérisée, déversée dans une boîte bien plus petite, emportée. Son courage posthume m'a serré le cœur. Est-ce qu'elle semblait plus jeune ? J'ai tenté d'expliquer à Kateri que ça tenait au fait que la mort dénoue toutes les tensions. Car, oui, Flora semblait plus jeune, notablement plus jeune, malgré la longue réfrigération.

Je me suis éloignée, en proie à un chaos mental. Kateri est restée près de sa mère, figée par l'émotion, la fixant en silence, remuant les lèvres sans bruit. Elle priait, me suis-je dit. Cet état suspendu a duré un certain temps. Puis elle a hoché la tête, indiquant au préposé qu'il pouvait emporter le corps. Enfin ! Je me suis épargné la vision perturbante du visage rajeuni de Flora. Kateri a suivi le préposé qui franchissait la porte. Je ne savais pas si la crémation elle-même avait lieu là ou ailleurs, ni combien de temps j'allais devoir attendre.

Restée seule, il me fallait échapper à mon environnement,

comme en prison. Là-bas, j'avais appris à lire avec une force proche de la folie. Une fois dehors, je m'étais aperçue que je ne pouvais plus lire n'importe quels livres, car je voyais clair en eux : les petites ruses, les accroches, le décor diligemment planté au début, la pesante menace d'une fin tragique et puis la façon dont, à la toute dernière page, l'auteur tirait le tapis de tristesse sous les pieds du lecteur en sauvant un personnage chéri. J'avais besoin que l'écriture soit d'une densité minérale. Qu'elle procède d'une intention authentique et non d'une fabrication cynique. J'étais devenue allergique aux manipulations. C'est pourquoi, au-delà de sa langue répétitive, Elena Ferrante (que j'adore aujourd'hui) m'agaçait par son recours systématique au *cliffhanger*, ce suspense en clin d'œil appuyé au lecteur. J'ai parfois envie de pleurer quand j'identifie à la fois du talent et du talent galvaudé. La vie de l'auteur ou de l'autrice hante forcément l'histoire. Il est arrivé que la force du don soit telle que je me laisse emporter par certains romans, comme *Tendre est la nuit*. Ou l'œuvre de Jean Rhys. Le talent galvaudé irradie parfois d'une généreuse humilité. Aujourd'hui, je veux lire des livres qui me fassent oublier la lutte entre l'élégante précision cellulaire du bébé et le cours entropique de toute chair humaine vers le désordre de la mort. Des livres qui me fassent oublier qu'une fois ramenés aux éléments qui nous composent, nous valons 1 dollar 43.

Mais l'histoire que j'ai lue au crématorium racontait la fête d'anniversaire d'une très vieille femme. C'était une nouvelle de Clarice Lispector qui, inévitablement, se terminait par ces mots : la mort était son mystère.

Ça m'a plu. Après la description détaillée de la fête – le gâteau, les enfants déterminés, la tache de Coca-Cola sur la nappe –, après le mépris rafraîchissant de la vieille dame pour sa famille : la mort était son mystère.

Quarante-cinq minutes environ se sont écoulées avant le

retour de Kateri. Elle s'est plantée près du canapé, voûtée, vidée de toute volonté. Ses cheveux coiffés vers l'arrière s'étaient rebellés et se dressaient en touffes raides. Ses traits, d'ordinaire purs et réguliers, étaient chamboulés, et ses yeux gonflés d'avoir pleuré.

« J'ai vu maman partir. Tout va bien. Je récupérerai les cendres dans un jour ou deux. Prenez le volant. »

Divination

Le lendemain à la librairie, pas de Flora. Onze heures du matin passées et toujours pas de Flora. J'ai senti mon cœur se gonfler d'un immense soulagement. Toute la journée, le calme parfumé d'avoine odorante m'a enveloppée comme une couverture. Peut-être le feu avait-il permis la purification ou la clôture. Chaque jour qui passait me rendait un peu plus à moi-même. Elle ne venait pas, elle ne venait toujours pas. Elle ne venait pas ! J'ai été bien plus heureuse en ces premiers jours de janvier, froids, gris, fades, que je ne l'avais été avant la prétendue mort de Flora. Le délice de l'air froid. La paix du gris. Le baume de la fadeur. J'avais le cœur en fête. Je me réveillais chaque matin avec l'impression qu'il était arrivé quelque chose de formidable. Quand je me souvenais que je n'étais plus hantée, je m'asseyais dans mon lit et je m'étirais comme une jeune ingénue de cinéma au milieu de ses draps blancs froissés par une nuit d'amour.

Oui mais. Oui mais. Voilà que le cinquième jour, tandis que je m'affairais joyeusement, j'ai entendu un froissement, des pas, le cliquetis jubilant des breloques d'un bracelet. Je me suis figée. Me sont alors parvenus un froufrou fouineur et le frottement subtil des jolies bottines de Flora contre le sol. Je me suis ratatinée derrière la caisse. Une déception physique m'a envahie et courbé le dos. Un poids terrible. Me sont montées aux yeux des larmes de lassitude, de frustration. Être hantée est bien pire qu'on ne l'imagine. J'avais beau être seule, je n'étais jamais *seule*. Le regard de Flora m'accompagnait. Avec un désespoir rageur, j'ai de nouveau suivi ses déplacements. Plus la journée avançait, plus les bruits qu'elle faisait me semblaient hardis, appuyés, comme si le passage par le feu l'avait revigorée plutôt que détruite. J'ai pensé à son corps, à la jeunesse et la vitalité acquises dans la mort. Je savais, aux bruissements de ses vêtements et au bruit de ses pas, quelle tenue elle avait choisi. Ces jolies bottines dont je parlais, c'étaient celles avec lesquelles elle avait embarqué pour sa traversée du feu à mille sept cents degrés.

J'en ai conclu qu'il n'y avait pas moyen de l'arrêter.

Il m'arrive d'avoir recours à une forme de bibliomancie, ou plutôt de dicomancie, pour me faire une idée de ce que me réserve ce putain de brouillard qu'est l'avenir. Voici ma méthode : je me prépare une théière de tisane « Evening in Missoula » et je m'imagine à Missoula (une ville du Montana où je n'ai jamais mis les pieds). J'allume un bâtonnet d'encens Nag champa et je m'imagine innombrable (*Nag champa*). J'allume la première bougie que je trouve. Il faut que je sois seule. Pas seulement par respect pour la sensibilité de Pollux : je serais gênée que quiconque sache que c'est ma façon de prendre des décisions rationnelles. Comme il faisait doux pour la saison, Hetta et son père étaient sortis promener Jarvis, emmitouflé et enveloppé telle une momie miniature. C'était le moment. Nimbée d'une aura de gravité cérémonielle, j'ai posé le dictionnaire sur la table basse et fait le vide dans ma tête. Puis j'ai fermé les yeux, ouvert le dictionnaire, laissé courir mon doigt jusqu'à un mot.

divination, subst. 1. Art de prédire les événements futurs ou de révéler un savoir occulte en recourant à des pratiques magiques ou à un intermédiaire censément surnaturel. 2. Pressentiment ou intuition. 3. Résultat de l'action de deviner ou prédire.

Ma source avait confirmé mon instinct, et mon doigt était précisément posé sur ce que j'étais en train de faire. L'oracle était clair, quelque chose se préparait. Mais j'étais irritée. Il me semblait que le dictionnaire se trompait, puisque cette chose – l'apparition de Flora – était déjà là. En réalité, c'est moi qui me trompais. Quelque chose d'autre se préparait.

Fin janvier

J'étais en train de garnir la caisse avec le contenu du coffre portatif, le lendemain matin, quand j'ai découvert un billet déconcertant, voire perturbant, qui n'avait rien à voir avec un billet de banque. Les gens rangent toutes sortes de choses dans le fond du tiroir-caisse : chèques, pense-bêtes pour l'ouverture et la fermeture du magasin, adresses diverses, commandes impossibles à satisfaire. Cet écrit était bien différent. Pour commencer, il était tapé à la machine – pas une machine électrique, une machine manuelle. Je le savais parce que Jackie en avait une dans sa classe pour montrer à ses élèves qu'il existait une forme de technologie intermédiaire entre l'écriture manuscrite et le clavier d'ordinateur. La dactylographie donnait au texte écrit un certain caractère et l'aspect d'un vieil artefact. Je n'aurais sans doute pas lu

le papier sans cela — ça et le lien entre son titre et le mot
de la veille dans le dictionnaire.

```
Lire l'avenir
    dans les poids, l'étranger, la texture
    des cheveux. dans l'ombre, les nuages,
    le désir et la pisse. dans ce que dessine
    la fumée, dans ce qu'on entend ou qu'on sent
    par hasard sans le voir. dans les piqûres
    d'araignée et la géométrie des toiles.
    dans le grattement des écureuils, l'herbe
    des nids d'oiseaux, ce que te souffle l'âme.
    dans les serpents et le fromage. dans le
    vent et les rats. dans les striations de
    l'écorce, la forme de l'éclair. dans
    les cendres, les fesses, les cartons
    sur les marches. dans les ossements
    des bêtes, la paille brûlée, la peau
    marquée. dans les crânes et les traces
    des scarabées. dans la fonction aléatoire
    de ta playlist. dans la lune et les souliers
    usés. dans l'énigme des chiures d'oiseau.
    dans le sommeil.
    dans le feu.
    dans les étoiles et les cochons sauvages.
    dans les aiguilles, la poussière,
    la formation accidentelle de cercles
    et de sphères. dans les croissants de lune
    et dans les rognures d'ongle. dans les
    entrailles du coq, la suie, les cicatrices.
    dans le sel, les écailles, le vol des
    abeilles. dans le souffle, les flèches,
    les vocalises des grenouilles vertes.
    dans les bols en cuivre. dans la cire
```

et dans les sons qui ne disent pas leur nom.
dans les vieilles clés dispersées.
dans les feuilles. dans les oignons qui
germent et dans le sang qui goutte.
dans les saints, les pierres et l'eau, dans
le miaulement des chats. dans les couteaux,
les rides de ton visage, tes mains
et tes poignets. dans la plante de tes
pieds, les scribouillages nocturnes.
dans les chiffres quotidiens et les pièces
inutiles.
dans les chevaux.
dans les fleurs.
dans les ordinateurs qui renoncent, à bout.
dans les ballons qui éclatent. dans les larmes,
les mots d'enfant, les plis du tissu.
dans l'explosion infime du souffle des souris,
dans l'effort des fourmis. dans les pierres
de lune, le métal et les dents.
dans les ombres, les éternuements,
ce que pèse une pensée. dans ton nez
et tes yeux. qui tu es. dans la science.
dans ce qui est dehors.
à la porte.

J'ai soigneusement rangé la page dactylographiée dans le tiroir, posé le plateau à monnaie par-dessus, compté les billets et les pièces, et décidé de ne plus y penser. Tu parles. J'y ai pensé toute la journée, me demandant qui l'avait ou ne l'avait pas écrit et ce que ça signifiait. Après avoir trouvé *Lire l'avenir*, j'ai eu l'impression que les choses s'accéléraient. Cette rafale de mots tapés à la machine faisait un drôle d'effet : comme une injonction à me préparer à quelque chose d'indéfinissable. C'était une divination et un avertissement.

LAISSE-MOI ENTRER

Février 2020

« Il faut que je te montre un truc », ai-je dit à Jackie en soulevant le plateau à monnaie.
J'ai fouillé dans les papiers. *Lire l'avenir* avait disparu. J'ai décrit ce que j'avais vu, mais Jackie s'est contentée de me jeter un regard inquiet.
De ce que je devais faire, pas le moindre indice. Ça m'a rappelé ce que Pollux m'avait dit sur les hiboux, un jour. Si un hibou vient vous voir sans que vous l'ayez cherché, qu'il vole jusqu'à vous ou se pose sur la clôture de votre jardin, disons, cela signifie que vous devez vous préparer. Mais à quoi ? Ce genre d'avertissement peut rendre dingue. Impossible de savoir comment éviter quelque chose quand on ne sait pas ce que c'est. Je soupçonnais à moitié un collègue de m'avoir fait une blague, mais j'ai rayé cette hypothèse car personne n'est venu s'en vanter. J'ai même envisagé que Louise, toujours pleine de prédictions à l'approche de ses tournées promotionnelles, soit à l'origine du texte. Je l'ai appelée pour lui poser la question.
« Est-ce que tu as écrit un poème que tu aurais laissé dans la caisse ?
— Pourquoi j'aurais fait ça ?

– Qu'est-ce que j'en sais ! J'ai trouvé un poème qui m'a mise très mal à l'aise. Et puis il a disparu.
– Mal à l'aise... Quand j'éprouve ça, je mets à jour mon testament. Tu veux que je te lègue la librairie ?
– Non. »
Je lui ai demandé quand elle partait.
« Le 1er mars. Mouais, je vais mettre à jour mon testament.
– Bon sang, Louise, détends-toi. On est le 15 février. Qu'est-ce qui peut se passer en deux semaines ?
– Beaucoup de choses. »
Avant de partir en tournée, Louise a lu des extraits de son dernier roman à l'église congrégationaliste de Plymouth, depuis la chaire, devant des gens assis côte à côte dans le vaste espace baigné de lumière. Puis il y a eu des accolades, des mains pressées, d'autres accolades. Comme toujours après une lecture, Louise avait l'air sonnée et perdue. Penstemon et moi tenions le stand librairie. Jackie avait préparé des monceaux de cookies à l'avoine et aux épices pour la dimension festive. Il y avait aussi du vin, du fromage, des crackers, tout le tralala, disposés sur une autre table. Les filles de Louise essayaient d'empêcher la foule de trop s'approcher, d'envahir leur mère – les autres s'en fichaient peut-être, mais elles s'inquiétaient de la rumeur d'un nouveau virus. Une fois l'événement terminé, elles l'ont forcée à se laver les mains. Lorsque Louise a émergé de l'église dans le froid, elle m'a jeté un regard vide, perturbé.
« Haut les cœurs », ai-je dit en lui tendant un cookie.
Elle a souri au biscuit et mordu dedans.
Je lui ai demandé de m'envoyer un texto à chaque étape de sa tournée.
Le jour du premier décès imputé au coronavirus aux États-Unis, Louise a pris l'avion avec un sac plastique plein de lingettes désinfectantes données par sa sœur, médecin de

santé publique à l'Indian Health Service de Minneapolis. Elle m'a envoyé un texto de Washington D. C. pour me dire que la lecture à la librairie Politics and Prose avait été comme toujours superbement orchestrée, devant un public follement intelligent. « Ils ont fait une annonce, disait le texto. Interdiction de toucher l'autrice. Et les flacons de gel hydroalcoolique fleurissent sur les comptoirs de réception des hôtels. »

5 mars. San Antonio. « Onze cas débarqués d'un bateau de croisière. Les autorités ont beau dire que c'est sous contrôle, la moitié des gens ont renoncé à venir à la conférence. Buffet d'extérieur à LaFonda. Jamais si bien mangé mexicain, compagnie exquise. Mais drôle d'impression en regardant la cour tamisée pleine de convives rieurs. On aurait dit une vieille photo. Il faut du gel hydroalcoolique dans la librairie : vous pouvez vous en charger, Jackie et toi ? »

8 mars. Dallas. « Arrivée dans un hôtel vide. Réceptionnistes en transe, les yeux rivés à la porte. Barman et serveuse devant un match de foot. On n'arrête pas de m'apporter de la nourriture que je n'ai pas commandée parce que je suis la seule cliente. Encore un public follement intelligent. Pourquoi cette photo de cadenas géant sur le mur de ma chambre ? »

Elle m'a envoyé une photo du cadenas géant. J'ai répondu : « Hôtel vide... Faut-il s'inquiéter ?

– Je passe absolument tout à la lingette. »

9 mars. Houston. « Public jovial. Ambiance joyeuse. Un homme avec une toux épouvantable dans la queue des dédicaces. Ascenseur de l'hôtel : un type avec une barbe mouche, un pack de Colt 45, une femme en robe de soirée rouge à chaque bras. Je serais bien entrée pour en savoir plus, mais les robes prenaient une place folle et tout était peut-être déjà là. »

11 mars. Lawrence, Kansas. « Ville connue pour les raids

abolitionnistes de John Brown et le premier cas de grippe espagnole sur le sol américain en 1918. »

Aussi connue chez les autochtones parce que s'y trouve l'université Haskell des Nations indiennes, un établissement historique. Qui fut d'abord un pensionnat fédéral. Tout membre d'une tribu connaît quelqu'un qui est à Haskell ou qui est passé par là. Louise était excitée à l'idée d'y faire une lecture. Ce serait l'apogée de sa tournée. Ses grand-tantes y avaient été pensionnaires et elles avaient bien réussi dans la vie. Son grand-père s'en était enfui, enfant – il avait fait toute la route depuis le Kansas jusqu'à la réserve de Turtle Mountain dans le Dakota du Nord, à la lisière de la frontière canadienne. « Comment, je me le demande bien », m'a-t-elle écrit. *Celui qui veille*, le roman pour lequel elle était en tournée, parlait de lui, Patrick Gourneau.

Après sa lecture sur le campus dans un gymnase aux murs couverts de motifs Art déco inspirés par la culture indienne, après un feu-prière, après avoir rencontré sa nouvelle amie, Carrie, la bibliothécaire, après la finesse, la drôlerie et la beauté mordante des étudiants et des enseignants, et après la signature organisée par la Raven Bookstore, Louise a consulté son téléphone. Elle avait des textos de ses sœurs et d'une de ses filles qui disaient : « S'il te plaît, rentre. » Ces mots inédits l'ont poussée à faire ses valises le soir même. Dès le lendemain, il était clair que la mort rôdait.

14 mars

Pollux et moi avons retourné les tiroirs encombrés de la salle de bain en quête de produits virucides. Nous n'avons trouvé qu'une demi-bouteille de peroxyde d'hydrogène, lequel, selon

Pollux, ne tuait que les bactéries. Il y avait aussi un quart de bouteille d'alcool isopropylique et une pleine bouteille de la vodka préférée de Hetta.

« Je croyais qu'elle avait arrêté, a-t-il dit.

– Parfaitement, j'ai arrêté, est intervenue l'intéressée, qui venait de débarquer sur notre scène de fouille. Ça date d'avant, quand je me cachais ici pour me bourrer la gueule.

– Tu es sûre que tu as arrêté ? »

Hetta a fusillé son père du regard. L'eyeliner intensifiait son animosité, de sorte que j'en ai moi aussi senti la brûlure. Pollux a répondu d'un froncement de sourcils du plus pur style paterno-réprobateur. Je savais qu'aucun des deux ne désarmerait. C'était à moi d'apaiser la situation.

« La vodka, c'est super pour nettoyer, ai-je dit.

– C'est super pour plein de choses, a répondu Hetta d'une voix mélancolique.

– Ça ne tuera aucun virus mais c'est efficace pour laver les vitres, a repris Pollux. Je suis fier de toi, Hetta, fier que tu aies arrêté de boire pour Jarvis. Tu seras toujours son héroïne.

– N'empêche que, là tout de suite, j'aurais vraiment besoin d'un verre. C'est un sacré bordel. Je suis coincée avec vous.

– Y a rien de pire, a réagi son père. Oh, flûte alors. Je voulais dire : *Y a bien pire*. C'est vrai, ça pourrait être pire ! »

Hetta a eu l'air ébranlée à l'idée de vivre avec nous pour une durée indéterminée. Ébranlée, je l'étais aussi. Mais je n'avais pas moyen d'avoir Jarvis sans Hetta, alors j'ai proposé de faire des cookies. Aucune réaction.

« On devrait peut-être se poser, a dit Pollux en s'asseyant sur le rebord de la baignoire.

– Pour parler ? Dans la salle de bain ? À quoi bon ? ai-je répondu. Je viens de proposer des cookies. Que dire de plus ? »

Cela faisait dix semaines que Hetta et moi n'avions pas eu de vraie conversation. Ce que facilitait la présence de Jarvis, qui absorbait le moindre malaise : elle emmaillotait le bébé, me le tendait, et je le gardais tant qu'il pouvait se passer d'elle.

« On n'a pas besoin de cookies, on a besoin de parler, a dit Pollux.

– Oh que si, on a besoin de cookies », a dit Hetta.

Elle m'a jeté un regard en coin. Message reçu, triple dose de sucre, ai-je répondu d'un hochement de tête. Puis nous avons défié Pollux en silence.

« Vous ne me faites pas peur, mesdames. Alors arrêtez de me maudire. »

Hetta et moi avons poussé un grognement au même moment et Pollux a éclaté de rire.

※

Les affreuses histoires qu'on connaît ont bientôt commencé à circuler : comment on s'asphyxiait pendant que le médecin avait le dos tourné, comment on virait au bleu avant de décéder d'un coup en attendant l'ambulance, comment ceci, comment cela, et puis l'impression d'avoir du verre dans les poumons. Un matin je me suis réveillée avec un mal de gorge. Ça y est, me suis-je dit. Je suis restée au lit, à l'affût de la moindre sensation.

« Ne t'approche pas de moi », ai-je ordonné à Pollux.

Il était affairé à ramasser mes chaussettes, que je n'avais jamais la discipline de rouler ensemble quand je les retirais. Je les envoyais toujours voler du bout du pied chacune d'un côté.

« Lâche ça. Elles sont peut-être contaminées. »

Il s'est exécuté et m'a demandé ce qui n'allait pas.

« J'ai mal à la gorge. »

Il m'a tendu le verre d'eau posé sur sa table de nuit. J'ai bu et je me suis sentie mieux.

« Je crois que ça va aller. J'ai eu chaud.
– Mais non. Tu as peur, comme tout le monde. D'abord on nous dit que ce n'est rien, et puis d'un coup, inexplicablement, c'est mortel. Dur pour les nerfs.
– Que faire ?
– Le contraire de ce que fait Orangino. »
On s'était mis d'accord pour ne pas donner au président trop de place dans nos têtes. On ne le mentionnait presque jamais. Mais au chapitre des hantises, il se posait là. Quelle plaie.

Dehors, dans l'air froid de cette fin d'hiver, tout était normal, même si j'avais l'impression que ma normalité virait à la stupidité, comme si j'avais baissé la garde. Les gens faisaient des stocks, on pouvait s'y attendre, alors moi aussi je suis partie en quête de denrées à stocker. J'avais retiré deux cents dollars en piochant dans mes économies et je me sentais pleine aux as. Je suis allée chez Target, le roi du discount à Minneapolis. Contrevenant au protocole médical, je portais un masque bleu tout mince trouvé dans les affaires de bricolage de Pollux. Bien entendu, il ne restait rien de ce que stockaient les autres gens – eau de Javel, haricots. Allez savoir pourquoi, personne ne stockait les tortillas à tacos ; j'en ai donc acheté cinq paquets. Je n'étais pas au clair sur les façons dont le virus pouvait pénétrer le corps. Ni sur la question des macro ou micro-gouttelettes : se maintenaient-elles dans l'air ou tombaient-elles directement sur le sol infect des hypermarchés ? J'avais lu les propos d'un médecin disant qu'un seul virus pouvait tuer. Le contact pouvait être fatal. J'ai donc navigué au milieu de ces saletés potentiellement létales en m'efforçant de ne toucher que ce que je voulais acheter, et surtout pas mon visage. Je me suis demandé si je pouvais me faire un masque avec une feuille de chou. Allez savoir pourquoi, personne ne stockait non plus les choux. Il y en avait dix au rayon fruits et légumes, et pas chers. J'en ai pris six. Au rayon animaux domestiques, je me suis rappelé pourquoi je n'avais jamais eu de chien pour me réconforter. Il fallait voir tout ce dont ils avaient besoin ! J'ai pris la dernière boîte de mouchoirs en papier et une paire de baskets noires bon marché. De retour au rayon conserves, j'ai noté un réassort de ragoût de bœuf et la présence d'une unique boîte de SpaghettiOs, des pâtes en forme d'anneaux agrémentées de boulettes de viande. J'ai tendu la main, mais une autre s'est glissée sous la mienne, l'emportant aussi sec. C'était une femme, un foulard à fleurs sur la bouche, qui dardait des regards de tous les côtés. Elle a descendu l'allée en remplissant son caddie de tout ce qui était à sa portée – une stockeuse de première catégorie. Impossible de rivaliser. Je l'ai laissée rafler tout le chocolat du rayon confiserie et j'ai pris des chewing-gums, auxquels elle n'avait pas touché. Vérifie les durées de conservation, Tookie, me suis-je dit. Un pot de pâte à cookies. Une boîte de beignets de saucisse surgelés. Des flocons d'avoine sans marque. Il était temps de passer en caisse. La concentration nerveuse, les rayons ravagés, deux ou trois empoignades pour des serviettes en papier, un essaim de clients attaquant un employé en plein réassort de papier-toilette, la folie dans les yeux des gens : on aurait dit le début d'un de ces téléfilms où les rues se vident avant qu'une figure grotesquement majestueuse émerge du brouillard ou des flammes.

※

« Tiens, des fibres », a dit Pollux en jetant un œil dans mon sac. Nous étions dans le garage, où nous avions décidé de laisser tout ce dont nous n'avions pas immédiatement besoin jusqu'à ce que les virus en surface se carapatent.

« Il y avait des couches bio ? »

Hetta avait posé la question à Pollux pour ne pas avoir à me le demander à moi.

« Non », ai-je menti, contrariée de ne pas y avoir pensé. Mais bio ? Je croyais que ça ne concernait que la nourriture. Quel genre de belle-grand-mère étais-je ?

« J'y retourne », ai-je dit en faisant demi-tour. C'est ainsi que je me suis lancée dans une vaste quête de couches bio, que j'ai finalement trouvées dans la grande banlieue de Maple Grove. Après un nouveau retrait d'argent, j'ai fait déborder de paquets de couches un gigantesque caddie rouge, prenant à la fois la taille actuelle de Jarvis et la taille supérieure – le virus aurait sans doute disparu dans un mois, mais il en aurait de toute façon besoin sur le long terme. On les stockerait dans le garage avec le reste, Hetta serait rassurée, et elle et moi pourrions de nouveau être amies.

Ce qui hantait Hetta après minuit

Quand elle pensait à combien elle avait été faible, imprudente, ivre, égoïste, loin de la personne qu'elle était vraiment, Hetta sentait sa porte intérieure claquer. Une grosse porte de garage. La grosse porte de garage dont elle aurait voulu qu'elle ne s'ouvre jamais – sauf qu'elle s'était ouverte. Encore et encore, Hetta la voyait obéir au bouton pressé au ralenti, inexorablement, révélant les caméras et le minable décor de western, les chaises et la table de poker bon marché, la porte battante dérisoire, les verres givrés du saloon et le lit. Un lit de bordel en cuivre rivé au sol par des parpaings. Entouré de rideaux de velours rouge. La dernière scène qu'ils tourneraient. Ils avaient déjà fait celle de la fellation dans l'autocar – censément sur le trajet retour de la côte Est dégueulasse, mais en réalité sur un parking avec des gars embauchés dans la rue pour secouer le car. Après quoi ils étaient passés à la scène dans le désert immaculé où elle apprivoisait et séduisait un mustang sauvage, lequel était en fait – quelle horreur – un cheval empaillé. Il restait donc la scène avec le cow-boy dans le lit du bordel. Hetta finirait avec une cravache et pour tout vêtement des jambières en daim qui n'étaient même pas de la vraie peau mais du vinyle. Après s'être enfilé six mignonnettes de vodka, elle avait usé de la cravache avec une telle libération que tout était devenu bien trop réel. Le cow-boy au visage poupin avait essayé de s'enfuir mais elle l'avait poursuivi et s'était lâchée, complètement hors d'elle.

Et maintenant, elle devait claquer la porte chaque heure de chaque jour. Elle n'était plus là-bas, mais elle y était encore. Pollux en mourrait. Littéralement. Elle ne supporterait pas que son père soit au courant.

La bulle de Tookie

Jackie était déjà au travail quand je suis arrivée. J'étais soulagée, car j'avais l'impression que depuis que Flora était revenue du crématorium, une légère odeur de brûlé émanait de son coin préféré. Non seulement ça, mais elle s'aventurait plus souvent hors du coin en question. Elle furetait dans des zones que, jadis, elle ignorait totalement. Et puis elle semblait en colère. C'était compréhensible, non ? Livrée au feu, brisée, broyée, versée dans une boîte. Une fois, elle avait renversé une pile de livres avec une telle violence qu'ils avaient glissé sur toute la longueur du magasin. Une autre fois, elle avait tapé du pied si fort qu'un présentoir de boucles d'oreilles peintes à la main en avait tremblé. Je percevais sa rage comme un système dépressionnaire vidant l'air de tout ce qui était bon. J'étais donc contente les fois où Jackie amenait Droogie. La chienne avait beau être vieille et aimer dormir, elle ne roupillait pas toujours, et alors elle se tenait près de moi, sans jamais réclamer d'attention – elle savait que je n'étais pas du genre à caresser les chiens –, mais me protégeant malgré tout avec dévouement. Flora gardait ses distances.

En fait, nous n'avions pas encore décidé si nous allions rester ouverts, les affaires n'étant évidemment pas très bonnes. Les gens avaient besoin de couches et de whiskey, pas de bouquins.

Nous improvisions des masques et ne prenions que de petites respirations en présence les uns des autres. Comme elle avait travaillé un temps à la fabrication de cocktails artisanaux dans une distillerie alternative, Penstemon avait dégoté une bouteille d'alcool. Et un vaporisateur ! Nous n'avions encore eu que cinq clients ce jour-là. Ils ne portaient pas de masque ni rien, mais ils s'étaient tous nerveusement frotté les mains au gel hydroalcoolique. On ne savait toujours pas : est-ce qu'on l'attrapait en brassant le courrier, en maniant des livres, en touchant des surfaces, en s'asseyant sur la cuvette des toilettes, en ouvrant un robinet, en respirant ? Peut-être que ça se transmettait par la toux et les éternuements. C'était quoi ? C'était où ? Tout et son contraire était susceptible de vous tuer. Fantomatique, mystérieux. Mortel mais pas mortel. C'était terrifiant. C'était rien.

À peu près à l'heure où Flora faisait ses tours habituels, Droogie s'est redressée et mise à grogner. Elle a trotté jusqu'au rayon Littérature et s'est assise, dressant la tête, l'air d'attendre quelque chose. J'ai tout de suite su que Flora avait dû mettre

la main sur des biscuits pour chien. Ne me demandez pas comment ça marche chez les fantômes ; tout ce que je sais, c'est que Droogie s'asseyait comme ça uniquement quand quelqu'un tenait devant elle une poignée de croquettes au foie.
 « Hé, Droogie, ai-je appelé. Viens ici ! »
 On avait un bol de friandises pour les chiens de la clientèle. Elle le savait, mais elle m'a ignorée, les yeux toujours levés, pleins d'espoir.
 « Regarde Droogie, ai-je dit à Jackie.
 – Elle est vieille. Elle perd un peu la boule. Parfois elle reste des heures les yeux dans le vide. »
 Je ne voulais pas rentrer dans la discussion, mais je savais que ce n'était pas ça. Flora essayait d'acheter les faveurs de Droogie. Je me suis passé les mains au gel hydroalcoolique et j'ai emballé un autre livre.

À notre grande surprise, certains clients continuaient à se déplacer et les commandes arrivaient, au compte-gouttes. Gruen s'était fait un masque dans un tee-shirt. Asema venait avec un bonnet de soutien-gorge violet sur le nez et la bouche – allez comprendre, sur elle c'était cool. Jackie remontait son tour de cou. Pollux portait un bandana rouge, comme un bandit. Et moi j'utilisais une taie d'oreiller déchirée.
 Les nouvelles règles pour rester en vie n'arrêtaient pas de changer. Pollux et moi faisions de longues promenades furieuses pour mater notre angoisse. Au moins arrivais-je à me calmer en tenant dans mes bras un tout petit bonhomme. Pour Jarvis, je mettais un masque en papier bleu, un mince peignoir à fleurs jaunes et vertes porté en camisole, et des gants en nitrile mauve dégotés par Hetta dans une pharmacie Walgreens. Jarvis commençait à me dégainer son petit sourire tout en gencives. Il faisait aussi des sons, de longues voyelles sacrées. Sa consonne préférée était un *nnnnn*

traînant. Il disait beaucoup « ohm », ce qui me transportait sur un plan supérieur. Il avait affiné son regard intrépide et prenait une joie légèrement critique à explorer mon visage. Ses yeux parcouraient mes traits et s'illuminaient, comme s'il avait trouvé là quelque chose de particulièrement agréable. Il arrivait que Hetta me confie un biberon – de son propre lait, c'est dire quelle bonne mère elle était. Les yeux de Jarvis roulaient vers l'arrière tandis que le liquide emplissait son estomac minuscule et parfois… il s'endormait. Quand un bébé s'endort dans vos bras, c'est l'absolution. La créature la plus pure qui soit vous a choisie. Plus rien ne compte.

Les nouvelles disaient que ceux qui mouraient avaient des problèmes de santé sous-jacents. Ça visait sans doute à rassurer certaines personnes – les super bien portants, les énergiques, les jeunes. Une pandémie est censée abolir les différences et tout niveler. Celle-ci a fait le contraire. On a commencé à tenir des listes dans nos têtes. Un matin, Pollux et moi avons procédé à l'estimation de nos chances respectives.

« De base, tu marques un point parce que tu es une femme, a dit Pollux, et puis tu as dix ans de moins que moi. Ça fait deux points.

– Je crois qu'on marque chacun un point pour notre groupe sanguin, O. J'ai entendu dire que le groupe A est plus à risque.

– Ah bon ? Pas sûr. Il faudrait vérifier.

– De toute façon on perd ces points-là du fait de notre très léger embonpoint à tous les deux.

– OK, disons que ces deux facteurs s'annulent.

– L'asthme ?

– Je perds un point parce que j'en ai. Tu en gagnes un parce que tu n'en as pas.

– Encore que, maintenant, ils disent que ça ne compte pas. Mais je te l'accorde.
– Merci. La capacité respiratoire ? C'est un facteur, ça ?
– Ça devrait, non ? Ça se mesure comment ?
– Attends, on m'a donné un truc lors de ma dernière crise d'asthme. »
Je savais où était le débitmètre de pointe.
On a tous les deux réussi à envoyer le curseur dans le jaune. Égalité.
Malgré l'asthme, Pollux a terminé avec quelques points d'avance, alors on a rééquilibré les probabilités en tenant compte de la durée de la maladie. Hospitalisation, pas d'hospitalisation, oxygène, pas d'oxygène. Mais quand on en est arrivés au respirateur artificiel, on s'est effondrés. On s'est jetés dans les bras l'un de l'autre et on s'est serrés fort.
« Non, ai-je crié. Je refuse. Ne tombe pas malade, ne me fais pas ça !
– Toi non plus ! Et si je chope le virus, laisse-moi partir.
– Tu plaisantes ? Jamais, putain. »
Pollux m'a gardée dans ses bras et nous nous sommes bercés doucement, agrippés l'un à l'autre.
Une fois notre crise de panique terminée, on est restés couchés sur le lit, purifiés, immobiles. Je fixais une lézarde minuscule au plafond. Pollux s'est levé et a dit qu'il allait me préparer un hot dog au chili con carne. La fissure s'est animée. Elle s'est faite plus nette, plus sombre, plus longue. J'avais une certitude : s'il arrivait quelque chose à Pollux, je mourrais moi aussi. J'aurais envie de mourir. Je veillerais à mourir.

Livraison d'aigle

Tandis que nous faisions l'inventaire de nos fragilités, quelqu'un avait sonné à la porte. Nous étions trop absorbés par nos affres pour répondre, mais Hetta était allée ouvrir. Je l'ai entendue crier depuis la cuisine :
« Un colis de l'US Fish and Wildlife Service. »
Je me suis levée d'un bond. C'était l'aigle qu'attendait Pollux. Il a porté le colis dehors puis il a déballé l'aigle congelé, le soulevant de son lit de neige carbonique. Hetta nous a rejoints après avoir enroulé Jarvis dans deux couvertures. Pollux a disposé des rameaux de genévrier sur la table du jardin et placé l'aigle dessus. Puis il a fait brûler de la sauge et de l'avoine odorante, avant de saupoudrer une pincée de tabac sur le cœur du rapace, un aigle immature aux ailes mouchetées.
Hetta secouait légèrement son bébé. J'ai rentré les mains dans mes manches et j'ai frissonné. L'aigle fixait la mort de son regard aveugle. Et tandis que nous contemplions sa magnificence figée, Pollux a entonné un chant.

Notre dernier client

Nous nous préparions à fermer boutique pour une durée qui irait vraisemblablement jusqu'à deux mois. Je regardais les nouvelles du jour quand le Mécontentement est entré. Il a fait courir ses doigts sur les livres, glissant parfois le long d'un dos avant de retirer le volume du rayon pour en lire la première ligne. Depuis qu'il avait dévoré *La Fleur bleue* de Penelope Fitzgerald, nous avions compilé ensemble une liste de courts romans parfaits.

COURTS ROMANS PARFAITS
Une trop bruyante solitude, de Bohumil Hrabal
Rêves de train, de Denis Johnson
Sula, de Toni Morrison
La Ligne d'ombre, de Joseph Conrad
La Pêche au saumon, de Jeannette Haien
L'Hiver dans le sang, de James Welch
Le Nageur dans la mer secrète, de William Kotzwinkle
La Fleur bleue, de Penelope Fitzgerald
Premier amour, d'Ivan Tourgueniev
La Prisonnière des Sargasses, de Jean Rhys
Mrs Dalloway, de Virginia Woolf
En attendant les barbares, de J. M. Coetzee
Le Feu sur la montagne, d'Anita Desai

Ces livres vous éblouissent en quelque deux cents pages. Tout un monde se déploie entre les couvertures. L'histoire est peuplée de personnages inoubliables, rien n'est superflu. Il ne faut qu'une heure ou deux pour les lire, mais ils vous marquent à vie. Pour le Mécontentement, ils ne sont toutefois que d'exquises mises en bouche. Après quoi il veut un vrai repas. Je savais qu'il avait lu les romans napolitains de Ferrante, lesquels ne l'avaient pas enthousiasmé. Il appelait ça des romans-feuilletons, ce qui était précisément l'idée, me semblait-il. Il avait bien aimé *Les Jours de mon abandon*, qui était peut-être un court roman parfait. « Elle a frôlé l'abîme avec celui-là. » Il aimait Knausgaard (loin du court parfait), dont l'écriture, disait-il, était un anesthésiant plus efficace que la novocaïne. *Mon combat* lui avait engourdi l'esprit, mais, de temps à autre, il avait éprouvé la douleur cristalline de ce qui tombe juste. De désespoir, je lui ai tendu *Le Monde connu*, d'Edward P. Jones, qu'il m'a retourné, furieux. « Vous

vous fichez de moi ? » Sa voix douce sifflait. « Je l'ai lu six fois, celui-là. Alors, qu'est-ce que vous avez ? » Pour finir, je l'ai apaisé avec *Le Tigre blanc*, d'Aravind Adiga, le dernier Amitav Ghosh, *Ceux du Nord-Ouest*, de Zadie Smith, et la trilogie de Jane Gardam dans un solide coffret des éditions Europa, dont il s'est voracement emparé. Il avait fait mordre la poussière à sa proie et s'apprêtait à la dévorer. Je ne l'ai pas quitté des yeux après qu'il a payé et pris le paquet : j'ai vu ses pupilles se dilater comme celles de quelqu'un au restaurant quand sa nourriture arrive.

Il était dans l'ordre des choses que le Mécontentement soit notre dernier client. Quand il a dit au revoir, je me suis accrochée au son de sa voix. Je ne le connaissais pas, ou peut-être le connaissais-je mieux que personne. J'étais sans doute désespérée. Toujours est-il que j'ai décidé qu'il était mon client préféré et j'ai couru dehors pour le lui dire. Il se serait sûrement moqué de moi, mais sa voiture s'éloignait déjà. J'ai crié : « Vous êtes mon client préféré » tandis qu'il tournait au coin de la rue. On était le 24 mars. J'ai éteint toutes les lumières sauf la lampe bleue du confessionnal, j'ai activé l'alarme, j'ai passé la porte et je me suis retournée pour la fermer à clé, m'efforçant de ne pas ressentir grand-chose. N'empêche que lorsque le verrou a cliqueté et que l'alarme s'est tue, j'ai eu l'impression de tourner le dos, non à des livres inertes, mais à une assemblée vivante.

Bien sûr, comme souvent, j'avais oublié quelque chose à l'intérieur. Sans réfléchir, je suis aussitôt rentrée dans le magasin obscur. Je devais passer entre les rayons pour aller jusqu'au bureau où se trouvait l'interrupteur.

À mi-parcours, j'ai su que c'était une erreur. Un glissement derrière moi. C'était elle. J'ai couru jusqu'aux ténèbres du bureau, la main tendue.

Il y avait déjà une main sur l'interrupteur.

J'avais toujours su que ça arriverait, qu'un jour il y aurait une main sur le bouton que je chercherais à tâtons dans le noir. Mon cerveau s'est figé. Ma première réaction à la peur, c'est l'attaque. J'ai repoussé la main d'une claque et j'ai appuyé sur l'interrupteur. Lumière instantanée. Rien. Personne. Aucun son. Mais la sensation du toucher demeurait comme une piqûre paralysante. J'ai secoué la main, attrapé mon sac, et j'ai laissé la lumière allumée tandis que je sortais et refermais à clé. Sur le chemin du retour, mes jambes m'ont lâchée et j'ai dû m'asseoir au bord du trottoir. Le toucher avait été bien réel, et il n'était pas tendre. Elle commençait à se manifester vraiment. Quelque chose dans l'air contaminé, dans le traumatisme du contexte global, dans les affres de l'inconnu, dans la fermeture du magasin ou dans le supplice par le feu qu'elle avait traversé augmentait sa puissance.

※

Le lendemain, tout a fermé. Ce soir-là, Pollux et moi sommes allés chercher de quoi manger au Rainbow, un restaurant chinois qu'on fréquente depuis des années sur la portion de Nicollet Avenue qu'on appelle *Eat Street*. Il était à peine dix-huit heures mais on se serait crus en plein milieu de la nuit. Les devantures n'étaient que des taches floues et vides, et le parking ne comptait qu'un véhicule militaire désœuvré de mauvais augure. Je me suis glissée hors de la voiture, me retenant de marcher sur la pointe des pieds et de raser les murs. Assis devant l'entrée du restaurant, deux gars, la vingtaine, discutaient d'une fête au téléphone. « Bah, je suis jeune », a dit l'un. Le propriétaire, Tammy, m'a tendu notre commande en disant merci d'un ton que je n'avais jamais entendu. J'ai rapporté le sac dans la voiture et je l'ai posé à mes pieds sur le tapis en caoutchouc. L'odeur complexe de la nourriture asiatique montait jusqu'à moi comme une drogue. J'ai baissé les yeux vers le sac en papier fermé par des agrafes. Les barquettes avaient fui en doux cercles huileux sur le papier brun. Je les ai trouvés magnifiques. Crevettes aux noix caramélisées, bœuf sauté croustillant, haricots verts à l'ail. J'ai pris la grande main de Pollux dans la mienne tandis que nous roulions tranquillement. Une pluie dense tombait sur les rues désertes et paisibles.

« Pourquoi ça ne peut pas toujours être comme ça ? » lui ai-je demandé.

Il m'a jeté un drôle de regard. Je me suis détournée. La chaussée vide couinait sous les pneus. J'aurais peut-être dû avoir honte. D'où sortait cette impression que c'était là le monde que j'attendais depuis toujours ?

Pour Louise, c'était tout le contraire. La fermeture de la librairie l'avait tellement abattue qu'elle passait son temps à écrire de longs courriels confus censés nous remonter le moral mais qui avaient l'effet inverse. Le magasin avait presque vingt ans. Une belle tranche de vie. Jackie, en particulier, avait connu les périodes difficiles et savait que Louise s'agitait sans doute frénétiquement en quête de solutions. Mais comment en trouver quand on ne sait toujours pas à quoi ressemble le problème ? De mon côté, je savais que, dans ces moments-là, Louise s'appuyait sur autre chose. Elle croyait pour ainsi dire en la destinée de la librairie. Plus qu'un simple endroit, c'était un noyau, une mission, une œuvre d'art, une vocation, une folie sacrée, une dose d'excentricité, un groupe en perpétuelles évolution et reconfiguration mais dont les membres, tous des gens bien, avaient profondément à cœur la même chose : les livres.

Un matin, elle a appelé, débordante de joie :

« On a le statut de travailleurs essentiels, Tookie.

– Ah ouais ?
– Ça veut dire qu'on est essentiels.
– D'accord.
– Ça veut dire qu'on peut travailler. Pas ouvrir au public, mais vendre. Ça veut dire que le Minnesota considère les livres comme essentiels dans ce moment particulier que nous vivons. Je m'étonne que la réponse soit arrivée si vite. À peine plus de vingt-quatre heures après avoir fait la demande. »
Je n'ai rien dit.
« Essentiels, s'est-elle réjouie.
– Oui, bon, on travaille avec les établissements scolaires.
– Je sais, mais ce n'est pas ce qu'on a mis en avant. On a fait la demande en tant que librairie. Ça veut dire que les livres sont *essentiels*, Tookie.
– Sans doute. »
Elle m'a raccroché au nez. Je savais que pour elle ça voulait dire un truc énorme, mais pour moi ça voulait dire encore plus d'incertitude et de bricolage pour s'adapter à la situation. Je voulais rester dans la sérénité à volets fermés que Pollux et moi avions connue sur le chemin du Rainbow. Aller travailler signifiait retourner là où une main spectrale arriverait peut-être avant moi à l'interrupteur. Où quelqu'un me tuerait peut-être simplement en me touchant ou en respirant trop près de moi. Où, pire encore, c'était peut-être moi qui toucherais quelqu'un, lui crierais dessus, lui parlerais et causerais sa mort. Non, je n'avais aucune envie de m'adapter, sauf si ça signifiait rester au lit. Si la vie devait continuer, alors je voulais celle d'avant le fantôme, d'avant l'interrupteur, d'avant le virus, d'avant le livre enterré qui empoisonnait mes nuits.

Pour éviter d'exposer tout le personnel, nous avons décidé qu'une seule personne à la fois travaillerait chaque jour. Avoir la librairie pour soi, voilà qui convenait à la plupart d'entre nous. Nous étions globalement des introvertis. Mais je savais que, pour moi, ce prétendu isolement n'aurait rien de serein.

Ce qui hantait Tookie

Une fois pris le virage qui révélait la partie marécageuse du lac, j'ai essayé de me concentrer sur les solos des carouges mâles, dont les épaulettes s'exhibaient lorsque l'effort de chanter leur ouvrait les ailes. Sur la route le long de l'eau, l'air résonnait du chant de chaque oiseau dont je traversais le territoire, mais la ville était si calme que j'entendais quand même le bruit de mes pas. Après les deux bancs à la mémoire de clients décédés, le chemin d'asphalte virait brusquement à gauche. Je l'ai suivi jusqu'à l'église luthérienne, une construction pittoresque en pierre kasota, dolomite locale couleur d'or tendre. L'hiver précédent, j'avais vu un grand-duc de Virginie s'envoler, tout blanc dans la lumière des lampadaires qui l'éclairaient par en dessous. J'y pensais beaucoup. Ce n'était pas une bonne idée, à en croire la tradition de mon peuple, mais j'ai toujours été attirée par les hiboux. Les craquelures du trottoir se dressaient à la verticale sous mes chaussures spongieuses. J'ai passé les élastiques de mon masque derrière mes oreilles et jeté un œil à la porte en verre de la boîte à livres à côté de l'église. Elle était ouverte et de guingois. J'ai fermé la porte du coude. Pas touche ! Tout doux, tranquille, me suis-je dit. Respire calmement, posément.

Comme toujours, j'ai marqué un arrêt au niveau de l'école située en face de la librairie, traînant près de la porte de la cantine d'où émergeait le gardien quand il voulait se griller une clope hors du périmètre protégé. Il traversait la rue et s'adossait à notre bâtiment, le visage gris et morose, puis regardait l'école comme je regardais à présent le magasin que j'aimais tant. Un regard maussade. C'est qu'il allait falloir y retourner.

C'était pire le matin, quand elle avait eu l'endroit pour elle toute la nuit. J'ai tourné la clé dans la serrure et poussé la porte bleue. L'air était lourd de son ressentiment. J'ai traversé le rayon Jeunes Adultes vers le *bip bip* de l'alarme, qui s'était déclenchée. La sensation de sa présence – la colère pleine d'espoir frustré qu'elle dirigeait vers moi depuis la pénombre du confessionnal – bloquait ma respiration. Le temps que je gagne le bureau et presse le bon bouton pour éteindre l'alarme, que j'appuie frénétiquement sur les interrupteurs de tous les plafonniers, mon cœur était sur le point d'exploser. Si à ce moment-là elle avait passé la tête et fait « bouh », je jure que je serais tombée raide, comme elle, sur-le-champ.

Mais même morte, je devrais me coltiner son fantôme, me suis-je dit. On serait potes de trépas. Ça m'a fait rire. Je suis retournée dans le magasin vide de toute présence humaine et j'ai hurlé : « Va te faire foutre ! »

Ce n'est pas une chose à dire à un fantôme. Il ne faut jamais les défier. Ils naviguent entre deux territoires et ils vous auront, sinon dans la vie, alors dans la mort. Mais c'était trop tard pour moi.

Au bout de quelques heures, j'ai vu une ombre, une tache, une trace. J'ai pensé que, l'espace d'un instant, elle s'était rendue visible. Plus tard, j'ai eu l'impression qu'elle se cachait derrière moi et regardait par-dessus mon épaule. Quelle petite maligne ! Assez agile pour rester toujours au-delà de ma vision périphérique. Elle bougeait quand je bougeais, s'amusait de mes volte-face. Une fois, je l'ai entendue crier. *Wouhou !* J'ai secoué la tête, le regard noir. *Wouhou !* Je me suis dit que j'allais mettre un terme à ce cirque en la surprenant dans le miroir des toilettes. Je suis allée me planter devant la glace, mais j'ai gardé les yeux baissés, le menton comme paralysé contre le haut de ma clavicule. Je n'arrivais pas à lever la tête. Je savais, sans l'ombre d'un doute, qu'elle était là. Je sentais son regard dans le miroir.

La malice de Flora

Les heures s'étiraient, les journées filaient. Les après-midi étaient bousculés par l'incessante sonnerie des téléphones. Tôt un matin, tandis que je travaillais seule, j'ai reçu une commande d'un de nos titres les plus demandés : *Tresser les herbes sacrées*, de Robin Wall Kimmerer, un livre de botanique qui se concentre sur le rapport à la terre dans les traditions autochtones. On veille à toujours en avoir en stock, mais la dernière livraison n'était pas encore arrivée et il ne nous en restait plus que trois. Je suis allée en chercher un, puis j'ai glissé le bon de commande à l'intérieur et posé le tout sur la pile des livres prêts à l'envoi. Plus tard, aux alentours de seize heures, j'ai pris une commande par téléphone et je suis allée chercher un autre exemplaire pour un retrait en magasin. Plus de *Tresser les herbes sacrées*. J'ai fixé l'espace vide qu'occupaient le matin même les deux exemplaires restants sur l'étagère. Je me suis demandé si, pour une raison ou pour une autre, j'avais pu les mettre ailleurs. Personne n'étant passé de toute la journée, ça ne pouvait être que moi. J'avais certes travaillé dans une sorte de transe, comme ça arrive parfois quand on est seul à la tâche, mais j'étais certaine de ne pas les avoir déplacés.

« Flora ! ai-je crié dans le magasin vide. Ce n'est pas drôle. J'ai besoin de ce bouquin. »

J'ai ressenti un grand creux dans le ventre. La musique apaisante que j'avais mise m'a soudain paniquée et je me suis précipitée pour l'arrêter. En chemin, j'ai buté contre deux livres au sol. Les fameux exemplaires. J'ai perdu l'équilibre – ou Flora me l'a fait perdre – et je me suis retrouvée par terre, à quatre pattes, essoufflée, pantelante comme un chien, le nez sur la tresse d'avoine odorante qui ornait la couverture. Les deux livres étaient toujours sur le plancher, là où je ne les avais pas posés, à trois ou quatre mètres de leur rayon d'origine, en parfait état. Je les ai ramassés, j'en ai rangé un, puis j'ai empaqueté l'autre avant de le poser sur la table extérieure destinée au retrait en magasin.

Je n'ai pas arrêté de refaire le film dans ma tête. Non seulement Flora avait fait tomber les livres, mais elle m'avait peut-être vraiment fait tomber moi aussi.

Ce soir-là, j'ai appelé Jackie pour lui raconter ce qui s'était passé. « Développement inquiétant », a-t-elle dit. Je n'avais parlé à personne de la main sur l'interrupteur. C'était inavouable.

« Inquiétant, ça c'est sûr, ai-je confirmé. Qu'est-ce que je dois faire ?

– Fais brûler de l'avoine odorante.

– Flora adore ça. Elle pratiquait le maculage comme si elle l'avait inventé.

– Tu as lu le livre de Kimmerer ?

– Évidemment que je l'ai lu.

– Elle s'enhardit. Je n'aime pas ça.

– Moi non plus. »

Comme Jackie n'avait pas de solution, j'ai appelé Asema.

Celle-ci avait beaucoup à dire. D'abord qu'il était scandaleux que Flora ait volé le manuscrit d'un témoignage de première main, alors que si peu de voix féminines de cette époque nous étaient parvenues. Apparemment Flora avait refusé d'avouer le vol et ne parlait jamais du manuscrit, mais Asema savait comment elle s'en était emparée.

« Elle est venue au magasin après nous avoir harcelés par téléphone et par mail en disant qu'elle avait quelque chose pour nous. Tu sais, une de ses spécialités. »

Flora apportait toujours des petits cadeaux faits maison ou dégotés quelque part. Des trucs inutiles.

« Tu te souviens de ses sachets de tisane ? »

Oh que oui, je m'en souvenais.

« Elle voulait commercialiser ses mélanges, elle nous offrait systématiquement du thé ou du pot-pourri censé parfumer l'air. Bref, elle s'est pointée un jour où j'avais apporté, pour le montrer à Jackie, un manuscrit sur lequel j'étais tombée et qui s'était révélé être un document historique. Je l'avais laissé dans le bureau où j'étais en train de le lire pour servir un client. Flora est allée dans le bureau et elle a dû le voir. Putain, Tookie ! Ce texte apportait un éclairage unique, le genre de texte qui constitue la trouvaille d'une vie pour une historienne. J'aurais pu rédiger un mémoire incroyable, mais surtout, ça aurait peut-être bouleversé ce qu'on sait de cette zone aux frontières établies par les traités de la Red River. Il ne restait que le cahier sur lequel je prenais des notes. Quand j'ai accusé Flora, elle a nié en bloc. Je ne peux pas lui pardonner. Je ne lui pardonnerai jamais.

– Merci pour toutes ces informations, Asema. Mais pourquoi est-ce qu'elle ne me laisse pas tranquille, et qu'est-ce que je peux faire ?

– Honnêtement, je n'en sais rien. »

J'ai raccroché, impressionnée par l'audace de Flora et la

rancune tenace d'Asema. À vrai dire, les mélanges de plantes de Flora avaient leur charme. Si quelque chose chez elle me manquait, c'étaient bien ses pétales de rose et ses bâtonnets de cannelle.

Pas de tombe

Les lampes étaient allumées, les ordinateurs lancés, la machine à CB prête à recevoir les chiffres qu'on me glisserait à l'oreille. Je m'étais concocté une playlist spéciale gestion de fantôme. Je voulais retourner la situation et faire peur à Flora. La playlist incluait « Who Is She » de I Monster, « You Can't Kill Me I'm Alive » de MLMA, « Que Sera » par Wax Tailor, « I'd Like to Walk Around in Your Mind » de Vashti Bunyan, et j'en passe. Après deux ou trois jours de ce régime musical, je me sentais mieux. En fait, je me sentais dangereuse. J'étais seule avec une revenante active dans un espace fermé, du matin jusqu'au soir, mais j'étais sereine et puissante. Tout était calme et il me semblait que, cette fois-ci, la musique me protégeait.

J'étais en train de préparer une commande complexe à laquelle manquait encore un livre. J'avais appelé la cliente deux fois. Le livre manquant une fois reçu, je l'avais enregistré dans notre système et je me préparais à faire le paquet quand a commencé une chanson dont je savais qu'elle n'était *pas* dans ma playlist. Flora a poussé le volume ; c'était « Ain't No Grave » de Johnny Cash.

There ain't no grave can hold my body down...

« Y a pas de tombe qui puisse garder mon corps... »

Si vous avez déjà entendu Johnny chanter ça, alors vous comprendrez. Mes jambes se sont liquéfiées. J'ai pris appui sur le comptoir en verre pour ne pas m'effondrer et je me suis efforcée de contrôler ma respiration. J'ai senti Flora se faufiler le long de la vitrine jusqu'à moi. Elle a soupiré. Un murmure sourd a grimpé dans mon cou. Sa voix était grave comme un grincement de porte.

Laisse-moi entrer.

VIENS ME CHERCHER

Viens me chercher

Ce soir-là, j'ai voulu démissionner. J'ai appelé Jackie, qui a réagi avec sa dignité et son calme habituels. Je lui ai dit que Flora essayait de me parler. J'ai tout raconté – y compris le frisson glacial qui m'avait parcourue quand celle-ci m'avait murmuré à l'oreille : *Laisse-moi entrer.*
« Et puis elle sent le moisi, ai-je ajouté. Cette odeur de vieux livre resté trop longtemps à la cave. »
Jackie a marmonné quelque chose et toussé avant de m'encourager à poursuivre. Alors j'ai détaillé comment tout ça s'était passé.
« Je me trouvais derrière la caisse quand Flora s'est approchée. Je l'ai sentie venir plus près encore. J'ai reconnu le frottement du pantalon en soie sauvage, le tintement des bracelets. La nouveauté, c'était un bruit de tamisage, comme si son sang s'était transformé en sable.
– Et ensuite ? Elle t'a attrapé le bras ? Elle t'a touchée ?
– Le téléphone a sonné.
– Ouf.
– Ça ne l'a pas décontenancée. »
La sonnerie m'avait fait battre le cœur d'espoir, mais aussi baisser la garde. Flora, elle, ne se laisserait pas avoir par un simple téléphone. Sûrement pas. Son sifflement soudain à

mon oreille m'a fait l'effet d'un souffle glacé. J'ai contourné le comptoir, toujours agrippée à sa surface comme si mes doigts se terminaient par des ventouses. J'ai gardé les yeux rivés à mes mains, tandis que ma manche glissait sur mon bras. Je crois que ce sont mes mains qui ont sauvé ce qui restait de moi. L'une d'elles a attrapé le combiné et j'ai vu que c'était Pollux qui avait appelé. J'ai activé la fonction rappel et il a répondu.

« Viens me chercher », ai-je dit.

Jackie a mis un moment à réagir. J'ai imaginé son expression, concentrée à l'extrême comme elle l'était toujours face à une cliente difficile. Et comme toujours face à la difficulté, elle a posé des questions.

« *Laisse-moi entrer*. Qu'est-ce que ça peut bien vouloir dire ? Elle était déjà dans la boutique.

– Je crois qu'elle veut me posséder. »

A suivi un silence grave et bienveillant, typique de Jackie.

« Je crois... Tookie, je crois que tu devrais consulter.

– Un psy, tu veux dire.

– Oui, un psychiatre, quelqu'un comme ça.

– Si elle arrive à ses fins, c'est un exorciste qu'il faudra que je consulte, Jackie. Je ne suis pas folle. D'où ma décision on ne peut plus rationnelle de démissionner.

– Tu ne peux pas démissionner, Tookie.

– On vit dans un pays libre. Ou à peu près.

– Non, je veux dire, tu peux démissionner, bien sûr, mais écoute. On a demandé une aide gouvernementale. C'est un prêt pour garantir les salaires. Sans ça, on n'y arrivera pas.

– Arriver à quoi ?

– La situation est critique. Il faut qu'on garde tout le personnel. Si on reste ensemble, professionnellement parlant, le prêt se transformera en subvention. Sinon, on devra le rembourser. Impossible. »

J'ai réfléchi une minute et puis j'ai dit que j'avais besoin d'un binôme.

※

Et c'est ainsi que j'ai recommencé à travailler en bonne compagnie. Jackie occupait le bureau, et j'avais le reste de la librairie pour moi. Flora gardait ses distances. J'avais lu des articles sur l'étrange expérience du confinement, mais la solitude et la contemplation n'étaient pas universelles. C'était un luxe. Maintenant que je travaillais en paix, avec une Flora à peu près silencieuse et une Jackie concentrée sur ses tâches en ligne, j'ai commencé à me sentir effectivement seule. Et bien sûr, là comme ailleurs, je me suis compliqué la vie.

Je suis devenue hyperconsciente de mes pensées. Mon cerveau s'est mis à tirer chaque fil de ce qui s'était passé au cours de mes années d'incarcération. À l'isolement, ma cellule faisait la moitié des toilettes du magasin. Les murs étaient en parpaings, sans autre fioriture qu'une couche de peinture. Au bout de quelques semaines, toutefois, des variations sont apparues. Les imperfections, presque invisibles, se sont agencées en troupeaux de singes, en anges sexy, en montagnes escarpées, en baissières bucoliques. Des ombres et des formes ont émergé. Je n'en revenais pas des ressources de mon cerveau, de sa capacité à se distraire. J'ai vu tout ce que je n'aurais et ne serais jamais : la silhouette d'une mère tenant la main d'un petit enfant, une cavalière couchée sur sa monture, deux personnes l'une contre l'autre écoutant le murmure du vent dans une pinède. C'était tellement triste, putain ! J'ai décidé de m'y abandonner. J'ai pleuré mille larmes et puis voilà que, totalement malgré moi, je me suis mise à apprécier la minuscule fenêtre du mur opposé. La lumière naturelle venue de l'ouest changeait tous les jours. J'attendais les reflets du crépuscule. Il y avait aussi une petite ouverture sombre dans la porte au-dessus du clapet. J'entrapercevais les autres détenues du couloir, distinguant presque leurs visages rendus flous par la rage et le manque. Et peut-être aussi par la torture du désir. Encore une fois, j'ai été trahie par ma propension à rester en vie. Je suis tombée amoureuse d'un de ces visages flous. Jacinta. Par la suite nous avons formé un couple. Après sa libération, je n'ai plus jamais entendu parler d'elle.

Tous les autres commerces de notre bâtiment étaient fermés, il n'y avait presque personne dans les rues. J'enveloppais chaque livre de papier épais pour qu'il ne bouge pas trop dans son carton. D'habitude, je glissais une carte avec un petit mot joyeux, un genre de remerciement. Je ne l'ai jamais avoué à personne, mais il m'arrivait même de dessiner une fleur ou un oiseau quand j'approuvais le choix du livre. Au bout de quelques jours, mes petits mots se sont étrangement enjolivés. J'en ai d'ailleurs froissé et jeté certains car mon écriture était bizarre. J'écrivais normalement en caractères d'imprimerie peu soignés que je rattachais ensuite – j'avais cessé tout effort de ce côté-là au lycée. Il m'arrivait encore de couronner mes « i » d'une petite bulle. Et sous les points d'interrogation ou d'exclamation, hop, une petite bulle aussi. La bulle de Tookie. On me faisait parfois remarquer que cette écriture enfantine ne reflétait pas ma personnalité. Or voilà qu'elle devenait plus fluide et affirmée. Impérieuse, aurait-on pu dire. J'écrivais beaucoup le mot *miigwech* et mes « i » se terminaient par des points fermes, malgré mes tentatives de les coiffer de bulles. C'était peut-être un effet de la pandé-

mie : quand les grandes choses nous échappent, on agit sur les petites.
N'empêche que cette nouvelle écriture me faisait flipper. Je voulais tracer une bulle et ma main refusait. Étais-je possédée ? *Laisse-moi entrer.* Flora était-elle en moi ?
J'apportais mon déjeuner, que je mangeais derrière la caisse. Un jour, Jackie est sortie du bureau pour se joindre à moi. J'ai attendu qu'elle soit installée sur une chaise à l'autre bout du magasin :
« J'ai une question. Est-ce qu'il t'est déjà arrivé que ton écriture change, pour une raison ou pour une autre ?
— Ça m'arrive tout le temps. Quand la pression atmosphérique chute, je peux très bien allonger mes jambages. Si je n'ai pas confiance en moi, je vais avoir tendance à compenser en hérissant mes majuscules.
— Est-ce que tu as déjà essayé de mettre une bulle au-dessus d'un "i" et que ta main refuse ?
— Une bulle au-dessus d'un "i" ? Qui fait ça ?
— Moi.
— Tu devrais vraiment essayer d'y remédier. » Elle m'a jeté un regard sérieux, un pur regard de prof. « Ce que je veux dire, c'est que si un jour, dans un accès de santé mentale, tu quittais la librairie, ton écriture pourrait impacter le crédit qu'un employeur accordera à ton CV.
— OK, madame Kettle. Mais plus personne ne fait gaffe à l'écriture aujourd'hui.
— Faux, a poursuivi Jackie de sa voix professorale. L'écriture cursive revient en force.
— Dans tes rêves. C'est Flora, je crois qu'elle est entrée en moi.
— Si j'étais un fantôme, je t'empêcherais de faire des bulles sur tes "i". C'est d'ailleurs la première chose que je ferais.
— Dur.

– Pfff. J'ai éteint à pas d'heure. » Elle a fait glisser vers moi un livre sur le plancher. Parfois, Jackie en voulait à des livres merveilleux de l'avoir « forcée » à rester éveillée. J'avais l'habitude. C'était généralement le signe que le livre se dévorait, qu'il s'agisse d'espionnage, d'aventures maritimes ou d'épouvante – mon genre préféré. Elle m'avait fait découvrir Dennis Lehane, Donna Tartt, Stephen Graham Jones, Marcie R. Rendon et Kate Atkinson. En me donnant ce jour-là *Les Cœurs détruits*, d'Elizabeth Bowen, elle a dit : « C'est très, très bon. Garde-le. »

Elle a sorti deux canettes d'eau gazeuse citronnée qu'elle a vaporisées de solution hydroalcoolique avant d'en faire rouler une jusqu'à moi.

« Chouette, un cocktail.

– Bref, pour en revenir à Flora et ses dernières petites farces, a repris Jackie, pardon de m'être moquée de ton écriture.

– Imaginons qu'elle ait réussi. Elle est peut-être en moi en ce moment même, à essayer de me contrôler. »

Jackie s'est rapprochée, puis elle a posé sa canette par terre et l'a renversée.

« Oups. »

J'ai regardé le dessin de l'eau qui se répandait sur le vieux parquet et poussé un soupir.

« Bien. Elle n'est pas en toi, Tookie. Flora se serait précipitée pour éponger ça.

– Tu as sans doute raison. » J'ai fixé l'eau, que la force de gravité poussait vers l'ouest. Après avoir redressé la canette, Jackie est allée chercher des serviettes en papier puis elle est revenue s'accroupir pour essuyer.

« Même si ça prouve que tu es bien Tookie, tu pourrais me donner un coup de main.

– C'est toi qui l'as renversée.

– Je l'ai fait pour toi, pour piéger Flora.
– Et prouver que j'étais une souillon.
– Elle ne te possède pas. On a établi ça. Et ne pas mettre des bulles sur ses "i" est un signe de maturité.
– Hé !
– Tu as dit que ton écriture penchait vers l'avant ? C'est la marque d'un esprit intrépide.
– Très drôle. Je te rappelle qu'elle a dit *Laisse-moi entrer*.
– Tookie, tout ça est épuisant. Essayer de ne pas tomber malade. De ne pas faire faillite. Ce qu'on est en train de vivre est irréel ou trop réel, je n'arrive pas à décider. Quoi qu'il en soit, j'ai fait une découverte. Quelle couleur portais-tu quand Flora t'a parlé ? »

Je m'en souvenais très bien. Ma main sur le téléphone et la manche rouge qui me tombait sur le poignet. J'ai bien cru que cette manche serait la dernière chose que je verrais de ma vie.

« Rouge. Je portais du rouge. »

Jackie a hoché la tête, comme si je venais de confirmer ce dont elle s'était toujours doutée. Elle n'était jamais aussi pédante que lorsqu'elle citait les anciens, ce que j'ai su qu'elle allait faire avant même qu'elle n'ouvre la bouche.

« Voilà. Je tiens de certains anciens éclairés qu'il ne faut pas porter de rouge à des funérailles, ni pendant un an après la mort d'un proche. Le rouge, c'est le feu, la porte d'entrée vers le monde des esprits. Qui sait combien de temps nos morts devront marcher. Quand ils aperçoivent du rouge sur leur chemin, ça les perturbe. Ils croient qu'une porte s'ouvre et ça les détourne de leur tâche, qui est d'aller là où nous ne sommes rien pour eux. »

La gravité avec laquelle elle venait de partager cet enseignement m'a fait hésiter, mais j'ai fini par dire :

« C'est de la superstition.

– Les fantômes sont superstitieux. Tiens. »

Elle m'a tendu un hoodie du magasin. C'était un très vieux modèle, qui datait de l'ouverture de la librairie. J'ai retiré ma tunique rouge sombre – le rouge est ma couleur préférée, alors sans doute qu'une fois dans l'au-delà, je serai doublement attirée – sous laquelle, comme toujours, je portais un tricot de corps de Pollux pour me tenir chaud. J'ai enfilé le hoodie à manches longues. La laine polaire était douce, amicale, de bonne qualité. J'ai caressé le tissu.

« Très chouette, dis donc. Pourquoi ce cadeau ?

– Il te va bien. » Elle m'a examinée sous toutes les coutures avant de hocher la tête. « C'est un répulsif à fantômes.

– Comment ça ?

– Je l'ai béni, purifié à la fumée, baigné de prières, posé sur mon aquarium et parfumé à la lavande.

– C'est pour ça qu'il sent si bon.

– Et puis il n'est pas rouge. Dans ce hoodie, tu es invisible pour les revenants.

– J'imagine que dans le temps tu mettais des pansements magiques sur les bobos de tes filles et que tu leur disais que le charme durait trois jours ? Et quand elles enlevaient le pansement, *pouf*, plus de bobo !

– *Pouf !* a dit Jackie en ouvrant les mains.

– Au fait, tu t'es déjà fait embêter par un fantôme, toi ? »

J'avais enfin posé la bonne question, car elle s'est redressée en battant des paupières. Elle ne voulait pas l'admettre, mais elle avait bien une histoire de fantôme.

« OK, d'accord, j'ai eu une expérience avec mon oncle. » Je lui ai demandé ce qui s'était passé, mais elle restait évasive. Comme j'insistais, elle s'est décidée à se livrer. Il se trouve que l'histoire de Jackie n'était que la première d'une longue série. Plusieurs autres membres de l'équipe avaient visiblement déjà été hantés et je recueillerais bientôt leurs récits.

« Mon oncle était malade depuis plusieurs mois, a-t-elle commencé. Très malade.
– Raconte. »
Elle a hésité, pris une inspiration nerveuse. « C'est gênant. »
J'ai attendu.
« Mon oncle avait toujours été très gentil avec moi. Il m'emmenait pêcher sur les lacs gelés et me racontait des blagues du genre "Toc toc, qui est là ?" pendant qu'on scrutait le trou noir dans la glace. Il me faisait des sandwichs pâté-mayonnaise avec du pain blanc. Je l'adorais. Alors, quand il a commencé à décliner, je suis allée le voir à Duluth. Il n'avait pas d'enfant, c'est une de mes cousines qui s'occupait de lui. Quand je suis arrivée, elle m'a dit qu'elle avait besoin de souffler, d'aller faire une course ou je ne sais plus quoi, et elle m'a demandé de rester auprès de lui. En partant, elle a précisé qu'il ne fallait pas ouvrir les rideaux, ni la fenêtre. Bon. Je me suis assise près du lit et j'ai pris la main de mon oncle. Il était immobile, d'une pâleur extrême, visiblement proche de la fin, mais coiffé et rasé de près. En son temps il avait été bel homme et, de ce que j'avais pu voir, dévoué à ma tante. Au bout d'un moment, j'ai trouvé la pièce étouffante et sombre. J'avais oublié les instructions de ma cousine. Je suis allée ouvrir les rideaux et entrebâiller la fenêtre guillotine pour avoir un peu d'air. Quand j'ai soulevé le châssis, j'ai été surprise par une rafale de vent. Il n'y avait pourtant pas la moindre brise dehors.

« Mon oncle s'est redressé. Il s'est tourné vers la fenêtre et il a dit : "Je savais que tu viendrais !" Son visage s'est transformé. De la joie pure. Sous mes yeux, il est redevenu lui-même : jeune, rebelle, follement heureux. "Alvina", a-t-il dit.
– Alvina, c'était ta tante ?
– Oui, mais pas celle à laquelle il avait été marié.

– Hmmm.

– Et voilà que mon oncle, qui regardait toujours la fenêtre, une expression de joie sur le visage, a tendu les bras comme pour embrasser les rideaux. "Ne laisse pas de trace sur moi, a-t-il dit avec un petit rire espiègle. Tu sais pourquoi." Puis il s'est laissé retomber en arrière et il a commencé à s'agiter dans tous les sens. J'ai cru qu'il allait mourir. Je me suis donc précipitée hors de la chambre pour téléphoner à ma cousine, mais impossible de la joindre. Elle m'avait bien dit de ne pas appeler d'ambulance s'il arrivait quoi que ce soit, mon oncle souhaitant mourir naturellement et non arrimé à une machine. Pendant que mon cerveau moulinait à toute allure pour trouver quoi faire, les choses se sont calmées dans la chambre. Quand j'y suis retournée, je m'attendais à le trouver sans vie, mais il dormait paisiblement, souriant dans son sommeil.

– Waouh !

– Je suis allée tirer les rideaux et j'ai vu que la fenêtre était fermée.

– Peut-être que le châssis était lâche, qu'il était retombé ?

– Non, il aurait fallu le pousser. Ce n'est pas fini. Je suis rentrée chez moi et, le lendemain, j'ai reçu un appel de ma cousine. Apparemment, l'aide-soignante qui faisait la toilette de mon oncle s'était inquiétée de la présence d'un truc pointu dans le lit. Ma cousine m'a demandé si j'avais une idée de comment il avait bien pu se griffer le dos.

– Le genre de griffures auxquelles je pense ?

– Celles-là mêmes. J'ai répondu que je n'en savais rien. J'ai eu l'impression que ma cousine voulait me demander autre chose, mais elle a bégayé et pris congé. »

Je faisais ce que je pouvais pour composer un genre de visage neutre ou de masque crédule m'efforçant de ne pas trop cligner des yeux, d'éviter de sourire bizarrement. J'avais du mal.

« Je sais », a dit Jackie.

À mon retour à la maison ce soir-là, Pollux s'est exclamé : « Hey ! Un nouveau hoodie. J'aime bien. »

J'ai failli lui dire que c'était un répulsif à fantômes, mais je me suis arrêtée à temps. Quand on est hantée, il n'y a pas de règles. Pas de savoir scientifique. Il faut marcher à l'instinct, car personne ne sait comment venir à bout des revenants. La plupart des récits rationalisent les créatures surnaturelles en projections émotionnelles. Mais Flora n'avait rien à voir avec mon inconscient. Elle m'avait ordonné de la laisser entrer et elle était en train de prendre possession de moi – en commençant par mon écriture. J'avais l'impression d'avoir le cerveau en compote. J'ai regardé Pollux, qui m'a prise par les épaules.

« Qu'est-ce qui se passe ? C'est parce qu'on mange encore du chou pour le dîner ? »

C'était vrai que ça aussi, ça me rendait triste.

« Si seulement ils ne se conservaient pas aussi longtemps », ai-je soupiré.

Je voulais plus que tout lui dire la vérité et qu'il me serre contre lui. Le pire, dans toute cette histoire, c'est qu'elle m'éloignait de Pollux. Je devais faire semblant d'avoir juste un « petit coup de blues », comme il appelait mes phases dépressives. J'ai donc dit que j'avais « juste un petit coup de blues ». Il s'est approché tout près et m'a prise dans ses bras. J'ai posé la tête sur son épaule et j'ai serré mon mari contre moi comme si ma vie en dépendait.

Vert Penstemon

Elle avait beau s'habiller exclusivement en noir et porter un nom de famille qui voulait dire « brun », la vraie couleur de Penstemon Brown était un vert intense et profond, celui des plantes d'intérieur dont on prend grand soin. Je le pensais déjà avant qu'elle n'apporte à la librairie des plantes de son appartement. Elle disait que ça améliorerait l'énergie ambiante et elle avait raison. Il y avait maintenant du feuillage partout dans le magasin, y compris en cascade le long du confessionnal. Les jours où elle-même n'était pas là, Jackie mettait Penstemon en binôme avec moi. Toute cette verdure me remontait le moral. Peut-être que les plantes éloigneraient Flora – malgré son nom, celle-ci n'avait jamais eu la main verte. Avec les trucs séchés de ses pots-pourris, ça oui, elle savait s'y prendre ; mais elle n'avait jamais été fichue de garder une plante verte en vie. Contrairement à Pen. De même qu'on fait instinctivement confiance à un restaurant où il y a de vraies plantes bien entretenues plutôt que des fleurs artificielles, la librairie avait subtilement gagné avec les pothos et les aloe vera bien-aimés de Penstemon.

À ce stade de la pandémie, les gens se jugeaient à leur respect des règles sanitaires. Après discussion, Pen et moi avions décidé de ne prendre aucun risque et de nous avertir mutuellement si nous pensions avoir été exposées au virus.

Le téléphone s'est mis à sonner de temps à autre, puis plus souvent, puis constamment. Ce qui nous encourageait, mais n'allait pas non plus sans nous inquiéter : allions-nous pouvoir faire face, et pouvions-nous y croire ? Nous avions connu quelques périodes fastes au fil des ans, mais elles ne duraient jamais. Il m'arrivait de me trouver dans le bureau quand Jackie jonglait avec les factures – dire non à un éditeur, oui à un autre, décider quelles dettes réduire et lesquelles prendre le risque de laisser pour plus tard. Certains de nos créditeurs nous avaient mis en recouvrement, notre compte avait été gelé, et plus d'une fois nous avions failli fermer. Nous avions eu des jours à deux ou trois clients seulement, tous munis de chèques-cadeaux. La plupart du temps nous étions dans le rouge et nous avions du mal à joindre les deux bouts. Alors nous ne nous attendions absolument pas à tout cet amour.

C'était aussi la fin de l'année fiscale pour le système scolaire. Des commandes compliquées sont arrivées d'établissements et de bibliothèques qui avaient décidé de bâtir des collections autochtones dignes de ce nom. Il y avait des piles de commandes en cours un peu partout dans le magasin. Avec toute cette activité, Flora était réduite à un silence rancunier, agité ou boudeur. Un jour, Pen a fait brûler une saucisse végétarienne dans le micro-ondes – l'odeur était tellement épouvantable qu'on a été obligées d'ouvrir la porte coupe-feu à l'arrière et de travailler en parka. Flora s'est tenue à distance pendant des jours. J'ai envisagé d'empuantir à nouveau le magasin. Et puis, un après-midi, la voix de Pen m'est parvenue de derrière les motifs floraux de son masque en calicot vert (évidemment) cousu par Asema.

« Dis, Tookie, il se pourrait bien que j'entende ton fantôme, moi aussi. »

Derrière mon terne masque noir, je suis restée bouche bée. J'ai fini par réussir à dire :

« Oui, elle est là !

– Je suis soulagée. J'ai cru que je devenais folle… J'entends ce bruit de pas traînant…

– Oui, on est hantés, ai-je confirmé d'une voix étranglée.

– Sérieusement, quel soulagement. »

J'en étais presque muette. J'aurais bien manifesté mon

propre soulagement en me jetant au sol pour marteler le vieux plancher, mais je ne voulais pas mettre Pen mal à l'aise. Je me suis donc exprimée d'une façon tenue, un peu guindée peut-être. Je lui ai raconté ce que j'entendais et d'où venaient les bruits. Je n'ai pas mentionné l'interrupteur, ni le *Laisse-moi entrer*. Je ne voulais pas effrayer Pensty. J'ai essayé de purger ma voix de toute émotion. Et pendant ce temps, j'ai vu son regard s'éteindre. Elle absorbait ce que je disais comme une éponge l'eau de la vaisselle. J'ai marqué un temps d'arrêt.

« Tu racontes ça de façon tellement clinique, a-t-elle dit. Comme si ce n'était pas grand-chose.

– C'est énorme ! me suis-je exclamée. Je me croyais seule. J'essaye de ne pas en faire une montagne. »

L'hystérie est devenue effervescente. Les yeux de Pen lançaient des éclairs verts. C'était la bonne interlocutrice. Depuis le début, c'était la bonne.

« Tu te souviens bien de Flora ?

– Évidemment, a-t-elle dit avec tristesse. La cliente parfaite.

– On peut voir ça comme ça.

– Elle n'a donc pas pu se résoudre à quitter le magasin, hein ? C'est un tout petit peu moins flippant comme ça, mais je ne veux pas être seule avec un fantôme. Il faut qu'on reste ensemble. Au fait, j'ai rompu avec Bougon Premier. Il se moquait de mes rituels, il a dû dégager. »

Bougon Premier avait duré plus longtemps que la plupart de ses prédécesseurs à cause du confinement, Pen et lui s'étant installés ensemble. Mais elle m'a annoncé qu'elle allait faire une pause sanitaire : c'était trop stressant de s'inquiéter pour quelqu'un d'autre que sa mère, qui était infirmière. Elle a eu un geste circulaire. Un geste agréable. Pen a tout un éventail de gestes idiosyncratiques. La main-pizza, par exemple, paume à plat, main de côté, comme si elle allait vous servir une somptueuse quatre-fromages. Parfois, elle illustre ce

qu'elle dit avec les doigts en pluie-qui-tombe, ou bien elle pince l'air comme de la pâte dans une tentative littérale de saisir la bonne expression. Quand elle réfléchit, elle pose son index sur sa lèvre supérieure comme une moustache. Là, c'est naturellement sur son masque à fleurs qu'appuyait son doigt. Au bout d'un moment, elle a demandé :
« Est-ce que je peux te dire ce qui me hante vraiment ?
– Bien sûr. »
Bingo. Tout le monde a une histoire de fantôme, ai-je pensé.
Décidant d'un commun accord d'ignorer le téléphone quelques minutes, nous sommes sorties par-derrière nous adosser au mur de brique.
« Ma mère est infirmière aux urgences, s'est lancée Penstemon. On est proches, tu sais. Quand tout ça a commencé, elle a envoyé ma sœur et mon frère chez ma tante. Maintenant elle vit seule parce qu'elle ne veut exposer aucun de nous. Je me tiens au fait de son emploi du temps. Chaque fois que je sais qu'elle est à la maison, je lui apporte un plat cuisiné et un pique-nique pour le lendemain. Je pose la nourriture devant l'entrée. Elle vient à la porte et elle me parle à travers la vitre. Derrière elle, je vois le grand couloir qui mène à la cuisine, très lumineuse, par une porte coulissante. Je déteste lui parler à travers la vitre. Elle se tient dans la pénombre et la lumière dans son dos fait comme un halo, comme un tunnel "vers la lumière". Tu sais, la lumière dont on parle toujours quand quelqu'un meurt. »
Elle a marqué un temps, puis battu des mains avant de les poser sur son cœur. Après une grande expiration, elle a continué.
« Je suis là, je parle à ma mère, et un grand froid monte en moi pendant qu'on discute. Je sais à quel point elle est fatiguée, je sais qu'elle voudrait récupérer la nourriture que je viens de déposer devant la porte. Mais je ne peux pas

m'arrêter de parler parce que chaque fois qu'on se parle à travers la vitre avec la lumière derrière elle, je me dis que c'est peut-être la dernière fois que je la vois. Je dois m'obliger à me taire. Et quand je la quitte, je monte sur mon vélo, je souris, je lui fais au revoir de la main, et puis je pédale de toutes mes forces parce que les sanglots montent en moi et qu'une fois qu'ils commencent, il n'y a pas moyen de les ravaler. »

Le reste de la journée, on a travaillé chacune à un bout du magasin. On s'est à peine parlé.

Quand on a quitté la librairie ce soir-là, Pen m'a tendu une enveloppe. « Lis ça chez toi. Je ne sais pas si c'est de la poésie en prose ou de la microfiction. » Évidemment j'ai ouvert l'enveloppe dès le coin de la rue et j'ai lu, debout dans le vent sur le trottoir.

```
Portrait de terminale

Quand j'étais encore avec mon petit copain
de lycée, j'avais fait encadrer son portrait
de terminale. On s'est séparés, mais j'ai
laissé sa photo sur l'étagère. Ça ne s'était
pas mal terminé, on n'était plus amoureux,
voilà tout, et on s'était promis de rester
amis. Je n'ai plus pensé à la photo jusqu'à
un après-midi où je rangeais ma chambre en
prévision de mon départ pour l'université.
J'ai eu une drôle de sensation, comme si
on me regardait. Je me suis retournée,
j'ai vu la photo. En tendant la main pour
la prendre, j'ai remarqué une goutte d'eau
sur le verre et j'ai voulu l'essuyer.
Impossible. L'eau faisait partie de l'image.
```

```
J'ai trouvé dingue de n'avoir jamais
remarqué que mon ancien copain pleurait sur
sa photo de terminale. Comme on était encore
amis, j'ai appelé sa mère pour l'interroger,
mais sa voix était bouleversée à l'autre
bout de la ligne... Il avait eu un accident.
Il était à l'hôpital, à Fargo, dans le coma.
J'y suis tout de suite allée et je lui ai
tenu la main, même si ça ne plaisait pas
tellement à sa nouvelle copine. Le coma a
duré quatre jours. Quand il en a émergé,
il a dit à sa mère que, tout ce temps, il
n'avait cessé de pleurer : il frappait à une
porte vitrée, en larmes, suppliant qu'on le
laisse rentrer dans cette vie.
```

Arrivée chez moi, j'ai ressorti le papier. Quelque chose me travaillait. Là, j'ai compris ce que c'était : le texte était tapé à la machine. Et non sur un ordinateur avec une police de caractères qui imiterait une machine à écrire. J'ai touché les lettres, parfois irrégulières, avec quelques « e » obstrués là où l'encre des touches avait pénétré le papier. Je ne pouvais pas le comparer à *Lire l'avenir*, mais j'étais à peu près certaine d'en avoir trouvé l'autrice.

Le lendemain, j'ai posé la question à Penstemon.

« Oh, tu as lu ça ?

– Je l'ai trouvé dans le tiroir-caisse, sous le plateau. C'est un truc de dingue, Pen, ça te retourne la tête ! Lire l'avenir ! »

Elle a haussé les épaules et levé les mains. Je savais qu'elle était contente.

« Ouais. Je l'avais apporté pour le montrer à Asema.

– Mais qu'est-ce qui t'a poussée à écrire ça, putain ?

– C'était après le collage. » Elle a désigné le confessionnal.

« Le jour où tu as inhalé la colle ?

– Le jour où j'ai entendu la voix. Plus tard, une fois chez moi, j'étais en train de travailler à autre chose quand ce truc-là est sorti tout seul. C'était tellement bizarre, comme si j'écrivais sous la dictée, sauf que je n'entendais aucune voix. C'est un avertissement, hein ?
– Je crois. Tu penses que Flora essayait de nous prévenir de la pandémie ?
– C'est ce qu'elle aurait fait dans la vraie vie, je crois. Et elle nous livrerait des serviettes en papier et du gel hydroalcoolique.
– Franchement, ça aurait été son heure de gloire. Elle était forte pour dénicher des trucs pour les autres. Pour qu'ils se sentent redevables. »

Penstemon a repris avec une certaine lenteur : « Peut-être que la raison pour laquelle j'entends parfois Flora, moi aussi, c'est que je suis passée par ce confessionnal. »

On s'est tournées vers le vieil isoloir. Quelqu'un avait vissé une ampoule décorative dans la douille de l'habitacle du prêtre. À l'époque où il était en service, les rideaux auraient été tirés et il aurait fait sombre à l'intérieur – le curé n'allait tout de même pas confesser à la lumière d'une lampe de poche. Pen est allée tirer sur la chaîne et il y a eu comme un mouvement. Elle a poussé un petit cri avant de reculer d'un bond. Mon cœur s'est emballé. L'ampoule avait la forme d'une flamme. Elle flottait dans la pénombre comme la flamme divine au-dessus des apôtres.

Le téléphone n'arrêtait plus de sonner. J'avais beau tout noter, mon cerveau surchauffait et ma liste de choses à faire ne cessait de s'allonger. Je me suis mise à entendre le téléphone même après le travail, sur le chemin du retour, une fois rentrée – tout le temps. Je n'étais plus seulement hantée à la librairie, voilà maintenant que la librairie me hantait chez moi. Ça sonnait jusque dans mes rêves.

C'était épuisant, mais tant d'attention avait aussi quelque chose de touchant. Louise s'était enflammée au mot « essentiel ». Il s'avérait que les livres étaient importants, comme la nourriture, l'essence, la chaleur, le ramassage des ordures, le déblayage de la neige et la picole. Le téléphone qui sonnait signifiait que nos lecteurs ne nous avaient pas désertés et que, un jour lointain, ils pousseraient de nouveau la porte du magasin. C'était parfois grisant d'être nécessaire. Il m'arrivait même de me sentir moi-même importante. Le Mécontentement commandait désormais ses livres par téléphone et venait les récupérer dans une Mercedes-Benz vintage, très classe, dont la plaque d'immatriculation personnalisée disait : LAWWOLF, « Loup du droit ». Je passais alors la tête dehors et il me criait :

« Vous avez quoi d'autre ? »

C'est ainsi que je lui ai donné *Deacon King Kong* de James McBride. Le lendemain – je vous jure que c'est vrai –, il m'a appelée au magasin, à mi-lecture, pour me dire que le livre débordait de vie et d'amour et qu'il ne voulait pas que ça se termine. Amour ? Vie ? Je n'aurais jamais imaginé entendre ces mots dans la bouche du Mécontentement. Je me suis tout de suite inquiétée.

« Vous allez bien ? »

Encore plus inquiétant, il ne m'a pas rabrouée.

« J'avais aimé *L'Oiseau du bon Dieu*, mais ce livre-ci est encore mieux. Il y est question de noblesse humaine, de gentillesse, d'ingéniosité. C'est visuel, c'est drôle. Je n'ai pas envie que ça finisse. »

J'ai bégayé quelque chose. Il a continué.

« Je crois que ce livre me transforme. Vraiment. C'est pourtant dur de changer une vieille carne acariâtre comme moi. Les gens croyaient toujours que j'étais avocat. Mais non, sacrebleu, j'étais procureur. Ce livre m'a ramené au bon vieux temps. J'ai grandi à Rondo, un quartier chaleureux, plein de bienveillance, de tartes maison, de personnes âgées, de gamins, de folie et de chagrin. Un quartier auquel il faisait bon appartenir. Toute ma vie cet endroit m'a manqué, mais je ne m'en rends compte que maintenant. Depuis qu'ils ont coupé Rondo en deux pour y faire passer l'Interstate 94, depuis que ce quartier noir de Saint Paul où vivaient tant de gens semblables à ceux du monde de Deacon a été démoli, il me manque. C'est comme si McBride m'avait rendu quelque chose de personnel.

– Et maintenant, heu... qu'allez-vous faire de ces bonnes dispositions ?

– Les partager, Soupe d'alphabet ! Un bien partagé est un bien dédoublé. »

Un bien partagé est un bien dédoublé, c'est ce que disait la grand-mère de Pollux, qui distribuait toujours ce qu'elle avait en trop. J'avais déjà fait de Roland Waring – le nom sur sa carte de crédit – un genre de cousin en lui donnant un surnom. Dans un accès de frustration, un jour où je n'arrivais pas à trouver un titre qu'il n'ait pas encore lu, je lui avais même dit comment je l'appelais. Il avait répondu que ça lui convenait très bien et que lui-même m'appelait Soupe d'alphabet, parce que je débitais tellement de titres à la minute que parfois je les mélangeais. Maintenant qu'il était transformé, j'allais devoir lui trouver un autre nom. Le Contentement n'étant pas suffisant, j'ai décidé dans un premier temps de l'appeler Roland Waring. Qu'il ait changé grâce à un livre me réjouissait.

C'était pareil pour beaucoup de gens qui passaient commande au téléphone. Nous avions beau être en pleine pandémie mondiale, ils étaient généralement joyeux, malgré les difficultés. Bien sûr, il y avait quelques grincheux – il y en a toujours. Parmi eux, sans surprise peut-être, des conseillers en gestion de crise. Mais si je faisais dévier la conversation sur les livres, presque tout le monde devenait loquace, ce qui me convenait tout à fait. Je peux parler livres indéfiniment, en bonne Soupe d'alphabet que je suis. Je raccrochais seulement sous la pression des commandes à préparer.

J'arrivais toutefois à faire des journées de travail plus longues, du moment que Pen m'aidait à garder la trace de Flora, dont on ne savait pas trop si elle se diversifiait ou se relâchait. Il nous arrivait de lever les sourcils et de regarder ensemble du côté d'un son qu'elle produisait. C'était crucial pour moi. Ça prouvait que tout ça n'était pas dans ma tête. Même si je *savais*, bien sûr, que tout ça n'était pas dans ma tête. Méthodique comme elle était, Pen était déjà en train d'établir une carte des déplacements de Flora dans le magasin, pour voir si cet itinéraire fixe signifiait quelque chose.

« Ce que j'ai remarqué, m'a-t-elle dit, c'est qu'elle va beaucoup dans le confessionnal. Je me demande si ça tient aux symboles sculptés dans la porte ou aux images collées à l'intérieur. »

J'ai regardé les motifs du battant qui donnait accès à l'habitacle du prêtre.

« C'est quoi, ce signe ?
– Un genre de quartefeuille.
– Je regarderai ce que ça veut dire. » Mais j'étais plus intéressée par les livres qu'on ramassait par terre chaque matin : *Flora and Fauna of Minnesota*, et *Euphoria* de Lily King. Peut-être racontaient-ils quelque chose des raisons qui poussaient notre fantôme à refuser de rester morte.

Histoire de mettre Flora en garde, la playlist commençait désormais par *mon* titre de Johnny Cash, « God's Gonna Cut

You Down » – Dieu finira bien par te faucher. Penstemon et moi ne prenions pas de risque. Nous quittions toujours le magasin ensemble. La plupart du temps, je me sentais plus courageuse, plus légère, plus joyeuse, mais certains effets du *Laisse-moi entrer* murmuré par Flora se révélaient durables. Je ne voulais plus être seule nulle part. Je n'étais pas rassurée la nuit, et je gardais les rideaux fermés. Je me réveillais vers trois heures du matin, les poings serrés, des crampes aux pieds, la mâchoire douloureuse. Et j'avais souvent froid, comme si mon sang s'était dilué et qu'une neige fondue, sale et glacée, coulait dans mes veines. Mais le pire, c'est que mes nerfs épuisés faisaient parfois des étincelles et, sous l'effet de ces décharges soudaines, je disais des choses blessantes à Pollux – *Bas les pattes, gros tas* – comme à Hetta – *Rengaine ton regard noir, gamine*. Je me raisonnais : Tookie, tu vaux mieux que ça. Passe outre, prends de la hauteur. Sauf que je suis en plomb. Quand je saute, je dépasse à peine les sept centimètres. Alors j'aurais bien voulu prendre un peu de hauteur, mais comme dit Pollux : *Vouloir n'est pas pouvoir*.

Au moins, le printemps était là.

L'ANNÉE OÙ ON BRÛLE LES FANTÔMES

Mai

Il y avait des mètres et des mètres de scilles bleues et de sanguinaires blanches sur le chemin que j'empruntais pour aller travailler. Les poings gantés de cuir des asclépiades sortaient de terre. Les sombres branches des pins et des pruches du Canada se couvraient d'épines tendres. Les gens déambulaient à la façon des jeunes enfants, se penchant pour regarder l'herbe desséchée de l'année d'avant. Ils observaient le ciel, examinaient les étiquettes des arbres urbains nouvellement plantés. Et l'air – une nourriture propre et fraîche. Les rayons du soleil frappaient mes épaules à la diagonale, me procurant la douce brûlure qui vaut promesse d'été. La municipalité fermait de grandes artères pour qu'il y ait la place de circuler à pied, et partout c'était un ballet de gens qui s'évitaient en descendant des trottoirs et en marchant dans le caniveau.

Macadamn Cow-Girl

Le soleil brillait désormais encore quand je sortais du travail en fin d'après-midi. Je suis rentrée en me réjouissant d'avance à l'idée de m'installer sur la terrasse derrière la maison. Là, j'ai posé mes pieds sur une grosse pierre tandis que le reste de mon corps s'enfonçait dans un vieux fauteuil défoncé. Un mug de camping rempli de thé reposait dans le porte-gobelet en maille qu'abritait le bras du fauteuil. Du thé noir bien fort. Le soleil me chauffait les épaules. Une bonne journée. Et puis Hetta est sortie déposer Jarvis dans mes bras et la journée est devenue parfaite. Il trouvait suspecte la lumière qui filtrait entre les feuilles toutes neuves et fronçait les sourcils devant tant d'effronterie. Je lui ai expliqué que c'était normal, que des feuilles apparaissaient chaque année, qu'il apprendrait à les connaître.

Hetta a approché une chaise. La surprise m'a rendue méfiante.

« Pardon de t'avoir traitée de vieille truie. » Sa voix ne trahissait aucun effort. Hetta avait l'air normale, comme les feuilles.

Je me suis raclé la gorge et j'ai parlé d'une voix éraillée d'étonnement.

« Ça remonte à des mois. Peut-être même une année. »
Hetta m'a souri. Pour de vrai. « N'empêche.
— OK. Qu'est-ce qui te tracasse ?
— Pourquoi veux-tu que quelque chose me tracasse ?
— Ben, pourquoi d'un coup tu me parlerais, sinon ? »
Et pourquoi tu me sourirais, ai-je ajouté mentalement.

Hetta fixait les feuilles tendres. Un foulard en coton rouge retenait la masse soyeuse de ses cheveux noirs. Elle s'est laissée aller contre le dossier de sa chaise et elle a fermé les yeux. Je n'ai pas bronché.

« Il y a quelque chose, oui. Je ne sais pas par où commencer. »

Mon Dieu, me suis-je dit, encore une confession impliquant un revenant ? Mais c'était la première fois qu'elle me parlait

– ou plutôt bafouillait – depuis une éternité et je ne pouvais pas l'ignorer.

« Imagine que tout s'éclaircira si tu commences par le début.

– Peut-être que je ferais mieux de commencer par le pire, par la fin, pour être débarrassée.

– Ça marche aussi. »

Je me suis mise à bercer Jarvis, à peine, par de petits mouvements de bras. J'avais envie de lui parler, mais il me semblait qu'il valait mieux la fermer pour le moment.

« À la fin de l'histoire, je me déchaîne avec une cravache », a dit Hetta.

Je l'ai regardée en prenant garde à ne pas manifester trop d'intérêt.

« Continue.

– J'ai tourné dans un film.

– Celui que tu avais refusé ?

– Oui. Mais, comme tu vois, j'ai fini par accepter.

– Pollux le sait ?

– Il ne faut pas qu'il sache, jamais.

– C'est quoi, le titre ?

– *Macadam Cow-Girl*. Avec un "n" en plus pour faire Maca*damn*.

– Je crois qu'il est au courant.

– Hein ? Impossible, le film n'est même pas encore sorti. Je te préviens pour que tu puisses intervenir si nécessaire. Je sais que c'est gonflé de te demander ça.

– Moi aussi je demanderais, si j'avais été assez gonflée pour tourner ça.

– J'ai été conne.

– J'ai été encore plus conne, tu sais. Cette page aussi se tournera.

– Non, Tookie. Je serai toujours hantée par ce que j'ai fait. »

C'était donc finalement bien une histoire de fantôme. Une hantise pornographique.

« Moi aussi je serai toujours hantée par ce que j'ai fait. Bienvenue au club. »

On est restées assises là. Deux femmes hantées. Et un bébé libre de tout fantôme qui suivait des yeux les nuées de gloire dans le ciel.

Plus tard, quand Jarvis a eu faim, je l'ai rendu à Hetta. C'est alors qu'elle m'a parlé du père. Comme je m'y attendais, il s'agissait de Laurent. Je ne l'avais pas vu depuis un moment, mais il faut dire que je ne voyais personne à part Pen, Jackie, ma famille et des inconnus masqués qui m'évitaient dans les allées fruits et légumes du supermarché.

La glace était brisée. Hetta avait envie de se plaindre. Elle avait beau l'aimer, Laurent était incapable de suivre la moindre règle. Ce n'était pas un choix, juste l'effet de sa dispersion. Elle n'en avait pas été directement témoin, mais Asema lui avait raconté les tentatives du jeune homme de porter un masque, lequel finissait toujours sur son menton ou pendouillant d'une oreille. Asema avait cessé de le voir parce qu'il traînait avec d'autres gens, n'arrivant visiblement pas à éviter les fêtes et ses vieux copains.

« Il a deux jobs. Il fait des tatouages à domicile.

– Super qu'il ait l'esprit d'entreprise. Mais en cette période…

– Est-ce qu'il faut que je le dégage de nos vies ? Avant que Jarvis ne s'attache à lui ? Je sais que c'est horrible de dire ça. »

J'étais incapable de répondre, le cœur soudain serré. J'aurais adoré connaître mon père – enfin, pas s'il avait été violent, mais s'il n'avait été qu'un tatoueur trop sociable aux airs de renard rôdeur enfreignant les règles du savoir-vivre masqué, alors oui.

« Bon, ben, je suppose que je vais le dégager... », a dit Hetta.

Au ton de sa voix, je ne savais pas si elle était résignée ou soulagée.

« Attends. J'aurais voulu connaître mon père, quand bien même il aurait écrit des livres en pattes-d'oie et gagné sa vie en dessinant sur des gens, quand bien même il aurait été imprudent et volage. »

Oups. Hetta a cligné des yeux, absorbant ce que je venais de dire.

« Aïe. J'ai vraiment dit ça ?

– Ouais. "Volage". J'imagine que tu l'as vu avec Asema ? À la librairie ?

– Tu es donc au courant ?

– Il m'en a parlé. On était dans une relation ouverte, tu vois.

– C'est là que tu...

– Oui. » Elle a baissé les yeux vers les dalles craquelées et haussé les épaules. « C'était mon idée, pas la sienne. Et ça n'a pas marché. Sauf que ça m'a rapprochée d'Asema. Elle fait super gaffe, pour sa mère et son *mooshum*. Et puis Laurent ne lui avait pas parlé de Jarvis et moi. C'était une règle entre nous. Du coup, Asema et moi on ne s'en veut pas du tout. Je peux te dire un truc ? »

J'ai fait oui de la tête. Un oui circonspect.

« T'inquiète, c'est chouette. Je veux juste que ce soit dit. Ma phase d'aventures sexuelles, c'est fini. Laurent, cette connerie de film, tout ça. Jarvis m'a montré qu'il y avait mieux. Et puis, bon, j'ai un petit faible pour Asema.

– Un petit faible... tu veux dire... ? »

Elle a hoché la tête en détournant les yeux.

« Eh bien je dois dire que ça me fait plaisir.

– Ouah ! Toi alors..., s'est exclamée Hetta. Super normale,

super maternelle et tout. J'aurais jamais cru. Et puis tu es aussi une super grand-mère, une *kookum*, une *nookomis*, peu importe. Tu aimes tellement Jarvis.
— Ça, pour l'aimer, je l'aime », ai-je marmonné. Allez savoir pourquoi, je me sentais mal à l'aise, timide, ridicule. J'ai fait de mon mieux pour passer outre, car je veux être le genre de personne à qui on peut dire ce genre de chose en toute confiance.

Le bûcher des fantômes

Dans presque toutes les cultures humaines, il existe une fête des Morts. On les honore avec des fleurs et de la nourriture. On défile dans les rues avec des drapeaux rouges et des crânes, ou bien on va sur leurs tombes. On répand la fumée de l'encens ou de la sauge. On crée des représentations précises du paradis et de l'enfer. On ramène les défunts à la vie et on laisse leur esprit vagabonder. On se souvient d'eux, on prend acte de leur impact sur les vivants. Et puis on les brûle, on les libère et on leur dit de nous laisser tranquilles. Ça ne marche jamais. L'année d'après, ils sont toujours de retour.

Les presses continuaient à fonctionner et des livres en sortaient. Ça n'allait pas sans perturbation, mais je trouvais l'idée de cette production réconfortante. La librairie n'a jamais eu assez de trésorerie pour acheter plusieurs exemplaires de tous les ouvrages des programmes scolaires, ni la place suffisante pour les entreposer. À voir le magasin, on aurait dit le travail de stockeurs hyper-organisés. Je me demandais comment Flora s'accommoderait de l'encombrement du plancher — allait-elle flotter au-dessus du sol ou bien enjamber les cartons et peut-être trébucher, comme je l'avais fait ? À ma grande déception, elle arrivait visiblement à circuler malgré les complications. Tant que je travaillais avec quelqu'un, elle ne me parlait pas et n'émettait pas de sons hostiles. Elle gardait ses distances. J'ai décidé de la brûler quand même.

Vu l'échec de sa crémation, comment pouvais-je espérer quoi que ce soit d'un feu bien plus modeste ? C'est que, avais-je réalisé, je n'avais pas brûlé ses affaires. Quand Jackie m'avait conseillé de ne pas porter de rouge, je m'étais souvenue que nos traditions voulaient qu'on donne ou qu'on brûle ce qui avait appartenu au défunt. Peut-être ce recours aux flammes datait-il des épidémies dont nous avions été victimes. Peu importe, je voulais mettre toutes les chances de mon côté.

J'allais donc allumer un feu et y jeter tout ce que Flora m'avait jamais donné. J'ai ratissé la maison. Il y avait quatre récipients de pot-pourri (un sacrifice), un bonnet qu'elle m'avait tricoté avec de la laine fantaisie et qui me donnait l'air d'un porc-épic (bon débarras), des icônes (je lui avais dit que j'aimais bien les vieilles images de saints), une bobine de ficelle rose fuchsia (pourquoi ?), des Ugg (elle avait commandé une paire trop grande et ne les avait pas essayées à temps pour les renvoyer, elles m'allaient, je les avais négligemment portées jusqu'à les déchirer ici et là – ce serait dur de les brûler), des tee-shirts de pow-wow plutôt petits et un médaillon au perlage maladroit. Au début, Flora perlait comme une enfant – rangs inégaux et bouts effilochés. Mais le médaillon m'a serré le cœur. Je la revoyais me passer la guirlande de pâquerettes en perles autour du cou puis m'adresser un sourire tremblant, plein d'espoir et d'admiration. Ses doux yeux bleus, sa barbe-à-papa de cheveux blancs, ses lèvres roses. Qu'admirait-elle chez moi ? Qu'avais-je bien pu faire ? Ses standards étaient affreusement bas. J'ai posé le médaillon sur la pile avec un petit tapotement affectueux. Flora était alors pleine de bonnes intentions. Ce n'est pas comme si toute sa vie elle avait aspiré à devenir une revenante intrusive, collante, en quête permanente d'attention. Qui sait même si elle ne se détestait pas pour ce qu'elle faisait.

J'ai allumé un feu à l'extérieur, dans le foyer à l'ancienne qu'on utilisait rarement. Il n'y avait personne à la maison et c'était tant mieux. Je ne voulais pas que Hetta s'insurge contre l'incinération des Ugg ou du reste. Les tee-shirts étaient assez chouettes. Et puis, si les objets refusaient de brûler, comme le livre, je préférais m'épargner la panique de quelqu'un d'autre que moi devant ce phénomène surnaturel. J'ai attendu que le feu prenne bien pour y jeter un par un les cadeaux de Flora. Ils ont brûlé. Avec une puanteur spectaculaire, dans le cas des Ugg. Dans un esprit de pardon, à défaut d'un pardon véritable, j'ai jeté du tabac dans le feu. Puis un épais fagot de genévrier séché, provoquant une grande flambée. Je brûlais toujours le genévrier qui restait des cérémonies de Pollux ; j'adorais sa fumée odorante et l'appétit avec lequel les flammes en dévoraient les branches.

À force de rester près du feu, j'ai fini par me sentir seule. C'était dur d'être mise à l'isolement par un revenant dont je ne pouvais rien dire à Pollux. Je me suis demandé pourquoi mon mari refusait d'entendre parler de mes fantômes et pourquoi, de mon côté, je refusais d'entendre parler de ses esprits. Est-ce que ça ne revenait pas au même ? J'avais toujours rejeté les cérémonies par principe – histoire de prouver qu'on pouvait être contre, et pas moins ojibwée pour autant. La même raison poussait Pollux à boire un verre à l'occasion : montrer que tous les Indiens n'étaient pas alcooliques. Le refus actif de la moindre mention de fantôme ne relevait pas d'une question identitaire chez Pollux et je me demandais pourquoi, croyant aux esprits, il ne croyait pas aussi aux revenants.

LA SENTENCE

Je suis restée près du feu alors que tous les objets n'étaient déjà plus que cendres. Il ne restait que les semelles carbonisées des bottes. J'ai ajouté du bois. Il s'était mis à faire froid avec la tombée du jour et une chaleur agréable émanait des braises. Au bout d'un moment, j'ai entendu la voiture de Pollux dans l'allée. Il a traversé la maison et m'a rejointe. Devant les semelles calcinées, il a dit :
« Tu t'es encore endormie les pieds dans le feu ?
– Oui. Une question : pourquoi est-ce que je crois aux fantômes alors que je ne crois pas aux esprits ? Et pourquoi toi tu crois aux esprits mais pas aux fantômes ? »
Il m'a regardée attentivement, les lèvres pincées et un sourcil levé (celui à cicatrice), avant de hocher la tête et de se tourner à nouveau vers le feu.
« Ce n'est pas que je n'y crois pas. Mais je n'aime pas quand les gens parlent d'apparitions ou disent le mot "fantôme". Ou bien prononcent le nom d'une personne défunte. Surtout ça. C'est un manque de respect. »
Je me suis penchée vers lui et je l'ai dévisagé comme un inconnu. « Sans déconner... C'est pour ça que tu pars dès qu'il en est question ?
– Bien sûr.
– Tu es donc en train de me dire que tu crois... attends, je veux être sûre de bien comprendre... que tu *sais* que les fantômes existent ?
– Pas les fantômes, les esprits. Oui.
– Et moi je suis hantée depuis novembre dernier et je n'ose pas t'en parler depuis que tu m'as rembarrée. Je n'ai pas appelé à l'aide parce que je croyais que tu te détournerais. De fait, tu t'es détourné.
– Qu'est-ce que tu entends exactement par "hantée" ?
– Exactement ça. Hantée.

— Littéralement hantée ? Tu vois un esprit ?
— Je l'entends. Flora...
— Chhhh.
— Tu vois ? Je ne peux pas te parler. Pourquoi ?
— Tu sais que j'ai démissionné de la police après t'avoir arrêtée. Tu sais aussi que je n'ai jamais été policier dans l'âme. Je ne me vois donc pas faire la police culturelle non plus. Mais je vais t'expliquer. C'est parce que tu prononces son nom. Tu ne peux pas le dire comme ça, tout de go. Il faut respecter les morts. Il y a aussi qu'entendre son nom peut la détourner du chemin du paradis, si jamais elle est encore en route. Et tu n'as pas vraiment intérêt à attirer son attention si elle est déjà arrivée.
— Pourquoi ?
— Elle pourrait croire que tu veux la rejoindre. »
Ça m'a cloué le bec.
« Vous, les Ojibwés, vous avez trouvé un moyen de gérer ça, a repris Pollux. Je le tiens de Noko. Vous ajoutez *-iban* à la fin du nom. Comme ça, la personne ne reconnaît pas son nom, et puis ça signifie qu'elle appartient au monde des esprits.
— Mais pourquoi je ne sais pas ça, bon sang ! » J'ai lacéré Pollux du regard.
« Tu connais bien tes traditions, a-t-il répondu. Je pensais que tu étais au courant, mais que tu avais tes raisons. Ça ne m'a pas traversé l'esprit de te le dire.
— Non, je ne connais pas bien mes traditions ! Je n'ai pas été élevée dans les traditions ! Voler pour manger, c'était ça, ma tradition ! On ne m'a jamais appris le coup du *-iban*.
— Houlà, je suis désolé. Je ne voulais pas... disons... avoir l'air condescendant. »
Je suis restée silencieuse. Contrôle-toi, me suis-je dit, ne va pas plus loin. Il s'est excusé. *Mii go maanoo.* Restes-en

là. Mais j'avais tellement envie de lui hurler dessus que j'ai été obligée de me plaquer le dos de la main sur la bouche. Rien de tout cela n'était sa faute. N'empêche.

« Pourquoi épouser un cérémoniant si je ne peux pas compter sur lui pour chassérémonier mes ennuis ?

– Je me suis aussi posé la question, a répondu Pollux. Pourquoi épouser une libraire à moins de vouloir acheter un livre ? »

On s'est jeté un regard en biais et on s'est mis à rire. Il n'a pas fallu longtemps pour qu'on se retrouve au lit. On était finalement en train de s'assoupir quand on a entendu une voiture arriver et la voix de Hetta. Elle détachait le siège bébé de Jarvis en riant avec une autre femme. Asema. De grands éclats de rire.

« Cette soirée est visiblement très drôle, a dit Pollux.

– On a bien fait de commencer tôt. »

Nous regardions le ventilateur au plafond. J'étais fan de cet objet. Dans la semi-obscurité granuleuse, son flou m'apaisait.

« Je suis tellement contente que tu aies installé ce truc.

– Je l'ai fait pour toi. Pour t'hypnotiser. Pour que tu te plies à mes quatre volontés.

– C'est quoi, ta première volonté ?

– Tu le sais.

– Je peux sans doute t'exaucer. Cette fois-ci. Si tu ne fais pas de bruit.

– Dix mille plus une, a-t-il murmuré après coup, tandis que nous étions allongés côte à côte, à moitié endormis. Je crois que c'est un record mondial.

– On joue dans une catégorie à part. On mériterait un prix.

– Une plaque, avec une description détaillée. À accrocher au-dessus de la cheminée. Hetta serait gênée à mort, a dit Pollux.

— C'est sûr. Elle est tellement innocente, avec son bébé et tout. »

Oups. J'ai posé ma main sur ma bouche.

« Tu as raison. C'est une innocente », a dit Pollux avant de sombrer. J'espérais que ça signifiait qu'il n'était pas au courant, pour *Macadamn Cow-Girl*. J'ai regardé le tourbillon du ventilateur et j'ai sombré.

Parfois, sur le chemin du réveil, quelque part entre sommeil et conscience, je suis prise d'un tsunami de chagrin. D'où vient cette vague, et pourquoi tant d'amertume, je ne sais pas. Ça m'arrive, voilà tout. Je reste immobile, comme si j'avais un couteau planté dans le corps, comme si remuer ce sentiment risquait de l'aggraver. Mais je sais qu'il ne partira que si je m'y soumets. Alors j'accepte d'avoir mal.

Ça m'est arrivé le lendemain du soir où Pollux m'a hypnotisée avec le ventilateur. Je me suis réveillée en proie à la tristesse et, comme toujours, j'ai laissé les ténèbres m'envahir. Puis, lentement, quand elles ont peu à peu reculé, j'ai jeté un œil hors de ma grotte d'oreillers. Pollux était assis à la petite table près de la fenêtre. C'était l'un de ses postes de travail disséminés dans la maison et le garage. Il avait transporté cette table dans notre chambre quand Hetta s'était installée dans son bureau. Il y travaillait ses plumes d'aigle. De magnifiques rémiges mouchetées de brun et de blanc, légèrement courbes. Il les redressait en passant le rachis sur l'ampoule chaude d'une lampe. Protégé de la luminosité par des lunettes de soleil, il caressait le verre avec la plume, encore et encore. Une scène qui ne pouvait être normale que chez des Indiens. La plume se redressait progressivement. Ça prenait du temps. Je regardais Pollux par-dessous mes oreillers. La lumière posée sur ses cheveux faisait ressortir les mèches grises, noires et blanches. Sa patience, la dévotion à son travail agissaient sur moi. Encore et encore il chauffait la plume, la courbait dans l'autre sens, la redressait, la chauffait à nouveau. L'image même de l'amour humain. Je savais qu'il avait installé le ventilateur pour moi. Et je savais que la plume, c'était moi – Tookie –, redressée par une chaleur mille fois donnée.

MINNESOTA GODDAMN[1]

---

1. Référence à la chanson de Nina Simone, *Mississippi Goddam*, écrite en réaction à deux meurtres racistes perpétrés en 1963 dans le Mississippi et l'Alabama par des membres du Ku Klux Klan.

« Événement-signal d'alarme »

DÉFINITION (santé publique) (*McGraw-Hill Concise Dictionary of Modern Medicine*, 2002) : événement, généralement d'origine humaine, contenant un « signal d'alarme » fort, souvent sous forme de catastrophe, avec de multiples répercussions juridiques (législation et jurisprudence) suscitées par l'indignation publique à l'encontre des politiques alors en vigueur, jugées inadéquates ou insuffisantes pour répondre à l'événement.

25 mai

Lundi soir, tard. Hetta a montré quelque chose à son père sur son téléphone, comme elle le faisait souvent. Pollux a brusquement frappé le canapé et s'est enfoui la tête dans les mains. *Oh non gawiin gawiin*, a-t-il dit, *oh non. Oh nononono gawiin*. Alors moi aussi je l'ai vue, la vidéo du policier dont le genou bloquait la nuque d'un homme noir. L'homme commençait par crier, puis il appelait sa mère, puis il cessait de crier pour devenir totalement silencieux. Ça s'était passé devant Cup Foods, une supérette du sud de Minneapolis où

Pollux s'arrêtait régulièrement en rentrant de ses cérémonies d'action sur l'univers. On trouve tout, là-bas, vraiment tout, disait-il souvent. Ce soir-là, il a dit : *J'en viens. Peut-être que j'aurais pu...* Je me suis assise près de lui, doucement.

Hetta a fait défiler son fil Twitter. *Peut-être une histoire de faux billet, putain ! Un putain de faux billet !* Au bout d'un moment, elle a dit que les choses s'organisaient et qu'elle irait au rassemblement prévu le lendemain. Et qu'elle emmènerait Jarvis.

« Je ne prendrai pas de risques. Je dois y aller. » Elle s'est mise à pleurer. Pollux gardait la tête baissée. Il ne l'avait pas relevée depuis la vidéo. Quand j'ai posé ma main dans son dos, il a sursauté. Je me suis efforcée de contenir la vague de démence qui me submergeait. Nous venions d'assister à un meurtre. Que faire de ça ?

Hetta a dressé la liste de toutes les mesures qu'elle prendrait, les masques, les sprays désinfectants. Pollux gardait la tête baissée, mais il écoutait.

« Est-ce que les bébés peuvent attraper le virus ? » a demandé Hetta avant de balayer sa propre question d'un haussement d'épaules. Puis elle est devenue songeuse. Elle a bercé son bébé et soupiré.

« Je ne veux pas qu'il tombe malade.

– Et si je m'occupais de lui ? ai-je dit. Tu me laisseras des biberons. »

Pollux fixait toujours le sol. Au début de l'American Indian Movement, les activistes écoutaient la radio de la police et débarquaient avec des enregistreurs aux endroits où devait se dérouler une arrestation, dans certains quartiers, certains bars. Les policiers de Minneapolis emmenaient régulièrement les nôtres près du fleuve pour les passer à tabac ; l'AIM s'est démené pour que ça cesse. De nos jours, il y avait les vidéos des téléphones portables.

J'ai arrêté de faire les cent pas et essayé de m'asseoir.
« Asema vient de m'envoyer un texto. On ira ensemble.
– Très bien. Règle numéro un, avoir un binôme, ai-je dit. Non pas que j'aie des règles. Je n'ai jamais participé à une manifestation, sauf sur la réserve de Standing Rock, et c'était pour apporter des livres. » Je me suis frappé la poitrine. « Une reprise de justice ne s'approche pas des flics. » J'ai baissé les yeux vers Pollux. « Sauf de celui-ci. »

Il n'a pas levé la tête.

« Alors je peux garder Jarvis dans son écharpe de portage. On va s'en sortir. »

Hetta s'est mise à parler d'un ton très sérieux, disant que tout le monde devait pleurer. Et que l'heure des comptes avait enfin sonné. J'étais étonnée, je ne l'avais jamais vue réagir comme ça. Elle avait jusque-là réservé cette intensité à son maquillage, ses vêtements, ses amis. Mais c'était avant Jarvis, avant l'isolement propice à la réflexion de ces derniers mois, avant qu'elle se rapproche d'Asema. Quant à moi, mes pensées se sont bloquées sitôt que j'ai cessé de parler. La vidéo de la mort de George Floyd passait en boucle dans ma tête.

Allais-je la ranger avec les autres ?

Jeronimo Yanez tirant sept fois sur Philando Castile dans un même mouvement annihilateur. Sept fois. Je me rappelle avoir alors pensé que nous n'aurions plus jamais la conscience tranquille, nous qui laissions cela arriver. Mais qu'est-ce que j'avais fait depuis ? Des bricoles. Rien de probant.

J'ai pensé à la compagne de Philando, Diamond Reynolds, présente ce soir-là. *Pourquoi est-ce que vous lui avez tiré dessus, monsieur ?* J'ai pensé à la fille de Diamond, quatre ans, parlant à sa mère menottée sur la banquette arrière de la voiture de service de Yanez. *Je veux pas qu'on te tire dessus, mama. Je veille sur toi.*

« Merci de t'occuper de Jarvis, maman, a dit Hetta.

– Pas de quoi, ma chérie. »
Pollux nous a dévisagées l'une après l'autre avec un étonnement éteint, puis il a de nouveau baissé la tête. Hetta est allée se coucher. Pollux et moi avons veillé tard, à parler et à consulter nos téléphones. C'était une erreur, car Minneapolis et Saint Paul allaient connaître bien des nuit blanches. Des nuits de larmes et de feu.

Je m'étais assoupie sur le canapé. Quand je me suis réveillée en sursaut, il faisait encore sombre et la maison était immobile. Une fois, à l'époque où j'étais au trou, j'avais été tirée de ma cellule par un groupe de matons. Je sais donc ce que ça fait quand on vous plaque au sol et qu'on vous étrangle. J'avais cette terreur-là en moi et elle s'était frayé un chemin jusqu'à la surface de ma peau. Je suis restée prostrée dans le noir. J'avais senti le tissu d'un uniforme masculin contre mon visage, un uniforme qui n'était pas celui de Pollux.

26 mai. Parties avec bouteilles d'eau, chapeaux et parapluies au cas où, Hetta et Asema sont revenues du rassemblement quelques heures plus tard. Ça avait été émouvant et cathartique, mais elles avaient quitté le cortège avant d'atteindre le commissariat du troisième arrondissement. Nous avons passé une nouvelle soirée à suivre les fils d'actualité sur nos téléphones. La situation s'envenimait. Nous nous en détournions, nous y revenions. Il y avait des feux d'artifice, des grenades assourdissantes, du gaz lacrymogène. Puis il s'est mis à pleuvoir et les gens sont apparemment rentrés chez eux.

Ville hantée

« Je ne peux pas rester ici aujourd'hui. » Hetta soutenait mon regard par-dessus les œufs et les toasts. « Nous devons être solidaires des Noirs parce que nous savons. La police de Minneapolis nous fait la même chose depuis que cette ville existe, putain. Non, ça remonte encore à plus loin. Ils ont commencé à s'entraîner sur nous pendant la révolte des Dakotas et ça ne s'est jamais arrêté. Y a qu'à voir le sceau de l'État, bordel. »

Sur le drapeau et le sceau du Minnesota, un Indien armé d'une lance ridicule s'éloigne à cheval tandis qu'un fermier laboure son champ, un fusil posé contre une souche. Asema faisait partie du dernier comité en date à militer pour un changement de symbole ; elles en avaient visiblement discuté. J'étais sur le point de dire à Hetta qu'elle parlait comme Asema, mais je me suis fait la réflexion qu'elle commençait peut-être surtout à parler comme celle qu'elle était vraiment. J'avais accepté d'emmener Jarvis au travail. En l'absence de Pollux, sorti tôt prendre des nouvelles de ses copains, je serais seule au moment où les deux jeunes femmes partiraient.

« Ne vous retrouvez pas au commissariat », ai-je lancé.

J'ai envoyé un texto à Pollux. Manifestement inquiet, il m'a demandé de veiller à ce qu'elles prennent de bons masques et des bouteilles d'eau.

« On rentrera tôt, a dit Hetta. Ne t'inquiète pas. »

Elle a enlevé Jarvis de son sein et me l'a donné pour le rot – signe que j'avais atteint le niveau semi-pro. Mon épaule drapée d'un linge dédié, j'ai tapoté le dos du petit tout en dansant le two-step. Quand Asema est arrivée dans la vénérable Forester jaune de sa mère, Hetta a embrassé son fils sur le crâne et attrapé son sac à dos. Pollux m'avait dit de lui donner les lunettes de sécurité dont il se servait pour bricoler, au cas où la police utiliserait des balles en caoutchouc. La veille, il avait essayé de la convaincre de prendre un casque de vélo, mais elle ne voulait ni de l'un ni de l'autre.

« Je sais que tu es inquiète, mais tout va bien se passer. »

Elle a brandi son téléphone en disant qu'elle m'enverrait des nouvelles régulières par texto, puis elle a activé le partage de localisation, s'assurant qu'il était connecté au portable de son père. Elle a même tendu les bras pour me prendre à distance dans ses bras, avant de me donner un *air câlin* en bonne et due forme, comme pour ne pas déranger Jarvis. Nous n'avions jamais été aussi proches d'un vrai câlin et ça m'a donné le bourdon.

Derrière la fenêtre, secouant doucement le bébé, j'ai regardé les deux jeunes femmes descendre l'allée d'un pas vif. La veille, elles avaient manifesté dans leurs vêtements de tous les jours, mais aujourd'hui elles s'étaient habillées pour l'occasion, en survêtement et baskets. Asema arborait un tee-shirt Rage Against the Machine avec, au centre, un poing levé rouge. Sa casquette noire à l'effigie de la librairie disait *Birchbark Bookhead*. Le temps était couvert, il faisait déjà chaud. Hetta portait une chemise d'homme bleue sur un tee-shirt blanc. Elles avaient toutes les deux les cheveux noués bas sur la nuque, pour qu'on ne puisse pas les attraper par leur queue-de-cheval. Asema avait sorti un marqueur et chacune a écrit quelque chose sur le bras de l'autre. Quand j'ai compris que c'étaient leurs coordonnées qu'elles inscrivaient sur leur corps, je suis allée à la porte avec Jarvis.

« Revenez ! » Ma voix pesait, éraillée.

Hetta m'a souri par-dessus son épaule.

« Ça va aller, maman. »

Elle savait que je ne pourrais plus rien faire si elle m'appelait maman.

« Personne ne va se faire arrêter ! » a crié Asema.

Elles m'ont adressé un salut parodique avant de s'engouffrer dans la voiture. J'ai été prise d'un affreux pressentiment en les regardant s'éloigner. Je suis toujours prise d'un affreux pressentiment quand quelqu'un s'éloigne. Toute ma vie, les gens ont eu tendance à disparaître pour de bon. Ma tante : coma diabétique. Ma mère : overdose. Mes cousins et cousines : accidents en tout genre, substances en tous genres. Mes amours : d'autres amours. Il n'arrivera rien à Hetta et Asema, me suis-je dit. On peut sans danger exercer son droit à se réunir pacifiquement tel que garanti par le premier amendement. Mais bon, il y avait eu Standing Rock. On y était allés pour cuisiner. J'avais apporté tout un tas de livres. Je ne comprenais pas vraiment les tenants et les aboutissants juridiques de la mobilisation contre l'oléoduc. À vrai dire, j'y étais allée parce que tous les gens que j'aimais y allaient, notamment Jackie et quelqu'un qui faisait un très bon ragoût au gruau de maïs. Et puis une chose en avait entraîné une autre. Pollux était à genoux quand il avait reçu du gaz lacrymogène, du spray au poivre et un produit chimique que nous n'avons toujours pas réussi à identifier. Depuis, il s'essouffle vite. J'avais encore besoin de lui parler, alors je l'ai appelé.

« Peut-être que les policiers vont se retirer ou mettre un genou à terre, a-t-il dit. C'est incroyable le nombre de gens qui participent à la manifestation. »

Je l'ai enjoint à la prudence. Il m'a dit qu'il respectait la distanciation sociale en restant derrière la table où il servait des bols de chili.

J'ai trouvé comment boucler les sangles du porte-bébé et installer son occupant. Lui et moi sommes partis à la librairie à pied en restant du côté ombragé de la rue. Pollux viendrait nous chercher une fois qu'il aurait nourri tout le monde. Les nuages étaient bas et je sentais la chaleur monter. Ça n'avait pas l'air de déranger Jarvis, mais moi je n'ai pas été fâchée d'arriver au magasin. Une fois la porte déverrouillée, j'ai jeté un œil à l'intérieur. Jackie était déjà au travail dans le bureau. Il faisait frais, un soulagement. Je suis entrée et j'ai aussitôt imprimé les commandes en ligne pour vérifier qu'on avait bien les livres.

Hetta avait dit que la manifestation partirait encore de Cup Foods et suivrait la Trente-Huitième Rue vers l'est jusqu'à Hiawatha, mais qu'elle rentrerait avant de se retrouver au commissariat. Et qu'elle donnerait des nouvelles régulièrement. Elle a tenu parole un temps, nous envoyant des photos du cortège – une femme en collants roses poussant un landau, un homme avec un enfant sur le dos qui tenait une pancarte où il était écrit *Justice*. Des photos censément rassurantes, je le savais. Un texto promettait qu'elle regagnerait tôt la voiture.

Jarvis a bu un peu d'eau au biberon, dormi pendant une heure, puis ouvert un œil et froncé les sourcils en me voyant. Rien ne m'avait préparée à ce qu'on éprouve quand le bébé qu'on tient contre soi vous regarde par en dessous avec un air de déception intense. Son expression disait qu'en n'étant pas Hetta, je l'avais trahi de toutes les façons possibles. J'ai plongé la main dans le sac qui lui était dédié. J'en ai sorti un biberon froid que j'ai passé sous l'eau chaude pour le tiédir juste ce qu'il fallait, laissant Jarvis dans le porte-bébé malgré sa grimace et ses sourcils froncés de désespoir.

« Je sais que c'est affreux, mon cœur, ai-je dit de ma voix la plus tendre. Mais je suis Tookie. Et j'ai le lait de ta mère.

– Il ne faut pas marmonner quand tu t'adresses à un bébé. Et ta formulation foutait les jetons. »

Jackie est sortie du bureau. Elle portait un de ces masques

chirurgicaux bleus difficiles à dégoter. Ses cheveux enroulés sur le sommet de son crâne étaient retenus par une barrette perlée. Elle avait les yeux maquillés d'un trait d'eyeliner, et des sourcils pleins et marqués. Ça m'a épatée qu'elle se fasse belle pour travailler seule.

« Rhô, la ferme, cheffe. Tu vois pas que je débute ?

– Tu t'en sors très bien. Tu es même douée », a-t-elle dit tandis que le visage de Jarvis virait à l'horreur absolue. Quand il a ouvert la bouche pour hurler, j'y ai délicatement inséré la tétine du biberon. Il a eu l'air soupçonneux, puis scandalisé. Il allait exploser quand il a goûté au lait. Alors, à sa propre surprise, il a bien voulu se laisser nourrir et, une fois le biberon fini, il a pressé sa tête contre mon cœur.

« Tu ne crois pas que tu devrais le changer avant qu'il s'endorme ?

– Il porte une couche haute technologie », ai-je répondu, même s'il avait les fesses lourdes et que j'identifiais une petite zone humide.

Tant pis. Je sentirais le pipi de bébé. Mais j'avais passé le premier test de grand-mère solo, avec un handicap de nullipare : j'avais nourri et endormi un bébé. Qui pouvait y trouver quelque chose à redire ? Je n'étais pas complètement abominable. J'ai drapé ma main autour du corps minuscule et je suis retournée à l'ordinateur.

Aucune nouvelle de Hetta.

La fin de l'après-midi venue, j'avais changé trois couches et donné un autre biberon. J'ai amené Jarvis dans le coin jeux pour qu'il fasse un peu d'exercice et nous nous sommes tous les deux roulés par terre. Jackie nous observait, mais elle appliquait trop rigoureusement les mesures sanitaires pour toucher le petit. À ce stade, il riait d'un bon rire étonné quand je secouais la tête en faisant voler mes cheveux. Je l'ai donc fait, encore et encore, et à chaque fois j'obtenais un rire. Et puis, d'un coup, il s'est mis à chouiner. J'ai eu beau déployer tous mes trucs, le chouinement n'a fait qu'augmenter. Jusque-là, je m'étais toujours contentée de le rendre à sa mère au premier avertissement. Son visage s'est froissé et il s'est mis à hurler. Le problème devait être tellement grave que j'étais paralysée. Peut-être avait-il avalé du poison. Peut-être souffrait-il d'une occlusion intestinale. Peut-être s'était-il planté une aiguille quelque part. Mais où ? Je l'ai examiné partout, de plus en plus paniquée. Je ne trouvais pas la cause.

« Jackie ! Qu'est-ce que je dois faire ?
– Un bébé, ça pleure ! Prends-le dans tes bras et berce-le. »

Elle a levé les mains dans un geste d'impuissance, puis fermé la porte du bureau. J'ai entendu le ventilateur passer à la puissance maximale.

Vingt minutes montre en main, une éternité pour mes nerfs. L'agonie de mon petit-fils me déchirait le cœur. J'avais la poitrine serrée autour d'une boule de désespoir incandescent. Jackie a fait une apparition pour m'informer que, dans un cas pareil, elle chantait. Sans réfléchir, j'ai attaqué *You can have it all, my empire of dirt*. Avant de refermer la porte, Jackie a suggéré que, finalement, je ferais peut-être mieux de m'abstenir. Jarvis a fini par se calmer peu à peu et j'ai senti son petit corps se détendre et s'alourdir. Mais dès que je m'asseyais, il s'agitait. Il fallait que je bouge en permanence. C'est devenu problématique : je ne pouvais pas travailler à l'ordinateur, à moins de me balancer d'avant en arrière. J'ai passé la dernière heure à faire des cartons en dansant le two-step sur place. Épuisant. Pas étonnant que Hetta soit si mince.

En fin de journée Pollux m'a rejointe sur le pas de la porte et, ensemble, nous avons attaché Jarvis dans son siège bébé hautement sophistiqué qui me faisait penser à un vaisseau spatial.

« J'aimerais bien avoir un truc pareil, ai-je dit. J'irais sur Mars avec ça. Tu as des nouvelles de Hetta ? »

Il avait reçu des textos au début, mais rien depuis un bon moment. Il était maintenant dix-huit heures. Tout en conduisant, Pollux a dit qu'à coup sûr elle avait oublié son téléphone quelque part, sans doute dans la voiture d'Asema. Ni lui ni moi n'avions la localisation de cette dernière.

« La manifestation est arrivée dans le troisième arrondissement.

– Elles ont promis de ne pas aller jusque-là. »

J'ai de nouveau regardé mon téléphone. Je ne voulais pas embêter Hetta pour lui montrer qu'elle pouvait me laisser son fils sans que je la harcèle. Derrière, Jarvis était réveillé, mais calme. Il avait englouti son dernier biberon avec un air de consentement sceptique, en me gardant à l'œil.

Une fois à la maison, nous l'avons installé dans un genre de transat amélioré, comme monté sur ressorts et surmonté d'une arche d'où pendaient des jouets. Hetta avait rejoint un groupe de troc de matériel de puériculture : on voyait sans cesse surgir de nouveaux objets.

« Essaie encore de l'appeler, ai-je suggéré. Je vais faire décongeler un pack de lait. »

Une heure et six appels plus tard, elle a finalement décroché. Je l'ai entendue dire : *Ça va, ne viens pas me chercher.*

« Elles ont fait demi-tour vers la voiture », a dit Pollux.

Malgré mon envie de m'affaler pour une sieste, j'étais à nouveau debout, le bébé contre la poitrine. Pollux m'a prise dans ses bras par-derrière. Il a regardé par-dessus mon épaule et Jarvis a sursauté.

« Il croit peut-être qu'il m'a poussé une deuxième tête.

– Une grosse tête toute moche. »

Décochant un sourire joyeux, Jarvis a longuement regardé Pollux. Je sentais que ce dernier haussait et baissait les sourcils.
« Les bébés m'adorent. Je ne sais pas pourquoi.
– Tu es un bébé géant avec des sourcils en chenille. Comment ne pas t'adorer ? »
Il a lissé ses sourcils du pouce.
« Je ressemblerais plus à un bébé si je me les rasais.
– Oh, Pollux, ta seule beauté.
– Si seulement j'avais pu te donner un petit papoose comme celui-ci.
– On n'a pas renoncé, si ? J'ai peut-être encore un ou deux ovules en vadrouille.
– Chut, voyons. De petites oreilles nous écoutent. Je vais t'aider à t'extirper de ce truc. »
Il a ouvert l'arrière du porte-bébé et l'a détaché de mon corps tandis que je retenais l'enfant. Puis il a pris Jarvis, l'a bercé, l'a fait sauter gentiment, et s'est installé avec lui dans le fauteuil pendant que j'allais nous chercher des bières et des sandwichs au beurre de cacahuète. J'ai trouvé une drôle de gelée de pêche que j'ai apportée en accompagnement. Consultant son téléphone, Pollux a dit qu'il devrait aller retrouver des gens au Pow Wow Grounds un peu plus tard. J'ai ouvert la bouche pour protester, mais la tension dans le regard qu'il a posé sur le sandwich m'a arrêtée.
« Je ferai des pancakes quand elle sera rentrée, a-t-il dit en prenant une toute petite bouchée. Des pancakes-smileys. Comme elle les aime. »
J'ai voulu dire qu'autant que je sache, Hetta n'avait pas mangé de pancake-smiley depuis des années, mais j'ai tenu ma langue. Son visage calme et fermé trahissait son inquiétude.

Le boulevard

Hetta s'est lovée autour de son bébé sur le lit pliant. Là, elle était chez elle. Il s'encastrait parfaitement au centre de son corps. Il était sa source de joie primale. Pourquoi l'avait-elle laissé ? Elle avait les membres faibles et flasques de trop d'adrénaline. Elle s'est rapprochée de Jarvis. Il lui fallait les endorphines de l'allaitement. Il lui fallait un anxiolytique, n'importe lequel. Il fallait que cesse le galop de son cœur, le bourdonnement de ses oreilles, la douleur dans son crâne. Après avoir pris une longue douche et passé des vêtements propres, elle s'était déshabillée et douchée de nouveau. Elle avait toujours mal aux yeux. Son visage la brûlait, sa gorge aussi. Elle craignait que le gaz lacrymogène ne passe dans son lait.

Sur l'essentiel du parcours, ça avait été une manifestation ordinaire. Une femme en haillons marron, se prenant pour une Indienne, chantait *Waa naa waa* en jouant du tambour à main. Asema le lui avait arraché.

« Pour qui tu te prends ? avait demandé Hetta en riant.

– Pour la police des tambours », avait répondu Asema en fourrant l'instrument dans son sac à dos avant de poursuivre son chemin. À côté d'elles, une dame aux cheveux gris et en robe-fourreau rouge, très digne, marchait main dans la main avec son mari chauve, masqué, en costume-cravate. La manifestation n'en finissait pas, s'élargissant, sinuant et se repliant jusqu'à ce que la foule se rassemble sans forme précise à l'approche de son terme.

Alors qu'elles coupaient les voies ferrées et s'apprêtaient à remonter la rue, l'énergie d'Asema avait explosé. Elle s'était brusquement élancée du trottoir pour traverser au pas de course le parking menant au commissariat du troisième arrondissement. Elles avaient été séparées un moment. Encore sur le boulevard, Hetta avait trébuché et s'était retrouvée étalée de tout son long sur un bout de pelouse. Son lait était monté, trempant sa chemise. Quelqu'un se dégageait de sous elle. Un homme à longues boucles d'oreilles et chemise de cow-boy déchirée l'avait aidée à se remettre debout et une femme en salopette jaune vif, des dreadlocks blondes jusqu'à la taille, s'était relevée d'un bond et avait crié à s'en casser la voix, penchée vers l'avant. Il y avait eu des explosions, puis de la fumée. Une personne qui courait comme un chevreuil au milieu du gaz lacrymogène s'était soudain effondrée. Ceux qui étaient venus avec des enfants avaient quitté le cortège depuis plus d'un kilomètre et Hetta regrettait de ne pas avoir suivi le mouvement. Devant elle, Asema, les mains levées, avait disparu dans un nuage. Une fillette d'une douzaine d'années portant un hijab s'était précipitée pour renvoyer une grenade lacrymogène à la police. Hetta avait senti quelque chose de trop insoutenable pour être qualifié de douleur se répandre dans ses yeux et ses poumons. Le gaz lacrymogène s'était collé à l'humidité de sa peau en sueur, de ses tétons. On l'avait forcée à se retourner et on lui avait versé de l'eau sur le visage et les yeux. *S'il vous plaît!* Hors d'haleine, Hetta avait désigné sa poitrine. Quelqu'un cherchait son souffle, s'étouffait, paniquait. C'était elle. Une tornade de jambes alentour, des bruits féroces, des coups, des cris. Puis on l'avait tirée jusqu'à un endroit dégagé et elle était revenue dans son corps.

À travers des flots de larmes, elle avait réalisé qu'« on », c'était Laurent. Il lui avait tenu la tête d'une main ferme et tendre et lui avait versé de l'eau dans les yeux. Des lunettes de piscine remontées haut sur son front lui dressaient les cheveux droit sur le crâne. Il portait des manches longues, des gants, et un bandana autour du cou. Il en avait sorti un autre, bleu, avec lequel il lui avait tapoté le visage.

« Ça va mieux ?

– Non. »

Il avait délicatement repoussé ses cheveux et lui avait versé un peu plus d'eau sur le visage. Hetta avait saisi son poignet et l'avait regardé en clignant des yeux.

« Asema est toujours là-bas. »

Après avoir déposé un baiser sur son propre index pour le transférer sur le nez de Hetta, Laurent avait disparu. Ce geste, qu'elle avait toujours adoré de la part de Pollux, elle détestait le voir dans des films. Pourquoi ? Pour sa condescendance ? Comme si elle n'était qu'une gamine. Elle s'accrochait pourtant au bandana bleu.

Asema avait fini par émerger du nuage. Ensemble, elles avaient traversé un parking en titubant et trouvé un autre bout de pelouse, plus éloigné du commissariat. Pas de trace de Laurent. Hetta avait versé de l'eau sur le visage d'Asema. Clignant des yeux, cette dernière avait haleté qu'elle allait retourner se battre et Hetta avait menacé de lui mettre une baffe. *Putain, tu avais promis !* Asema ne voulait pas partir, mais elle l'avait forcée. Elles avaient commencé à marcher en direction de la voiture en se demandant si elles ne feraient pas mieux de prendre un Uber, mais, compte tenu du virus, elles avaient décidé que c'était trop risqué.

Leurs pieds enflaient. Leurs aisselles étaient en feu. Leur peau. La marche semblait interminable. Hetta avait mouillé le bandana et se l'était noué autour du cou. Elle regrettait d'avoir mis ses Converse, qui ne soutenaient pas sa voûte plantaire. La grossesse lui avait bousillé les pieds.

« Putain de police, répétait Asema en boucle. Ils nous ont tiré dessus, bordel de merde. »

Elles avaient fini par retrouver la Forester et par rentrer. Et maintenant qu'elle était couchée là, avec son bébé, à attendre le sommeil, un mélange d'images s'imposait à elle et se retirait. Sa tête grésillait de sons et de couleurs. Puis tout est devenu gris. Elle a sursauté. Les scènes folles d'autrefois qui surgissaient dans son demi-sommeil – relations toxiques, clients ivres, flirts harceleurs, patron autoritaire, petit ami sadique, sans compter ses propres curiosités qui lui avaient tant coûté –, voilà que ces scènes enflaient, puis s'effondraient. Laurent aussi s'était frayé un chemin dans sa tête, mais elle avait réussi à convoquer le mot ambivalence. Elle a pris les dix inspirations profondes que préconisait son application pour s'endormir et enfin elle a sombré, se couvrant d'une neige cotonneuse. Jarvis. *Mon petit cœur, je ne te quitterai jamais.* Les images du passé mêlées à celles du présent apparaissaient et disparaissaient comme des gouttes de pluie dans la lumière d'un réverbère. Elle ressentait froidement le sordide et le pathétique de tout ce qu'elle avait rejeté, provoqué, souffert dans sa vie.

28 mai

Asema s'est réveillée pantelante de rage. Elle a envoyé un texto à Tookie pour lui dire qu'elle serait en retard au travail, avant de s'apercevoir qu'il était trois heures du matin. Ce qui restait de la crasse urticante de la manifestation était parti avec la douche. Le temps du deuil était venu. Elle les avait sentis, les morts, très proches. Une grand-mère de la réserve de Leech Lake avait dit « notre cousin » en parlant de George Floyd, et prié pour *nos cousins qui jadis furent conduits sur cette terre contre leur gré.* Au cœur du cortège, elle avait été bouleversée par la chaleur irradiant des manifestants. Puis une lame de fureur lui avait transpercé le ventre quand elle avait vu les policiers dans leurs uniformes antiémeutes. Ils se donnaient une apparence inhumaine, invulnérable, le visage caché derrière leur bouclier, anonymes sous leurs armures. Leur allure de soldats de Dark Vador suffisait à dénoncer leur lâcheté aux yeux d'Asema, aussi était-elle plus furieuse qu'effrayée. Elle n'avait d'abord pas remarqué qu'ils tiraient des billes de paintball, des grenades de gaz lacrymogène, des balles en caoutchouc. Elle avait couru en première ligne, les mains levées pour protéger les autres, avant de comprendre ce qui venait à elle. La grenade était tombée à ses pieds. Elle avait trébuché en tentant d'échapper à la brûlure de la fumée chimique.

Après tous ses efforts pour bien faire – le gel hydroalcoolique, les masques, le nettoyage des courses alimentaires, la distanciation et le reste –, voilà qu'en un instant elle avait arraché son masque, fui, toussé et inhalé le souffle d'autrui. Et maintenant elle avait peur. Elle s'était retrouvée au milieu de centaines de gens. Elle avait sûrement attrapé le virus.

Elle est sortie dans l'obscurité s'asseoir sur le pas de la porte de derrière, au-dessus des trois marches en bois qui menaient à leur petit potager. L'année précédente, le plant de courge avait débordé de son caisson et traversé l'étendue terreuse de mauvaises herbes qui leur tenait lieu de pelouse. Une pelouse sans chichi. Utile. Il y avait un trou entouré de grosses pierres pour les feux, un barbecue à charbon branlant, une tonnelle en treillis neuve, une houlette en métal d'où pendait un nichoir décoré d'un moineau. Il y avait de vieilles chaises de jardin en plastique tressé, une table de pique-nique éraflée, des lanternes festives. Fêtes d'anniversaire, de fin d'études, de naissance. Leur jardin miteux était plein de reliquats de joie.

Vers six heures du matin, elle a parcouru à pied les quelques pâtés de maisons qui la séparaient du mémorial. Là, elle a aidé à disposer les bouquets éparpillés contre le mur où on était en train de peindre un portrait de George Floyd. Plus loin, vers le commissariat, des gens balayaient le verre cassé et les ordures. Elle a attrapé un balai et les a rejoints.

Nuit

Nous avons veillé en regardant brûler des endroits familiers. De temps à autre, l'un de nous murmurait en reconnaissant un supermarché, une épicerie, un restaurant, un caviste, une boutique de prêteur sur gage. Scène après scène de silhouettes sur fond de flammes. Hetta envoyait des textos à Asema, qui ne répondait pas. Toutes sortes de gens participaient, à présent. Noirs Blancs Bruns. Ordinaires. Tristes et furieux. Pour Hetta, ils avaient vu le suprémacisme blanc en acte. Les incendies se trouvaient de l'autre côté de la ville, mais de chez nous on entendait des explosions, des sirènes, des hélicoptères, la rumeur incohérente du conflit, des éclats de tirs, le rugissement de moteurs fonçant dans les rues, des motos, d'autres explosions et coups de feu, parfois proches, parfois lointains. Dans nos rues arborées, il y avait de la lumière dans toutes les maisons, des maisons de plain-pied datant des années soixante-dix et quatre-vingt, certaines rénovées à grands frais, et quelques vieilles maisons à ossature de bois, plus petites et sans style attitré, comme la nôtre, sans doute construites dans les années trente.

« Il y a un camion de pompiers », ai-je dit.

Nous nous en remettions à notre ordinateur et à nos téléphones pour essayer de comprendre ce qui se passait. Sur un écran, une scène de la nuit précédente tournait en boucle : on voyait un colosse blanc portant un drôle de couvre-chef surgir avec une masse et fracasser la vitrine d'un AutoZone tandis qu'un homme noir et svelte en chemise rose tentait de l'arrêter, puis le poursuivait sur le parking de l'autre côté du commissariat. On voyait aussi s'effondrer le chantier d'un immeuble de logements et d'autres silhouettes humaines danser à la lueur des flammes. Tiens, n'était-ce pas Laurent, là ?

« Je crois que c'est lui », a dit Hetta.

Elle a tourné Jarvis vers l'écran.

« Tu vois ? C'est papa. » Sa voix s'est assourdie et elle a marmonné : « Quand je pense que c'est moi qui lui ai appris à allumer un feu.

— Tu crois vraiment qu'il provoque des incendies ? ai-je demandé. Je l'imagine plutôt se gratter dans un hamac. Et puis je pensais que tu avais décidé de dégager de ta vie ses mollets de sauterelle.

— Moi aussi, mais parfois je regarde Jarvis et je me demande si je lui suffis.

— Bien sûr que tu lui suffis, est intervenu Pollux. Mais, à moins que ce type soit un *wiindigoo*, je ne l'évincerais pas de la vie du petit. »

Je savais que le père et la fille devaient penser à la mère de Hetta, aujourd'hui décédée, comme la mienne. Le visage de la jeune femme s'est détendu :

« Vous deux, vous auriez fait de super parents.

— Comment ça, "auriez fait" ? a dit Pollux. On est là, avec toi. Et puis tu ne sais pas, on essaie peut-être encore.

— Aaaah, je ne veux pas y penser ! a-t-elle protesté en riant.

— Ne t'inquiète pas, mon enfant, a repris Pollux. Notre relation est strictement platonique. Nous nous tenons parfois la main au lit, mais seulement pour nous endormir.

— Cette image-là me va très bien. Je peux penser à vous

comme à des amoureux, mais de façon abstraite. Je sais que vous vous connaissez depuis super longtemps, depuis l'enfance peut-être, alors j'aime me représenter une belle amitié. Mais, en vrai... » Elle a marqué un temps. «... comment avez-vous décidé de franchir le pas ? Je veux dire, vous m'avez raconté mille fois l'histoire de la rencontre sur le parking, mais qu'est-ce qu'il y a eu avant ?
– Avant ? »
Avant. J'étais démunie. Par où commencer ? Pollux avait l'air tout aussi mal à l'aise. Il a fini par dire, à mi-voix :
« Eh bien, disons que nous avions une relation de travail.
– En ce qui te concerne, en tout cas », ai-je nuancé, avant de poser une main sur ma poitrine et de fermer les yeux.
J'ai un cœur de dinosaure, froid, énorme, indestructible, charnu et bien rouge. Et puis un cœur de verre, rose et minuscule, qui peut se briser. Le cœur de verre est à Pollux. Il avait pris un coup. J'ai eu la surprise de découvrir une fêlure infime, à peine détectable. Mais réelle. Et douloureuse.

Nous parlions désormais à voix basse, devant un direct du média indépendant Unicorn Riot. La dernière fois que j'avais jeté un œil, des policiers balançaient du gaz lacrymogène et tiraient des balles en caoutchouc sur la foule depuis le toit du commissariat du troisième arrondissement. Et voilà maintenant qu'un défilé de véhicules, aussi impeccable qu'incroyable, quittait lentement le parking. Pollux s'est caché le visage dans les mains, disant qu'il n'avait jamais rien vu de tel.
« On ne quitte pas sa base. Je ne comprends pas ce qui se passe. »
Le cortège de voitures de police a continué et le commissariat est bientôt devenu le décor des scènes qu'on connaît : verre brisé, gens marchant au milieu de papiers volant en tous sens, eau giclant du dispositif anti-incendie, exubérance

anarchique. J'ai regardé Pollux. Ce qui se passait à l'écran se reflétait sur son visage. On saccageait le commissariat ! En me penchant vers l'ordinateur, j'ai soigneusement maquillé ma propre expression. J'essayais de contenir la bulle d'exultation inattendue qui était en train de se former dans la vieille colère que j'ai toujours tenté de réprimer. J'avais en moi une fureur sous pression. Et voilà que dans mon corps, tout cédait : le bouchon de mon champagne de rage avait sauté et une joie féroce en débordait.

Lentement, je me suis levée et glissée à la cuisine. De là, je suis sortie m'asseoir dehors dans l'herbe. Puis j'ai commencé à rouler sur la pelouse. Je me suis redressée un instant, essoufflée. J'ai regardé à droite et à gauche, mais comme il n'y avait personne, je me suis à nouveau allongée et j'ai continué à me rouler dans l'herbe pour me débarrasser de toute cette merde – les rossées des surveillants, les petites calottes au passage, les bousculades, les coups de pied, le mépris. Toutes ces fois où j'avais été traitée comme une moins-que-rien par un flic ou quelqu'un en uniforme. D'autres bulles se formaient en moi. Certaines étaient des larmes.

Au bout d'un moment je suis retournée à l'intérieur. L'humeur était sombre. Plus personne n'empêchait qui que ce soit de faire n'importe quoi. Pour Pollux et Hetta, c'était comme si une énorme faille s'était ouverte dans le sol. *C'est notre bonne vieille Minneapolis, ça ? Est-ce que ça peut vraiment être notre ville ?* n'arrêtait pas de dire Hetta.

« C'est la Minneapolis qui n'a rien à envier au Mississippi, a commenté Pollux.

– La Minneapolis des bords du fleuve, a renchéri Hetta, à qui j'avais parlé des passages à tabac.

– Je sais que c'est une ville cinglée, mais cette ville cinglée, c'est la mienne, a repris Pollux.

– Ça me fait complètement flipper, putain », a dit Hetta.

Seuls Jarvis et moi prenions bien la situation.

« Les gens en ont ras le bol, a lâché Hetta en regardant son fil Twitter.

– Ces petits restaus faisaient une super soupe, ai-je regretté. George Floyd n'y goûtera pas, dommage.

– La police est dépassée, a dit Pollux en ignorant ma remarque. Les pompiers sont dépassés. Certains magasins vont être réduits en cendres. Ça va être compliqué d'acheter ne serait-ce qu'une brosse à dents dans ce quartier. Il y a des personnes âgées sans moyen de transport qui vivent là, mais tant pis, hein, puisque les gens en ont marre. »

Après le sarcasme de sa dernière phrase, il s'est tourné vers nous. « Il n'y a pas que de la colère légitime, là-dehors, a-t-il poursuivi. Certains pilleurs sont des professionnels. Ça arrive tout le temps. Et ça brûle partout, maintenant. » Puis il a ajouté à mon intention : « Tu ne travailles pas demain, si ?

– On navigue à vue. » Il y avait cette phrase, désormais scandée dans le monde entier : *I can't breathe*. Je ne peux pas respirer. J'avais une envie furieuse de ressortir.

« Vous avez barricadé la librairie ? a demandé Hetta, qui était toujours sur Twitter. Le centre-ville a été saccagé. Ça s'agite sur Hennepin Avenue. Elle n'est pas si loin...

– Non.

– Maman, tu ne peux pas aller travailler. »

Elle m'avait de nouveau appelée maman, me suis-je dit en revenant sur terre. Et cette fois-ci elle ne voulait rien de moi.

Et puis elle s'est levée d'un bond et a jeté son téléphone sur le canapé.

« Il faut abolir la police », a-t-elle affirmé avant d'affronter Pollux du regard. Il était en train de s'assoupir et a lentement relevé la tête en clignant des yeux.

« Tu ne sais pas ce que tu dis, mon petit. Regarde, la

police est *de facto* abolie pour le moment. Ça te plaît, ce qui se passe ?

— Dans un monde plus juste, ça n'arriverait pas, papa. Les policiers nous ont gazées au lacrymo, Asema et moi. Ce sont des tueurs. Ils tuent, encore et encore, des gens à la peau noire, des gens à la peau brune, des *nôtres*, papa.

— Écoute, ma chérie. » Il était tellement fatigué qu'il n'y voyait plus clair. « On a un bon chef de la police en la personne d'Arradondo, je connais le responsable syndical des... »

Pollux a continué à parler comme s'il pouvait mettre un terme à l'horreur par l'argumentation. « Ils continuent à recruter des gens qui ne sont pas de la ville. Ce Chauvin, il vient d'une banlieue quelconque. »

Hetta était hors d'elle. Elle pinçait les lèvres, respirant fort par le nez. Puis elle a aboyé :

« Je ne doute pas que tu aurais retenu Derek Chauvin. Il y avait trois autres flics présents. Dont un Noir. Mais toi bien sûr, tu aurais retenu Derek Chauvin. »

Pollux s'est frotté le visage, puis les yeux. Il a secoué la tête comme s'il émergeait d'un rêve. Sa voix était trop douce.

« J'espère, oui. Mais on ne sait jamais ce qu'on fera dans une situation donnée avant d'y être. Tant que le monde ne sera pas meilleur, on aura besoin de flics, ma fille. »

La tête baissée, Hetta l'a regardé par en dessous. Elle avait la lèvre inférieure pendante et deux entailles noires à la place des yeux.

« Tu t'es déjà retrouvé dans cette situation ? Au moins une fois ? Dis-moi, papa ?

— Hetta, j'étais un flic de mots. J'ai accompagné la patrouille de l'American Indian Movement hier soir. C'est Frank Paro le responsable, maintenant. Clyde Bellecourt l'a nommé il y a quinze jours. Un type bien. C'est le genre de service à la communauté que tu approuves, hein ? On n'est pas armés,

pour la plupart. Enfin bon... » Il s'est interrompu, perturbé. « Il est possible que ça change, après ce qui s'est passé. Mais on essaie de résoudre les problèmes par la discussion. Alors pour un faux billet potentiel, non, ça ne serait pas arrivé.
— Tu as déjà fait mal à quelqu'un ?
— Hetta. Pas comme ça.
— Comme quoi, alors ? »
Pollux s'est levé et a quitté la pièce. On a entendu la porte du réfrigérateur s'ouvrir et se fermer. Le contenu des tiroirs être remué. De l'eau couler. On a bientôt senti l'odeur du café.

« Il va revenir avec une assiette de sandwichs, hein, a dit Hetta. Mais il ne va pas m'acheter avec ses deux tranches de jambon pourri.
— Moi, oui. S'il y a du fromage.
— Même s'il y a de la mayo. Tu es aussi pourrie que le jambon. On t'achète pour rien. C'est mon père, il me doit la vérité.
— Et de la moutarde. Mais il est trop tard pour cette discussion. On ne devrait pas s'aventurer sur ce terrain. Demain, on le regrettera.
— On est déjà demain, a répondu Hetta. Et puis quand est-ce que l'argument des regrets du lendemain t'a arrêtée ? »
J'ai dû réfléchir un moment.
« Jamais. »
Pollux est revenu avec des sandwichs sur une assiette et trois mugs pendus à ses doigts. Il est retourné à la cuisine chercher la cafetière, nous a servies, est reparti. J'ai soulevé une tranche de pain pour jeter un œil et hoché la tête. Il avait mis la dose.

« Mangeons-les avant qu'il revienne, ai-je suggéré.
— Je n'y toucherai pas. »

J'ai pris un sandwich et je l'ai porté à ma bouche, mais avant que j'aie pu mordre dedans, Hetta a repris :
« Comment vous vous êtes rencontrés ? Cette histoire de travail... C'était pas vraiment une réponse.
– Ah bon ? » J'ai reposé le sandwich, soudainement affamée. « Ton père m'a arrêtée. Je peux manger, maintenant ? »
Hetta était bouche bée. « Mais je t'en prie. À toi la cochonaille. »
Je me suis jetée sur le sandwich. C'est la bouche pleine que j'ai fixé l'écran d'ordinateur : un jeune homme racontait les incendies et la pagaille tandis que des bouteilles volaient au-dessus de sa tête. Le commissariat était maintenant nappé d'un feu doré. Et si Moon Palace Books, Uncle Hugo's ou bien la librairie Dreamheaven brûlaient aussi ? Hetta dirait peut-être que les livres étaient des biens comme les autres. Et pareil pour les magasins. Que tout commerce indépendant était certes le rêve de quelqu'un, mais que George Floyd avait cessé de rêver. Ça n'était plus si simple quand ça devenait personnel. Je ne voyais plus que des images de pages se rétractant sous les flammes.
Pollux est revenu dans la pièce. Hetta est restée silencieuse un moment. Pollux et moi avons lentement mastiqué nos sandwichs, comme en pleine réflexion. J'aurais voulu que Jarvis se mette à pleurer pour qu'elle passe à autre chose. « Ce ne serait pas Jarvis ? J'ai cru l'entendre. » Mais Hetta avait son babyphone sur son téléphone.
« Eh non. Bébé Jarvis ne te sauvera pas. Et maintenant revenons à l'arrestation de votre rencontre. »
Pollux a tourné les yeux vers moi.
« Pas tes affaires. » J'ai pris le sandwich destiné à Hetta et j'ai mordu dedans. « Dormez bien, mes beautés. »
Je suis montée à l'étage avec le sandwich. Une fois dans la salle de bain, je l'ai jeté. Quel gâchis. Pollux va le voir,

me suis-je dit en regardant la chose informe répandue sur des mouchoirs en papier et un nœud de cheveux récupérés dans la baignoire.

Qu'il le voie donc, ai-je pensé en éteignant la lumière. Ni Pollux ni Hetta ne pouvaient comprendre ce que j'éprouvais à cet instant. Quant au sandwich, mon geste pouvait sembler dérisoire, mais Pollux et moi mangions tout, même les frites totalement refroidies. Et jamais nous ne gâchions de la nourriture préparée avec amour. Alors le sandwich était un signe fort. Je me suis glissée sous les draps. Impossible de dormir, mon cerveau était un lampadaire dans une rue noire. Dans le disque lumineux, je voyais mes bras posés sur la table du Lucky Dog. Je voyais mes doigts ouverts, prêts à entrelacer ceux de Pollux. Au lieu de quoi il m'avait menottée. Enfin bon, il n'avait pas utilisé des menottes proprement dites, si vous voulez tout savoir, mais un de ces colliers de serrage en plastique qu'on utilise pour fermer les sacs-poubelle.

29 mai

Au bout d'une heure environ, je me suis réveillée. Pollux ne s'était pas couché. Dans un premier mouvement engourdi, l'imaginant sur le canapé, j'ai envisagé de descendre le chercher, puis j'ai compris qu'il était parti. Je sentais l'entièreté de son absence. Je n'ai rien fait et le sommeil m'a de nouveau emportée, pour longtemps. Le lendemain, j'avais une sensation de gueule de bois. Une gueule de bois dans les règles, comme j'en avais connu jadis. On aurait dit que quelqu'un déchargeait sa mitrailleuse spatiale dans ma tête. Et Jarvis hurlait.

Pollux avait laissé un mot, écrit au beau milieu de la nuit, pour dire qu'il sortait. Il possédait une arme de poing qu'il gardait si bien sous clé que je ne l'avais vue qu'une fois, mais je m'en souvenais. Un Glock 19. J'ai eu beau secouer la porte du petit coffre, impossible de savoir si le pistolet y était. Mais le fusil de chasse, qui était normalement rangé dans un étui en plastique moulé et que j'avais souvent vu, lui, restait introuvable. La pensée d'avoir abandonné Pollux en bas et le sandwich dans la poubelle me rendait malade.

Hetta était enfermée dans sa chambre avec son nourrisson hurlant. Bien fait pour elle. Mais ça n'en finissait pas et l'empathie a fini par l'emporter : j'ai toqué à sa porte. Pendant mon sommeil, un commutateur au paramétrage complexe avait changé de canal et le nouveau circuit me reliait à elle en dépit de tout. Ou à cause de tout.

« Je demande la paix », ai-je dit en tendant les bras vers le bébé. Au lieu de quoi, tendant aussi les bras, Hetta m'a fait son fameux *air câlin*. « Je t'embrasserais bien, mais j'ai baigné dans tous ces microbes. La paix. »

J'ai posé une tasse de café chaud sur la petite table près de son lit. Jarvis pleurait toujours et un brouillard est descendu sur moi, effaçant le passé, comme un rêve, ne laissant dépasser que les pointes.

« À vrai dire, je ne me rappelle pas la moitié de ce qui m'est arrivé avant de retrouver ton père près des kayaks. Parfois je me dis que j'étais devenue folle.

– Pas étonnant, a-t-elle répondu. Je vois bien que tu l'as aimé. Que tu l'aimes encore.

– Ouais. Et puis il y a eu mes années nourrie logée. »

Je suis sortie boire mon café sur le pas de la porte de derrière.

Pollux. Je l'aimais et il m'avait envoyée en prison. Non, il m'avait seulement arrêtée. C'est le juge Ragnarök, enfin, le juge Ragnik, qui m'avait envoyée en prison. Mon cerveau s'est mis à patiner dans ses vieilles ornières. Comment Danae et Mara m'avaient utilisée. Ce que j'étais devenue ensuite. Sauf que cette fois, j'ai décidé que je m'étais acquittée, si toutefois ce mot m'est permis... Oui, je crois qu'au final j'ai à peu près réussi à m'acquitter de mes responsabilités d'adulte. Bon, il y a eu le gros foirage initial, puis le foirage suivant quand j'ai voulu me suicider au papier. Après quoi j'ai choisi de laisser le papier me sauver la vie.

Que j'avais eu de la chance de me faire arrêter par Pollux m'avait peut-être traversé l'esprit. Qu'il ait dû négocier avec ses collègues pour procéder lui-même à l'arrestation, j'avais pu l'envisager. Que, sans ça, j'aurais résisté et sans doute été passée à tabac, blessée ou pire, c'était aussi parfaitement exact. Mais l'heure était venue de rendre des comptes, et je faisais les miens très sérieusement, comme tout le monde. Ma joie furtive ne m'empêchait pas d'en vouloir à Pollux, tout en sachant qu'il avait passé des années à chercher à se racheter pour avoir déclenché ma décennie perdue, laquelle m'avait néanmoins appris tout ce que les livres ne m'apprendraient jamais.

J'ai sursauté quand il est rentré, tard dans la matinée. Aucune arme à l'horizon. Sans doute les avait-il planquées dans le garage. Il avait les cheveux collés par mèches, les yeux rouges et la bouche réduite à une ligne dure. Il est passé devant moi en disant qu'il devait se doucher et changer de masque. En plus de ma rancœur systémique, j'avais maintenant envie de le frapper pour être allé – tout vieux, asthmatique, mal en point, précieux et furieux qu'il était – arpenter Lake Street. Au moins était-il sain et sauf. Je me suis avancée vers lui, soulagée, mais il m'a repoussée d'un geste. Quand j'ai demandé ce qui s'était passé, il a regardé dans le vide, puis s'est engagé dans l'escalier. À mi-chemin, il s'est retourné et m'a dit que Migizi avait été incendié.

Cette organisation, initialement dédiée à la communication, existait depuis plus de quarante ans. Ses locaux contenaient l'histoire des Indiens de Minneapolis. Il était donc arrivé ce que je redoutais : une bibliothèque avait brûlé. Le bâtiment était tout neuf, un triomphe pour notre communauté. La première nuit, il avait servi d'infirmerie pour les blessés des manifestations et les victimes du gaz lacrymogène. La deuxième nuit, la patrouille de l'AIM l'avait défendu avec succès contre le vandalisme. Mais la troisième nuit, les braises d'un autre incendie avaient atterri sur son toit et il avait été réduit en cendres. Quelqu'un avait averti Pollux et c'est là qu'il était sorti. La nuit avait été longue et l'aube triste. Il avait fait brûler de la sauge et tenté de réconforter les gens, mais il restait sur un sentiment d'échec. Il ne voulait voir ni parler à personne, pas aujourd'hui.

POP-CORN ET INCENDIES

30 mai

Je m'inquiétais pour le Mécontentement – enfin, Roland. Ça faisait un moment qu'il n'avait pas commandé de livres. Je savais qu'il vivait quelque part dans le sud de Minneapolis, où j'avais livré Flora. Jackie était au magasin, à préparer les commandes par téléphone. Sur une vieille liste, j'ai trouvé le numéro de Roland et je l'ai donc appelé. Il a décroché dès la deuxième sonnerie.
« Qui est-ce ?
– Tookie. La dame de la librairie.
– Ah, Soupe d'alphabet.
– Voilà. Comment allez-vous ?
– Comment pensez-vous ? »
Sa voix dégageait une intense tristesse.
« J'ai des fils de son âge, à ce George. Je rêve de lui tout le temps. Je ne suis pas moi-même, madame de la librairie. »
Tout ce que j'envisageais de dire me restait coincé dans la gorge. Roland a ri, un rire éraillé et furieux.
« Mais ce n'est pas pour entendre ça que vous m'avez appelé. De quoi s'agit-il ?
– Je me suis dit que vous n'aviez peut-être plus rien de rien à lire ? »
Son rire encore, mais de soulagement.

« Et vous n'avez pas tort, a-t-il dit.
– Vous habitez où ?
– Pourquoi ?
– Pour la livraison.
– Vous avez quoi ?
– Faites-moi confiance.
– La confiance, c'est pas mon truc. Mais d'accord. »

Il vivait non loin de Moon Palace Books, l'une des librairies pour lesquelles je m'inquiétais, même si elle était toujours debout, menacée mais intacte au milieu du ravage. Ça m'a étonnée et je lui ai demandé pourquoi il n'achetait pas ses livres là-bas.

« Ça m'arrive, mais j'aime bien diversifier mes fournisseurs. »

Je n'ai rien dit. Il était âgé et il avait peut-être des revenus limités. Ça me touchait qu'il dépense ses maigres ressources en livres. Et puis je me suis souvenue de sa plaque d'immatriculation fantaisie et de sa carrière de procureur. Il avait toujours les moyens. Mais quelle importance ? C'était un client dans le besoin et je le secourais par les livres.

J'ai rempli deux cartons et j'ai descendu Franklin Avenue vers le Pow Wow Grounds, devenu l'un des lieux de la coordination amérindienne. Des murs jaune vif au liseré bleu ciel, des encadrements de fenêtres peints en rouge : un bâtiment gai, fier et amical accueillant une galerie d'art autochtone, une association de quartier et un café-restaurant où l'on trouve, selon les jours, du chili con carne, des tacos ou des pizzas à base de pain bannique, de la soupe au riz sauvage et toutes sortes de tartes. Je me suis garée devant un mural dont le motif central représente une femme indienne avec une empreinte de main rouge sur la bouche – une image évocatrice du silence autour des violences à notre encontre, *ikwewag*. Mais des cheveux nattés de cette femme coule une eau magique qui abreuve des animaux, des danseurs, des citadins, le ciel étoilé et les phases de la Lune.

Le parking était bondé. Un lecteur exceptionnel, artiste et philosophe, appelé Al, travaille là. Je me suis garée et j'ai porté un carton de livres à l'intérieur. J'étais sur le point d'ajouter une bouteille de précieux gel hydroalcoolique quand un homme intimidant de type asiatique, véritable armoire à glace au pistolet bien arrimé, est entré avec des litres et des litres de gel. Il a déposé les bouteilles telle une offrande sacrée avant de ressortir aussitôt. J'ai pris mon temps pour disposer les ouvrages près d'une boîte à livres. Al, qui passait par là, m'a dit que quand tout ça serait fini, il faudrait qu'on parle d'Alain Badiou.

« Avec plaisir, ai-je répondu. Une fois que je saurai qui c'est. »

Il m'a saluée de la main avant de passer derrière le comptoir. Les gens allaient et venaient. La galerie d'art se remplissait de packs d'eau, de nourriture, de couches, d'extincteurs. Pollux était sur le parking, en train de discuter avec ses copains. En sortant, j'ai vu son énorme mijoteuse posée sur une table pliante. Elle pouvait contenir deux rôtis et je savais qu'il avait dégoté du bison auprès d'un type de la réserve de Lake Traverse. Un vif sentiment de manque m'a saisie. J'ai eu du mal à m'éloigner. Une fois dans la voiture, j'ai baissé la vitre pour humer la sauce généreuse dans l'air morose. Pollux m'a vue. Tandis que je le regardais venir vers moi, les mains dansant à hauteur de ceinture comme un bandit de western, mon sentiment de manque s'est mué en mal physique. J'ai toujours aimé le regarder de loin. Pollux a une démarche souple, comme s'il se préparait à la bagarre. Je sais qu'il ne va pas se battre, qu'il ne se battrait jamais, mais les pas d'un ancien boxeur entraîné à être léger sur ses appuis sont souvent empreints de beauté, même quand il a quelques kilos en trop. Impossible de résister. Sa démarche m'a extirpée de la voiture.

« Alors, quoi de neuf ? » Ma voix était neutre, une façon de le laisser venir.

« Je me joindrai à la patrouille ce soir aussi.

– Certainement pas. » L'angoisse m'étouffait. « Tu es sorti avec ce maudit fusil. Tu pourrais te faire tuer. Tu as ta fille et son bébé à la maison. Sans parler de moi. Et ton poumon paresseux. Et si tu tombes malade, hein ?

– Qui est-ce que tu traites de Poumon Paresseux ? Tout se passe dehors. Je porterai un masque. Et ne t'inquiète pas, le fusil, je viens de le donner. En plus, je garderai mes distances.

– Oh que oui tu vas les garder, tes distances. » J'étais folle de rage d'avoir baissé la garde. « Et moi aussi. »

Sur quoi je suis remontée dans la voiture, avec l'intention de démarrer sur les chapeaux de roues. Mais j'étais cernée par d'autres véhicules, si bien que Pollux a dû guider ma manœuvre. Ce n'était pas le départ théâtral que j'avais espéré et il le savait. Il essayait de ne pas rire tout en me faisant signe de braquer d'un côté puis de l'autre. Je l'ai soupçonné de chercher à m'empêtrer davantage, mais j'ai fini par sortir. Le temps que je parte pour de bon, j'étais plus chamboulée pour lui que pour moi.

« Sois prudent », lui ai-je crié tandis qu'il s'éloignait déjà. J'avais oublié d'évoquer le pistolet. « Choisis tes combats, Tookie », me suis-je dit. J'ai poursuivi ma route.

Malgré l'itinéraire que j'avais choisi pour contourner le pire des zones incendiées, je traversais de temps à autre une brume vindicative. Roland Waring habitait une villa en stuc couleur crème, entourée d'un grillage tissé de lamelles en plastique vert destinées à l'opacifier. Il y avait là une boîte à livres – une minuscule maisonnette équipée d'une porte-fenêtre au sommet d'un gros piquet, décorée de guirlandes de nuages sur fond bleu et pleine de bouquins. J'ai téléphoné à Roland depuis le trottoir et je l'ai vu émerger. Plus lent, plus mince, peut-être même fragile. C'était la première fois que je le voyais s'appuyer sur une canne. Un chien brun et blanc au poil touffu l'a précédé dans l'escalier, qu'il a descendu agrippé à la rampe ; on aurait dit son assistant personnel. J'ai soulevé le loquet du portail et déposé le carton au bas des marches. Roland s'est baissé. Il a saisi quelques livres, puis les a reposés avec un hochement de tête satisfait tandis que, m'ayant soigneusement examinée, le chien se postait en protecteur devant son maître. Quand il a sorti son chéquier de sa poche de chemise, j'ai dit qu'il n'y avait rien à régler. A suivi un pas de deux à distance, lui me tendant un chèque, moi refusant de le prendre. J'ai fini par arguer que je suivais les instructions de Jackie, dont il respectait grandement les préconisations. Il a rangé le chéquier dans sa poche. J'étais sur le point de prendre congé quand il a demandé :

« Comment allez-vous ? »

Il m'a fallu un moment pour réagir. Il ne s'était jamais adressé à moi comme à quelqu'un qu'il pourrait avoir envie de connaître.

« Je suis complètement retournée. Et vous ?

– Tout le monde me demande comment je vais.

– Vous avez demandé le premier.

– Je vais... »

Il a ouvert les mains et les a remuées, comme s'il cherchait à attraper les mots justes dans l'air autour de lui. Puis il a retrouvé son moi d'avant.

« Vous êtes assistante sociale ou quoi ? Ne vous inquiétez pas pour moi. Ma fille habite à deux pas. »

Il a attrapé *La Chartreuse de Parme*. On aurait dit qu'il

soupesait le livre. Il a fini par dire qu'il ne l'avait jamais lu. J'ai attiré son attention sur le fait qu'il s'agissait de la traduction de Richard Howard. Je m'étais raclé la cervelle, mettant dans le carton tout ce qui pourrait lui plaire. J'avais enfreint sa règle prohibant les essais en ajoutant *White Rage*, de Carol Anderson, qu'il a manié avec précaution.

« Prenez un transat, asseyez-vous. Je vais me laver les mains et nous servir un thé glacé.

– Avec plaisir.

– Écoute, Gary, a-t-il dit au chien, la dame de la librairie n'est pas méchante, alors détends-toi. Reste là et fais connaissance pendant que je vais à la cuisine. »

De taille moyenne, Gary me rappelait ces chiens que j'avais vus garder des moutons dans les films, mais il différait de tous ceux que j'avais croisés dans la vraie vie : il ne m'avait pas mordue et n'avait même pas l'air de me détester. Il me regardait d'un air neutre. J'ai décidé de lui parler sur le même ton que Roland.

« Gary, je vais monter sur la galerie. »

J'ai descendu deux chaises longues que j'ai installées sur la pelouse. Le chien s'est levé, puis immobilisé. Quand Roland est revenu avec le thé, j'ai pris un verre et nous nous sommes assis.

« Comment va la librairie ? » a-t-il demandé.

Non seulement il ne s'était jusque-là adressé à moi que lorsqu'il cherchait un titre, mais nous n'avions jamais eu de conversation ailleurs qu'au magasin ni sur autre chose qu'un livre.

« Nous sommes hantés », lui ai-je dit.

On entendait des pétards et des fusées à eau à quelques rues de là. De temps à autre, un hélicoptère déchirait l'air. Je n'avais pas vraiment dormi ; mes yeux me brûlaient et j'avais le cerveau engourdi. Je n'étais pas en grande forme. Roland

non plus. L'ibuprofène avait cessé de faire effet et l'étau de douleur se serrait de nouveau autour de mon crâne.
« Hantés ? a-t-il dit. Toute la ville est hantée.
– Littéralement, je veux dire. Il y a un fantôme dans la librairie.
– Je ne parlais pas au figuré non plus. Quand je pense à cette ville, je vois des lignes, des lignes, encore des lignes. Rouges. Bleues. Vertes. Rouges pour les quartiers blancs qu'on a gardés bien blancs. Bleues pour...
– Je sais. Je suis mariée à un ancien flic.
– Ça doit être compliqué en ce moment.
– Ce n'est pas facile.
– Un sacré bazar. »
Nous avons hoché la tête, contemplé notre thé glacé en fronçant les sourcils, remué les glaçons.
« Qu'est-ce qui va se passer ? ai-je demandé.
– Laissez-moi consulter ma boule de cristal. » Il a levé une sphère imaginaire et plongé les yeux dans ses profondeurs magiques. « Apparemment ça va continuer, partout et pour longtemps. Il semblerait que ce soit un nouveau départ. J'en ai connu un certain nombre.
– Je veux bien le croire. »
J'ai attendu qu'il poursuive, mais il s'est contenté de dire :
« Dans des moments comme celui-ci, les gens deviennent plus humains, en tout cas. C'est une bonne chose, en général. »
Je lui ai demandé depuis quand il avait Gary.
« Six ans. Elle tournait dans le quartier, une chienne errante nourrie par-ci par-là. Pour finir, c'est moi qu'elle a choisi. Ce qui est bizarre, c'est qu'elle ressemble au chien qu'on avait quand j'étais petit. C'est pour ça que je l'ai appelée Gary. Elle a même un bout d'oreille en moins, vous voyez ? » Il m'a soigneusement montré l'entaille. « Pareil que le premier Gary. »

La chienne a plissé les yeux et haleté de plaisir tandis qu'il la grattait derrière l'oreille. On aurait dit qu'elle me souriait, comme si elle me connaissait.

« Vous savez quoi ? a dit Roland. Je n'étais pas vraiment procureur. Je vous ai menée en bateau.

– Et là, vous me menez encore en bateau ? »

Il a ri. J'ai regardé Gary.

« Tu es le premier chien qui me sourit », lui ai-je dit. J'ai tendu la main vers elle, avant de la retirer aussitôt. Je m'étais trop souvent fait avoir par des sourires factices et des dents pointues.

La maison

Roland habitait près de l'endroit où nous vivions, ma mère et moi, à l'époque de nos allers-retours entre la réserve et la ville. La maison était toujours là. Elle est à jamais toujours là. Bardée de planches, divisée en six appartements minuscules. Pas chers, vivables. Sur l'ensemble des fenêtres, l'une était masquée par une couverture, une autre, au grenier, remplacée par du carton et, à l'étage supérieur, deux laissaient passer des climatiseurs. Quant à celle qui avait été la mienne, je me suis garée dans l'allée pour voir son état. Ma chambre, au deuxième étage, n'était qu'un placard, mais le panneau supérieur de ma fenêtre avait des meneaux en forme de losange et poussait le raffinement jusqu'à s'ouvrir. La nuit, j'entendais la ville respirer autour de moi, inspiration, expiration, comme si nous habitions un animal gigantesque. Dans cette chambre, j'avais voyagé. Fait mes devoirs. Développé ma distinction entre points et bulles. Je pouvais m'y glisser et fermer la porte pour échapper à maman et à ses amis. Il y avait une ampoule actionnée par une chaîne, comme dans le confessionnal. J'avais deux étagères, un tabouret et une table minuscule, un grabat à même le sol. J'avais un oreiller et un édredon. J'avais tout ce qu'il me fallait.

Je prenais le bus de ramassage scolaire au coin de la rue. Quand on me rendait des devoirs faits à la maison ou des interrogations écrites, je les apportais à ma mère. Je les posais sur la table. De la pire à la meilleure note. Elle ne remarquait jamais. Ne parlait que rarement. Je l'observais les jours où elle touchait son allocation de personne handicapée. S'éclipsait avec l'argent ou fouillait sa réserve de drogues pour décider laquelle prendre. Elle allait et venait. Parfois son silence me semblait durer des mois. La fenêtre n'avait pas changé. Quand j'étais débordée par mes émotions, je m'enroulais dans des couvertures et restais couchée dans mon placard en attendant que ça passe. À un moment, j'ai décidé d'éprouver les choses avec moins d'intensité. Je ne renie pas cette décision, même si elle n'a pas eu l'effet escompté.

※

Sur le chemin du retour, j'ai vu des tas de gens avec des pancartes, des sacs à dos, des bouteilles d'eau. J'ai vu des voitures de police, seules ou en escadron. J'ai vu des magasins incendiés dont les murs évoquaient des dents cassées. La librairie Uncle Hugo's finissait de se consumer. Il n'en restait rien. Mon ventre s'est noué, les larmes sont montées. J'ai vu une femme avec un caddie plein d'enfants. Et dans une autre rue, un énorme véhicule blindé qui venait vers moi. J'ai tourné pour dégager la route. Traversé de petites poches de paix, croisé des soldats en tenue de combat. Un frisson nauséeux m'a saisie. Minneapolis avait été prise par surprise, mais la réponse s'était vite durcie. J'ai vu une église, un paquet de fidèles sur les marches. Derrière le bâtiment, des sacs de dons alimentaires s'accumulaient sur un demi-hectare. J'ai vu deux adolescents en train de fumer un joint, assis sur le trottoir, pancartes à terre. J'ai vu des gens en train de peindre des images aux couleurs vibrantes sur les planches qui barricadaient les magasins. J'ai vu des tentes, des bouteilles d'alcool dans le caniveau, de petits autels votifs. Il y avait des messages accrochés dans les arbres, des fleurs qui pendaient des clôtures. J'ai dû faire une embardée pour éviter une voiture garée en pleine rue, un drapeau confédéré collé sur le pare-chocs. J'ai surtout vu des gens qui vaquaient à leurs affaires quotidiennes, s'occupant de leur jardin, désherbant leurs massifs de fleurs, arrosant la pelouse. J'ai vu un magasin de pop-corn ouvert et je me suis arrêtée pour en acheter. L'odeur du maïs grillé modifiait celle laissée par le gaz lacrymogène – une odeur âcre, crayeuse, musquée. Un nuage m'a stoppée à deux pas de chez moi. Un nuage d'émotion. J'ai freiné et je me suis appliquée à respirer calmement pour le traverser. C'est l'alarme retentissante du couvre-feu sur mon téléphone qui l'a dissipé. J'étais fatiguée et triste à mourir. J'aurais tellement voulu qu'il pleuve.

31 mai

Mais il n'a pas plu. La nuit est venue. Des journalistes ont été tasés, arrêtés, gazés, passés à tabac. Un autre a pris une balle dans l'œil.

Hetta hurlait sur la police. « De quoi est-ce que vous avez peur comme ça, putain ? »

On a parlé de la Garde nationale.

« Bon, ils ne sont pas tous pourris, a-t-elle dit, à ma grande surprise. Asema m'a raconté qu'à la manifestation devant le Capitole de l'État, un commandant ou je ne sais quel autre gradé a mis un genou à terre devant tout le monde. Il a dit qu'il était là pour protéger le droit à se réunir et puis il s'est éloigné, vraiment éloigné, hein, et tout s'est bien passé. »

Pollux est rentré de sa patrouille. Je me suis assurée qu'il remisait son Glock. « Ça ne me plaît pas, ai-je dit.

– À moi non plus. Il y a bien trop d'armes de sorties. Je vais donc ranger la mienne et préparer du pain bannique. C'est ça, ma vraie vocation.

– Et la mienne, c'est d'en manger », ai-je répondu. Mais il avait déjà fermé la porte de la salle de bain pour une douche à la Hetta. Il est redescendu dans des vêtements propres, un masque sur le visage. Tout le monde évitait les microbes des autres, à ce stade. Il a raconté que, deux nuits plus tôt, la patrouille de l'AIM avait attrapé des blondinets du Wisconsin qui essayaient de piller un magasin d'alcool.

« Ils ne les ont pas ménagés, a-t-il expliqué à Hetta. Une méthode cruelle et originale, on pourrait dire.

– Papa... Qu'est-ce qu'ils leur ont fait ?

– Ils les ont forcés à appeler leur mère.

– Genre : *Coucou maman, viens me chercher, j'ai été pris en train de piller ?* »

Pollux a plissé les yeux. Il était allongé à même le sol du salon et s'est soigneusement couvert le visage d'un tee-shirt bleu de l'AIM. Encore une nuit de veille, à tenter de comprendre les tempêtes de tweets. Les gens s'inquiétaient de l'injonction de la Garde nationale à ne pas s'inquiéter de la présence ici et là d'hélicoptères militaires. Il était trois heures du matin et nous étions couchés par terre, tous les coussins du canapé mobilisés, toutes les lampes allumées. « Écoutez-moi ça, a dit Hetta. C'est une liste d'instructions de la police. On est censés avoir un plan d'évacuation ? Oh, mon Dieu. Les antennes-relais vont peut-être cesser de fonctionner ! Sortez vos tuyaux d'arrosage. Attention aux bouteilles d'eau pleines d'essence ! Arrosez vos toits ! Vos clôtures ! Videz les boîtes à livres de leur contenu ?! »

Nous étions surexcités. Chaque fois que notre rire se tarissait, Hetta disait *Coucou maman ?*, ou *Virez les bouquins !*, et alors nous pouffions et repartions de plus belle. Comment l'horreur d'un assassinat policier en plein jour avait-elle bien pu mener à nos chères petites boîtes à livres ? J'ai fait remarquer qu'autour de l'épicentre de toute tragédie semblait tournoyer un tas de faits accessoires, comme le billet de vingt dollars pour lequel la police avait été appelée à Cup Foods, le feu arrière cassé qui avait conduit à l'arrestation de Philando Castile, l'appétit pour les œufs et la détermination furieuse d'une fermière à défendre ces mêmes œufs, incident déclencheur de la révolte des Dakotas en 1862, le *Qu'ils mangent donc de l'herbe* gravant à jamais cet incident dans les mémoires, le brusque changement d'itinéraire permettant l'assassinat d'un obscur archiduc en 1914, la provocation qui évita une guerre nucléaire pendant la crise des missiles de Cuba en 1962. Et tant d'autres exemples. Comme le verre de soda à l'arôme d'épinette qui avait abouti à Jarvis, a suggéré Hetta.

« Je ne veux pas en savoir plus, a dit Pollux de sous son tee-shirt.

– Ou comme nous, ai-je repris. Qu'est-ce que tu foutais sur le parking de Midwest Mountaineering ce jour-là ? » C'était tout moi de remuer le couteau dans la plaie. J'aurais pu me baffer. Pollux s'est efforcé de répondre avec légèreté.

« Je comptais m'acheter des chaussettes. J'aime bien leurs modèles en laine », a-t-il dit en repoussant le tee-shirt qui lui masquait les yeux et en se redressant sur un coude.

Qu'il s'agisse d'amour, de mort ou de chaos, des choses infimes déclenchent des chaînes d'événements tellement délirants qu'un détail absurde finit toujours par s'immiscer et ramener le cours des choses dans notre champ de réflexion.

Je me suis écriée :

« Tu es en train de me dire qu'on ne serait pas là, tous ensemble, sans une paire de chaussettes ? Non, non, c'était le destin !

– C'étaient mes pieds, tiens. Et tout le reste de moi, a répondu Pollux.

– Stop, merci. » Hetta a bâillé. Un bâillement feint. Elle aussi verrouillait la discussion.

Je me suis levée d'un bond et j'ai couru à la cuisine, en proie à un sentiment flou qui m'a fait plonger la main dans le bac inférieur du réfrigérateur. J'en ai retiré la pâte à cookies aux pépites de chocolat que j'avais achetée chez Target. Elle était toujours bonne. Parfois tu fais ce qu'il faut, ma fille, me suis-je dit. J'ai allumé le four et réparti la pâte en petits tas sur une plaque de cuisson. Une fois les cookies au four, je suis retournée attendre au salon. La sonnerie du minuteur m'a réveillée dix minutes plus tard.

« Qu'est-ce qui se passe ? a demandé Hetta.

– Des cookies. »

Elle est venue à moi d'un pas titubant et cette fois-ci je n'ai pas eu droit à un *air câlin*. Elle m'a prise dans ses bras. Oubliée, la distanciation. Je ne savais pas quoi faire. C'était nouveau. J'ai laissé mes propres bras flotter dans un instant d'indécision, puis je l'ai serrée contre moi.

À l'aube, nous nous sommes finalement endormis, pour émerger par un innocent après-midi de printemps. Pollux était couché près de moi. J'étais contente, malgré tout.

« Quelle heure est-il ? a-t-il demandé.
— Midi. »

Nous sommes restés immobiles, déstabilisés par les tensions nocturnes et l'étrangeté de nous réveiller en plein jour.

Je ne travaillais pas ce jour-là. Nous avons donc erré entre la maison et le jardin, désorientés. Hetta échangeait avec Asema, qui était allée manifester avec Gruen. Ils remontaient l'Interstate 94 puis l'Interstate 35, laquelle était fermée.

« Je vois des publications flippantes », a dit Hetta avant de bondir du canapé avec des cris incohérents, provoquant les hurlements terrifiés de Jarvis. Je me suis précipitée vers elle. Elle a désigné l'écran de son ordinateur où, sur l'I35, un semi-remorque fonçait vers le nord et la foule des manifestants paniqués qui tentaient de se disperser. Je me suis détournée en m'agitant dans tous les sens, comme pour nier ce que je venais de voir. Puis j'ai couru dehors m'effondrer sur les marches, la tête dans les mains, les yeux fermés. Pollux est resté avec Hetta assister à la résolution de la scène. Au bout d'un moment, je les ai entendus m'appeler. Si incroyable que ça paraisse, il n'y avait ni morts ni blessés. Même le conducteur était sain et sauf. On l'avait extirpé de son véhicule et il avait été d'abord battu, puis protégé par les manifestants une fois établi qu'il parlait à peine anglais. Il était secoué, mais il s'en était tiré. On commençait juste à installer les barrières au moment où il avait pris la bretelle d'accès ; il n'avait pas compris ce qui se passait.

Hetta martelait fiévreusement son téléphone.

« Ils vont bien. C'est Gruen qui était le plus près, mais ils ont tous les deux pu s'écarter avant que le camion ne s'immobilise. Ils restent à la manif. »

La scène effrayante et miraculeuse passait en boucle, sous des angles inédits à mesure que les chaînes récupéraient de nouvelles images filmées par des témoins. Dans l'une de ces séquences, on voyait un jeune homme en tee-shirt doré et masque noir sauter sur la cabine du semi-remorque, agile et léger comme un acrobate, puis attraper les essuie-glaces pour tenter de l'arrêter. On aurait dit une sauterelle.

« Regarde, a dit Hetta. C'est Laurent. J'en suis sûre. »

Nous avons revisionné la vidéo, encore et encore, jusqu'à ce que je finisse par penser moi aussi que l'homme aux longues jambes d'insecte était forcément Laurent.

« Qu'est-ce qu'il devient ?

– Il devait retrouver Gruen et Asema, a dit Hetta, la voix rendue monocorde par l'épuisement. Il ira au bout du combat. Il est comme ça, il ne lâche jamais. Il a probablement passé la nuit là-bas. »

32 mai

Les villes jumelles de Minneapolis et Saint Paul bouillaient d'émotion. Tout comme de petites communes, des sièges de comtés et d'autres villes partout dans le monde. Chaque matin désormais, Pollux sortait avec un balai, un seau et une pelle pour ramasser le verre brisé. Une image de pénitence. Et de bonté. Après quoi il allait prendre part à des cérémonies traditionnelles qui, me jurait-il, respectaient les règles sanitaires. À la librairie, nous ne savions plus où donner de la tête. Tous les gens qui n'étaient pas dans la rue voulaient savoir pourquoi les autres y étaient. Nous croulions sous les commandes de livres sur la police, le racisme, l'histoire du concept de race, l'incarcération. Penstemon n'en pouvait plus. Les commandes s'empilaient sur la table.

« C'est une bonne chose, non ?

– Oui. Non ? Je veux dire, on fournit de l'information aux gens...
– C'est notre mission, a dit Penstemon.
– Rhâââ. Je vais répondre. Continuez les paquets. »
Toute la journée, au-dessus de nous, les hélicoptères de la police, de l'évacuation sanitaire, des chaînes d'info et des compagnies de sécurité privées déchiquetaient nos pensées. De temps à autre, un pick-up passait à toute allure et j'apercevais le serpent à sonnette d'un Gadsden Flag[1]. Comme les grandes artères alentour étaient toujours fermées pour que les gens puissent se promener au bord des lacs en respectant la distanciation sociale, ces véhicules n'arrêtaient pas de se perdre dans le labyrinthe des petites rues, bourdonnant comme des frelons. Partout dans la ville, les planches qui protégeaient les vitrines se couvraient d'œuvres d'art qu'un groupe d'artistes issus des minorités projetaient de rassembler. Hetta et Jarvis m'avaient rejointe au travail. J'étais heureuse que nos fenêtres laissent entrer la lumière du jour, qu'on ne se soit pas barricadés. Mais comment aurait-on pu trouver du contreplaqué dans cette ville de toute façon ?
Tout en travaillant, je les écoutais tous les deux. Jamais je n'avais entendu un rire si musical. Des clochettes. En même temps je ne pouvais ignorer la fêlure de mon cœur, comme un pare-brise qui se lézarde, une faille minuscule qui s'étire et se répand lentement dans le verre. Il fallait que je fasse quelque chose. Que je me répare. La fissure se creusait de

---

[1]. Ce drapeau, qui porte la devise « Ne me marche pas dessus », a d'abord été utilisé pour représenter les treize colonies se révoltant contre l'Angleterre. À l'époque contemporaine, il a été repris par les libéraux et libertariens, et il est souvent associé aujourd'hui à l'extrême droite américaine.

plus en plus. On aurait dit que tout ici se cassait : les fenêtres, les pare-brises, les cœurs, les poumons, les crânes. Cette ville avait beau être un bastion bleu, progressiste, dans un océan de rouge, c'était aussi une ville de quartiers historiquement compartimentés et de vieilles haines tenaces dont la trace, invisible aux populations aisées et bien portantes, s'imposait jusqu'à l'asphyxie aux malades et aux exploités. Rien de bon ne sortirait de tout ça, c'était du moins mon sentiment.

LES CERCLES

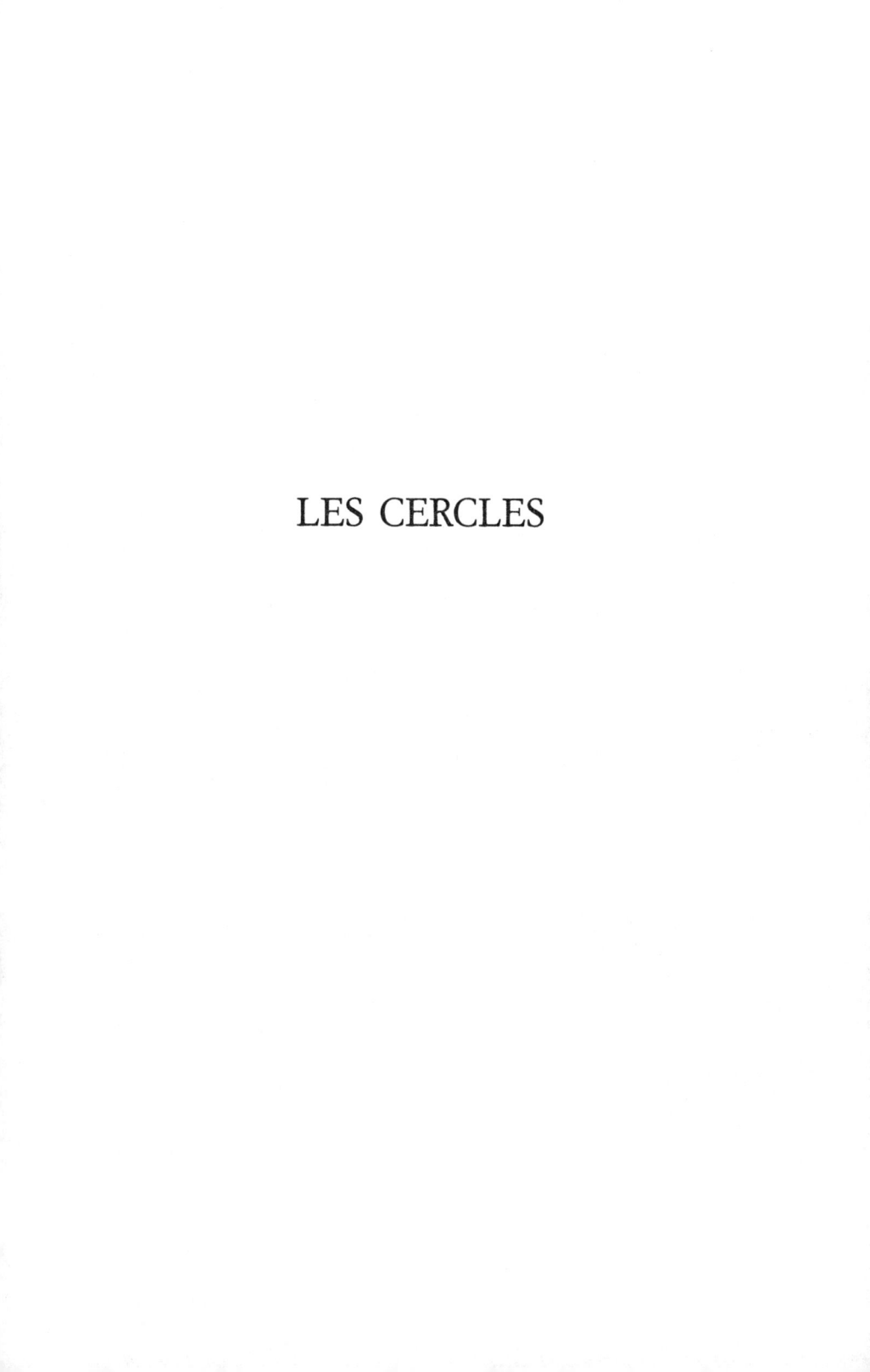

34 mai

Encore un matin chaud et lumineux. Asema avait relayé par texto l'appel des anciennes à faire brûler du tabac et entonner des chants de guérison. Des danseuses traditionnelles, ou *jingle dancers*, se rassemblaient au mémorial George Floyd.

« Fais péter ta robe à grelots, m'a lancé Hetta.
– Comment es-tu au courant ?
– Papa m'a dit qu'il t'en avait fait faire une.
– J'étais à mon plus mince, ai-je menti. Elle ne me va plus. Mais toi tu pourrais peut-être la mettre ? Je t'accompagnerais.
– Tu me laisserais la porter ?
– Bien sûr. C'est le top de la tradition, une vraie robe à l'ancienne. Pas tout en paillettes et brillants comme celles de maintenant.
– Je ne sais pas danser, mais je pourrais apprendre.
– Asema sait.
– Évidemment », a soupiré Hetta.

La robe était rangée au fond de mon placard, sur la plus haute étagère. Dans une boîte en carton afin qu'elle respire. Enveloppée d'une taie d'oreiller et posée sur un lit de bergamote sauvage et d'avoine odorante – Pollux y avait veillé. Je faisais en réalité à peu près le même poids qu'à l'époque où il me l'avait donnée. Avec un ou deux trous supplémentaires à la ceinture, elle serait parfaite pour Hetta. Je n'avais toujours pas dansé dedans. Les robes à grelots sont vivantes, il faut être d'une certaine étoffe pour les porter en toute sincérité. Je n'étais pas de cette étoffe-là. Je me disais même que c'était peut-être pour ça que Flora en avait après moi. Je n'aurais peut-être jamais l'étoffe pour en porter une et tenir un éventail en plumes d'aigle.

J'ai sorti la robe de sa boîte et je l'ai secouée. Son cliquètement m'a semblé amical. Il y avait un jupon avec des rangées de grelots en bas. La jupe elle-même pouvait se relever pour éviter de s'asseoir sur les cônes en métal. Peut-être que porter la robe me transformerait. Mais peut-être que, si c'était Hetta qui la portait, nous serions toutes les deux transformées.

Ce qui hantait Pollux

Au Pow Wow Grounds, Pollux triait des cartons de dons alimentaires pour composer des colis qui ne contiendraient pas que des macaronis et du beurre de cacahuète. Il y avait toujours un stock significatif d'extincteurs, que la patrouille embarquait le soir dans sa camionnette. Tous ces macaronis. Tout ce beurre de cacahuète. Poursuivant sa tâche, Pollux s'est pris à imaginer le beurre de cacahuète avec du vinaigre et de la sauce piquante, parsemé d'oignons émincés et mélangé à une touche d'ail, avec peut-être une giclée de sauce soja. Ce serait sans doute pas mal sur des nouilles chinoises. Ou des spaghettis, à défaut de pâtes de riz. Il y avait une tonne de spaghettis. Et s'il insérait une recette manuscrite dans les colis ? Il a continué à trier en imaginant d'autres recettes, jusqu'à ce que le côté répétitif finisse par lui taper sur les nerfs. Il est sorti s'asseoir à l'ombre, contre le mur extérieur, et il a enlevé son masque pour mieux respirer. Il ne s'était pas totalement remis de la nuit où Hetta l'avait cuisiné. Et il ne se sentait pas vraiment soutenu par Tookie non plus. Et puis elle avait raison sur ces choses anodines dont l'importance se révélait considérable. Il n'y avait qu'à voir les vêtements.

Un uniforme, par exemple. Ce n'était qu'un bout de tissu, mais puissant. On l'avait prévenu, et il n'avait pas écouté. La première fois qu'il était rentré chez lui en bombant le torse dans la fameuse tenue bleue, qui du reste était noire, sa grand-mère avait fait une remarque. La légende familiale voulait qu'elle ait été redoutable en son temps. Les années avaient arrondi ses angles antagonistes, mais pas tant que ça. Elle combinait rudesse et rondeur. Si son regard était perçant, ses yeux se posaient généralement avec douceur sur Pollux. Elle avait un nez pointu, et des joues de velours. Sous ses chemisiers synthétiques aux tons agressifs, sa peau était comme du daim tendre. Elle serrait Pollux dans ses bras ou bien lui tapotait la joue en disant : « Ça va aller, mon garçon. Sois patient. » Mais quand il avait franchi la porte dans cet uniforme, elle avait dit :

« Prends garde.
– À quoi ?
– Au jour où c'est l'uniforme qui te portera. »

Pollux avait ri et pris sa grand-mère dans ses bras. Il trouvait ça peu probable. Au début, en tout cas. Mais les paroles de la vieille dame s'étaient gravées en lui, comme elle l'escomptait. Petit à petit – il travaillait alors pour la police tribale depuis peut-être un an ou deux –, il avait senti quelque chose pénétrer en lui. Il se souvenait d'un survivant des pensionnats catholiques canadiens disant que les prêtres et les bonnes sœurs avaient laissé au fond de tous les enfants « un truc tordu prêt à s'emballer ». C'était l'effet que lui faisait ce qui l'avait pénétré : un truc tordu, qui parfois s'emballait. Comme quand il s'entendait aboyer un ordre d'une voix éraillée. La simple lassitude qui peu à peu virait à l'usure cynique. L'impatience qu'il éprouvait face aux conneries des gens et qui lui glaçait le cœur. La colère menant au refus violent d'éprouver quoi que ce soit, jusqu'à le priver de toute empathie pour les siens. Et les choses qu'il avait vues. Les femmes battues enfermées dans un placard. Les enfants bleus de froid se cachant sous la maison. Le père dont le sang traversait le plancher. Les vieux abandonnés à leur traitement contre le cancer. Les accidents de voiture. Les accidents non accidentels. Il n'en pouvait plus de ce que les gens faisaient aux autres et à eux-mêmes, mais il ne pouvait croire pour autant que son uniforme ait jamais contenu du mépris. Plutôt de l'épuisement, non ? Il n'était pas un saint.

Une fois venu à bout du tri, il est remonté en voiture, parcourant tristement les rues aux vitrines barricadées.

Ce truc tordu. Pollux était hanté par une interminable succession d'images. Des gens à genoux, passés à tabac. Des gens qui chantaient, passés à tabac. Des mères, passées à tabac. Des pères, passés à tabac. Des jeunes, passés à tabac. Des vieux, jetés à terre ou passés à tabac. Quiconque s'approchait de la police, passé à tabac. Quiconque essayait de s'enfuir, maté, puis passé à tabac. Pollux avait connu des gens bien, vu des agents de police sauver des vies. Alors qui procédait aux passages à tabac ? Les uniformes ou ceux qui les portaient ? Comment se pouvait-il que les manifestations contre les violences policières fassent si clairement la démonstration du degré de violence de la police ?

Arrivé chez lui, il a reçu un coup au cœur : Hetta portait la robe à grelots qu'il avait offerte à Tookie en gage d'amour. Il est allé chercher l'éventail de plumes d'aigle qu'il avait enfin terminé. Des franges élégantes pendaient du manche sculpté recouvert de peau de cerf fumée. Toutes les plumes étaient parfaitement droites, leur base enveloppée et renforcée par du fil de broderie rouge bien serré. Un éventail raffiné, royal.

« Prends-le, Tookie. Tu peux le prêter à Hetta, mais il est à toi. »

Tookie s'est exécutée avec précaution. Elle se tenait là, l'objet maladroitement en main. Pollux s'est dit qu'elle avait peut-être un merci coincé dans la gorge.

Jarvis serré contre lui, il a regardé les deux femmes se diriger vers la voiture. Sans qu'elle en ait conscience, Tookie avait parfois la démarche d'une panthère. Il s'est efforcé de ne pas fixer le mouvement de ses hanches. Elle lui chavirait le cœur. Ah, tout était encore là. Il a baissé les yeux vers le bébé.

« Tu n'y échapperas pas, mon petit gars. »

Le cercle

Nous étions toutes les deux dans le minivan, moi au volant, dans mon jean et mon tee-shirt noirs préférés, Hetta soigneusement installée sur le siège passager avec le bas de la robe relevé derrière elle et le devant ramené autour de sa taille pour que les grelots ne lui rentrent pas dans les fesses. En dessous, elle portait un débardeur à dos nageur et un short minuscule. La robe cliquetait doucement quand je m'arrêtais à un feu rouge.

« Qu'est-ce que c'est beau, putain », n'arrêtait-elle pas de dire en caressant les appliqués inversés. La robe s'attachait devant par une fermeture éclair où se rejoignaient les deux côtés d'une fleur en forme de cœur, dans un camaïeu de rouille, de bronze et d'ivoire. Il y avait aussi des tulipes lavande à feuilles vertes. C'était une œuvre d'art que Pollux m'avait offerte.

Dans la voiture climatisée, nos lunettes de soleil se sont vite couvertes de buée. La conduite était un peu étrange – comme dans un rêve, l'impression de fendre l'air alors qu'on roulait à quarante à l'heure. J'ai traversé l'Interstate 35, et je me suis garée dans une petite rue latérale. On est restées un moment dans la voiture pour profiter de la fraîcheur avant d'affronter l'extérieur. Quand on a ouvert les portières, la chaleur nous est tombée dessus. J'avais promis de porter un masque antimicrobes, de la réserve spéciale de Pollux, et la tête me tournait un peu. J'hyperventilais, mais la sensation n'était pas pour me déplaire. J'avais deux bouteilles d'eau dans un sac de toile et, dans un autre, le reste de couches bio premier âge qui n'allaient plus à Jarvis. Mon portefeuille était dans la poche de mon jean, qui me chauffait les jambes.

Grande et digne, ses nattes enrubannées de rouge et ses yeux théâtralement maquillés, Hetta dégageait une élégance auquel son masque n'ôtait rien. Elle portait des mocassins à semelles de peau. La robe à grelots l'avait métamorphosée en un être manifestement sacré. À marcher à ses côtés avec l'eau et les couches, j'avais l'impression d'être la suivante d'une jeune reine. Tandis qu'elle remontait la rue, les gens l'interpellaient, et moi avec, comme s'ils nous connaissaient. Près de la place se trouvaient des tables couvertes de nourritures et d'articles divers mis à la disposition de tous. J'ai ajouté les couches. Il y avait aussi des drapeaux – des drapeaux panafricains et de Black Lives Matter, des drapeaux de l'AIM, des drapeaux arc-en-ciel. Au centre de la place, des bouquets de fleurs dans leur emballage plastique avaient été agencés en autel circulaire. D'autres s'empilaient contre le mur où était peint le portrait. Hetta a enjambé les fleurs d'un bond pour rejoindre les autres danseuses à l'intérieur du cercle. Elle m'a jeté un regard nerveux par-dessus son épaule avant de sourire et de me faire un petit signe de la main. Puis Asema m'a tapoté le bras. Sous ses nattes enrubannées d'argent, sa robe en satin bleu électrique à fleurs orange et feuilles vert vif était saturée de galons argentés qui lui coulaient sur les bras et lui remontaient vers la gorge. Je suffoquais rien qu'à la regarder.

Tandis qu'une foule de plus en plus dense se rassemblait vers le cercle, je m'en suis extirpée. Ayant repéré un solide banc en bois sur le parking d'une station-service, je suis montée dessus. Il y avait une toute petite brise ; j'ai pris de grandes goulées d'air par le côté de mon masque. De là où je me tenais, je voyais Hetta et Asema ensemble. On aurait dit les personnages d'une histoire qui raconterait la danse-médecine de femmes ojibwées. Quand elles levaient leurs éventails de plumes d'aigle, leur grâce pleine d'espoir me caressait. La sueur qui me coulait des sourcils embuait ma vision. Je me suis demandé si les mères normales, quand elles regardaient leurs filles de loin, éprouvaient aussi le danger de leur beauté magnétique, susceptible d'attirer sans discrimination cinglés et autres tordus. De fait, alors que la danse commençait et que le tambour lançait le troisième appel d'un chant poignant, un de ces tordus est apparu. Il était donc là. Limaille à forme humaine. Laurent.

Il se tenait près d'un lampadaire, amorphe, les yeux plissés et fiévreux, sa masse de cheveux fauves dressés sur le crâne. Sitôt que je l'ai vu, un plan s'est forgé dans ma tête. *Bam*, j'ai sauté de mon banc et joué des coudes jusqu'à le rejoindre. Je lui ai donné une tape sur l'épaule. Il a décroisé les bras et m'a regardée, surpris. Il ne me reconnaissait pas, mais il a obtempéré quand je lui ai fait signe de me suivre un peu plus loin.

« Tookie, de la librairie. Là où travaille Asema. Tu me donnerais ton adresse ? J'ai quelque chose à t'envoyer.

– Ah, oui, je ne vous remettais pas. Désolé, je n'ai pas d'adresse.
– Je peux l'envoyer chez un ami ? Un proche ? Tes parents, peut-être ? »

Il m'a donné une adresse à Bloomington, ainsi que, spontanément, le nom de ses parents. J'ai demandé leur numéro de téléphone, mais il a répondu qu'il faudrait leur accord. Il devenait un peu méfiant.

« Pas de problème, ai-je dit. J'ai aimé ton livre, celui que tu m'as donné. Ça m'a fait penser à quelque chose. Je veux juste te rendre la pareille. »

En réalité, j'avais l'intention de prendre un avocat et d'entamer une procédure, qu'il soit officiellement notifié que même un pro du hamac et de la patte de mouche doit subvenir aux besoins de son enfant. Sans surprise chez un auteur, la mention de son livre l'a amadoué. Il a souri avec modestie et fait un geste de la main, comme s'il avait l'habitude de ce genre de compliment. Mon expression a peut-être changé. J'ai bafouillé. Je ne pouvais m'empêcher de penser à Pollux faisant semblant de lire le parfait manuel de... oh, Pollux. J'avais envie de rire, mais il faisait trop chaud. Je me suis rattrapée à une barrière.

« Ça va ? »

Laurent m'a saisi le coude et conduite vers un jardin où se dressait un arbre. Il a demandé aux gens assis là sur des chaises longues s'il pouvait me faire profiter de l'ombre. Très gentiment, ils nous ont fait de la place et m'ont même apporté un siège et un verre d'eau. Je l'ai bu et j'ai laissé glisser par terre le sac contenant les lourdes bouteilles.

« Merci, Laurent, ai-je dit, un peu guindée. Tu devrais y retourner. Les regarder danser. S'il te plaît, dis-leur où me retrouver. »

Je n'étais pas encore remise. C'était peut-être une insolation. Elles s'inquiéteraient de ne pas me voir et je ne voulais vraiment pas rester là avec lui. Il s'est éloigné un peu, les bras tendus vers moi comme si je risquais de tomber de ma chaise. Sa sollicitude artificielle m'a exaspérée.

« File. Je ne vais pas m'effondrer. Allez, zou.

– Je vais rester une minute, a-t-il aimablement répondu. Tant qu'on y est, j'aimerais plaider ma cause.

– Ta cause ? Quelle cause ? »

Certes, il venait de m'aider, mais je ne lui devais rien. Je n'étais pas conquise. Hetta avait tort : ma sympathie ne s'achetait pas facilement.

« Mon premier tirage est épuisé. Je dois trouver un véritable éditeur et je me disais que vous pourriez peut-être m'aider, vu que vous bossez dans une librairie et tout. »

Je l'ai examiné plus attentivement. Pouvait-il être un authentique abruti ?

« Tu sais quoi ? ai-je dit. Je ne suis pas seulement la dame de la librairie, je suis aussi la mère de Hetta. »

Il a froncé les sourcils et secoué la tête.

« Elle disait qu'elle n'avait pas de mère.

– Eh ben maintenant elle en a une. »

Il m'a jeté un regard timide sous ses longs cils. J'ai pensé que ça procédait d'un charme calculé.

« Voilà qui change la donne, a-t-il repris. C'est donc une tout autre cause que je dois plaider.

– À savoir ?

– Est-ce que vous pourriez dire à Hetta d'arrêter de me ghoster ?

– Et pourquoi est-ce que je ferais ça ?

– Pour le petit bonhomme, bien sûr, pour Jarvis. Il a besoin d'un père. Enfin, peut-être pas tout de suite, mais je sais qu'un jour il en aura besoin, vraiment. »

Il a poursuivi, s'exprimant désormais sans retenue, avec

une tristesse qui n'était peut-être pas feinte. Son abattement sincère me suffoquait. « Au début, j'ai paniqué, elle vous l'a peut-être raconté. Je veux dire, je ne m'attendais pas, mais alors pas du tout, à ce qu'elle garde le bébé ! Je l'ai rencontrée sur le tournage d'un film où j'étais monteur et je suis tombé amoureux d'elle. Mais bon, vous voyez, son rôle dans *Macadamn Cow-Girl*...

– *Macadamn Cow-Girl* ?

– ... ben, ça m'a totalement détruit. Le mustang. Je préfère pas en parler. Un soir où je bossais sur le montage, j'ai pété un câble et j'ai effacé toutes les scènes où elle était, et toutes les copies de ces scènes, et j'ai vidé la corbeille. Elle avait déjà été payée en liquide. J'ai fait passer ça pour une erreur et je me suis tiré. Je suis allé me planquer à Cali où j'ai fini par taffer un peu comme cascadeur, et puis comme pompier. Ensuite je suis revenu ici vivre chez mes parents en espérant que Hetta reviendrait aussi. Et elle est revenue. Elle est revenue ! »

Quand il m'a agrippé le bras, les doigts comme des serres, j'ai reculé. Il avait des yeux vraiment merveilleux, aussi sombres qu'un sentier dans les bois, rayonnants de bonne volonté et d'innocence. Il m'a ignorée quand je lui ai dit de la fermer.

« C'est là que j'ai appris qu'elle avait accouché, dont je suis à quatre-vingt-seize pour cent sûr que c'est le mien. Je ferai un test, mais je subviendrai à ses besoins même s'il n'est pas de moi. »

Il s'est tu et a pris une grande inspiration. J'étais trop hypnotisée par ses propos et la tendresse de son regard pour me lever et partir. J'aurais donné n'importe quoi pour que mon père me revendique comme ça.

Quand il a repris la parole, sa voix tremblait. « Mon âme a quitté mon corps quand j'ai rencontré Hetta. Je suis totalement vide, maintenant. Mais c'est pas grave, ça me permet d'accueillir mon fils. Je sais que mon âme est en sécurité chez Hetta. Je travaille chez Wells Fargo. »

Nous sommes restés silencieux un moment. On entendait toujours le tambour. J'ai craqué.

« Tu lui as raconté tout ça ? Pour le film, je veux dire ?
– Pas encore.
– Dis-lui. Peut-être qu'elle ne cherche pas du tout à t'éviter. Peut-être que c'est juste ce tournage qui la rend malade. Qu'elle a peur que, disons, tu la fasses chanter ou quelque chose dans le genre. Tu ne ferais pas ça, dis-moi ? »

Il a eu l'air sincèrement abasourdi. « Jamais de la vie ! Toutes les images d'elle sont définitivement effacées. J'ai fait ce qu'il fallait.

– D'accord. Une dernière chose, Laurent. Qu'est-ce qu'un rougarou ? »

Son visage a changé – son visage, pas son expression. L'espace d'un instant, d'une fraction de seconde, il était devenu autre chose. Ni animal ni humain, mais je le dis avec effroi : autre chose, putain de bordel de merde. Puis il est redevenu lui-même.

« S'il te plaît, laisse-moi maintenant. » J'ai maquillé le tremblement de ma voix. « Je vais prendre tout ça en considération. »

J'ai bu beaucoup d'eau et j'ai remis mon masque avant de retourner dans le magma de gens. La foule était balayée de vagues d'émotions. Je me suis retrouvée entre une femme noire en bleu turquoise et une femme de la réserve de Red Lake en jean et tee-shirt, comme moi, qui avaient toutes les deux failli perdre un fils aux mains de la police – un passage à tabac au bord du fleuve. Elles m'ont chacune pris une main et l'ont serrée fort. De leurs paumes se déversait un chagrin incommensurable et, l'espace d'un instant, j'ai tenté de me dégager. Mais elles ont tenu bon et c'est ainsi que j'ai été entraînée dans le cercle. Une ancienne a déclaré que la danse des robes à grelots servait à guérir et que quiconque en avait besoin pouvait s'avancer. Des gens se sont présentés de toutes les directions. Ils se sont accrochés les uns aux autres. La chaleur était implacable. Ma tête bourdonnait, je craignais de tomber à genoux. Autour de moi, la souffrance s'est libérée. Une femme a hurlé en appelant son fils, une autre sa fille. J'ai réalisé que celles dont les enfants avaient été passés à tabac – seulement passés à tabac, pas tués – pleuraient de gratitude. Vous vous rendez compte ? Le tintement des grelots, les battements du tambour, le soleil brûlant. Ça n'en finissait pas. Hetta dansait sur place, je me tenais derrière elle. L'émotion qui m'envahissait était difficile à accueillir. J'ai résisté, mais voilà qu'une onde d'énergie m'a saisie et submergée – plus large, puissante, profonde, musicale, totale, universelle : c'était le tambour. J'avais mal à la hanche du côté où mon pied appuyait le plus fort. J'ai continué à danser. J'ai vu des points et des lumières, j'ai manqué de m'évanouir, mais j'ai dansé encore. Et encore. Et encore.

En retournant vers la voiture, j'ai repensé aux mots qu'une enfant élevée dans l'amour était capable de dire à une mère aimée au-delà des mots. *Je veux pas qu'on te tire dessus.* La petite fille aimait Philando Castile, comme l'aimaient les enfants de l'école où il travaillait, et elle aimait sa mère. Philando Castile venait d'être assassiné sous ses yeux et c'était sa mère, et non l'assassin, qu'on avait menottée et qu'on emmenait à l'arrière d'une voiture de police. J'ai pensé à Zachary Bearheels, peut-être schizophrène, tasé plusieurs fois et traîné par sa queue-de-cheval. J'ai vu le visage de Jamar Clark. Et… oh non, il me revenait. Le portrait de ce gros nounours de Jason Pero, quatorze ans, un Ojibwé de la réserve de Bad

LA SENTENCE

River qui avait appelé la police en donnant sa propre description alors qu'il était en pleine crise psychique. Le shérif adjoint Brock Mrdjenovich l'avait abattu. Paul Castaway... Indien après Indien, Noir après Noir, basané après basané, et d'autres gens, des Blancs, des hommes, des femmes, tués parce qu'ils n'avaient pas pris leurs médicaments, parce qu'ils couraient et qu'ils avaient la peau foncée, parce que le feu arrière de leur voiture était cassé, ou juste pour avoir cogné un pare-brise par erreur. Une rue traversée en dehors des clous. Une boîte de cigarillos. J'ai pensé à Charles Lone Eagle et John Boney jetés dans le coffre d'un véhicule de police et largués aux urgences de Minneapolis par les agents Schumer et Lardy, lesquels se sont à peine fait taper sur les doigts. On entend rarement parler des meurtres de personnes autochtones par des policiers, bien que les chiffres soient aussi élevés que pour les personnes noires, parce que bien souvent ça se passe sur des réserves reculées et que les policiers ne portent pas de caméra. Aussi terrible que soit la vérité, j'étais donc reconnaissante envers les témoins qui, eux, en avaient.

PRINCIPE DE PRÉCAUTION

Madame la professeure

C'était l'heure dorée. Elle clôturait une journée de répit dans la chaleur de plomb. Une brise fraîche faisait parfois tomber de minuscules pommes vertes. La Garde nationale était partie, et les personnes déplacées par la Covid et les émeutes campaient ou cherchaient un abri ; en chemin, on avait vu des grappes de tentes par dizaines. Mais la ville gardait ses profondeurs vertes. Nous étions assis chacun de notre côté du tout petit jardin d'Asema, Pollux et moi sur de vieilles chaises en métal bleu, elle sur une chaise longue branlante – un cadre en aluminium d'où pendait un filet en plastique rouge. Les feuilles effilées d'un févier dansaient, chatoyantes, dans les rayons obliques du couchant. Sous leurs ombrelles de feuilles mouchetées, les fleurs de courgette jaunes illuminaient le jardin négligé. Des bourdons au lourd arrière-train et des libellules fuselées allaient et venaient dans le mauve intense des monardes sauvages.

Un jeune hanneton curieux s'est immobilisé devant mon visage et j'ai retenu mon souffle. On m'adressait des adieux. Quand l'insecte a disparu, j'ai fermé les yeux pour retenir son iridescence.

« Au revoir, petit dieu. »

Asema nous a servi de l'eau fraîche agrémentée de tiges de

menthe et de rondelles de citron. Elle prenait ses précautions, veillant à utiliser une serviette en papier pour saisir la anse du pichet. Les verres posés sur un plateau venaient d'être lavés à l'eau chaude, nous a-t-elle rassurés. Nous avons tendu le bras pour les prendre par en dessous et les incliner jusqu'à nos lèvres.

« Un hanneton se souvient de chaque fleur à laquelle il a bu, a dit Asema.

– Je me souviens de chaque bière que j'ai bue avec toi », m'a dit Pollux.

Je n'ai pas répondu. Nous tentions de retrouver la simplicité transparente de notre amour, mais chaque fois que nous en approchions, je remuais la vase. J'étais fatiguée d'aggraver la situation.

« Ça glisse tout seul », a dit Pollux en pliant une jambe pour poser la cheville sur le genou opposé, signe qu'il était mal à l'aise. Notre historienne de libraire nous avait toutefois invités dans un but précis. Elle essayait de renouer avec la vie normale, d'avancer sur sa thèse, et elle voulait me parler du livre. Celui que j'avais enterré. Celui dont je lui avais dit qu'il avait tué Flora et qu'il avait bien failli me tuer aussi. Au départ je ne voulais pas venir. La chaleur avait desserré son étau et la journée était si délicieuse, je n'avais pas envie d'évoquer la moindre syllabe de ce livre. Mais Asema nous avait achetés avec la promesse de maïs grillé en avance sur la saison.

« Bon, a-t-elle dit une fois mises de côté nos assiettes en papier pleines d'épis rongés jusqu'au trognon. Parlons du livre.

– Argh, s'il te plaît. Pas ce livre de mort. Oublions-le. Pourquoi y revenir ?

– Parce que je crois que j'ai peut-être des réponses à t'apporter.

– Asema, *mii go maanoo*, par pitié, lâche l'affaire.

– Tookie, ce n'est qu'un livre.
– Il a tué Flora et failli me désintégrer. »
Je sentais que Pollux s'agitait et levait les yeux au ciel. Je savais ses sourcils froncés et son regard perdu dans le lointain. Je me suis reprise :
« Flora-*iban*, je veux dire.
– Où est le livre, maintenant ? Je vais le lire pour voir si je meurs, a dit Asema.
– Je ne l'ai pas, ce maudit livre ! Je l'ai enterré.
– Ah ouais. Enterré. »
Les bras tendus devant elle, Asema s'est penchée vers l'avant sur sa chaise périlleuse.
« Tu m'as dit que tu avais enterré un chien. Je savais que c'était faux. Tu n'aimes pas assez les chiens pour creuser un trou.
– Si, j'aime les chiens. Peut-être pas assez pour creuser un trou, mais assez pour... Je tolère les chiens, même s'ils me détestent. Et le livre, je l'ai brûlé. »
Sous le tremblement des feuilles, le visage d'Asema a pris une expression résolue, posée. Aïe. La journée était gâchée. Avec un air d'autorité factice, les mains jointes sous son menton, elle a souri.
« Tu ne l'as pas brûlé, a-t-elle dit. Tu mens.
– Je mens à moitié. »
M'ignorant, elle a poursuivi :
« Et puis j'ai un aveu, une confession à te faire. »
Regard de Pollux.
« Je t'absous, ai-je répondu. Passons à autre chose.
– Je n'arrêtais pas de repenser à la fois où on s'était assis dans l'arbre tombé dans votre jardin, à ce que tu avais dit. Je suis allée chez vous en votre absence. Là où tu avais prétendu avoir enterré le chien. J'ai soulevé le gazon, creusé. Ça m'a pris un moment, mais j'ai déterré le livre. »

Malgré la rage qui m'étouffait, je n'ai pas été plus loin qu'un coup dans le pied d'une vieille table.

« Putain de bordel de merde. Tu as fait ça dans mon dos.

– Je sais, je te demande pardon. Je n'arrivais pas à passer à autre chose. Ça n'a toutefois pas été vain. »

L'heure dorée m'avait réduite à une potentielle bombe d'émotivité, mais Pollux m'a touché le bras, me ramenant à la réalité. J'ai fait de mon mieux pour me ressaisir.

« Je ne te pardonne pas. Enfin, je te pardonne, mais je suis quand même furax.

– D'accord, je suis navrée. C'est ce que je craignais.

– Pas assez pour respecter ma décision de me débarrasser de ce machin.

– Je me fais du souci pour toi, Tookie. »

J'étais trop chamboulée pour parler, mais j'ai quand même lâché que c'était à moi et à moi seule que Kateri avait remis le livre, et donc que moi seule avais autorité pour le détruire. J'ai raconté à Asema comment il avait bien failli me tuer après avoir tué Flora. Elle a fini par dire :

« Je respecte ta… ta décision. Mais tu ne t'en étais pas débarrassée. Tu l'avais seulement enterré. Et puis, surtout, je te rappelle que c'était mon livre.

– Comment ça, ton livre ? Il était à moi.

– Tookie, ce livre m'a d'abord appartenu. Flora me l'a volé. Plus important, il appartient à l'Histoire. »

Elle a dit ça avec une ferveur exaspérante.

« Je suis tout ouïe, madame la professeure.

– Écoute-moi, Tookie ! Je suis toujours en quête de sources primaires. Un jour, en revenant de Winnipeg, j'ai vu une pancarte signalant une vente aux enchères dans une ferme et je me suis arrêtée. Il y avait là une caisse de vieux registres pour laquelle je suis la seule à avoir fait une offre. De retour chez moi, j'ai commencé à parcourir les livres de comptes et autres documents. On y trouve normalement des entrées, des noms de clients, des notes sur les marchandises, des dettes, mais il est rare que ça occupe tout le volume. L'un de ces registres m'a d'abord semblé vide, mais au quart environ, je suis tombée sur du texte. En lisant, je me suis rendu compte que ça avait sans doute été écrit juste après ce qu'on a appelé le soulèvement de la Red River, tu sais, la première révolte indigène pour le droit à la terre au Canada. »

Asema allait décidément faire une excellente enseignante, me suis-je dit en prenant mon mal en patience. Ce n'était que l'entrée en matière. Elle s'est mise à arpenter le ciment craquelé et la pelouse amorphe. Il ne lui manquait qu'une pipe en bruyère et une veste en tweed avec des empiècements aux coudes.

« Le contrôle policier des peuples autochtones par les Blancs sur ce continent remonte à la création de forces d'occupation militaire dédiées à des guerres d'extermination, à la fois aux États-Unis et au Canada. » Elle a plissé les yeux. « Ça a d'abord été les Tuniques bleues dans un pays, la Gendarmerie royale dans l'autre. Et puis les agents indiens ou les militaires ont choisi des membres au sein des tribus pour maintenir l'ordre dans leurs communautés. Et une fois que le Bureau des affaires indiennes a été créé, c'est revenu à des flics blancs. »

À côté de moi, Pollux s'est laissé aller contre le dossier de sa chaise en croisant les bras. Je sentais qu'il décrochait, mais Asema a poursuivi sur sa lancée. « Aujourd'hui, avec les questions juridictionnelles que posent les réserves, c'est un mix – il y a plusieurs polices : fédérale, tribale, locale et étatique. Ici, le département de police de Minneapolis compose avec un historique d'attitudes héritées de la révolte des Dakotas.

– Bravo, Asema ! »

Je me suis levée pour partir, avec de lents applaudissements ironiques. Elle m'a fait signe de me taire, on ne peut plus sérieuse, et a couvert mes applaudissements de sa voix.

« Après la défaite de Batoche, les Crees, les Ojibwés et les Métis se sont éparpillés, et beaucoup ont traversé la Ligne-Médecine, la frontière avec les États-Unis le long du 49e parallèle. Ils se sont installés dans les Sweet Grass Hills du Montana, les Turtle Mountains ou aux environs de Pembina, sur les rives de la Red River. Le manuscrit que je venais de dégoter avait été écrit par une jeune femme, sans doute ojibwée-cree et française, qui était tombée malade et dont s'était occupée une famille de fermiers blancs qui l'avait ensuite gardée comme domestique. En poursuivant ma lecture, je me suis rendu compte qu'elle était détenue contre son gré – une esclave, en somme. »

Se saisissant d'une cuillère en bois, Asema s'est mise à s'en frapper la paume de la main tout en allant et venant. Mon Dieu !

« Je valide des UV en écoutant tout ça ? » ai-je grogné. J'ai jeté un coup d'œil à Pollux, mais voilà qu'il était attentif, désormais.

« Le texte relate les mauvais traitements infligés à la jeune femme quand elle tentait de s'enfuir. Une lecture douloureuse, pleine de détails de ce qu'elle subissait. Certains passages sont tellement éprouvants que je ne pouvais lire que quelques phrases à la fois. »

Asema s'est tue et a caché ses yeux de sa main, un geste enfantin que je ne lui connaissais pas. Elle semblait ébranlée. Elle a jeté la cuillère par terre.

« Tu faisais quoi, alors ? a demandé Pollux, radouci.

– Chaque fois que j'en lisais un passage, je me retrouvais ensuite le regard dans le vide pendant des heures, incapable de soulever la main ou de bouger, incapable de la moindre action, incapable de décider si j'allais me lever, me faire du thé, sortir me promener ou ouvrir mon frigo pour me préparer un sandwich. J'étais consciente que toutes ces possibilités s'offraient à moi, mais j'en étais aussi troublée. Ça aidait quand je me rappelais de brûler de la sauge et de faire une offrande avant de reprendre ma lecture. »

Elle s'est ressaisie, se tapotant la poitrine comme pour redémarrer son cœur, puis elle s'est remise à parler.

« Cette femme s'appelait Maaname, un nom clanique qui fait référence à une créature mi-humaine mi-poisson de nos contes traditionnels. Son nom pour les *zhaaganaashag* était Genevieve Moulin. S'étant enfin libérée, Maaname est allée vivre dans une petite colonie des bords de la Red River. La dernière fois que j'y suis allée, Pembina se composait d'une poignée de maisons, d'énormes arbres verts, d'un bar plein d'habitants soupçonneux, d'un hôtel en difficulté et d'un musée hérissé d'une tour immense, abritant une fabuleuse collection d'objets du XIXe siècle – je m'y suis justement arrêtée le jour où j'ai acheté les volumes anciens. Mais à l'époque, il y a près d'un siècle et demi, c'était un endroit violent, et Maaname était jeune. Une femme qui semblait bienveillante l'a accueillie, nourrie, et puis droguée et forcée à se prostituer. Cette tenancière de bordel est devenue sa tortionnaire. Une vraie sadique. Elle lui a cassé des os, tailladé un signe sur la poitrine et brûlé la plante des pieds pour qu'elle ne puisse pas s'enfuir. Elle a tellement terrorisé Maaname que, pour finir, un client a eu pitié de cette dernière. C'était la troisième fois qu'on l'enlevait, mais cette fois-ci son ravisseur n'avait pas que des défauts. Il l'a donnée en mariage à son fils et a installé le couple à Rolette, dans le Dakota du Nord, où ils ont exploité la propriété paternelle pendant vingt ans avant d'en hériter. Maaname, qu'on appelait maintenant Genevieve, avait appris à lire et à écrire durant sa captivité, et ce texte est le récit qu'elle en a laissé. Maintenant, écoute, Tookie, si

tu as raison et que quelque chose dans ce livre a tué Flora, je sais ce que c'est. Ça se trouve sur la dernière page qu'elle a lue, celle où était le marque-page.
— Tu l'as lue ? Ça t'a fait quoi ?
— Rien. Flora a volé ce manuscrit, ce témoignage de femme, parce qu'elle espérait qu'il confirmerait l'identité qu'elle avait adoptée. Je ne peux pas le lui pardonner. En substance, elle a escamoté un morceau d'Histoire essentiel. Mais, comme pour la punir, le livre l'a tuée.
— Quels mots ? Quelle phrase ? a demandé Pollux.
— Une phrase qui contenait un nom.
— Un nom, ça peut être très puissant. » Pollux avait parlé lentement. Peut-être avait-il le même rapport aux noms que moi aux fantômes.
« Je crois, comme vous allez le voir, que ce qui a causé la mort de Flora, c'est son propre nom, a dit Asema. Je crois qu'elle n'a pas supporté d'apprendre d'où il venait et de qui elle descendait.
— Le nom de Flora », ai-je murmuré.
Des points jaunes sont apparus devant mes yeux et mon cerveau s'est figé. Puis je me suis levée et j'ai déambulé en pensée dans une pièce familière. Tout dans cette pièce me repoussait avec une force incroyable qui augmentait sans cesse, jusqu'à ce qu'enfin je sois comme catapultée dans mon propre corps, d'où je ne pouvais pas m'échapper.

Je me suis affalée vers l'avant en perdant connaissance. Une parfaite échappatoire, si j'avais simulé. Sauf que je m'étais vraiment évanouie. Quand j'ai ouvert les yeux quelques instants plus tard, Asema essayait de verser un filet d'eau entre mes lèvres et Pollux m'éventait avec son tee-shirt.

La rencontre

C'était une période difficile, assommante de chaleur, pousse-au-crime, alcoolisée. Une comète passait au-dessus de nous. Une quantité toujours plus grande de cartons et de livres s'accumulait sur le sol de la librairie. La table-bateau était noyée sous les sacs destinés au retrait en magasin. Nous vendions de nombreux exemplaires d'un petit nombre de titres. Seule Penstemon s'est souciée de regarder le passage de la comète, qui ne reviendrait pas avant six mille huit cents ans. L'équipe était présentement installée dans des chaises longues sur un bout de pelouse séparé du trottoir par une haie de thuyas, canette d'eau gazeuse parfumée à la main.

« Ce que je déteste, c'est quand les gens parlent du vaccin et disent que la cavalerie arrive, s'est agacée Asema. Ils ne comprennent donc pas qu'ils parlent d'un génocide ?

— Tout le monde ici sera d'accord à cent pour cent, a répondu Gruen.

— Adoptons la stratégie défensive des chariots en cercle et faisons front commun, est intervenue Jackie tandis que nous espacions nos chaises longues.

— Faisons front commun *et* un pow-wow », ai-je renchéri.

Nous répondions à des commandes d'établissements scolaires de tout le pays. Nous nous efforcions toujours d'étudier sérieusement nos livres et de proposer une sélection autochtone pertinente, en expliquant le processus aux enseignants et aux bibliothécaires.

« Est-ce qu'on a assez d'argent pour stocker les titres les plus populaires ? a demandé Penstemon.

— Attends, est-ce qu'on peut d'abord lever notre eau pétillante bien fraîche à la santé de nos clients ? » Asema s'est emparée d'une nouvelle canette dans la glacière posée dans l'herbe et nous avons porté un toast au nombre de commandes que nous continuions à recevoir. Les contrats de toute l'équipe avaient été renouvelés. Les chalands ne pouvaient pas flâner dans la boutique et découvrir des surprises, mais nous vendions toujours autant et nous avions décidé d'embaucher. Si le volume des ventes avait pu compenser le supplément de coût en termes d'heures travaillées et de matériel utilisé, nous avions toujours le loyer à payer. Nous n'étions pas certains de survivre grâce au seul commerce à distance. Les établissements scolaires étaient venus à notre secours, mais leurs achats suffiraient-ils ?

« N'empêche, c'est tellement chouette que les gens pensent à nous, s'est émerveillée Jackie.

– Un miracle, a renchéri Gruen. C'est dément, l'amitié qui règne dans notre petit coin. »

Asema et Penstemon se sont fait un *air câlin* de part et d'autre du cercle.

À ce stade de la pandémie, le pays de Gruen avait réussi à endiguer le virus, alors que le nôtre avait attisé sa propagation ; nous n'avions pour le moment plus le droit de voyager à l'étranger. Coincé aux États-Unis avec une bande de parias, dans une ville balafrée de flammes et de cendres, dans une république incertaine dirigée par un vieil escroc dégueulasse, Gruen avait été nassé et arrêté sur le pont de Minneapolis. Il restait joyeux malgré tout.

« Sentez cet amour qui nous entoure ! a-t-il lancé, avant de vider sa canette d'eau parfumée à la noix de coco.

– J'ai l'impression qu'on est à la croisée des chemins », a dit Jackie.

Je n'avais pas envie de parler de croisée des chemins. Je saturais déjà. Je me suis levée et j'ai fait mine de rentrer chercher quelque chose. Mais devant le magasin, j'ai vu la chienne de Roland, Gary, assise sur les marches, qui me souriait. Je me suis arrêtée. Sans doute son maître était-il venu récupérer des livres. Gary semblait pourtant seule. Calme et alerte, on aurait dit qu'elle m'attendait. « Bonjour, Gary. Où est Roland ? » La chienne a visiblement jugé cette marque de reconnaissance suffisante. Elle s'est levée et s'est éloignée en trottinant. Je l'ai suivie tandis qu'elle accélérait et tournait au coin de la rue. Quand j'ai moi-même pris le virage quelques secondes plus tard, elle avait disparu.

Ça m'a perturbée pour le reste de la journée. Une conviction s'était fichée en moi : Gary avait un message. J'ai fini par composer le numéro de Roland, mais il n'a pas répondu. Je l'ai aussitôt imaginé par terre chez lui, incapable de se relever, et j'ai décidé d'aller sur place vérifier que tout allait bien. La ville était chaude et moite, l'air poisseux. La mort d'un autre homme noir tué par la police à Kenosha, dans le Wisconsin, avait ramené les gens dans la rue ; cette fois-ci, le catalyseur était une fête d'anniversaire. En allant chez Roland, j'ai croisé très peu de monde. On aurait dit que les quartiers que je traversais étaient prisonniers d'un sortilège. Celui de la climatisation, peut-être. N'empêche que ce calme, à la fois dense et humide, me mettait mal à l'aise. Je me sentais sur le point d'exploser d'angoisse tandis que je roulais dans ce silence vide. Arrivée à destination, je me suis garée juste devant chez Roland.

Bon, me suis-je dit, la maison est encore debout et tout a l'air tranquille. Je suis sortie dans la nappe chaude et moite de l'air ambiant et j'ai grimpé les marches du perron. Avant que j'aie atteint la dernière, une femme a ouvert la porte, visiblement surprise de me voir.

« Je suis Tookie, de la librairie. Est-ce que Mr Waring est chez lui ? »

La main de la femme s'est crispée sur son chemisier. « Je

suis sa fille. Roland est à hôpital, j'en viens tout juste. Ce n'est pas la Covid, a-t-elle ajouté en voyant ma tête. C'est un problème cardiaque.
— Il va s'en sortir ?
— Ils lui ont posé un stent et le gardent en observation pour le moment. Ça va aller. »
Sentant mes forces m'abandonner, je me suis laissée tomber sur les marches. Elle est venue s'asseoir à côté de moi. Du coin de l'œil, je l'ai vue s'essuyer le visage, mais elle n'a rien ajouté. J'ai fini par lui dire que j'étais venue parce que j'avais reçu la visite de la chienne de Roland à la librairie.
« Vous la cherchez peut-être », ai-je suggéré.
Il y a eu un drôle de silence.
« Non, a-t-elle répondu au bout d'un moment. Quelques heures après qu'on a emmené papa à l'hôpital, Gary est morte, ici même. Avant-hier. On l'a enterrée dans le jardin. C'est un autre chien que vous avez dû voir.
— C'était Gary. J'ai reconnu son oreille entaillée. »
Encore un drôle de silence. Puis nous avons redressé nos corps lourds et suants et pris congé. Sur le chemin du retour, je me suis arrêtée. La grand-mère de Pollux lui avait dit un jour que les chiens sont si proches des gens que, parfois, quand la mort se présente, le chien s'interpose et prend le coup. C'est donc le chien plutôt que son humain que la mort emmène. J'étais à peu près certaine que Gary avait fait cela pour Roland, puis qu'elle était venue me prévenir.

✻

Ailleurs dans le monde, ça ne se calmait pas, le cafouillage continuait. Chez nous, par la simple force de la répétition, l'homme qui avait été élu à la plus haute fonction de l'État gravait dans l'esprit des gens de faux sillons qu'ils prenaient pour la vérité. À Portland, des manifestants étaient jetés dans des fourgons par des policiers anonymes et soumis à des interrogatoires. On a appris que les chats vivaient dans un état de schizophrénie permanente. À mesure qu'approchaient l'automne et ses élections, on avait l'impression de glisser vers un destin incertain – peut-être qu'on serait soulagés, peut-être que les choses empireraient. Le nombre de morts continuait à augmenter avec une constance macabre. Le pays tournait tant bien que mal sous un voile de chagrin, dans un bourdonnement de panique continu. Tout semblait synthétique. En réagencement permanent. À Minneapolis, nombre de parcs étaient devenus des campements de sans-abri – des zones de non-droit tenues par des trafiquants sexuels pour certains, de courageuses et poignantes tentatives d'utopies autogérées pour d'autres. Pollux faisait sa fameuse salade de pommes de terre au bacon et pickles épicés. Quand j'ai remarqué que mes cheveux se clairsemaient d'un côté, il a suggéré que c'était la faute de mon cerveau droit en surchauffe. Hetta avait décidé de prolonger encore son séjour avec nous, *en application du principe de précaution*. Nous utilisions cette expression à tout bout de champ, de façon satirique, car les autorités n'arrêtaient pas d'y avoir recours pour masquer leur peur ou leur incompétence. Jarvis mâchouillait depuis peu un anneau de dentition et sa mère avait autorisé Laurent à venir leur rendre visite.

Lorsque celui-ci s'est présenté, ils se sont installés dans le jardin, sur un bout de pelouse sous la fenêtre de la cuisine, qui était ouverte. Je les ai entendus parler et je me suis approchée sur la pointe des pieds pour suivre leur conversation.

« Il est vraiment de moi ? a demandé Laurent.

– Tu es sérieux, là ? Rappelle-moi le nom de ton grand-père ?

– Oh.

– Tu vois une autre raison d'appeler mon bébé Jarvis ? Et puis regarde ses cheveux. »

Laurent s'est excusé de toutes les façons imaginables. Je n'ai jamais entendu un homme présenter des excuses avec autant d'ardeur. Ça n'en finissait pas, j'en ai donc conclu qu'elles étaient appréciées, ou du moins acceptées. Laurent a aussi déclaré sa flamme à Hetta et lui a donné ce qu'il disait être une liasse de lettres d'amour. Apparemment écrites dans la langue qu'il avait découverte. J'ai entendu des bruissements de papier.

« Comment veux-tu que je les lise ?

– Parcours-les en louchant. Le sens plane au-dessus du texte.

– Alors reprends-les.

– Je plaisante. Si tu veux, je te les traduirai. Au fait, j'ai effacé ton rôle dans *Macadamn Cow-Girl*, totalement. J'ai passé en revue tous les fichiers et j'ai liquidé toutes tes scènes. Ils ont dû s'en apercevoir, depuis le temps, mais ils ne savent pas où tu es et j'ai disparu sans laisser de trace. » À peine une petite pause maligne avant qu'il n'ajoute : « Ça, je sais faire. »

Je n'arrivais pas à savoir comment Hetta réagissait, mais au bout d'un moment il y a eu un reniflement, des pleurs tout bas, puis un murmure de consolation qui a évolué vers un registre plus grave. Honteuse (oui, moi, honteuse) d'espionner ainsi les larmes de ma fille et la réconciliation des amoureux, je me suis éloignée à pas de loup.

Mon cœur, mon arbre

Flora se faisait discrète. Une façon de m'avoir par la ruse. Un matin, alors que j'étais en route pour la librairie, où Jackie était censée me retrouver, celle-ci m'a envoyé un texto pour me dire qu'elle avait décidé de télétravailler. J'ai hésité, mais nous avions pris trop de retard et nous serions vraiment dedans si je déclarais forfait. Je me suis donc persuadée que tout irait bien. Et puis la boutique restait fraîche alors que, dehors, la chaleur était déjà infernale. Si seulement j'avais appliqué le principe de précaution ! J'ai éprouvé un léger malaise en pénétrant dans le magasin, mais ça faisait au moins un mois que je n'avais pas entendu le moindre murmure ou crissement de la part de Flora. Elle n'avait pas non plus caché de livres, même s'il lui arrivait encore parfois d'en faire tomber des rayons. J'avais fini par m'habituer à ses pas traînants, à ses glissements furtifs, et j'avais décidé d'accepter ses allées et venues comme un bruit de fond. L'activité de la librairie avait apparemment pacifié ou neutralisé sa rancune. J'avais renforcé ma playlist de répulsifs à fantômes. Je ne sentais plus son attention funèbre sur moi et n'étais pas inquiète. Aucun signe, aucun indice. Quand une grosse livraison est arrivée, j'ai calmement entré les livres dans notre système informatique et constitué des piles. La tâche requérait la plus grande concentration, mais la musique me portait. J'ai oublié Flora jusqu'à ce que je traverse le magasin pour mettre les ouvrages en rayon. À mi-chemin, au niveau de la table-bateau, elle m'a poussée.

Les livres que j'ai lâchés ont amorti ma chute. J'ai réussi à empêcher mon visage de heurter le sol et j'ai tenté de me relever lentement. Mais là... là... Quelque chose s'est posé sur mon dos et m'a poussée vers le sol. Je me suis laissée aller sans résistance. Ce n'était pas bien terrible. Je sentais une chaleur se diffuser sous la pression continue, et mon cœur ralentir. J'étais un oiseau dans une couverture, un bébé emmailloté. Quand j'ai repoussé la lourde substance, elle a cédé et j'ai pu me mettre à genoux. La pression ayant disparu, c'était comme s'il ne s'était rien passé. Je me suis recouchée sur le ventre pour m'étirer, engourdie et distraite. Tranquille. Je m'affolerais plus tard, me suis-je dit.

C'est alors qu'elle a essayé d'entrer en moi.

J'ai senti l'aileron de la tranche de sa main s'enfoncer dans mon dos. Le choc ne m'est apparu comme une douleur que lorsqu'elle a agrippé mon omoplate pour s'accrocher à moi de l'intérieur. Et puis, horreur, voilà qu'elle essayait d'ouvrir mon corps, écartant mes épaules, s'efforçant de pousser de côté ma colonne vertébrale. J'ai résisté à ses mains comme un poisson résiste au hameçon. Nous nous sommes battues, j'ai perdu. Elle était assise sur moi, pesante et forte. Elle a utilisé une main comme un coin contre lequel glisser l'autre pour élargir l'ouverture dans mon dos, me poussant, me tordant, me déchirant, s'enfonçant en moi jusqu'à ce que des deux mains elle trouve mon cœur et tente de l'essorer tel un vieux chiffon.

Mon cœur, mon formidable feu.

Mon cœur, mon arbre.

J'ai fermé les yeux et, dans les ténèbres, l'arbre est tombé, basculant vers l'avant. Mes branches ont touché le sol les premières et ralenti ma chute, me laissant flotter juste au-dessus du plancher. Et là, à croire que j'étais posée sur une table devant elle, Flora a soigneusement ouvert le reste de mon corps, comme elle aurait tiré sur la fermeture éclair d'une combinaison de plongée. Une fois que j'ai été en tas par terre, elle a voulu glisser ses pieds au fond des miens et ses bras au bout de mes doigts. Elle a cherché à se dresser dans mon buste et à pousser sa tête dans mon cou pour voir à travers mes yeux. Mais je n'étais pas molle comme un chiffon. Ni vide comme une combinaison de plongée. Je suis plutôt dense. Elle avait donc beau pousser et remuer, il n'y avait tout bonnement pas la place. Trop de moi, comme toujours. Je suis et serai toujours Tookie à l'excès.

Ne me voyant pas rentrer et ne parvenant pas à me joindre au téléphone, Pollux a pris ma clé de secours et m'a trouvée par terre. Comme je ronflais, il a su tout de suite que je n'étais pas morte. Ivre morte ? Le stress de la pandémie et de tout le reste avait peut-être eu raison de mes bonnes résolutions.
« Quelles bonnes résolutions ? » ai-je demandé, tandis que nous rentrions à pied. La rue était déserte. La soirée, étouffante. Les feuilles semblaient bouder dans l'air inerte.
« Tes bonnes résolutions de... bon, pas vraiment des résolutions, mais disons l'usage voulant qu'on ne boit pas au boulot.
– Je n'ai jamais bu au boulot, mon amour.
– Bien sûr, je ne sais même pas pourquoi j'ai dit ça, c'était juste... »
Il a cessé de marmonner et poussé un soupir. Je savais qu'il s'accrochait au fait que je l'avais appelé *mon amour*. J'avais voulu faire de l'ironie, mais quand les mots étaient sortis, ma voix tremblait et ça sonnait vrai. Il a renversé la tête en arrière. De la sueur lui coulait sur le front. Nos doigts étaient mollement entrelacés. C'était comme se donner la main sous l'eau. Je sentais un filet de transpiration partir de ma nuque et me couler dans le dos, puis le long de mes jambes. Je ne pouvais rien y faire. Je n'avais jamais transpiré autant de toute ma vie et j'étais gênée.
« Je dégouline. C'est affreux.
– C'est moi, a dit Pollux. Moi qui transpire le plus. »

J'avais les cheveux trempés et le visage perlé de sueur. Mes sourcils ruisselaient, le sel me piquait les yeux.

« Regarde mon dos. » Je me suis tournée en me tapotant l'épaule. « Dis-moi s'il y a du sang. Soulève ma chemise.

– Là, en pleine rue ?

– Je m'en fiche. »

On m'avait déchiquetée et j'aurais dû saigner à flots, mais je ne sentais qu'un ruisselet. Pollux a soulevé ma chemise.

« Tu transpires. Et tu as de drôles de marques, des plis et des bosselures. Tu as dormi sur un rouleau de corde ou quoi ?

– J'étais sur le ventre, ai-je répondu d'une voix rauque. Pollux, j'ai ajouté *-iban*, j'ai offert du tabac, j'ai fait tout ce que tu m'avais dit. J'ai combattu Flora, je l'ai bénie, j'ai mis de la musique. Mais cet après-midi, elle a essayé autre chose. »

Nous nous traînions dans la chaleur ambiante. Pollux ne disait rien. Il attendait que je poursuive, mais je craignais de paraître encore plus folle. Je craignais qu'on franchisse le point de non-retour et qu'il me fasse interner ou, tout aussi terrible, qu'il cesse de me croire.

« Tu ne m'enverras pas à l'hôpital psychiatrique, dis ?

– Ça dépend, a-t-il répliqué dans une pauvre tentative d'humour.

– Je suis sérieuse.

– Mais non, voyons, jamais ! » Après cette fervente proclamation, il a tenté d'enlacer d'un bras moite mes épaules tout aussi moites. Son bras a glissé. « Qu'est-ce qui s'est passé ? Allez, tu peux le dire à ce bon vieux Pollux...

– Ce bon vieux Pollux », ai-je répété d'une voix triste, ou vaguement sarcastique, ou peut-être les deux.

Nous nous étions arrêtés au milieu du pont où soufflait d'ordinaire une petite brise. Les arbres en dessous avaient été rayés de la surface du globe. Là, debout devant mon mari, j'ai essayé de trouver les mots, de forcer les sons à sortir de ma bouche, de lui raconter. Mais j'avais les poumons pris dans un lacis d'épines. Impossible d'inspirer un grand coup. Respiration sifflante. Pollux m'a prise dans ses bras.

« Tookie ? »

J'ai essayé. J'ai retenu mon souffle, martelé mon crâne de mes mains, grogné, rigolé. En vain. J'étais aussi inquiète que Pollux en voyant que ça commençait. Il m'a serrée plus fort quand le premier sanglot a éclaté. Un autre a suivi. Les larmes éclaboussaient mes mains. Je sentais mon nez enfler, mes yeux piquer. Ma peau était brûlante, comme gagnée par la fièvre. Pollux ne m'a pas lâchée. Au moins savait-il exactement quoi faire : rien. J'ai rajeuni et rajeuni encore jusqu'à n'être qu'une enfant-passoire géante. Je me suis alors effondrée dans ses bras, avant de me mettre à le taper, dur. Il ne m'a pas cognée en retour. Il ne m'a pas jetée par-dessus la rambarde. Je me suis dit que quelqu'un allait passer et nous voir en plein drame, mais la route cuisante était déserte. Pollux a guidé ma tête vers son cœur et m'a caressé les cheveux.

« Tookie. »

Il répétait mon nom comme un mantra, laissant les convulsions suivre leur cours jusqu'à ce que la folie passe et qu'il ne reste que moi. Il a sorti un bandana de sa poche, que j'ai porté à mon visage. Le tissu était déjà humide. J'ai pris la main de mon mari et, en bonne créature docile que je ne suis pas, je l'ai laissé me ramener à la maison.

Tookie, oh Tookie, pensait Pollux. Ma menace magique.

Elle avait l'air d'aller tellement mieux ces derniers temps. Il croisait les doigts pour qu'elle ne recommence pas à déborder, à se déverser, à cracher de la lave en fusion dans le noir. Il n'avait jamais compris ce qu'il avait fait exactement, au-delà des évidences, mais il savait que c'était en grande partie de sa faute à lui. Tookie était longtemps restée relativement calme. Puis il avait commencé à percevoir sa tension, sa pétulance, son instabilité ; il voyait ses poings se serrer et se desserrer, même si elle gérait. La difficulté de vivre avec elle résidait là. C'était plus facile une fois qu'elle avait craqué que dans l'appréhension du craquage. La première fois qu'elle avait perdu les pédales, loin dans le passé, il lui avait fait défaut. Pendant toutes ses années de prison, il n'avait pas osé entrer en contact avec elle. Il avait honte. Et puis il y avait eu ce jour fatidique, et une vie d'amour, d'un amour étonnant. La plupart du temps. La dernière fois qu'elle avait pété un câble, Hetta avait refusé de lui adresser la parole pendant un an. Mais qui sait ? Peut-être que Tookie avait entrepris un travail intérieur dont elle ne parlait pas. Peut-être que les prières de Pollux avaient gagné en force ? Parce que jamais, autant que l'un ou l'autre s'en souviennent, elle n'avait été si bien si longtemps. Sans compter qu'au lieu de s'abandonner à un accès de rage, elle avait pour la première fois, du moins autant que lui s'en souvienne, pleuré sur son épaule.

ROUGAROU

Des oreillers et des draps

Je ne pouvais pas reprendre le bus et sillonner la ville pour goûter de nouvelles soupes en ces temps de pandémie. Je ne pouvais pas non plus retourner à la librairie, en aucun cas. Jackie savait que Penstemon avait, comme moi, entendu Flora. Alors, quand je lui ai raconté ce qui s'était passé, elle a recruté une étudiante qui suivait ses cours en distanciel et distribué mes heures au reste de l'équipe, sans le moindre commentaire, en jongleuse compatissante. J'étais de fait en arrêt de travail. Il y avait deux façons possibles de calmer mes nerfs : rester au lit, ou pas. Mon corps adore l'inertie et ma tête adore l'oubli. Je n'avais donc pas le choix. Certes, une petite voix intérieure protestait qu'ayant passé une partie de ma vie à l'isolement, c'était une très mauvaise idée de me confiner volontairement au milieu d'un tas de draps et d'oreillers. Mais je me sentais en sécurité dans ce nid de câlins enchevêtrés ! Je m'enveloppais, me désenveloppais. Retapais et écrasais les coussins. Puis m'effondrais. Même Pollux a pris du champ quand je lui ai dit que j'avais besoin d'affronter mon démon. Quel homme sain d'esprit s'interposerait entre une femme et son démon ?

Mais peut-être n'était-ce pas un démon. Seulement quelqu'un qui m'avait appris qui j'étais.

Budgie avait pour véritable nom Benedict Godfrey. Un nom élégant, qui aurait convenu à un aristocrate britannique et méritait d'être précédé d'un *Sir* ou d'un *Lord*. Il se faisait appeler par ses initiales, BG, ou « bidgi », ce qui avait fini par se muer en Budgie. Même s'il avait porté des queues-de-pie plutôt que ses éternels tee-shirts noirs trop grands à l'effigie de groupes de métal, il serait resté incolore. Un avorton, comme je l'ai déjà dit. À la peau grêlée. Un rictus sans lèvres en guise de sourire. Traumatisé par tous les coups qu'il avait pris. D'un naturel mauvais. La seule chose positive que je l'ai jamais entendu dire, depuis les profondeurs satisfaites de son néant, c'est un long *ouaiiiiiis*. Il portait des tee-shirts à manches longues sous ses tee-shirts noirs, pour cacher les marques d'aiguille et les ecchymoses, ou parce qu'il avait toujours froid. Ses fesses étaient si maigres et ses hanches si frêles que son jean fronçait vers l'intérieur partout où il n'aurait pas dû. Un été, nous étions un petit groupe à camper au bord d'un lac pollué par un genre d'algue qui bouffe le cerveau. On avait fait un feu autour duquel se défoncer. Je me suis mise à fixer le ciel depuis ma chaise de camping. Et là… j'ai entendu des accords poignants broder un chant d'une tendresse prodigieuse. Sans paroles, car toute parole en aurait détruit le sens. C'était le son des étoiles. Que seuls les loups sont censés entendre. À ce stade, je ne savais plus si j'étais devenue louve ou si j'enfreignais quelque règle sacrée. Je frissonnais, me dissolvant à chaque frisson en molécules d'air sombre, mais je n'avais pas peur. Je chevauchais des toiles d'araignée et des rayons de lune. Infiniment apaisée. J'ai tourbillonné dans l'espace, un million de kilomètres aller, un million de kilomètres retour, et puis la musique s'est arrêtée. Il y a eu le tintement ferrailleux d'une canette et j'ai entendu le guitariste : *ouaiiiis*.

J'ai détesté Benedict Godfrey d'avoir gâché mon trip. Mais

c'est par amour que je l'ai jeté à l'arrière de la camionnette réfrigérée, instrument de ma trahison. Je voyais à présent que nous avions tous les deux été trahis, car Danae et Mara avaient traité son corps comme un carton de déménagement. Je suppose que toute la question est : que devons-nous aux morts ? Une question diabolique. Sans doute au cœur de ce qui me torturait.

Mais j'avais menti sur mes actions. Je ne pouvais pas lutter. J'avais perdu toute combativité. Décidé de devenir une loque.

Ne pas penser. Ne faire aucun mouvement inutile. Ne pas parler, du tout. Mes incursions à la cuisine deux fois par jour étaient des treks épiques. J'en rapportais une assiette de quelque chose. Je ne prenais même pas, ne pouvais même pas prendre Jarvis dans mes bras. C'est dire. Jusqu'au jour où Hetta a débarqué dans ma chambre comme une furie.

« Debout. Je sais ce qui s'est passé. Papa m'a raconté. Tu crois que tu es la seule qui se tape des fantômes et toute la merde qui va avec ?

– Non, ai-je murmuré depuis mon nid. Tout le monde a un fantôme dont il veut me parler. Mais le mien a essayé d'entrer en moi.

– Moi, moi, moi. Tu ne penses toujours qu'à toi, putain. »

Je n'allais pas m'abaisser à répondre à ça. Je me suis retournée et recroquevillée en masse inerte, les yeux fermés. Hetta a contourné le lit au pas de charge et m'a secoué l'épaule. Je l'ai repoussée. Doucement, mais le message était clair : je ne bougerais pas. Et là, elle a fait quelque chose de bas, de pervers, quelque chose qu'elle savait que je ne supporterais pas. Elle s'est agenouillée près du lit et elle s'est mise à sangloter. Ayant moi-même été submergée de larmes sur ce fameux pont, j'étais fragile. J'ai senti la pression monter en moi comme de la vapeur.

Au bout d'un long moment de pleurs en continu, j'ai

compris qu'elle ne faisait pas semblant. Je me suis tournée vers elle pour lui tapoter l'épaule et je lui ai demandé ce qui se passait. Ses sanglots sonores se sont apaisés. Elle a dégluti, reniflé, poussé un genre de gloussement désespéré, puis elle s'est remise à pleurer. Je continuais à lui tapoter l'épaule. Elle a fini par me dire d'un minuscule filet de voix :
« Tookie, je ne sais plus ce qui est vrai.
– Mouais... », ai-je commencé. Puis je me suis reprise : « Tu m'expliques ?
– Laurent est venu. Il a commencé à me sortir... je ne sais pas... un tas de *conneries complètement ouf*.
– À quel propos ?
– Une histoire de maladie héréditaire, un truc qui se transmet de génération en génération dans sa famille et qu'il faut que je sache. »
Je me suis redressée d'un bond, comme si j'avais reçu une décharge électrique.
« Quelque chose dont Jarvis souffrirait ?
– Oui ! »
Ses larmes sont reparties de plus belle. Je l'ai suppliée d'essayer de se calmer pour que je puisse saisir le problème. Puis j'ai surgi des couvertures et soudain j'ai vu des étincelles partout, tant je m'étais habituée à l'horizontale. Une nouvelle tentative par reptation m'a permis de m'asseoir près d'elle. Je portais mon vieux bas de pyjama informe spécial trauma de chez Target et une coiffure conforme à mon état de larve alitée. Soldate Tookie, fidèle au poste.
« OK. Doucement. Reprenons tout depuis le début, avec plus de mots. Pffff, respire, doucement, très bien.
– Il a dit qu'il était un rougarou. Que c'était un truc de famille. Que c'est d'ailleurs le sujet du livre qu'il t'a donné, ses mémoires ou je ne sais quoi.
– Celui écrit dans une langue morte ?

– Celle de ses ancêtres. Il a toujours rêvé dans cette langue, mais il y a eu une période d'un an environ où, de temps en temps, au réveil, il notait quelques phrases dans cette langue, cette écriture. Il dit que le livre lui a été dicté par une partie de lui-même qui est dépositaire de l'histoire de sa famille. »

Je lui ai pris la main. « Ne t'inquiète pas. Je suis à peu près certaine que Laurent délire, même si…

– Quoi ? »

Je venais de me rappeler comment son visage avait subtilement changé la dernière fois que je lui avais vraiment parlé. Et puis ce fameux soir chez Lyle, sa façon de vouloir imposer *Sur les terres du loup* comme si c'était la sainte Bible. Ce roman contenait un personnage de rougarou abominablement séduisant. Était-ce un indice ?

« Qu'il vienne ici nous lire son bouquin. On verra bien ce qu'il raconte. »

On a entendu un petit gémissement à l'étage en dessous. Jarvis. Hetta s'est précipitée, me laissant assise au bord du lit. Soudain, sans préméditation, voilà que je fonçais vers mon armoire récupérer mon jean noir préféré. En un clin d'œil je l'avais enfilé avec un tee-shirt assorti et je descendais l'escalier, renonçant à l'oubli pour rejoindre le grand jeu que le monde jouait avec moi, avec nous.

L'histoire du rougarou

Nous avons organisé la lecture dans le jardin. Pollux, moi, Hetta avec le bébé sur ses genoux, et Laurent face à nous. Une expression de sincérité glaçante sur le visage, il a sorti le roman de Cherie Dimaline d'un sac en cuir fauve et l'a posé un instant contre son cœur.

« Enfin, a-t-il dit, un livre qui parle au nom des miens...
— Oui, l'autrice est une Métisse, l'ai-je interrompu, comme toi.
— Elle est peut-être aussi des nôtres à un autre titre. » Sa voix était douce comme le daim. « Mais je ne me risquerais pas à l'affirmer. »

Il a posé le livre avant de soigneusement sortir le sien de la sacoche souple. Il l'a ouvert, caressant la page du doigt. Puis il s'est léché les lèvres et a fixé le texte comme si les caractères bougeaient.

« Et si tu ne lisais pas ? » Je voulais en finir. « Et si tu nous expliquais juste avec tes mots à toi ce fameux héritage ? »

Laurent a posé le livre et dit que, dans ce cas, il allait planter le décor. Est-ce qu'on voulait qu'il nous parle des Métis du Manitoba ?

« Non », ai-je répondu. Mais il était déjà lancé. Il s'exprimait d'une voix chaude et résolue. J'avais du mal à ne pas me sentir rassurée, mais mes sentiments avaient basculé si brutalement que j'ai tenté de me secouer pour y échapper.

« Au fil des générations... »

J'ai fait un geste de moulinet et il a accéléré.

« Nous suivions les cours d'eau. Chemin faisant, nous vendions des fourrures, nous nous soûlions à mort, nous épousions de jolies Indiennes. Jusqu'au Manitoba. Là, mes amis » — ses yeux brillaient —, « les Plaines nous ont transformés ! Nous avons troqué nos canoés en écorce contre des chevaux et traqué le bison. Et quand le bison s'est éteint, jonchant la prairie de ses ossements, nous nous sommes mis à l'agriculture, sur les parcelles des réserves ou sur nos propres terres quand nous pouvions les acheter. Car nous nous adaptons. C'est là notre génie. Nous sommes aussi un peuple très pieux, qui aime follement la fête. Nous avons dansé, joué du violon, parlé aux saints et à la Vierge Marie, cru au Diable, à Dieu, au Rougarou. »

J'ai levé la main. « Passons directement à ton histoire familiale. Ça a commencé quand ?

— Avec mon arrière-arrière-grand-père Gregoire. Il fut engendré par un homme en élégant costume noir venu assister à des noces, lesquelles, dans l'ancien temps, pouvaient durer une semaine entière. Chaque soir, cet homme se présentait avec son violon. Et il savait en jouer ! Il savait aussi danser. Si les Métis étaient réputés pour leurs impressionnants levers de jambe, l'homme en question s'envolait littéralement, capable de toucher le plafond de la semelle de sa botte. Et il était parfaitement charmant. Attentif à chaque femme, il parlait d'un ton enjôleur aux grands-mères qui manquaient de mourir de rire. Il jouait aux osselets avec les enfants, buvait et chahutait avec chaque homme. Et, bien entendu, il se joignait aux violons, jouant des chansons endiablées qui ferraient les émotions des invités, les faisaient pleurer, crier de joie et danser des gigues scandaleuses. »

C'était plus fort que moi. Aïe. J'étais suspendue aux lèvres de Laurent. Tout comme Hetta, à côté de moi. Je la sentais tendue de concentration, retenant son souffle.

« C'est là que mon arrière-arrière-arrière-grand-mère entre en scène. Berenice était la plus délicieuse, la plus généreuse, la plus modeste, la plus gentille des femmes, connue pour son regard de colombe, doux et indulgent. Tous les soirs, l'étranger se présentait au mariage. À minuit, il posait son violon et invitait toujours Berenice à danser. Au fil de la semaine, tandis que soir après soir il dansait, les vieilles femmes remarquèrent que des poils commençaient à dépasser de son col. Et de la fourrure de ses bottes. Que son front semblait peut-être un peu plus court et son nez un peu plus large. Ses dents avaient l'air un peu plus blanches, plus pointues. On aurait pu s'attendre à ce que l'assistance s'émeuve, à ce qu'il soit chassé, ou capturé, mais il était de si bonne compagnie que personne ne voulait l'insulter. Ce n'est que le dernier soir des festivités, à minuit, que la vérité s'est imposée.

– Quelle vérité ? » J'ai jeté un coup d'œil à Hetta : elle berçait Jarvis, la bouche entrouverte et le regard rivé à Laurent, fascinée. Il s'est penché vers l'avant, avec une gestuelle de conteur.

« Tandis que les noces touchaient à leur fin dans les sanglots frénétiques des violons et la folle danse des invités, le bel étranger rangea son violon dans un étui à lanières. Il se passa l'étui en bandoulière, puis il rejeta sa tête en arrière et se mit à hurler. Il était à présent clair que ses dents étaient très longues et très pointues – des crocs, à vrai dire. Sous les yeux des danseurs, ses poils se transformèrent en une épaisse fourrure et son dos déchira sa veste de costume. Il avait envoûté tout le monde au point que lorsqu'il s'empara de Berenice, personne ne s'interposa. On dit qu'elle s'accrochait joyeusement au rougarou et qu'elle riait, insistant pour qu'on les laisse passer.

– Je ne peux pas croire que ces chasseurs de bisons ne soient pas partis à leur poursuite », a dit Pollux. Lui, au moins, n'était pas impressionné.

« Si, bien sûr. Quelques oncles et cousins voulurent les pister. Mais ils avaient disparu loin dans les fourrés sans laisser de traces. L'absence dura tout l'été. La famille de Berenice commença par la pleurer, la tenant pour morte, puis, finalement convaincus qu'elle était encore en vie, ils maudirent le rougarou.

« Et voilà qu'un beau matin, à l'aube, il la déposa devant chez ses parents. Pendant des semaines, elle se morfondit, versant des larmes, affirmant que le rougarou ne lui avait pas fait le moindre mal, avant de s'apercevoir qu'elle était enceinte. »

S'interrompant, Laurent a levé vers nous des yeux écarquillés.
Hetta le fixait avec un genre de petit sourire idiot et perdu.
Oh, non, me suis-je dit.
Pollux prenait sur lui. Son visage était calme, mais ses grands pieds chaussés de baskets grises s'agitaient. Il tirait sur ses cheveux. Je lui ai attrapé la main avant qu'il ne défasse sa queue-de-cheval.
« Et ensuite ? a-t-il demandé d'une voix étranglée.
– On trouva à Berenice un mari courageux. L'enfant naquit avec la bénédiction ignorante de l'homme de Dieu. L'eau du baptême grésilla sur le front du bébé, mais la bonté de Berenice et la piété du prêtre lavèrent la tache, de sorte que le petit garçon, prénommé Gregoire, devint quelqu'un de bien : travailleur, fidèle, pieux. La pureté de l'âme de Berenice avait visiblement purgé tout trait rougarouesque. Gregoire dansait, mais ne jouait pas de violon. Il épousa une femme discrète avec qui il demeura le restant de sa vie. »
Ayant accompagné ces derniers mots d'un petit hochement de tête respectueux en direction de Pollux, Laurent a marqué une pause éloquente, comme pour dire : *Votre instinct protecteur vis-à-vis de Hetta est noble et je le partage ! Je ne suis pas comme le premier rougarou, je suis comme Gregoire !* Puis il a repris.
« Mon arrière-arrière-grand-père laissa derrière lui le savoir médicinal que sa mère avait reçu l'été de son enlèvement. Ce n'est qu'à la mort de Gregoire, des suites d'une chute de cheval à l'âge de cinquante-six ans, que le trouble se manifesta.
« Selon la coutume de l'époque, un charpentier fabriqua le cercueil, les voisins apportèrent de la nourriture à la veillée funéraire, et parents et amis prirent place autour du corps dans la maison. Aux alentours de minuit, le premier soir, Gregoire ouvrit les yeux et laissa échapper un lourd gémis-

sement. Cela réjouit son épouse, qui lui saisit le bras pour tenter de le redresser – mais il n'était pas en vie : de toute évidence, son corps était en voie de possession.

« S'emparant d'une poêle en fonte, une vieille femme planta le manche dans le cœur du cadavre, puis lui vida dessus la fiole d'eau bénite qu'elle portait toujours sur elle. Le corps soupira, ferma les yeux et retrouva son état de mort. Mais aux petites heures du jour, il s'était volatilisé, révélant le problème familial. À partir de là, ça n'a cessé de se reproduire. Ce refus de rester mort s'est transmis de génération en génération. Il y avait huit enfants, et cette tendance s'est manifestée chez plusieurs d'entre eux. Un oncle est carrément sorti de sa tombe pour s'enfuir. Il n'a pas réussi à quitter le cimetière, mais...

– C'est affreux ! a crié Hetta, tout excitée.

– Des générations plus tard, me voici, a poursuivi Laurent. Je suis né dans un cercueil. »

C'était trop pour moi. Le charme était rompu. Né dans un cercueil, bordel de merde ? Mais Hetta regardait Laurent d'un air follement intrigué et ne semblait pas le moins du monde dégoûtée. Les yeux incandescents, on aurait dit qu'elle avait eu une révélation.

« Et ensuite ?

– Ma mère, qui était comédienne à ses heures, jouait le rôle de la femme d'un vampire dans le spectacle d'une troupe amateur. Elle était sur scène, prête à se relever de son cercueil, quand le travail a commencé. Tout est allé tellement vite qu'on n'a pas eu le temps de la transporter. Quelqu'un a fermé le rideau, mais la naissance a fait sensation. La troupe est allée jusqu'à changer le titre de la pièce en *Naissance d'un vampire*. Mes parents ont joué dedans un certain temps, avec moi dans le rôle du bébé vampire, avant de voguer vers d'autres aventures. Ils ont toujours aimé le secteur hôtelier. Leur café des sports marche très bien. »

Laurent a marqué un temps, comme pour vérifier que nous suivions toujours. Hetta n'en pouvait plus de joie.

« C'est grave gothique ! a-t-elle dit. Tu es dangereux, les soirs de pleine lune ?

– J'ai des pulsions », a répondu Laurent.

J'ai eu l'impression que Hetta rougissait.

Laurent lui a ensuite expliqué que ce gène rougarou venait du Vieux Monde et avait été introduit dans la culture métisse via le loup-garou français. Les Indiens qui se mariaient avec des Français avaient entrepris non seulement d'améliorer l'apparence physique de ces voyageurs au long cours, mais aussi d'indigéniser leurs cryptides et leurs hybrides.

« C'est ainsi que le rougarou est devenu quelqu'un comme moi. Je suis loyal, honnête, courageux et gentil la plupart du temps. Je n'ai jamais eu de tendances violentes à proprement parler, mais je suis assoiffé de justice. Je pars au quart de tour et j'ai de l'énergie à revendre. En plus de travailler chez Wells Fargo, j'étudie la médecine par les plantes. Je joue du violon et je défends la cause de nos parents, les loups. Ma seule singularité, en fait, c'est que j'ai décidé que ma vraie vocation était d'écrire dans cette langue ancienne et que je ne sais pas si je resterai mort quand je mourrai.

– Oh, Laurent », s'est exclamée Hetta, rayonnante de bonheur. Un bonheur authentique, je crois. « Si seulement tu m'avais raconté tout ça dès le début !

– J'ai eu peur que tu me rejettes.

– Sûrement pas. C'est le truc le plus cool que j'aie jamais entendu. Alors ça veut dire que notre bébé est...

– Un immortel sauvage. C'est comme ça qu'on nous appelait, à l'époque. » Laurent a baissé la tête.

« Je ne sais pas si tu as vraiment l'étoffe d'un père, est intervenu Pollux.

— Peut-être que vous vous trompez là-dessus », a répondu l'intéressé en relevant la tête. Il a longuement soutenu le regard de Pollux. « Je suis fou amoureux de Hetta, mais elle est folle amoureuse de quelqu'un d'autre. Mon rôle à ce stade est donc de la soutenir et de subvenir aux besoins de mon fils. »

Je me suis donné un coup sur le crâne. « Est-ce que j'ai des hallucinations auditives ?

— Il est très déconstruit. » Hetta affichait un sourire exalté. « Papa et maman sont au courant des sentiments que j'ai eus pour Asema. Mais c'est fini maintenant. Elle n'a jamais succombé à mon charme.

— Incroyable, qu'elle ait résisté, a murmuré Laurent.

— Je ferais peut-être bien de rester avec le père de mon enfant, au moins pour le moment, a dit Hetta.

— Au moins pour le moment », ai-je marmonné avant d'attraper Pollux par sa chemise. Nous avons quitté les lieux. La suite ne nous regardait pas.

Hetta et Laurent se sont éclipsés une heure ou deux pendant lesquelles j'ai joué les baby-sitters. Jarvis avait découvert mon visage et étudiait chacun de mes traits. Une fois qu'il a été satisfait de leur assemblage, ses yeux se sont mis à briller et son sourire a éclaté tandis que ses bras et ses pieds grassouillets s'agitaient frénétiquement. Je n'en revenais pas d'être une source de joie humaine. Qu'il me soit confié et qu'il m'agrippe le doigt avec toute la force de son petit poing, c'était presque trop. Je le tenais dans mes bras.

« Tu es quoi, dis-moi ? »

Il ne voulait pas répondre.

« Est-ce que tu ne serais pas un petit bébé rougarou ? »

Il me scrutait d'un œil tandis que l'autre restait fermé, si bien qu'on aurait dit qu'il essayait de me faire un clin d'œil.
« Quoi de neuf par ici ? »
C'était Pollux, en train de croquer une pomme saupoudrée de poivre. C'est comme ça qu'il mangeait les pommes, la poivrière à la main, pour une décharge assurée à chaque bouchée.
« Rien, je me demande juste si Laurent a transmis son insaisissabilité de renard à son fils.
– C'est un bébé. Il est pur. Laisse-le en dehors de ça !
– Tu y connais quelque chose en rougarou ?
– Ouais. Par ma grand-mère. Mais c'est surtout du *wiindigoo* qu'elle avait peur.
– Alors comme ça, il y a vraiment des gens qui refusent de rester morts.
– Apparemment. Il y a aussi des réanimateurs.
– Ça existe, ça ?
– C'est plus courant qu'on ne croit, mais moins courant aujourd'hui, avec la science médicale.
– Et tu as déjà... heu... eu une expérience de réanimation ? »
J'ai posé la question avec prudence, m'efforçant de ne pas impliquer qu'il puisse y avoir là autre chose qu'un phénomène scientifique ordinaire. Il s'est poivré une nouvelle bouchée de pomme et Jarvis a éternué. Avisant mon regard de reproche, il a éloigné du bébé la main qui tenait la poivrière.
« Aucune expérience personnelle, non. La réanimation la plus effrayante dont j'aie jamais entendu parler concernait une jolie petite fille. »
J'ai dit que je ne voulais pas l'entendre.
« Elle est sortie de terre, queue-de-cheval la première.
– Pollux, je te préviens.
– Tout ce qu'il y a de plus scientifique », a-t-il conclu avec un haussement d'épaules.

LA CHANCE ET L'AMOUR

L'heure du *frybread*

L'automne approchait dans une sensation d'abandon à la pente. Tels des skieurs en état d'apesanteur, nous glissions à travers les jours comme le long d'un paysage toujours répété. L'air s'est rafraîchi, et je suis retournée travailler car nous avions fort à faire avec les commandes passées en panique – tout le monde craignait visiblement un nouveau confinement et voulait des livres. Les équipes se succédaient dans l'espace réduit de la librairie, faisant du magasin une véritable ruche de sept ou huit heures du matin jusqu'à neuf heures du soir. C'était inédit. L'intensité de ces journées de travail avec leur farandole de collègues me protégeait de Flora.

À cette même période, Pollux et moi ne parvenions à échapper à toute préoccupation que dans une sorte de communion rituelle autour du *frybread*, ou pain bannique frit. Aux alentours de onze heures du matin, une fois par semaine, nous nous rendions au Pow Wow Grounds. Il nous arrivait de déplier nos chaises de camping sur le parking. Si le temps d'attente était limité, nous pouvions nous garer dans la rue et rester dans la voiture. Les gens arrivaient progressivement puis patientaient, debout en faisant du sur-place, assis à l'une des tables extérieures ou bien adossés au mur. Des éclats de rire ricochaient d'un groupe à l'autre, où discutaient des personnes de tous âges.

À midi, on sentait un frémissement d'espoir. Et puis quelqu'un apercevait la camionnette grise de Bob Rice et tout le monde riait en le regardant arriver. Un ancien criait : « Pas trop tôt ! », ou : « Tu t'es perdu en route ? », et ça rigolait de plus belle. Bob se garait, déchargeait. Une file se formait. Le moment sacré était venu.

Nous sortions alors acheter notre *frybread*. Et du rab pour mes collègues du jour. Nature, ou bien garni de tout le tralala, en mode *Indian taco*. On mangeait sur place ou dans la voiture. Le beignet était doré, léger comme un petit morceau de nuage rond qu'on aurait lâché dans l'huile bouillante, mais assez dense pour retenir la garniture du taco, le cas échéant.

D'accord, ce n'est pas très diététique. Asema parle de nourriture de grand-mère, « mauvaise pour les artères, mais bonne pour le cœur ». Elle dit qu'elle en mangerait tous les jours plutôt que des Cheetos, son autre vice – un genre de chips soufflées rouge vif qui donnent l'impression qu'on s'est trempé les doigts dans du sang.

Fait à la main. Avec amour. Le *frybread* ne parvenait pourtant pas à nous raccommoder vraiment, Pollux et moi. Sur le moment, oui, mais le moment passait.

Quand le froid s'est durci, j'ai contracté la maladie de l'angoisse diffuse. J'étais fatiguée, chiffonnée, mentalement bloquée en novembre 2019 quand Flora est morte sans disparaître. La maison était envahie de cartons, de sacs de courses, de fournitures diverses. Nous avions recommencé à acheter des choses qui pourraient venir à manquer, des kilos de pâtes et de légumes surgelés, des couches, des mélanges de fruits secs, du ketchup. Les livres rapportés par mes soins débordaient des étagères ; des piles grimpaient le long des murs.

Ma garde-robe active s'était réduite à trois pantalons qui me faisaient la semaine et à un assortiment de tee-shirts noirs et gris que je portais sous mon blouson en jean. Pire, ayant cassé les lacets de mes bottes préférées, je m'étais rabattue sur des sabots en plastique. Je n'aime pas les sabots – ils me rappellent les établissements pénitentiaires –, mais je n'avais pas l'énergie de racheter des lacets ni, plus généralement, de me prendre en main.

Pollux et moi estimions avoir épuisé notre part de chance pendant les manifestations, aussi appliquions-nous les rituels de distanciation avec la plus grande prudence. Il nous arrivait toutefois périodiquement d'être convaincus que l'un ou l'autre avait été exposé au virus, ou l'avait attrapé. Une salutation par surprise, un joggeur haletant juste derrière nous, un vieil ami se présentant le masque au menton. Les cérémonies. Pollux ne s'était jamais impliqué en politique, mais, je cite, *regarde ce qui s'est passé*. Il a donc participé à l'inscription des habitants de la réserve de White Earth sur les listes électorales. Un jour qu'il était fatigué, il a oublié son masque dans la voiture. Une autre fois, son téléphone, et il a emprunté celui d'un collègue. Et puis il y a eu l'enterrement. Une femme qui menait les funérailles traditionnelles est morte. Pollux a pris la relève. Nous perdions nos anciens, nos blagueurs, nos êtres chers, nos gardiens de la tradition. Nous nous défaisions aux coutures. Quoi qu'il en soit, Pollux a été exposé.

Un matin, il a dit : *Ne t'approche pas de moi*.
« Qu'est-ce qui se passe ?
– Je ne me sens pas bien. »
Sa toux était légère, sa fièvre aussi. S'il avait attrapé la Covid, ce n'était pas une forme sévère, nous l'avons donc laissé seul dans sa chambre. Il me parlait à travers la porte, disant ne se sentir qu'à moitié malade. Sans être enjouée, sa

voix était bonne. Je lui laissais à manger devant la porte et je récupérais le plateau avec des gants, mettant tout directement au lave-vaisselle. Toasts, bouillons, nouilles chinoises, jus de fruit. Un soir, il a même mangé une tourte au jambon faite maison. Je retrouvais toujours le plateau et les bouteilles de jus et de Gatorade, vides, à l'extérieur de sa chambre. Il n'avait pas la force de prendre la voiture pour se faire tester et refusait que je le conduise. Il me disait au travers de la porte ce dont il avait besoin et on allait se coucher. Et puis un matin, après cinq ou six jours d'isolement, il m'a téléphoné pour me dire que la tête lui tournait. Qu'il y avait un quilt à motif d'étoile dorée sur notre mur (il n'y en a pas) et qu'il avait passé la nuit à le regarder onduler, comme s'il respirait. Que le fer à repasser, sur une étagère du placard entrouvert, avait un visage et n'arrêtait pas de lui faire des clins d'œil. Il devait reprendre son souffle entre chaque phrase. Je me suis précipitée dans la chambre.

Il avait les yeux enfoncés dans leurs orbites, le regard confus, le visage gris et transpirant. Il n'arrêtait pas de fixer le plafond en fronçant les sourcils, comme s'il voyait quelque chose là-haut.

« Tu connais les nuages mammatus ? m'a-t-il demandé. Il va y avoir une tornade.

– Je t'emmène à l'hôpital.

– Dis à Hetta de m'emmener.

– Non, c'est moi qui t'emmène. Hetta est tout pour Jarvis. »

Je ne lui ai pas dit qu'il était tout pour moi. J'aurais pu, mais je ne l'ai pas fait. Parce que je suis rancunière et bornée et que je ne sais pas tourner la page. La respiration de Pollux était courte et saccadée. *Attrape-moi, tendre Sasquatch*, a-t-il dit en me précédant d'un pas mal assuré vers la voiture. Son rire s'est mué en toux. J'ai passé mon bras dans son dos jusqu'à son coude pour l'aider à s'asseoir. Comme la température avait brutalement chuté, je l'ai emmitouflé dans une couverture. Toutes vitres baissées, un masque sur le visage, nous sommes allés aux urgences les plus proches, à vingt minutes interminables de chez nous. Je conduisais vite, mais prudemment. J'étais à la fois anesthésiée et hyper-vigilante. Le temps qu'on arrive à l'hôpital, il était en détresse respiratoire. Nous avons été accueillis par une infirmière qui portait une charlotte, des sur-chaussures et une blouse jaune flottante. *Le jaune vous va bien*, lui a-t-il dit d'une voix sifflante. *Vous devriez en mettre plus souvent*. Elle l'a assis dans un fauteuil roulant, poussé à l'intérieur, *Allez champion,* et lui a aussitôt posé un oxymètre de pouls sur le doigt. L'indicateur a plongé dans la zone des quatre-vingts.

Elle a pris le chemin du service Covid, où les urgentistes prescriraient de l'oxygène et procéderaient à l'admission. Comme ça. Si vite. J'étais assaillie d'émotions. Pollux refusait que je le touche. Refusait de me regarder. Je l'ai suivi des yeux tandis que l'infirmière l'emmenait. Quand elle s'est arrêtée pour presser un bouton tout plat sur le mur près de la porte, j'ai trébuché, tendu la main, crié son nom. Un déclic. La porte s'est ouverte avec un soupir étouffé. Au moment de franchir le seuil, il s'est retourné et m'a adressé notre V horizontal. *Tu es très sexy, mais on remet ça à plus tard. La porte est fermée. Pars.* Je ne pouvais pas bouger. Je suis restée plantée là au milieu d'un va-et-vient de visières de protection, de masques, de blouses et de charlottes. La porte était d'un brun roux. J'ai fixé l'interstice entre les deux battants. Une ligne mystérieuse. Et puis je suis retournée dans la salle qu'on m'avait désignée.

Tout me semblait vide. Je me balançais d'avant en arrière, assise, les bras croisés.

« Qu'est-ce que je fais, maintenant ? » ai-je demandé à l'infirmière venue m'apporter le test. C'était un test salivaire et je n'avais pas de salive. J'ai mis une éternité à remplir le tube ; une fois sur deux je visais à côté et crachais sur mes chaussures.

« Attendez dehors les résultats du premier test. On vous appellera. Ensuite rentrez chez vous et isolez-vous. Faites attention à vous. Les chiffres remontent. » Sa voix était atone d'épuisement, mais gentille.

« Est-ce que je peux le voir ? »

Des yeux noisette, des sourcils épais, les cheveux retenus par un filet : on ne distinguait pas grand-chose de l'infirmière et je ne voulais pas fixer la photo de son badge en plastique. Elle m'a promis qu'une fois Pollux installé, l'équipe qui s'occupait de lui prendrait contact avec moi. Pollux me donnerait des nouvelles, ou bien quelqu'un du service. Un appel téléphonique ou via FaceTime. Elle a soigneusement noté mes coordonnées. Ils allaient prendre soin de lui. Ils feraient le maximum. J'ai hoché la tête, encore et encore, puis je suis retournée à la voiture, garée au parking courte durée en face de l'entrée des urgences. J'ai branché mon téléphone et fait le tour de l'hôpital, lentement, pour le recharger. Puis j'ai accédé au parking souterrain réservé aux stationnements longue durée, suivi la spirale jusqu'au dernier étage et trouvé la place la plus discrète. On avait toujours un sac de couchage dans la voiture. J'ai incliné mon siège le plus horizontalement possible, j'ai ouvert le sac, je me suis roulée dedans, je me suis allongée et j'ai fermé les yeux. Au bout d'une heure, mon téléphone a sonné. C'était Pollux.

« Je suis bien installé, a-t-il dit. Ça va aller. C'est pas mal, ce truc d'oxygène.

– Ils t'ont mis sous oxygène ?

– Principe de sécurité. »

Je l'ai entendu prendre une goulée d'air.

« Ne plaisante pas.

– Ne dors pas sur le parking.
– Comment tu sais que je suis sur le parking ?
– Ça fait combien de temps qu'on est mariés ?
– Je suis garée au dernier niveau.
– Rentre à la maison. Il faut que tu gardes tes forces pour ne pas tomber malade.
– Je suis négative, ai-je dit sans avoir encore reçu le résultat du test.
– Merci », a-t-il murmuré.
Je l'ai entendu retenir un halètement, une quinte de toux. « Punaise, a-t-il dit. Ça va aller. Je t'aime. Je dois raccrocher. »
Ça a coupé avant que je puisse lui dire que je l'aimais aussi. J'ai attendu dans le bourdonnement de l'absence. Rappelé. Sans réponse. Je lui ai envoyé un texto avec cinq cœurs rouges. Comme je n'utilise jamais d'émojis, incompatibles avec ma dignité, ça voudrait peut-être dire quelque chose. Tellement pathétique. Je suis restée là, à fixer un mur en brique rouge à travers le pare-brise.

✣

J'ai suivi Pollux à l'hôpital spécial Covid de Saint Paul, dans un quartier industriel où se trouvaient plusieurs autres établissements hospitaliers. De nuit, il était difficile de dire si des gens vivaient dans le coin ou s'il n'y avait là que des malades et des personnes s'occupant des malades. Les parkings couverts étaient éclairés, ainsi que l'entrée des hôpitaux, la vitrine d'une pizzeria et celle d'un restaurant thaï, mais les rues restaient désertes. En dehors de ces rectangles lumineux, l'obscurité était d'une densité qu'il m'avait rarement été donné de voir, que ce soit ici ou à Minneapolis. Les ténèbres pouvaient cacher n'importe quoi. J'ai trouvé une place de parking. Je suppose que n'importe quoi incluait moi.

Je savais que je ne pouvais pas le voir en personne, ni être à ses côtés, ni lui tenir la main, ni caresser son front bosselé. Mais garée à proximité de l'hôpital, j'étais plus près de lui qu'à la maison et je pouvais m'imaginer n'être pas tout à fait inutile. Je fixais les fenêtres du bâtiment et leur luminosité glacée. Des heures durant, j'ai vu des têtes apparaître, tourner, disparaître. Je savais l'étage où il était, mais j'ignorais de quel côté donnait sa chambre. J'avais lu sur Internet assez d'histoires de familles, de couples, d'individus touchés par ce virus pour savoir ce que ça signifiait quand un proche ne pouvait pas communiquer. On m'a bientôt demandé de libérer ma place. J'ai obtempéré, acheté un sachet de Fritos et une bouteille d'eau, quitté le parking par une autre sortie et puis je suis revenue. Je n'allais pas partir sans en savoir plus. J'ai remonté le sac de couchage et fermé les yeux. Mais je ne dormais pas. Je m'appliquais juste à respirer. Mon téléphone a sonné.

« Ici madame Pollux », ai-je dit.

La voix de mon interlocutrice était jeune et claire. On aurait dit une adolescente précoce.

« Ici le docteur Shannon. Je vous appelle pour vous donner des nouvelles. Votre mari est toujours sous assistance respiratoire et nous procédons avec précaution. Il est beaucoup trop tôt pour savoir si sa situation est en voie d'amélioration, mais c'est un homme robuste, et plutôt en bonne santé. Il m'a dit de vous dire de ne pas dormir sur le parking.

– Il peut se brosser, je ne bouge pas.

– Nous n'en saurons pas plus avant un moment.

– Je ne bouge pas.

– Vous prenez des risques, madame Pollux.

– Toujours moins qu'en étant loin de lui. »

La jeune femme a marqué une longue pause, et quand

elle a repris la parole, sa voix était congestionnée. « Je suis navrée, a-t-elle dit. Je sais ce que c'est. J'ai eu un proche ici.
– Ça s'est bien fini ?
– Non.
– Oh merde, docteure. Occupez-vous bien de lui et rappelez-moi souvent. Cet homme, c'est ma bonne étoile. C'est... »
J'ai raccroché, chaviré, tenté de vivre.

Questions de Tookie à Tookie

Réveillée aux petites heures du jour, les yeux rivés à mon pare-brise embué. Une envie désespérée de m'étirer, comme lors d'un trajet interminable en autocar. Coincée dans ce corps douloureux, les fesses engourdies, les pieds gelés.
Tu es quoi ?
Un rôti juteux habitant la conscience du temps.
Pourrais-tu cesser d'être en colère contre Pollux ?
Il m'a menottée au Lucky Dog. J'ai été jugée et condamnée. Il ne m'a pas rendu visite. Il s'en foutait qu'on me transfère ou que je m'effondre. Il n'était pas là quand je pétais un câble, que je faisais des rêves épouvantables, que je refusais de quitter ma cellule. Il vivait sa bonne vieille vie de Pollux pendant que moi je me transformais en légume.
Était-il responsable de ton état végétatif ?
Pas vraiment. Il dit qu'il priait pour moi, hein. Mais il vivait sa vie sans moi !
Peut-être qu'il profitait de la vie sans toi, mais, de même que se déguiser en banane, est-ce si grave que ça ?
Oui.
Et toi, tu as pensé à lui ? Tu lui as écrit ?

Parfois, pour la première question. Non, pour la seconde. Je faisais ce que je pouvais pour survivre au jour le jour, écrasée par ma sentence. Je suppose que j'étais déjà hantée, avant Flora.

Hantée par quoi ?

L'angoisse et la peur.

De quoi ?

De ce qui s'était passé.

Mais encore ?

D'être enfermée. Que les gens normaux m'oublient. D'être soumise, commandée, observée. Que ce soit à moi de manger les miettes d'une nation florissante. De marcher sur des lignes tracées à l'adhésif, de me souvenir des pommes de terre au four du Lucky Dog et du ciel nocturne avec le même désir fou et la même envie de pleurer.

Pourquoi, après tout ça, te laisser emmerder par un fantôme ?

Pourquoi en effet ? J'ai prouvé que j'étais trop ! Je vais accepter Flora. Comme j'ai accepté la purée de rutabagas.

Et Pollux ? Accepteras-tu qu'en faisant son travail, il t'a fait défaut ? Peux-tu lui pardonner ça ?

Un arc-en-ciel

Les nuits sont devenues froides. Mon haleine givrait sur le pare-brise. Un matin très tôt, on a toqué à la fenêtre de mon minivan. J'ai eu beau démarrer la voiture, impossible de baisser la vitre. Je m'étais garée sur le toit du parking, il avait plu à verse et l'eau avait gelé. De la glace scellait la fenêtre. J'ai voulu ouvrir la portière, mais elle aussi était bloquée. La personne au-dehors m'a dit d'essayer encore. Je me suis jetée contre la portière. La panique commençait à frissonner en moi, mais mon garde-fou intérieur a tenu bon et j'ai réussi à m'extraire du véhicule. C'était une sympathique jeune femme au masque arc-en-ciel qui avait toqué. Elle venait de se garer, m'avait aperçue au volant, avait vu la coque de glace sur la voiture. Elle voulait juste vérifier que j'allais bien. Après l'avoir rassurée, je suis remontée à bord et j'ai mis le contact. Je comptais réchauffer le pare-brise pour le dégager avant de rentrer à la maison. Je suis restée assise là, à me frotter les mains, à taper mes orteils gelés contre le plancher, à attendre. La façon dont Femme-Arc-En-Ciel avait toqué, regardé par le pare-brise couvert de glace puis disparu, telle une visiteuse d'une autre dimension. Femme-Arc-En-Ciel. Ça et mon extraction de la voiture – comme si j'étais tombée à travers la glace dans un monde bien différent.

Sous ce nouveau jour, j'ai repris mon interrogatoire introspectif. Je me suis dit que Pollux avait sans doute veillé sur moi à sa façon. Toutes ces années où j'étais en prison, il avait veillé sur moi comme je veillais à présent sur lui – impuissant, du dehors. Il avait toujours dit qu'il avait prié pour moi. Peut-être que dormir sur un parking près de lui était une forme de prière. Je savais qu'il avait aussi travaillé à obtenir ma grâce. Et quand j'ai été libérée, je suis à peu près certaine qu'il a gardé un œil sur moi. J'ai repensé à notre rencontre devant Midwest Mountaineering. Ce n'était peut-être pas le destin. Pollux était venu là en connaissance de cause. C'étaient peut-être bien les pieds, tiens.

Je suis allée à l'hôpital de l'Indian Health Service. Ils avaient installé un centre de dépistage sur le parking en contrebas du bâtiment. Je me suis garée et j'ai attendu à ma place tandis que, sous leurs blouses, charlottes, gants, masques et visières de protection, les auxiliaires médicaux se penchaient par les fenêtres des voitures avec leurs écouvillons. Ils étaient gracieux. On aurait dit qu'ils pollinisaient des fleurs, même si je ne me trouvais rien d'une fleur pollinisée en sortant de là. Je n'étais qu'une femme au nez testé, fatiguée et crasseuse, dont le couple avait été compliqué par la réalité et qui aurait donné n'importe quoi pour être auprès de son mari hospitalisé et lui tenir la main.

En octobre, le ciel s'efface jusqu'à n'être plus qu'une toile de fond. La terre concentre son éclat. Les arbres s'embrasent. Des couronnes d'or et de carmin. Marcher, c'est comme flotter dans un rêve. Pollux adorait cette transition. Nous avions nos itinéraires fétiches, qui passaient par des rues bordées d'érables à sucre. Ça commence généralement par une série de coups de froid, des orages et du vent, et puis les feuilles se mettent à tomber. Je suis toujours un peu triste quand la forme des arbres se révèle. Cette année, j'ai pris personnellement la disparition des feuilles – Pollux se battait toujours. Les médecins continuaient à dire qu'il tenait bon, ce qui signifiait, je le savais, qu'il n'allait pas mieux. Entre la Covid et lui, le match était visiblement nul. Jour après jour, je m'accrochais, mais je sentais ses doigts échapper aux miens. Et puis son état s'est dégradé d'un coup. J'ai reçu un appel de l'hôpital. Écouté. Dit que je comprenais. Je tremblais tellement que le téléphone m'a échappé. Hetta a tendu la main vers moi.

« Il a rédigé des directives spécifiant qu'il ne voulait pas de respirateur artificiel, lui ai-je répété. Il ne m'en a jamais parlé, il a juste pris le papier avec lui. Il est toujours sous oxygène, mais ça empire. »

Agrippées l'une à l'autre, nous avons pleuré, pitoyables. De gros sanglots accidentés, secoués par la peur. Au bout d'un certain temps, décidant d'être courageuses, nous avons fixé une heure pour voir Pollux. Le moment venu, notre infirmier préféré, Patrick, a allumé un iPad. L'image spectrale de Pollux, d'un gris bourbeux, a flotté jusqu'à nous. J'ai essayé de charger mon amour jusqu'à l'incandescence pour lui faire traverser l'écran. Et je voyais que Hetta, avec ses *papa*, essayait aussi. Pas de larmes, nous avions juré. Jarvis a exhibé sa nouvelle dent. Nous nous sommes raclé la cervelle pour parler le plus possible, et aventurées à des blagues ratées. Pollux avait les yeux écarquillés, le regard désarmé. Nous voyions qu'il peinait à respirer. Patrick a mis un terme à la visite en nous disant qu'il était l'heure de le mettre sur le ventre. Hetta s'est penchée vers moi sur le canapé et je l'ai prise dans mes bras. Je me suis efforcée de la réconforter. Moi. Avec mes tapotements maladroits, ma voix éraillée et tendue. Mais elle ne s'est pas dégagée. Sur l'écran, Pollux avait eu l'air fantomatique. C'est classique : sur un écran, on ressemble tous à des fantômes dans une série B des années soixante. Mais je le voulais désespérément, douloureusement, solide. Je voulais la solidité de sa chaleur. Ses grosses mains, la voûte de ses épaules quand il riait, son regard sceptique, sa tête carrée et son grand corps coriace dans mes bras.

Difficile d'exprimer l'étendue de ce qui me liait à Pollux. Il y avait tout ce qu'il ne montrait jamais aux autres – sa tendresse bien sûr, mais aussi des choses qu'il savait que je comprenais. De ses années de boxe, comment frapper un homme de sorte qu'il décolle du sol. De ses combats de rue, où mordre les doigts de l'adversaire pour lui faire lâcher prise et lui paralyser le bras. De son premier mariage, la culpabilité de voir sa femme mourir d'une overdose, dans des circonstances très similaires au décès de ma mère. Une culpabilité qui ressemblait à la mienne. Sa jeunesse joyeuse, mais marquée par la faim. Son affection pour l'oncle qui lui avait enseigné les cérémonies qu'il pratiquait aujourd'hui. La violence qu'il dégageait et qui faisait parfois que, se sentant menacés, les gens l'attaquaient les premiers. La douceur qu'il avait apprivoisée, sa quête d'équilibrage du monde non par le droit ou la force, mais par le chant.

Lily Florabella

Je suis passée à la librairie parce qu'il fallait que j'arrête de tourner en rond. Que je pense à autre chose qu'à mon impuissance à aider Pollux. J'étais même prête à m'expliquer avec Asema, c'est dire.

« Il faut que je te parle. Cette fois-ci je te promets de ne pas m'évanouir. »

Elle a pris une inspiration prudente. Penstemon travaillait dans l'arrière-boutique. Le pistolet-dévidoir a émis son clic tranquille, puis elle a lissé le ruban adhésif et ajouté un paquet à la pile.

« C'est au sujet de Flora-*iban*. »

Nous étions chacune à un coin de la boutique. Je ne me souvenais pas de la dernière fois que j'avais parlé à deux personnes à la fois ailleurs que chez moi.

« J'en déduis qu'elle est toujours là ?

– Pire que ça. »

Une éternité semblait s'être écoulée depuis que Flora avait essayé d'entrer dans mon corps. L'époque que nous vivions chamboulait le temps.

« D'accord, a dit Asema. On allait t'appeler de toute façon. J'ai déchiffré une nouvelle section du manuscrit qu'elle a volé et je crois avoir compris des trucs. J'en ai déjà parlé à Pen. »

Nous sommes convenues de nous retrouver au parc d'à côté, pour discuter à l'extérieur. J'ai fait un crochet par chez moi pour relever mon courrier, et j'en ai profité pour enfiler une chemise en flanelle noire appartenant à Pollux. D'abord c'était ma chemise de sécurité et puis, oui, je m'étais mise à porter ses affaires, une façon de l'avoir près de moi. Sauf que ses pantalons me serraient aux fesses – il avait le petit cul typique des hommes potawatomis –, je me rabattais donc sur les chemises et les vestes. Au parc, je me suis assise sur un banc pour ouvrir mon courrier en attendant les filles.

« Et qu'avons-nous là ? » C'était Asema, debout près de moi.

« Un carnet de bons de réduction. Une facture. Encore des prospectus pour les élections. »

Je me suis dirigée vers la poubelle pour jeter le tout, sauf la facture d'eau – Hetta et ses douches interminables.

« Ah, non non non. » Asema, sur mes talons, m'a arraché des mains l'enveloppe électorale.

Le temps s'était suffisamment réchauffé pour qu'on s'assoie dans l'herbe, sur nos vestes, dans le soleil couchant.

« J'écoute. »

Asema a jeté un coup d'œil complice à Pen. Celle-ci a plissé les yeux, amusée. Elles portaient la même coiffure, deux tresses croisées sur le sommet de la tête qui leur donnaient un air de petites filles, charmant et incongru.

« D'accord, Tookie. On connaissait notre cliente sous le nom de Flora LaFrance. Mais Flora n'était qu'une partie de son deuxième prénom. Elle avait continué à porter LaFrance après son bref mariage avec Sarge LaFrance, propriétaire d'un fast-food Subway près du lac Spice Cake.

– Quand je passe devant sur l'autoroute, ça me donne toujours faim », ai-je commenté en serrant nerveusement la lourde chemise de Pollux autour de moi. Asema a ignoré ma remarque et poursuivi. J'ai croisé les mains et tenté de me concentrer sur ce qu'elle disait.

« Flora était la benjamine d'une famille aisée de huit enfants.

Elle avait été adoptée. Elle a donc grandi avec des questions, sans autre information que le nom de famille de sa mère biologique. La fortune de sa famille adoptive remontait à loin, du moins à l'échelle du Midwest, et reposait sur l'exploitation forestière des forêts primaires qui couvraient jadis le nord du Minnesota, propriété des Ojibwés. En d'autres termes, Flora a été adoptée par les descendants des barons du bois qui nous ont floués et tués. Mais passons. Elle a grandi dans une maison de pin et de chêne, fréquenté une école catholique, puis l'université Sainte-Catherine, après quoi la vieille fortune s'est tarie. Une fois divorcée du propriétaire du Subway, elle a décidé qu'elle devait absolument travailler auprès des Indiens et puis, l'enthousiasme lui montant à la tête, elle a absolument voulu devenir l'une d'entre eux. Quelqu'un qui connaissait le nom de sa mère biologique lui a donné ce vieux portrait au dos duquel était écrit le nom en question. Sacré signe, hein ? La femme de la photo offrait une vague ressemblance avec Flora, à condition de plisser les yeux. Origine indéterminée, environ quarante-cinq ans, robe noire boutonnée jusqu'au cou, châle à mailles lâches soigneusement ajusté. Le genre de châle triangulaire alors porté par toutes sortes de femmes – autochtones comme blanches. Cette photo a été d'un grand réconfort pour Flora.

– Je sais. Elle me l'a montrée. Plusieurs fois, je crois.
– Tu as vu le nom de famille écrit derrière ?
– Non.
– Moi non plus, mais il ne m'aurait rien dit de toute façon. Elle a fait dupliquer la photo et elle a mis le tirage dans un cadre ancien, pour elle et pour Kateri. Cette image était sa pierre de touche, à partir de laquelle elle s'est tissé une identité. D'abord dakota, évidemment. Sauf que ça s'est compliqué. Devant la colère de certains, elle s'est transformée en Ojibwée ou Anichinabée, et puis, pour justifier ses errements, elle a

raconté partout que la femme de la photo était son ancêtre, sans doute une "sang-mêlé" qui avait survécu à la terrible période de la révolte des Dakotas et des années qui suivirent. Après quoi elle s'est logiquement plus ou moins présentée comme une Métisse. Pour finir, elle a cessé de piocher ici et là et elle est restée floue.
– Oui.
– Et je t'ai déjà dit qu'elle avait volé le livre qui dénonçait la femme... »
J'ai levé la main pour empêcher Asema de dire son nom, mais c'était trop tard.
« Le nom de cette femme, de cette femme blanche, c'était... »
Je me suis bouché les oreilles. Asema n'a pas remarqué. Contrairement à Pen, qui a penché de côté sa tête tressée et m'a fait les gros yeux.
« Quand Flora a lu ce nom, elle a compris qu'elle n'était pas la descendante d'une Métisse, mais d'une Blanche. Peut-être avait-elle commencé par espérer que la femme de la photo soit Maaname, Genevieve Moulin. Je crois qu'elle voulait que ce soit elle, son ancêtre. Mais le portrait était celui de la geôlière blanche de Genevieve. On savait qu'elle gardait d'autres femmes enfermées dans une chambre. Elle tenait ce qu'on appelait une "maison de commerce d'affection" et louait le corps de ses prisonnières. Il était par ailleurs notoire qu'elle avait couvert et peut-être même commis plusieurs meurtres. Les gens l'appelaient La Bouchère noctambule. C'est elle qui avait marqué le corps de Genevieve et cruellement imposé sa transformation. Le livre donnait son nom et décrivait ses actes. Flora a vu ce nom. C'était le même que celui de la photo. À cet instant, son identité a basculé. C'était l'exact opposé de tout ce qu'elle avait échafaudé. Et n'oublie pas la catholique dévote qu'elle était. Il a dû lui être insupportable

de découvrir qu'elle s'était inspirée d'une sadique qui torturait des filles sans défense. »

J'ai à nouveau levé la main. Ces paroles causaient en moi une telle agitation que j'aurais voulu pouvoir sauter hors de ma peau. Mon extrême malaise était peut-être une réaction normale, mais il me fallait dévier le récit d'Asema pour éviter qu'elle prononce le nom fatidique. J'ai donc abordé l'autre sujet.

« Dites donc, vous deux ! Je ne vous ai pas raconté ce qui s'est passé il y a deux semaines, la dernière fois que je suis venue travailler. J'étais seule. Et ce jour-là... »

Les mots étaient imprononçables. L'idée elle-même, à peine concevable. J'ai persisté.

« Flora a essayé de... elle a essayé de... »

Je me suis détournée, complètement bloquée. Mon cœur battait à tout rompre, cognant contre mes côtes.

« Qu'est-ce qu'elle a essayé de faire ? » a demandé Penstemon.

Tout est sorti d'un coup. « Elle a essayé de m'ouvrir le corps et d'entrer en moi comme on enfile un vêtement. »

Asema a croisé les bras, pétrifiée de concentration. Penstemon s'est levée lentement en me fixant d'un air inquiet. Elle était tout en noir, du foulard autour de son cou jusqu'à ses chaussettes. Un noir intégral, spectral. « C'est logique.

– Comment ça, logique ? »

Elle a réajusté son foulard de veuve et j'ai crié :

« Tu es en deuil ? Tu ne pourrais pas au moins une fois porter un peu de couleur, bordel ?

– Ah... » Elle a considéré ses vêtements. « Je suis toujours habillée comme ça, Tookie. Et puis, si tu vas par là... regarde-toi.

– Tu es trop jeune pour être aussi lugubre. » C'est vrai que j'étais moi-même tout en noir.

« Une *wannabe*, a dit Penstemon. *Want-to-be*. Elle voulait être. Exister dans un corps autochtone. Mais pas n'importe lequel. Un grand corps vigoureux. Elle voulait tellement être perçue comme indienne qu'elle a passé sa vie à fabriquer cette identité. Sauf qu'elle savait bien que c'était faux. D'où son acharnement désespéré.
— D'accord, ai-je dit. Mais ce que je ne comprends pas, c'est pourquoi, voyant qu'elle ne pouvait pas me chasser de mon corps, elle n'a pas essayé le tien, ou celui d'Asema.
— Il y a une raison, a répondu Pen. Je crois... Ne le prends pas mal. Je crois que tu es peut-être plus poreuse. »
J'ai regardé mes bras. Des bras musclés par des pompes de Marine. J'avais l'air tellement solide. Et pourtant, j'avais été si souvent sur le point de me dissoudre. J'en avais été si près qu'il y avait un mot dont j'avais cherché et copié la définition.

déliquescence, subst. 1. Fait de fondre ou de disparaître comme par fonte. 2. [Chimie] Dissolution et liquéfaction en absorbant l'humidité de l'air. 3. [Botanique] a) Fait de se séparer en multiples sous-divisions sans axe principal, b) Liquéfaction ou ramollissement à maturité, comme certains champignons.

Ce mot correspondait à ce qui m'arrivait quand je me dissolvais parfois, « comme certains champignons ». Je l'ai dit à Penstemon, reconnaissant qu'elle n'avait pas totalement tort. Après une respiration et un sourire de soulagement, elle a poursuivi.
« Flora savait que le jour du jugement viendrait, que quelqu'un, peut-être Kateri, découvrirait qu'elle avait puisé dans la vie des autres pour s'en fabriquer une de toutes pièces. Le fait est que la plupart des Indiens doivent effectivement piocher ici et là pour débrouiller leur identité. Nous avons

subi des siècles d'effacement. On nous a condamnés à vivre dans une culture de remplacement. Alors, même élevés dans le strict respect de nos traditions, nous adoptons forcément en partie une perspective blanche.

– Bien sûr, a renchéri Asema, les réalités blanches sont puissantes. Et nous devons souvent choisir parmi toutes nos traditions familiales et tribales pour nous construire. Flora savait que c'était difficile, que nous hésitions parfois, que nous étions en quête de ce sentiment d'appartenance. Elle savait que pour certains d'entre nous, il s'agit d'une décision réitérée chaque jour : s'accrocher, parler sa langue, danser, s'acquitter de ce qui est dû aux esprits. »

Ses paroles m'ont frappée de plein fouet. Elle venait de décrire la mission que Pollux s'était donnée dans la vie. Il faisait ce choix quotidiennement au réveil, brûlait du genévrier et de l'avoine odorante, s'acquittait des offrandes, sortait aider le monde à continuer de tourner.

« Excusez-moi, ai-je dit. J'ai un message urgent à envoyer. »

Je me suis dirigée vers un arbre en faisant mine de consulter mon téléphone. Les yeux fermés, j'ai concentré toutes mes pensées sur Pollux. *Reste en vie, reste en vie et tu pourras compter sur moi. On a besoin de toi ici pour que ça roule, je t'aiderai.*

En revenant, j'ai entendu Penstemon dire :

« Je pense sincèrement qu'une vie d'imposture est un enfer.

– Elle avait l'air plutôt heureuse, a répondu Asema.

– Ça m'étonnerait vraiment. »

J'avais été témoin de la tension de Flora, de son zèle à corriger les erreurs des autres. Un jour, elle m'avait asséné que je ne pouvais pas me qualifier d'« Indienne » ou d'« indigène », qu'il fallait dire « autochtone ». Je lui avais répondu que je dirais bien ce que je voudrais et qu'elle pouvait aller se faire foutre. Sa pédanterie m'apparaissait à présent comme une forme de désespoir. De fait, elle était toujours aux aguets. Toujours prête à dégainer sa dernière preuve. Toujours à craindre qu'on se moque d'elle. Elle nous étudiait. L'idée m'a d'ailleurs traversée qu'elle avait peut-être tenté d'aller au paradis ojibwé et qu'elle s'était vu refuser l'entrée. Une catastrophe en soi.

« Elle en faisait des tonnes, ai-je dit. N'empêche, je crois que je la préférais largement quand elle se comportait comme la Blanche qu'elle était. Quand elle lisait Proust, par exemple.

– Toi-même tu as lu *Du côté de chez Swann*, tu m'en as parlé. Alors comment ça pourrait être un truc de Blancs ?

– J'avoue.

– Vous vous rappelez quand elle s'est mise au perlage ? » La voix d'Asema était un peu triste.

« Elle apportait ses créations à Jackie. Ses boucles d'oreilles pendouillaient, elle ne perlait pas assez serré, a dit Penstemon. Mais vous savez quoi ? Elle a progressé. Jusqu'à la perfection. Sauf qu'elle a oublié d'insérer la mauvaise perle, la perle de l'esprit. Seul le Créateur est parfait, hein ? Peut-être qu'elle a insulté les esprits.

– Elle m'a fabriqué un médaillon, a repris Asema. Elle faisait des tas de bonnes choses, hein. Elle s'est dévouée corps et âme pour aider les jeunes. Elle a adopté Kateri. Officieusement. Kateri était déjà adolescente, après tout. Elle a choisi Flora.

– Et elle l'a aimée, ai-je ajouté.

– Oui. On ne peut pas lui raconter tout ça.

– Bien sûr que non. »

On a regardé le lac. Le soleil n'était plus qu'échardes de lumière.

« C'est un poème qu'on a sous les yeux, ai-je lâché sans bien savoir pourquoi.

– Tu devrais l'écrire, Tookie. Il t'appartient.

– Oh ça va, Pen. Pas de condescendance. Je préférerais me débarrasser du fantôme de Flora. Je veux dire, je ne peux pas travailler seule. Je ne peux même pas entrer seule dans la librairie.
– J'ai pensé à un truc.
– Quoi ?
– Une fois, tu as évoqué la phrase la plus belle du langage humain. Tu connais ma passion pour les rituels. Peut-être que c'est ça qu'il faut à Flora. Tu parlais bien du sens de la phrase, dans n'importe quelle langue, hein ?
– Sans doute.
– Alors je sais ce que Flora a besoin d'entendre. »

LA PHRASE LA PLUS BELLE

> « Qui d'autre qu'un NDN[1] saurait que, certains jours, la vérité est un fantôme qui crie avec la voix de personne en particulier, tandis que, d'autres jours, c'est une nostalgie secrète versée dans les tasses de café des vivants ? »
>
> Billy-Ray Belcourt,
> *Mécanismes NDN d'adaptation*

---

1. « NDN est une abréviation [dérivée de l'anglais *Indian*] utilisée par les peuples autochtones en Amérique du Nord, sur le Web, pour se désigner eux-mêmes. C'est aussi parfois un acronyme qui signifie *Not Dead Native,* c'est-à-dire "autochtone pas mort.e". » *Mécanismes NDN d'adaptation*, Tryptique, 2022, p. 9 (traduction Natasha Kanapé-Fontaine).

Ego te absolvo

Le lendemain, je suis allée à la librairie. Penstemon était en train de mettre des livres en rayon et d'en retirer d'autres pour répondre aux commandes. Elle a évoqué le tatouage qu'elle envisageait de se faire faire pour protester contre la règle du degré de sang indien. Des lignes rouges sépareraient ses huitièmes de sang ho-chunk, hidatsa, lakota et ojibwé. Une ligne bleue délimiterait sa zone norvégienne.
« Tu la mettrais où, cette ligne bleue ?
– Autour de mon cœur. J'aime vraiment ma mère.
– Touchant. Mais cette idée est encore pire que ton mont Rushmore d'idoles littéraires. »
J'ai entrepris d'imprimer des étiquettes pour les commandes. Pen m'a demandé si j'avais cherché la signification du quartefeuille sur la porte du confessionnal.
« Non. Bien sûr, j'ai oublié.
– Eh bien moi j'ai cherché et c'est plutôt cool. En héraldique, c'est une fleur à quatre pétales stylisée. Dans la symbolique chrétienne, les pétales sont censés représenter les quatre évangélistes. Mais le quartefeuille est aussi un symbole autochtone, maya et olmèque. Il représente les quatre directions, l'ouverture du cosmos. Et écoute ça : il est considéré comme un passage entre le monde céleste et les enfers. »

Penstemon était radieuse. Elle et ses rituels, cette passion du symbolisme...

« On pourrait peut-être retirer la porte du confessionnal, la brûler, et voir si la destruction du passage nous débarrasse de Flora, ai-je suggéré.

— Si notre plan ne marche pas, on essayera. Peut-être pas de la brûler, hein, Tookie. Mais tu sais, si ça se trouve, l'accès ne fonctionne que dans un sens. Il est possible que Flora soit passée par erreur et se soit retrouvée bloquée dans la librairie. Peut-être qu'on pourrait la persuader de sortir par la porte du magasin ?

— La persuader ? »

Pen a haussé les épaules. « Bon, d'accord, laisse tomber. Je n'arrive déjà pas à persuader Flex Wheeler de ramasser ses chaussettes.

— Tu sors avec un type qui s'appelle Flex Wheeler ? C'est drôle, ce nom me dit quelque chose...

— C'est le surnom du culturiste Kenneth Wheeler. Mon copain du moment aussi s'appelle Kenneth. C'est un Ho-Chunk. Je l'appelle Flex parce qu'il fait de la muscu.

— Tu es mordue ?

— Peut-être. Pour l'instant on s'en tient aux grandes balades et aux rendez-vous sur Zoom, mais il y a toujours une paire de chaussettes en arrière-plan, posée sur une chaise ou ailleurs.

— Pour moi c'est bon signe. Un homme à chaussettes. Ça porte chance. » La douleur de penser à Pollux m'a coupé le souffle.

Vers onze heures, l'horaire habituel, les froufrous de Flora se sont fait entendre au rayon Littérature. Penstemon s'est tournée vers moi, les mains en serres façon « Thriller » de Michael Jackson, et nous nous sommes tues. J'ai envoyé « Elle est là » par texto à Kateri et Asema. Celle-ci est arrivée la première, puis Kateri est entrée, sourcils froncés, les mains dans les poches de son blouson. Ses cheveux repoussaient en un dégradé flou. Elle était calme, bien ancrée. Nous nous sommes réparties entre les allées. Flora traînait au rayon Cuisine – à tous les coups, les fantômes étaient nostalgiques du goût de la nourriture. Ça m'aurait rendue triste pour elle si, d'une certaine façon, elle n'essayait pas de me dévorer. J'ai regardé Asema, pensant qu'elle avait perçu le frottement sonore des semelles, mais son visage n'exprimait rien. Kateri a fait non de la tête. Ni l'une ni l'autre n'entendaient les pas de Flora, le tintement de ses bracelets, le froissement de son châle, le bruissement de son pantalon de soie quand elle marchait. Penstemon a tracé du doigt son itinéraire. Asema s'efforçait de capter quelque chose, penchée vers l'avant, mais n'aurait pas pu dire que Flora était désormais au rayon Témoignages et Politique. Kateri n'a pas non plus entendu sa mère flâner en Histoire autochtone et s'arrêter devant la table-bateau. J'ai eu l'impression qu'elle hésitait devant le confessionnal, dont j'avais laissé la porte ouverte.

Elle est finalement entrée. J'ai fait un signe de tête à Asema, je me suis avancée, et j'ai sorti de ma poche le papier que Penstemon m'avait donné dans l'idée que Flora avait besoin qu'on lui pardonne. Elle y avait écrit la formule de l'absolution. *Indulgentiam, absolutionem, et remissionem peccatorum tuorum tribuat tibi omnipotens, et misericors Dominus. Amen.* J'ai lu lentement, dans un latin sans doute pénible à entendre, jusqu'aux derniers mots cruciaux, que j'ai prononcés d'une voix ferme : *Ego te absolvo*. Il y a eu un moment suspendu, un silence, une intense délibération. Puis, ensemble, nous avons énoncé l'une des plus belles phrases qu'offre la langue anglaise.

Go in peace.

Va en paix.

Rien. Elle était toujours là. Triste, calcinée, moisie, seule. Je me suis pris la tête dans les mains pour empêcher mes pensées d'exploser. Il devait y avoir une solution. Forcément. J'étais prête à tout tenter.

« Attendez, ai-je dit. Je la connais, sa phrase préférée. Écoutez. »

J'avais évoqué Proust la veille. Il se trouve que j'avais appris par cœur une phrase que Flora aimait autant que moi, je le savais.

Un petit coup au carreau, comme si quelque chose l'avait heurté, suivi d'une ample chute légère comme de grains de sable qu'on eût laissés tomber d'une fenêtre au-dessus, puis la chute s'étendant, se réglant, adoptant un rythme, devenant fluide, sonore, musicale, innombrable, universelle : c'était la pluie.

Rien. Mais je sentais qu'elle écoutait, comme on sent le public qu'on embarque.

« C'était la pluie. »

J'ai parlé plus fort. Elle était décidément suspendue à mes paroles. Je réfléchissais frénétiquement, jetant mes pensées çà et là dans le passé. Elles ont fini par atterrir en un lieu sensible et douloureux ; en y restant un peu, j'ai trouvé des mots qui s'étaient déposés en moi. Des mots dont je me disais à présent, désespérée que j'étais, qu'ils lui étaient peut-être nécessaires, car il était possible qu'elle me hantât pour quelque chose qu'elle estimait lui être dû. Il s'agissait peut-être de ce que la dame aux os rabâchait. Flora avait besoin que je lui sois *tellement reconnaissante*. J'ai détendu ma mâchoire, m'efforçant de passer outre mon ressentiment. Ce n'était pas facile, mais j'ai réussi à le dire.

« D'accord, Flora. J'abandonne. Tu as sauvé ma mère. Tu as fait beaucoup. »

Soudain, ça m'a frappée. *Peut-être que je devais tout à Flora.* Elle avait veillé à ce que ma mère ne se drogue pas et ne boive pas – sinon de l'eau – quand elle était enceinte de moi. Je devais peut-être à Flora mes points à ce fameux test de QI où (Jackie me l'avait raconté plus tard) on m'avait soupçonnée d'avoir triché. Je lui devais peut-être mon amour des livres, mes mots, ma survie. Mais étais-je pour autant obligée de la remercier ? Un merci extorqué était-il un vrai merci ? Et ce merci ayant été obtenu par la force, est-ce qu'à mon tour je pourrais la forcer à partir ? Ou la leurrer ?

« *Miigwech aapiji*, Flora. » J'ai utilisé la tessiture particulière avec laquelle on dit la vérité, si pénible soit-elle, ou qui permet de vendre un article défectueux. « Merci de m'avoir sauvé la vie. »

Il y a eu une pause attentive, un petit soupir, un délicat cliquètement de perles en bois. Asema a écarquillé les yeux. Elle aussi avait entendu Flora quitter le confessionnal. J'avais laissé ouverte la porte de la librairie, la porte bleue. Le plancher a craqué près de l'entrée. L'air a changé, le bruit de pas s'est interrompu. Puis il y a eu comme un murmure discret, un souffle infime au moment où Flora regagnait le monde.

« Je ferme la porte ? » a demandé Kateri.

Alors qu'elle s'avançait, le vent s'est levé et la porte a claqué violemment, secouant par répercussion les fenêtres et les livres en vitrine. Ça a failli m'achever. De surprise, Kateri a éclaté de rire.

« Bonne route ! s'est-elle exclamée.
– C'était quoi, ça ? »

Riant toujours, la main sur le cœur, Kateri a expliqué tant bien que mal :

« Avec maman, on courait parfois dans toute la maison en claquant les portes, pour rigoler. Elle disait toujours que c'était comme ça qu'on se débarrassait des fantômes. Je crois que ça veut dire qu'elle est heureuse. »

Le retour de Tookie

Après le départ de Flora, j'ai ouvert la porte du confessionnal, sorti l'enceinte qu'on rangeait là où le prêtre posait autrefois ses pieds, et enlevé l'écriteau qui disait *Merci de ne pas entrer, notre assurance ne couvre pas la damnation*. Puis je me suis assise sur le cuir marron de la banquette à jamais creusée par le postérieur du prêtre.

Je ne me rappelle pas avoir vu le nom complet de Flora en lisant la phrase toute simple qui avait eu le pouvoir de tuer : *Elle s'appelait Lily Florabella Truax*. Mais Penstemon et Asema avaient raison. Je suis perméable. À la simple pensée de ce nom, voilà que je commençais à me dissoudre. Mes cellules s'écartaient, comme happées par le manque d'air de la pièce. Lorsque je suis revenue à moi, je savais. J'avais soigneusement entretenu un brouillard d'ignorance, mais je comprenais à présent. Lily Florabella.

Quand j'avais huit ans, ma mère m'a plaquée au sol parce que j'avais essayé de l'empêcher de sortir. Un plaquage dans les règles qui m'a laissée le souffle coupé. Et tandis que je gisais là, elle m'a enjambée pour entamer sa quête d'oubli quotidienne. Je ne lui ai jamais pardonné. C'est pourtant mon seul souvenir de violence active. Il y avait sa façon de flotter dans le vide, absente, alors que j'étais là, avec elle. Mais à l'exception de ce soudain plaquage de compétition, brutal, je ne saurais pas nommer une chose qui m'aurait fait mal plus qu'une autre. Tant de solitude. J'avais passé une gomme rose sur mon enfance et flouté le chagrin.

Comparée à d'autres gens, ceux que j'ai connus en prison et ceux avec qui j'ai grandi, ma vie n'était pas si dure. Je fais tout un plat de m'être battue avec des chiens pour de la nourriture, d'avoir fouillé les poubelles et volé pour manger, mais grâce aux voisins et à la famille, je ne mourais pas de faim. Personne ne me reprochait ce que je prenais ; souvent on m'en redonnait. Et même si ma mère ne m'aimait pas, elle ne me détestait pas non plus. Alors que moi, j'ai fini par la haïr.

On ne se remet pas de ce qu'on a fait aux autres aussi facilement que de ce que les autres nous ont fait.

À mesure que ses addictions l'affaiblissaient et que sa confusion augmentait, j'ai gagné en force et en cruauté. Il m'arrivait de lui hurler dessus de tout mon corps parce que je savais comment la démolir. Je savais la réduire aux larmes, d'affreux sanglots hachés et poignants dont j'avais honte. Je ne pouvais pas m'en empêcher. J'avais peut-être juste besoin d'avoir un impact sur elle, même si ça la blessait. Mon cœur était vide. Je connaissais le chemin du sien, tendre et minuscule. Et je le lui arrachais. Je n'avais aucun moyen de punir mon père, dont les crimes étaient innombrables, dont chaque heure d'absence de ma vie constituait une infraction. Au lieu de lui en vouloir à lui, je détruisais ma mère.

Le jour de son overdose, je l'avais frappée et jetée par terre sur le lino crasseux. Je lui avais dit qu'elle était de la merde et j'étais sortie.

À mon retour, des heures plus tard, j'ai marqué un temps dans l'encadrement de la porte. J'entendais un sifflement sourd qui m'a glacé le sang. Mauvais signe, je le savais. Nous n'avions pas de bouilloire et c'était un jour sans vent. Le sifflement n'a cessé que lorsque j'ai découvert ma mère dans le placard de ma chambre. Elle avait rampé jusqu'à mon tas de couvertures et s'était carapatée de cette terre par la seule ouverture qui m'appartenait. Je me rappelle l'avoir trouvée là, bel et bien morte, mais pas plus hors d'atteinte que de son vivant. Au lieu d'avoir de la peine pour elle, je ne pensais qu'à laver mes couvertures. Je suis sans doute poreuse parce que le détachement se paie. Quand je suis prisonnière de la spirale qui me ramène au moment où je l'ai poussée par terre, j'ai l'impression que la honte augmente au lieu de s'effacer avec le temps.

Peut-être qu'un jour, elle disparaîtra.

Ma mère m'avait effectivement dit qu'elle n'avait touché à rien pendant sa grossesse. C'était déjà quelque chose. Elle aurait pu envoyer promener Flora et s'offrir une beuverie de neuf mois. C'est vrai.

Ma mère s'appelait Charlotte Beaupre. Quand elle ne se droguait pas, elle avait les yeux noisette et les cheveux de ce brun foncé qui semble noir passé dix-huit heures. Quand elle se shootait dur, ses yeux se creusaient et il valait mieux ne pas y plonger les siens. Nous ne parlions jamais quand elle était droguée ou ivre, mais dans les intervalles il lui arrivait de dire « Ferme le frigo » ou « Céréales », ce qui signifiait que je devais aller en acheter à l'épicerie du coin – nous en mangions beaucoup. Elle se fichait lesquelles, mais j'avais surpris une petite lueur dans son regard un jour que je rapportais des Count Chocula. Alors je prenais toujours ça, même si c'était infect et coûteux en coupons alimentaires. Il n'y a pas grand-chose d'autre à dire. Elle ne portait pas de bijoux, ne tenait à rien de particulier. Quand elle regardait la télé, ça pouvait être n'importe quoi. Comment la femme qui vous a donné la vie et vous a plus ou moins gardée avec elle par un grand miracle de négligence peut-elle laisser une impression si sommaire ?

J'ai dispersé ses cendres dans les eaux du Mississippi, non pas parce qu'elle portait une attention particulière à ce fleuve ou qu'elle avait donné la moindre indication en ce sens, mais parce que c'était une façon de penser à elle telle qu'elle avait toujours été, muette, inerte, entraînée par un courant secret et irrésistible.

LA SENTENCE

Je m'appelle Lily Florabella Truax Beaupre, comme la femme qui a aidé ma mère, la femme qui est revenue me hanter.

Flora avait fait tomber des livres avec mon nom. Ce nom, je l'accepte, mais pas comme j'ai accepté la purée de rutabagas. Je reste Tookie ; elle reste Flora. Elle était enfin partie, peut-être leurrée par mes remerciements manipulateurs, ou à cause de Proust, à moins que ce ne soit l'absolution en latin qui ait marché. À cet instant, j'ai entendu un petit son fuyant. Le même que quand son sang s'était fait sable. J'ai attendu. Rien. Apparemment, elle ne reviendrait pas. J'ai ouvert la porte et je suis sortie de la cabine à péchés. Impure, souillée, humaine, dans un rayon de pâle lumière automnale.

LES MORTS ET LES SAINTS

Quand les jours vont s'assombrissant

31 octobre, Halloween, jour où rôdent les démons.
1er novembre, Toussaint, jour où triomphent les saints.
2 novembre, jour des morts, dédié aux âmes du purgatoire.
3 novembre, jour d'élection, tout et rien de ce qui précède.

Halloween

Hetta avait trouvé un morceau de gouttière dans le garage.
« Regarde, Tookie ! » Elle était aux anges. J'étais preneuse de tout ce qui pouvait nous changer les idées.
« C'est un vieux tuyau d'évacuation, ai-je dit.
– Non, c'est un entonnoir à bonbons spécial pandémie. »
Aidée d'Asema, elle s'en est servie pour verser des friandises dans les sacs des enfants. J'avais pensé qu'ils seraient peu nombreux à venir sonner aux portes cette année, mais nous avons eu des astronautes, des tigres, une petite fille derrière un cadre de tableau et des tas de super-héros. Plus tôt dans la journée, trois gamines du quartier s'étaient présentées à la librairie déguisées en sœurs Brontë. Cape, charlotte, longue

robe traînante, châle, tout le tralala. À leur départ, Jackie s'était tournée vers moi :
« Elles me rendent heureuse de vivre.
– Tu n'exagères pas un tout petit peu ?
– Non.
– Moi, ce que j'aurais aimé, c'est qu'elles incluent l'épouse dérangée de Rochester reléguée au grenier, avais-je lâché.
– Ce ne sont encore que des petites filles. À l'approche de l'adolescence, elles voudront toutes être la folle. Alors savoure. »

Après avoir contemplé un moment le défilé des enfants, j'ai laissé Hetta et Asema à leur manipulation de tuyau. Les friandises pour Halloween étaient chaque année plus petites et leurs emballages plus extravagants. J'ai pris le chemin de l'hôpital, où je comptais manger des KitKat gros comme le pouce et faire signe à ce que j'imaginais être la chambre de mon mari. Parfois, tard dans la nuit, de fins rubans de vapeur s'échappaient des fentes qui couraient autour des fenêtres et des briques du bâtiment. Ils prenaient la forme d'esprits libérés des corps. Le monde s'emplissait de fantômes. Un pays hanté dans un monde hanté.

Sur la banquette arrière du minivan, je me suis enroulée dans mon duvet. Bleu, moelleux, aimé, un peu aigre. Comme moi. Je m'accordais autant de pauses que possible, mais j'étais en train de me transformer en gros bonbon acidulé. Je me réveillais le matin les bras ankylosés, les jambes raides, avec un puissant mal de crâne. Je prenais à peine soin de moi. Mais bon. Je survivais, même si c'était à base de café, de sucreries et de barres énergétiques. J'en étais à me réjouir des douleurs et des élancements : ils me prouvaient que j'étais vivante, opiniâtrement vivante. Oui, j'étais gelée, sale et triste, mais j'étais aussi la détentrice d'un cadeau rare et précieux, bien qu'ordinaire. Jusqu'à cette année, j'en aurais volontiers fait don à Pollux. Mais la vérité, désormais, c'est que, ce coffre à trésors, je le voulais. Je voulais cette vie pour moi.

La Toussaint

C'était de nouveau le moment de l'année où l'étoffe qui sépare les mondes devient toute fine. Sauf que cette fois-ci, elle s'était totalement déchirée. Disparue. Pen ne s'était pas arrêtée à la symbolique du quartefeuille, elle m'avait aussi expliqué que, selon la vision médiévale, l'espace et le temps comportaient des failles, des trous, des déchirures d'où pouvaient surgir démons et maux humains. Des interstices suintait une haine en ébullition. Une personne disposant d'un certain magnétisme pouvait alors capter l'énergie ambiante et créer un maelström à chaque phrase qu'elle prononçait, générant un ouragan d'irréalité qui donnerait l'impression d'être vrai.

« C'est exactement ce qui se passe actuellement, a-t-elle dit. Regarde autour de toi. »

C'était inutile. J'avais déjà la sensation de tout voir : la haine, le mérite, la cruauté, la pitié. C'était partout dans les journaux, dans les hôpitaux, en moi. Guetter sans cesse des nouvelles de Pollux m'avait retournée.

Je voyais des familles en parka brandissant leurs pancartes d'amour devant les fenêtres. Je voyais les vieux cœurs en papier, un peu ratatinés, et les nouveaux, encore vaillants. Je portais la peur comme une cape. Elle était l'étoffe de mon bas de jogging, de mes baskets noires. J'avais toujours avec moi la chemise écossaise marron terne de Pollux et son vieux jean préféré. On me faisait un point quotidien. Pollux tenait bon. Un jour c'était mieux, le lendemain moins bien. J'essayais de ne pas perdre le cap à chaque nouvelle voix au téléphone. Je n'avais jamais vu Pollux s'inquiéter pour lui-même, mais jamais non plus il n'avait été aussi fragile. Pendant un temps, j'avais vécu avec la certitude d'être bardée d'amour, et voilà que je dormais sur un parking. Pendant un temps, Pollux avait été bardé d'amour, et voilà qu'il était naufragé dans un lit d'hôpital.

La fête des Morts

Le matin du 2 novembre, je suis arrivée tôt au travail, plus tôt que Jackie. J'ai pris une grande inspiration avant d'ouvrir la porte bleue, n'expirant qu'au moment de franchir le seuil. La librairie était calme, mais le silence ne m'oppressait pas. La paix régnait. Une douce lumière bleutée. L'odeur des livres et des herbes sacrées. La veille, Pollux semblait aller mieux. Aujourd'hui, pas de nouvelles. La porte du confessionnal était ouverte ; j'avais pris goût à sa banquette et je m'y suis donc installée.

En ce jour des morts, les millions d'absents de ce monde quittaient l'entre-deux, les limbes, si du moins ils existaient. Je pensais aux gens entassés dans de minces fourreaux de terre. J'attendais. Pas Flora, non. Je n'étais certainement pas devenue codépendante d'un fantôme. Non, j'attendais justement qu'elle ne soit *pas* là en cet anniversaire de sa première visite. Qu'elle ne glisse pas sur le plancher avec ses bottines à mille sept cents degrés. J'attendais que mon propre cœur batte à un rythme normal. Que ma respiration se calme. Que mon ventre se dénoue. Je suis restée assise longtemps dans la paix ambiante, sans dieu, sans musique, sans fantôme, sans collègue, sans Pollux.

Encore qu'il y avait peut-être un dieu. Je crois au dieu de l'isolement, de la petite voix, du petit esprit, du ver de terre et de la sympathique souris, du hanneton, de la mouche verte et de toutes choses iridescentes. Dans le calme de ce moment, c'est peut-être un de ces petits dieux qui m'a soufflé de retourner sur le parking de l'hôpital.

J'ai regardé mon téléphone. Pas de message. J'ai consulté mes mails sur l'ordinateur de la librairie. Rien. J'ai appelé les numéros qu'on m'avait donnés : aucune nouvelle. Je me suis blindée, j'ai fermé la librairie et je suis partie à l'hôpital. J'ai garé la voiture dans la rue et je me suis précipitée à l'accueil en mettant mon masque. La préposée a déchiffré mon regard et décroché le téléphone.
« Oui, s'il vous plaît, Pollux... S'il vous plaît, docteur, s'il vous plaît, madame l'infirmière. »
J'entendais les sons du purgatoire. Le crissement d'une chaise, le grésillement de la ligne. Et puis une voix.
« Bonjour, madame. On a essayé de vous joindre. »
Mes jambes se sont dérobées sous moi. Je me suis retrouvée par terre avec le téléphone.
« Votre mari n'est plus sous oxygène, il respire tout seul. Nous pensons qu'il peut rentrer chez lui.
– Vous pouvez répéter ?
– Tenez, vous voulez lui parler ? »
Le temps que je bégaie un oui, j'avais Pollux au bout du fil.
« Arrête de dormir... sur... le parking.
– Pollux.
– Viens me chercher. »

Une fois voilée et carapacée, j'ai dû accomplir tout un tas de formalités administratives. Une infirmière m'a expliqué comment m'occuper de Pollux à la maison. Une autre m'a dit de ne pas le materner. Il fallait qu'il marche, qu'il bouge, qu'il entraîne ses poumons. Toutes les deux m'ont enjointe d'être très vigilante et de constamment mesurer son taux d'oxygène. Pollux est descendu en ascenseur dans une véritable bulle, puis une infirmière couverte de la tête aux pieds l'a poussé jusqu'à l'entrée. Je voyais qu'il était très maigre à la forme du peignoir qu'il portait par-dessus ses vêtements. J'ai ouvert la porte latérale du minivan et elle l'a aidé à s'installer sur la banquette arrière. Il avait une bonbonne d'oxygène en cas d'urgence et une boîte d'inhalateurs. J'ai dit à l'infirmière que je me chargeais de lui mettre sa ceinture, et quand je me suis penchée pour attraper le clip il a dit d'une voix râpeuse :

« Les ennuis sont de retour.

– C'était un peu chiant, la vie sans toi », ai-je répondu, étranglée par l'émotion.

J'ai tendrement fermé la portière et contourné le véhicule. Trois infirmières nous ont fait au revoir de la main. J'ai lentement descendu l'allée circulaire qui menait hors de l'hôpital et je me suis arrêtée pour ajuster mon rétroviseur afin de voir Pollux. Il me regardait dans les yeux.

Quand nous sommes arrivés à la maison, Hetta et Laurent attendaient sur le pas de la porte. À nous trois, nous avons délicatement sorti Pollux de la voiture.

« J'ai la force d'un chaton.

– Et ta fourrure est en bataille », a dit Hetta en lui passant les cheveux derrière les oreilles. Elle et moi le tenions par les coudes et il a réussi à monter lentement les marches. Laurent suivait, un paquet de thé des marais à la main.

« Tu es là derrière au cas où je m'écroule ?

– Faut croire.

– Tant mieux. »

Il a fait une pause après chaque marche. J'ai passé mon

bras autour de lui et nous sommes entrés d'un pas chancelant. Hetta avait retiré les coussins qui servaient de dossier au canapé pour le transformer en lit. Pollux s'y est effondré, à bout de souffle, avant de nous laisser le redresser pour faciliter sa respiration. La bonbonne à oxygène était à portée de main, mais il a fait signe qu'il n'en voulait pas.

« C'est d'être à la maison, le remède. » Sa voix tremblait. Il a bu un peu de thé, puis dormi neuf heures d'affilée. Comme il respirait facilement dans son sommeil, je ne l'ai pas réveillé. J'ai rapproché du canapé le fauteuil confortable et je suis restée là, sa main dans la mienne, à caresser ses cicatrices de bagarreur.

Les ossements

Il faisait très beau le jour des élections. C'était la première fois que j'allais voter. La honte m'y avait poussée – sous la pression de Hetta et Asema – et puis, surtout, Pollux avait menacé de se déplacer lui-même si je ne le faisais pas. Alors j'y suis allée. Je me coltinerais le bazar, quel qu'il soit. J'avais toujours dit que voter, c'était pour les gens qui n'avaient pas connu ce que j'avais connu ni fait ce que j'avais fait. Mais peut-être que c'était juste de la paresse de ma part. Asema et moi sommes parties à pied vers le gymnase de l'école du quartier. En chemin, j'ai à nouveau senti mes jambes se dérober sous moi. Pollux ! Je ne suis pas allée jusqu'à m'effondrer, mais je me sentais faible, prête à lâcher. Qu'il sorte de l'hôpital n'était qu'une étape. Personne ne pouvait me dire ce qui se passerait ensuite. J'ai fini par m'asseoir sur un banc et j'ai regardé mes pieds dans leurs baskets mauve fluo bordées de noir. Je les regardais comme on s'accroche à quelque chose de familier au milieu des bouleversements de la vie. J'ai remué les orteils. Ça me calmait que mes pieds m'obéissent. *Il respire tout seul.* En voilà une belle phrase. La nuit précédente, j'avais dormi par terre, sur les coussins, près de lui. Au réveil, quand je m'étais redressée, il était toujours là.

« Merde alors. » J'ai fouillé mes poches en faisant mine d'être contrariée. « Ma pièce d'identité. J'ai oublié ma pièce d'identité. » J'ai lancé à Asema un sourire de regret factice et je me suis levée pour partir. « Bon, ben, à plus. La prochaine fois. »

Elle m'a attrapée par le bras.

« Tu m'as donné ta carte d'électrice, pas besoin d'autre chose. Tu ne vas pas te défiler comme ça. »

Je l'ai suivie, les yeux toujours rivés à mes chaussures, et nous avons pris place dans la queue. Elle venait de me dire qu'il fallait qu'elle me parle de ses dernières découvertes quand la femme devant nous a fait une volte-face sautillante :

« Vous êtes de la librairie ! »

Nous nous sommes tournées vers elle. Son visage ne me disait rien, jusqu'à ce qu'Asema remarque :

« Vous êtes la dame aux ossements. »

Elle était cette fois-ci habillée dans un camaïeu de rouille, mais c'était bien la femme qui nous avait tenu la jambe à l'automne précédent pour nous parler de la réalisation scientifique de sa grand-tante – des restes humains reliés par du fil de fer et rangés sous son lit.

« Je viens de vous déposer un carton », a-t-elle dit. Ses yeux brillaient sous son chapeau cloche en tissu écossais orangé. Après un hochement de tête, Asema et moi nous sommes détournées. Puis un frisson m'a parcouru les épaules et je suis revenue à elle.

« Un carton d'ossements ? »

Elle a acquiescé, le regard rieur, avant d'ajouter avec un clin d'œil : « J'espère que vous m'êtes reconnaissantes. »

※

Asema est entrée dans la librairie sur la pointe des pieds, comme si c'était elle la pilleuse de tombes. Une boîte qui avait jadis contenu une lampe à bronzer attendait dans le bureau. Elle l'a secoué, les os ont bougé.

« Je meurs d'envie de voir ce qu'il y a dedans, ai-je dit.

– Aboie. » Elle a ouvert le carton et jeté un œil à l'intérieur. « Ouais, des os. » Elle est restée là, perplexe, une main derrière la tête.

« Sommes-nous reconnaissantes ? ai-je demandé.

– Seulement si elle rend la terre. »

Je suis sortie un instant du bureau. À mon retour, Asema était en train de soulever un bout de tissu bleu avec une fourchette. Avant que je puisse faire le moindre geste, elle en a approché un briquet : le ruban s'est embrasé et volatilisé. Il n'y avait rien à dire. Ensuite, elle a brûlé de la sauge et dispersé la fumée au-dessus des os, auxquels elle a mêlé des tresses d'avoine odorante et des morceaux de racines d'ours. Une fois le carton refermé, elle m'a demandé si je pensais que Pollux saurait quoi faire. « Je veux dire, s'il se sent suffisamment bien, il pourrait peut-être consulter un de ses amis.

– Il sort à peine de l'hôpital et tu veux que je lui demande quoi faire de restes humains ?

– OK, mais quand il ira mieux, il ne sera pas content si on n'a pas fait ce qu'il fallait. » Je savais qu'elle avait raison.

Pen avait fait un gâteau au chocolat pour Pollux. Gros comme un chapeau tambourin, moelleux et dense à la fois. En le rapportant à la maison, j'ai dû réfréner mon envie d'ourse de le dévorer à pleines pattes. Pollux dormait à nouveau, le visage crispé, sans défense. Mais lorsqu'il s'est réveillé, aux alentours de midi, il avait l'air un peu mieux. Sa voix retrouvait certaines de ses intonations habituelles. Je lui ai préparé des toasts, puis des œufs brouillés, puis des toasts aux œufs brouillés. J'ai donc décidé qu'il allait beaucoup mieux et je lui ai parlé de la femme blanche et du carton d'ossements qu'elle avait apporté au magasin.

« Des ossements humains ?
– Provenant sans doute d'un tumulus.
– Je connais un type qui peut s'en charger. Il s'est déjà occupé d'enterrements et de restitutions de dépouilles. Si tu me passes mon téléphone, je vais l'appeler. »

Il était installé sur le canapé. Je lui ai tendu l'appareil. Son interlocuteur et lui ont parlé un moment.

« Il dit qu'il ne faut pas que les os restent à la librairie cette nuit. Que c'est urgent, hein. Il serait venu les chercher lui-même, mais maintenant qu'il est vieux, il n'aime pas conduire. »

✻

Asema a proposé d'emporter les ossements hors de la ville et demandé à Hetta de l'accompagner. Elles sont parties dans l'obscurité automnale, le carton à l'arrière du minivan. Je leur ai fait signe de la main, Jarvis dans l'autre bras, avant de retourner auprès de Pollux. Ensemble, nous avons construit une arène de coussins pour le petit. Pollux l'a regardé crapahuter et se hisser debout, accroché au canapé, tandis que je préparais un mug de soupe à la tomate et un sandwich au fromage toasté.

« Pas de piments jalapeños ?
– Trop tôt.
– J'aimerais bien que tu mettes une tenue d'infirmière.

– Une grande blouse stérile ? Bien sûr.
– Je pensais à un modèle plus rétro.
– Trop tôt là encore. »

Il a mangé la moitié de son repas et demandé un peu plus de thé, et aussi de la musique. Je n'avais pas pensé à suivre les résultats des élections ; Pollux a dit qu'on mettrait un moment à être fixés, de toute façon. Jarvis et moi avons dansé pendant que Pollux hochait la tête sur le canapé, on s'est remémoré nos cafés préférés où prendre le petit-déjeuner, on a fait le point avec une vraie infirmière, on s'est aventurés jusqu'aux toilettes et j'ai retapé les oreillers. Pollux a entonné un début de chanson avant que sa voix ne le lâche. Et puis il a mangé une petite tranche de gâteau.

Il faisait froid ce soir-là. Jarvis était absorbé par un jouet monstrueusement réactif qui chantait, roucoulait, ronronnait, gargouillait ou parlait dès qu'il le touchait. J'avais envie d'allumer un feu, mais je ne me rappelais pas l'avoir déjà fait. J'étais avant tout une Indienne des villes, et puis ma passion pour la défonce sous toutes ses formes l'avait emporté, et j'avais ensuite passé dix ans cernée par le béton. Ce n'est qu'après tout ça que j'avais rencontré un Potawatomi. J'ai décidé de demander à Pollux de m'apprendre.

Il était assis suffisamment droit pour voir la cheminée et m'indiquer ce que je devais prendre dans la caisse à petit bois et la modeste pile de bûches fendues – on avait une réserve sur la galerie derrière la maison.

« Retire l'écorce de ce morceau de bouleau. » Conformément à ses consignes, j'ai déposé une couche aérée de brindilles et de rubans d'écorce sur la grille, avant d'ajouter quelques branchettes par-dessus. « Mets une ou deux belles bûches bien denses au fond. Vérifie que le conduit est ouvert. » Il m'a dit de froisser du papier journal, et je me suis exécutée.

« Pas comme ça. Déchire une page à la fois et fais-en

une boule, pas trop serrée. C'est ça. Et maintenant glisse le tout sous la grille. Plante un morceau d'écorce au milieu et allume-le. »

Le feu a pris jusqu'aux plus grosses bûches. Pollux m'a dit quels morceaux de bois ajouter et où les déposer.

« La flamme suit l'air. L'air est la nourriture du feu et le feu a toujours faim.

– Comme toi. » J'étais dos à lui.

« Ouais. » J'ai entendu le sourire dans sa voix.

J'ai suivi ses instructions jusqu'à ce qu'un beau lit de braises se forme sous la grille. J'ai pris du recul.

« Et maintenant, regarde, a-t-il dit. Ton feu va commencer à s'éteindre. »

Il avait raison. Je me suis retournée.

« Qu'est-ce que j'ai fait ?

– Tu as trop laissé brûler les bûches, ce qui crée du vide entre elles. Tu dois entretenir ton feu. Chaque pièce de bois a besoin d'une partenaire pour continuer à brûler. Rapproche-les. Pas trop. Elles ont aussi besoin d'air. Il faut qu'elles soient proches, mais pas les unes sur les autres. Un lien subtil tout du long. Et maintenant tu vas voir une rangée de flammes régulières. »

Et les flammes de jaillir. Un vrai feu de carte postale.

« Bon sang de bonsoir. Je t'aime vraiment », ai-je murmuré en m'asseyant sur mes talons.

Nous avons sombré dans une harmonie rêveuse. Je me suis progressivement laissée aller sur les coussins au sol, collée à un bébé-sangsue tout chaud qui approchait de son premier anniversaire.

La respiration de Pollux s'est faite régulière et plus profonde. Il dormait. J'ai fixé le visage de mon mari, ses pommettes nouvellement saillantes d'homme amaigri, son étonnante beauté, et j'ai décidé de vivre à nouveau pour l'amour, de prendre le risque d'une autre vie entière.

Jarvis s'est réveillé et nous nous sommes regardés dans la lumière calme. Bientôt il ferait ses premiers pas – la marche est un exploit de chute maîtrisée, comme la vie, je suppose –, mais pour le moment c'était encore un bébé. *Omaa akiing.* Il a soupiré d'ennui, un ennui exquis. Ses paupières tremblotaient en se fermant. Il a souri à quelque secret intérieur. Petit voyageur joufflu de mon cœur. Tu es venu au monde à un tournant. Ensemble, nous avons traversé tant bien que mal une année qui a souvent ressemblé au début de la fin. Une lente tornade. Je veux oublier cette année et en même temps j'ai peur de ne pas m'en souvenir. Je veux que ce nouveau présent soit celui où nous préservons notre place, ta place, sur cette terre.

Qui dit fantômes dit élégies et épitaphes, mais aussi signes et prodiges. Que va-t-il se passer maintenant ? J'ai besoin de savoir, alors je me débrouille pour tirer le dictionnaire jusqu'à moi. J'ai besoin d'un mot, d'une phrase.

La porte est ouverte. Fonce.

LISTE TOTALEMENT PARTIALE DES LIVRES PRÉFÉRÉS DE TOOKIE

Liste spéciale gestion de fantômes

The Uninvited Guests, de Sadie Jones
Ceremonies for the Damned, d'Adrian C. Louis
La Lune de l'âpre neige, de Waubgeshig Rice
Père des mensonges, de Brian Evenson
Underground Railroad, de Colson Whitehead
Asleep, de Banana Yoshimoto
The Hatak Witches, de Devon A. Mihesuah
Beloved, de Toni Morrison
The Through, de A. Rafael Johnson
Lincoln au Bardo, de George Saunders
Savage Conversations, de LeAnne Howe
Régénération, de Pat Barker
Exit le fantôme, de Philip Roth
Songs for Discharming, de Denise Sweet
Hiroshima Bugi : Atomu 57, de Gerald Vizenor

Courts romans parfaits

Une trop bruyante solitude, de Bohumil Hrabal
Rêves de train, de Denis Johnson

LA SENTENCE

Sula, de Toni Morrison
La Ligne d'ombre, de Joseph Conrad
La Pêche au saumon, de Jeannette Haien
L'Hiver dans le sang, de James Welch
Le Nageur dans la mer secrète, de William Kotzwinkle
La Fleur bleue, de Penelope Fitzgerald
Premier amour, d'Ivan Tourgueniev
La Prisonnière des Sargasses, de Jean Rhys
Mrs Dalloway, de Virginia Woolf
En attendant les barbares, de J. M. Coetzee
Le Feu sur la montagne, d'Anita Desai

Livres de la table-bateau (fabriquée par Quint Hankle)

Le Voyage du « Narwhal », d'Andrea Barrett
Nouvelles (édition complète), de Clarice Lispector
The Boy Kings of Texas, de Domingo Martinez
Pilleurs de rêves, de Cherie Dimaline
Brève histoire de sept meurtres, de Marlon James
Ici n'est plus ici, de Tommy Orange
Citizen : An American Lyric, de Claudia Rankine
Underland, de Robert Macfarlane
The Undocumented Americans, de Karla Cornejo Villavicencio
Deacon King Kong, de James McBride
La Maison des Hollandais, d'Ann Patchett
Will and Testament (Arv og miljø), de Vigdis Hjorth
Seul dans Berlin, de Hans Fallada
La Porte, de Magda Szabó
Le Complot contre l'Amérique, de Philip Roth
Les Furies, de Lauren Groff
L'Arbre-Monde, de Richard Powers
Night Train, de Lise Erdrich
Son corps et autres célébrations, de Carmen Maria Machado

LA SENTENCE

The Penguin Book of the Modern American Short Story (sélection de John Freeman)
Une colère noire. Lettre à mon fils, de Ta-Nehisi Coates
Déroutes, de Lorrie Moore
Galeux, de Stephen Graham Jones
The Office of Historical Corrections, de Danielle Valore Evans
Dix décembre, de George Saunders
Murder on the Red River, de Marcie R. Rendon
Le Monde après nous, de Rumaan Alam
Cérémonie, de Leslie Marmon Silko
Un bref instant de splendeur, d'Ocean Vuong
La guerre n'a pas un visage de femme, de Svetlana Alexievitch
Les Faux Plis de l'amour, de Katherine Heiny
Pauvres petits chagrins de Miriam Toews
Les Cœurs détruits, d'Elizabeth Bowen
Le Sang noir de la terre, de Linda Hogan
Ceux du Nord-Ouest, de Zadie Smith
Nous sommes tous mortels. Ce qui compte vraiment en fin de vie, d'Atul Gawande
Americanah, de Chimamanda Ngozi Adichie
Une dose de rage, d'Angeline Boulley
Effacement, de Percival Everett
Au temps des requins et des sauveurs, de Kawai Strong Washburn
Heaven, de Mieko Kawakami

Livres pour amours interdites

Un océan de pavots, d'Amitav Ghosh
Le Patient anglais, de Michael Ondaatje
Euphoria, de Lily King
Le Rouge et le Noir, de Stendhal
Affamée, de Raven Leilani
Asymétrie, de Lisa Halliday
De si jolis chevaux, de Cormac McCarthy

Middlesex, de Jeffrey Eugenides
The Vixen, de Francine Prose
Légendes d'automne, de Jim Harrison
Au nom de Margarete, de Daniel Mason

Vies autochtones

Holding Our World Together, de Brenda J. Child
American Indian Stories, de Zitkála-Šá
A History of My Brief Body, de Billy-Ray Belcourt
Yanomami, l'esprit de la forêt, de Davi Kopenawa et Bruce Albert
Apple : Skin to the Core, d'Eric Gansworth
Petite femme montagne, de Terese Marie Mailhot
Ciel bleu. Une enfance dans le Haut-Altaï, de Galsan Tschinag
Crazy Brave, de Joy Harjo
Standoff, de Jacqueline Keeler
Tresser les herbes sacrées, de Robin Wall Kimmerer
You Don't Have to Say You Love Me, de Sherman Alexie
Spirit Car, de Diane Wilson
Le Cadeau du froid, de Velma Wallis
Pipestone : My Life in an Indian Boarding School, d'Adam Fortunate Eagle
Croc fendu, de Tanya Tagaq
Walking the Rez Road, de Jim Northrup
Mamaskatch, de Darrel J. McLeod

Poésie autochtone

Conflict Resolution for Holy Beings, de Joy Harjo
Ghost River (Wakpá Wanági), de Trevino L. Brings Plenty
The Book of Medicines, de Linda Hogan
The Smoke That Settled, de Jay Thomas Bad Heart Bull
The Crooked Beak of Love, de Duane Niatum

LA SENTENCE

Attendu que, de Layli Long Soldier
Little Big Bully, de Heid E. Erdrich
A Half-Life of Cardio-Pulmonary Function, d'Eric Gansworth
Mécanismes NDN d'adaptation, de Billy-Ray Belcourt
The Invisible Musician, de Ray A. Young Bear
When the Light of the World Was Subdued, Our Songs Came Through, anthologie de poésie des Premières Nations de Joy Harjo
New Poets of Native Nations, anthologie de Heid E. Erdrich
The Failure of Certain Charms, de Gordon Henry Jr

Essais et histoire autochtones

Everything You Know About Indians Is Wrong, de Paul Chaat Smith
Decolonizing Methodologies, de Linda Tuhiwai Smith
Through Dakota Eyes : Native Accounts of the Minnesota Indian War of 1862, sous la direction de Gary Clayton Anderson et Alan R. Woodworth
Being Dakota, d'Amos E. Oneroad et Alanson B. Skinner
Boarding School Blues, sous la direction de Clifford E. Trafzer, Jean A. Keller et Lorene Sisquoc
Masters of Empire, de Michael A. McDonnell
Like a Hurricane : The Indian Movement from Alcatraz to Wounded Knee, de Paul Chaat Smith et Robert Allen Warrior
Boarding School Seasons, de Brenda J. Child
They Called It Prairie Light, de K. Tsianina Lomawaima
To Be a Water Protector, de Winona LaDuke

Livres sublimes

Le Monde connu, d'Edward P. Jones
Géant enfoui, de Kazuo Ishiguro
A Thousand Trails Home, de Seth Kantner
Une maison faite d'aube, de N. Scott Momaday

LA SENTENCE

Nuit de foi et de vertu, de Louise Glück
La Main gauche de la nuit, d'Ursula K. Le Guin
My Sentence Was a Thousand Years of Joy, de Robert Bly
Homo Disparitus, d'Alan Weisman
Unfortunately, It Was Paradise, de Mahmoud Darwich (sélection de poèmes traduits vers l'anglais par Munir Akash, Carolyn Forché et al.)
Les nouvelles de Jorge Luis Borges
Xenogenesis (trilogie), d'Octavia E. Butler
De la mort sans exagérer, de Wisława Szymborska
In the Lateness of the World, de Carolyn Forché
Des anges, de Denis Johnson
Poème d'amour post-colonial, de Natalie Diaz
Contre tout espoir. Souvenirs, de Nadezhda Mandelstam
Expiration, de Ted Chiang
L'Empire des Bois-Brûlés, de Joseph Kinsey Howard
Secrets, de Nuruddin Farah

Lectures de pandémie de Tookie

Deep Survival, de Laurence Gonzales
La Cité perdue du dieu singe, de Douglas Preston
The House of Broken Angels, de Luis Alberto Urrea
À la grâce de Marseille, de James Welch
Les nouvelles d'Anton Tchekhov
Les Nuits mouvementées de l'escargot sauvage, d'Elisabeth Tova Bailey
Let's Take the Long Way Home, de Gail Caldwell
La série des *Aubreyades*, de Patrick O'Brian
La Trilogie de l'Ibis, d'Amitav Ghosh
La Saga des Vikings, de Linnea Hartsuyker
Dans la toile du temps, d'Adrian Tchaikovski
Coyote Warrior, de Paul VanDevelder

LA SENTENCE

Incarcération

Coupable, de Reginald Dwayne Betts
Against the Loveless World, de Susan Abulhawa
Waiting for an Echo, de Christine Montross
Le Mars Club, de Rachel Kushner
La Couleur de la justice, de Michelle Alexander
This Is Where, de Louise K. Waakaa'igan
Je ne reverrai plus le monde, d'Ahmet Altan
Et que rien ne te fasse peur, d'Ani Pachen et Adelaide Donnelley
American Prison, de Shane Bauer
Solitary, d'Albert Woodfox
La prison est-elle obsolète ?, d'Angela Y. Davis
Mille ans de peines et de joie, d'Ai Weiwei
Écrits de prison, de Leonard Peltier

« On trouve dans les livres tout ce qu'il faut savoir,
sauf l'essentiel. »
Tookie

※

Si les livres de cette liste vous intéressent, achetez-les dans une librairie indépendante près de chez vous. *Miigwech !*

REMERCIEMENTS

À propos du dictionnaire...
En 1971, j'ai participé à un concours sponsorisé par la Ligue nationale de football américain. Il s'agissait d'écrire un texte intitulé « Pourquoi je veux aller à l'université ». Le gagnant ou la gagnante recevrait une bourse de plusieurs milliers de dollars, et les cent finalistes auraient droit à un dictionnaire. J'ai fait partie des finalistes. Mon dictionnaire, *The American Heritage Dictionary of the English Language* (édition de 1969), est arrivé avec une lettre marquée du sceau doré de la Ligue et signée de son président, J. Robert Carey, qui me remerciait pour l'intérêt que je portais au football professionnel. Mon véritable intérêt s'avérerait porter plutôt sur l'écriture professionnelle. Sans savoir à l'époque l'importance que les mots prendraient pour moi, j'ai emporté ce (lourd) volume relié à l'université, puis au café Blacksmith House de Boston où j'ai travaillé un été, avant de le rapporter dans le Dakota du Nord, à la prison d'État où j'ai été poète en résidence, et dans des écoles un peu partout à travers le pays. Le dictionnaire est ensuite retourné avec moi sur la côte Est quand j'ai décroché un poste à l'Indian Council de Boston. Il est resté à mes côtés quand je me suis mariée. Il était là quand je suis rentrée de la maternité avec chacune de mes filles, il m'a réconfortée dans les moments difficiles, il a accumulé entre ses pages des coupures de journaux, des fleurs séchées, des photos de William Faulkner, Octavia Butler et Jean Rhys, des marque-pages

de librairies aujourd'hui disparues et d'autres souvenirs encore. C'est ce dictionnaire que j'ai consulté pour ce roman.

Alors c'est lui que je voudrais remercier en premier. Je souhaite ensuite remercier Terry Karten, mon éditrice, qui a pris des décisions vertigineuses pour permettre à ce livre d'avancer et qui m'a crue capable de l'écrire. Par-dessus tout, Terry, merci pour ton regard critique. Trent Duffy, je suis à court de superlatifs. Merci d'avoir littéralement lu entre les lignes et d'avoir mis ton infinie compétence au service de ce texte. Jane Beirn, ton amitié et tes conseils toujours éclairés au fil des ans me sont précieux.

Andrew Wylie, merci de soutenir mon insupportable désir d'écrire. Jin Auh, pour ton intelligence tranquille, ton amitié et ton indéfectible bonne humeur dans les circonstances pénibles, merci. Je suis si heureuse que tu sois venue à cette effrayante séance de tarot dans le sous-sol de la librairie.

À mes premières lectrices, Pallas Erdrich, Greta Haugland, Heid Erdrich, le docteur Angie Erdrich et Nadine Teisberg : je vous suis redevable. Vous m'avez aidée à voir ce livre pour ce qu'il pouvait être, vous avez élargi la compréhension que j'en avais. Merci, Persia Erdrich, d'avoir vérifié les occurrences en ojibwemowin ; merci, Kiizh Kinew Erdrich, pour ton éclairage sur mes jeunes personnages et pour la *jingle dance* (danse des grelots) ; et merci Aza Erdrich Abe d'avoir conçu l'élégante et remarquable couverture de l'édition américaine.

Le meurtre de George Floyd a été le détonateur d'une prise de conscience explosive pour notre ville, provoquant une remise en cause que j'espère durable. Ce livre n'est que la tentative d'un personnage fictionnel de comprendre ce qui se passait sur le moment. Je tiens à remercier les nombreux journalistes, hommes et femmes, qui ont été arrêtés ou blessés parce qu'ils faisaient leur travail en couvrant les manifestations à Minneapolis, et le sont encore aujourd'hui dans le nord du Minnesota parce qu'ils couvrent la mobilisation autour de la Ligne 3. Merci aussi aux nombreuses personnes qui ont accepté de me parler d'événements évoqués dans ce livre, notamment Heid Erdrich, Al Gross, Bob Rice, Judy Azure, Frank Paro, Brenda Child, et plus particulièrement Pallas Erdrich, qui a consigné tout ce qui se passait et m'a donné son éclairage sur le rapport aux clients et au commerce en librairie (toutes mes filles ainsi que nombre de leurs cousins et cousines ont travaillé au magasin). Pallas, je te remercie aussi d'avoir écouté mes innombrables remaniements narratifs et d'avoir résolu tant de problèmes au cours de cette année compliquée.

Merci à toutes celles et à tous ceux qui ont travaillé chez Birchbark Books ou qui ont poussé sa porte bleue. Un immense merci à l'équipe actuelle et à celle qui nous a permis de survivre à 2020, notamment Kate Day, Carolyn Anderson, Prudence Johnson, Christian Pederson Behrends, Anthony Ceballo, Nadine Teisberg, Halee Kirkwood, Will Fraser, Eliza Erdrich, Kate Porter, Evelyn Vocu, Tom Dolan, Jack Theis et Allicia Waukau. Je voudrais remercier tout particulièrement Nathan Pederson, dont le travail d'acheteur donne à la librairie son caractère particulier, dont le travail de technicien Web nous permet un rayon d'action extraordinaire, et qui n'apparaît (fictivement) qu'une fois dans ce livre sous le nom de Nick.

Je veux saluer le Collectif pour la lecture dans les prisons de femmes, ici, à Minneapolis.

Dans *La Sentence*, les livres sont une question de vie ou de mort. Les lecteurs et les lectrices traversent des territoires insondables pour maintenir un lien avec l'écrit. Il en va de même pour la librairie. Depuis le tout début de ce projet, des gens ont donné sans compter de leur personne, et cela fait vingt ans que des amoureux des livres travaillent avec passion pour que ce lieu vive ou pour le soutenir en tant que client. Il est impossible de les remercier à la mesure de ce que cela représente.

À la surprise générale, Birchbark Books va bien. Si vous comptez acheter un livre, y compris celui-ci, allez, s'il vous plaît, dans la librairie indépendante la plus proche de chez vous et soutenez la perspective unique qu'elle propose.

Bien à vous, par et pour les livres,
Louise

DE LA MÊME AUTRICE

Aux Éditions Albin Michel

L'ÉPOUSE ANTILOPE, 2002

DERNIER RAPPORT SUR LES MIRACLES À LITTLE NO HORSE, 2003

LA CHORALE DES MAÎTRES BOUCHERS, 2005

CE QUI A DÉVORÉ NOS CŒURS, 2007

LOVE MEDICINE, 2008

LA MALÉDICTION DES COLOMBES, 2010

LE JEU DES OMBRES, 2012

LA DÉCAPOTABLE ROUGE, 2012

DANS LE SILENCE DU VENT, 2013

FEMME NUE JOUANT CHOPIN, 2014

LE PIQUE-NIQUE DES ORPHELINS, 2016

LAROSE, 2018

L'ENFANT DE LA PROCHAINE AURORE, 2021

CELUI QUI VEILLE, prix Pulitzer, 2022

« Terres d'Amérique »

Collection dirigée par Francis Geffard
(Extrait du catalogue)

NANA KWAME ADJEI-BRENYAH
Friday Black, nouvelles

CHRIS ADRIAN
Un ange meilleur, nouvelles

SHERMAN ALEXIE
Indian Blues, roman
Indian Killer, roman
Phoenix, Arizona, nouvelles
La Vie aux trousses, nouvelles
Dix Petits Indiens, nouvelles
Red Blues, poèmes
Flight, roman
Danses de guerre, nouvelles

TOM BARBASH
Les Lumières de Central Park, nouvelles
Beautiful Boy, roman

TOM BISSELL
Dieu vit à Saint-Pétersbourg, nouvelles

AMANDA BOYDEN
En attendant Babylone, roman

JOSEPH BOYDEN
Le Chemin des âmes, roman
Là-haut vers le nord, nouvelles
Les Saisons de la solitude, roman
Dans le grand cercle du monde, roman

TAYLOR BROWN
Les Dieux de Howl Mountain, roman
Le Fleuve des rois, roman

KEVIN CANTY
Une vraie lune de miel, nouvelles
Toutes les choses de la vie, roman
De l'autre côté des montagnes, roman

DAN CHAON
Parmi les disparus, nouvelles
Le Livre de Jonas, roman
Cette vie ou une autre, roman
Surtout rester éveillé, nouvelles
Une douce lueur de malveillance, roman

MICHAEL CHRISTIE
Le Jardin du mendiant, nouvelles
Lorsque le dernier arbre, roman

TOM COOPER
Les Maraudeurs, roman

CHARLES D'AMBROSIO
Le Musée des poissons morts, nouvelles
Orphelins, récits

CRAIG DAVIDSON
Un goût de rouille et d'os, nouvelles
Juste être un homme, nouvelles
Cataract City, roman
Les Bonnes Âmes de Sarah Court, roman

ANTHONY DOERR
Le Nom des coquillages, nouvelles
À propos de Grace, roman
Le Mur de mémoire, nouvelles
La Cité des nuages et des oiseaux, roman

BEN FOUNTAIN
Brèves rencontres avec Che Guevara, nouvelles
Fin de mi-temps pour le soldat Billy Lynn, roman

TOM FRANKLIN
Le Retour de Silas Jones, roman
Braconniers, nouvelles

CHRISTIAN KIEFER
Les Animaux, roman
Fantômes, roman

THOMAS KING
Medicine River, roman
L'Herbe verte, l'eau vive, roman

SANA KRASIKOV
L'An prochain à Tbilissi, nouvelles
Les Patriotes, roman

RICHARD LANGE
Dead Boys, nouvelles
Ce monde cruel, roman
Angel Baby, roman
La Dernière Chance de Rowan Petty, roman

MATT LENNOX
Rédemption, roman

BRIAN LEUNG
Les Hommes perdus, roman
Seuls le ciel et la terre, roman

MAXIM LOSKUTOFF
Viens voir dans l'Ouest, nouvelles

ROBIN MACARTHUR
Le Cœur sauvage, nouvelles
Les Femmes de Heart Spring Mountain, roman

STEPHEN MARKLEY
Ohio, roman

LESLIE MARMON SILKO
Cérémonie, roman

DINAW MENGESTU
Les Belles Choses que porte le ciel, roman
Ce qu'on peut lire dans l'air, roman
Tous nos noms, roman

STEFAN MERRILL BLOCK
Le Noir entre les étoiles, roman

PHILIPP MEYER
Le Fils, roman
American Rust, roman

LEILA MOTTLEY
Arpenter la nuit, roman

MATTHEW NEILL NULL
Le Miel du lion, roman
Allegheny River, nouvelles

ERIC NGUYEN
La Solitude des tempêtes, roman

TOMMY ORANGE
Ici n'est plus ici, roman

KEVIN PATTERSON
Dans la lumière du Nord, roman

BENJAMIN PERCY
Sous la bannière étoilée, nouvelles
Le Canyon, roman

DONALD RAY POLLOCK
Le Diable, tout le temps, roman
Une mort qui en vaut la peine, roman

DAVID JAMES POISSANT
Le Paradis des animaux, nouvelles
Un bel esprit de famille, roman

ERIC PUCHNER
La Musique des autres, nouvelles
Famille modèle, roman
Dernière journée sur terre, nouvelles

SHANNON PUFAHL
Et nous nous enfuirons sur des chevaux ardents, roman

JON RAYMOND
Wendy & Lucy, nouvelles
La Vie idéale, roman

ELWOOD REID
Ce que savent les saumons, nouvelles
Midnight Sun, roman
La Seconde Vie de D.B. Cooper, roman

KAREN RUSSELL
Swamplandia, roman
Foyer Sainte-Lucie pour jeunes filles élevées par les loups, nouvelles
Des vampires dans la citronneraie, nouvelles
Le Lévrier de Madame Bovary et autres histoires, nouvelles

ANJALI SACHDEVA
Tous les noms qu'ils donnaient à Dieu, nouvelles

JON SEALY
Un seul parmi les vivants, roman

HUGH SHEEHY
Les Invisibles, nouvelles

WELLS TOWER
Tout piller, tout brûler, nouvelles

DAVID TREUER
Little, roman
Comme un frère, roman
Le Manuscrit du Dr Apelle, roman
Indian Roads, récit
Et la vie nous emportera, roman

BRADY UDALL
Lâchons les chiens, nouvelles
Le Destin miraculeux d'Edgar Mint, roman
Le Polygame solitaire, roman

GUY VANDERHAEGHE
La Dernière Traversée, roman
Comme des loups, roman
Comme des feux dans la plaine, roman

CLAIRE VAYE WATKINS
Les Sables de l'Amargosa, roman

ANTHONY VEASNA SO
Nous aurions pu être des princes, nouvelles

KATHERENA VERMETTE
Les Femmes du North End, roman

SHAWN VESTAL
Goodbye, Loretta, roman

VENDELA VIDA
Se souvenir des jours heureux, roman
Les Habits du plongeur abandonnés sur le rivage, roman

JOHN VIGNA
Loin de la violence des hommes, nouvelles

WILLY VLAUTIN
Motel Life, roman
Plein nord, roman
Ballade pour Leroy, roman
La Route sauvage, roman
Devenir quelqu'un, roman

JAMES WELCH
L'Hiver dans le sang, roman
La Mort de Jim Loney, roman
Comme des ombres sur la terre, roman
L'Avocat indien, roman
À la grâce de Marseille, roman
Il y a des légendes silencieuses, poèmes

COLSON WHITEHEAD
Underground Railroad, roman
Nickel Boys, roman
Harlem Shuffle, roman

CALLAN WINK
Courir au clair de lune avec un chien volé, nouvelles
August, roman

SCOTT WOLVEN
La Vie en flammes, nouvelles

JOHN WOODS
Lady Chevy, roman

Retrouvez toute l'actualité des éditions Albin Michel
sur notre site albin-michel.fr
et suivez-nous sur les réseaux sociaux !
Instagram : editionsalbinmichel
Facebook : Éditions Albin Michel
Twitter : AlbinMichel

Composition : Nord Compo
Impression : CPI Firmin-Didot en novembre 2023
Éditions Albin Michel
22, rue Huyghens, 75014 Paris
www.albin-michel.fr
ISBN : 978-2-226-47490-2
ISSN : 1272-1085
N° d'édition : 25020/03 – N° d'impression : 177479
Dépôt légal : septembre 2023
Imprimé en France